Veit Heinichen
Scherbengericht

PIPER

Zu diesem Buch

Zwölf gekaufte Zeugen sagten 1999 gegen Aristèides Albanese aus. Siebzehn Jahre saß er wegen Totschlags im Gefängnis. Nun ist er draußen, zurück in Triest, und will sich rächen. Und das auf ganz besondere Weise – Aristèides ist Gourmetkoch. Im Gefängnis hat Aristèides gelernt, mit einfachsten Zutaten köstliche Speisen zuzubereiten. Er plant, in die Wohnungen der Zeugen einzudringen und jedem der zwölf eine Henkersmahlzeit zu servieren. Commissario Proteo Laurenti, der damals an den Ermittlungen beteiligt war, glaubte den Zeugenaussagen nie, setzte sich aber nicht gegen den Staatsanwalt durch. Damals stand er kurz vor seiner Beförderung zum Commissario. Bis heute bereut Laurenti, dem Gericht nicht die Stirn geboten zu haben. Ist Aristéides zu Unrecht verurteilt worden? Und kaum ist er wieder auf freiem Fuß, gibt es eine weitere Leiche – und wie schon damals gehört er zu den Hauptverdächtigen. Wieder ermittelt Laurenti, dem eines klar ist – es muss eine Verbindung zwischen dem alten und dem neuen Fall geben …

Veit Heinichen, geboren 1957, lebt in der Grenz- und Hafenstadt Triest. Seine Kriminalromane wurden in zahlreiche Sprachen übersetzt und erfolgreich verfilmt. Ausgezeichnet u. a. mit dem Radio Bremen Krimipreis, dem Premio Azzeccagarbugli und dem Premio Selezione Bancarella, gilt Veit Heinichen nicht nur als glänzender Autor, sondern auch als »großartiger Vermittler italienischer Lebensart« (FAZ).

Veit Heinichen

Scherbengericht

Commissario Laurenti vergeht der Appetit

PIPER

Mehr über unsere Autoren und Bücher:
www.piper.de

Von Veit Heinichen liegen im Piper Verlag vor:
Die Zeitungsfrau
Das Scherbengericht
Borderless
Entfernte Verwandte

Dies ist ein Roman, er erhebt keinen Anspruch auf Wahrheit, doch kommt er zu Schlüssen, die der Wirklichkeit entsprechen könnten. Personen und Orte entspringen der Fantasie des Autors. Ähnlichkeiten mit lebenden oder verstorbenen Personen sind unbeabsichtigt, rein zufällig und entbehren jeglichem realen Zusammenhang.

Unser Versprechen für mehr Nachhaltigkeit
- Klimaneutrales Produkt
- FSC®-zertifiziertes Papier
- Hergestellt in Deutschland

FSC www.fsc.org MIX Papier aus verantwortungsvollen Quellen FSC® C083411

Ungekürzte Taschenbuchausgabe
ISBN 978-3-492-31413-8
1. Auflage Dezember 2018
3. Auflage Juni 2021

Umschlaggestaltung: zero-media.net, München
Umschlagabbildung: BlueHouseProject/plainpicture
Satz: Satz für Satz, Wangen im Allgäu
Gesetzt aus der Arno Pro
Druck und Bindung: CPI books GmbH, Leck
Printed in the EU

A proposito di politica,
ci sarebbe qualcosa da mangiare?
Totò

Alles, was gegessen wird,
ist Gegenstand der Macht.
Elias Canetti

Das Ende der Verbannung

Athos fand sie erst nach langer Suche. Mit dem Bus war er vom Zentrum zu dem grauen Wohnklotz am Stadtrand hochgefahren und hatte sich kurz nach elf unschlüssig für einen der abweisenden Eingangstürme entschieden. Wilde Sprayer hatten die grauen Stahlbetonwände mit unverständlichen Symbolen dekoriert. Als man ihn damals verhaftete, waren Schmierereien an den Hauswänden in Triest noch selten gewesen. Zaghaft stieg er das zugige Treppenhaus hinauf, bis er schließlich mit dem Fuß die breite Glastür zu einem endlosen Flur mit schwarzem Kunststoffboden und schwacher Beleuchtung aufstieß. Kein Mensch außer ihm war hier unterwegs. Die einsame Leuchtreklame einer Apotheke war der einzige Kontrast in der ansonsten anonymen Umgebung. Wer eintreten, Medikamente kaufen wollte, musste klingeln, stand an der Tür. Nach der ersten Ecke kam er sogar an einem karg eingerichteten Postamt vorbei, das an diesem Morgen geöffnet hatte. Nur die Werke der Sprayer brachten etwas Abwechslung in die Tristesse, wobei sie in diesen Korridoren offiziell angebracht worden sein mussten: Es waren sorgsam gestaltete Bilder mit ironischen Kommentaren, die karikaturengleich die kalte Betonarchitektur und ihre Bewohner illustrierten. Die Flure im Zellentrakt des Gefängnisses, in dem er die letzten siebzehn Jahre eingesessen hatte, waren ebenso karg gewesen, dafür sauberer und besser ausgeleuchtet. Aristèides Albanese erinnerte sich nicht mehr, an welchem der verschlossenen Treppenhäuser zu den oberen Etagen er nach dem Klingelschild suchen musste. Über zweieinhalbtausend Menschen wohnten hier, und erst am siebten Eingang fand er den kaum noch lesbaren Namen: Melissa Fabiani. Er hatte vergebens geläutet, sich schließlich die Appartmentnummer eingeprägt, war am Übergang zum angehängten zweiten, nicht weniger labyrinthischen Gebäudekomplex vorübergegangen. Im nächsten Flur standen schlecht gekleidete Frauen rauchend vor dem Schild einer Bar, wo auch Tabakwaren und Zeitungen verkauft wurden. Neben dem Eingang warb ein Streifenplakat mit der Schlagzeile der lokalen Tageszeitung: *Tonino Gasparri freigesprochen. Tatbestand der Korruption verjährt.*

Aristèides schob angewidert die Zeitung mit dem Foto des Politikers vom Tresen und bestellte. Die grauen Schlieren auf den kreisrunden Fenstern verschleierten den Blick auf den fernen Hafen, die Öltanker und Containerschiffe unten in der Stadt. Es beruhigte ihn, dass die Gläser und Kaffeetassen aus der Spülmaschine kamen.

Tante Milli saß an einem Tisch und war ins Kartenspiel mit anderen Greisen vertieft, vermutlich die einzige Abwechslung, der sie täglich folgte. Trotz ihrer Sauerstoffmaske und des Apparats, der auf Rollen neben ihrem Stuhl stand, erkannte er sie sofort. Sie schenkte dem bärtigen und langhaarigen Riesen, der sie vom Tresen aus fixierte, keine Beachtung. Athos war von ihrem Anblick erschüttert. In ihren Briefen, die ihn Woche für Woche in der Haftanstalt erreichten, hatte sie sich nie über ihre Gesundheit beklagt. Als sie die letzte Karte ausgespielt hatte, bezahlte er seinen Espresso und trat endlich an ihren Tisch.

»Tante Milli«, sagte er.

Die Alte schaute zögernd zu ihm auf, und erst als er seinen Namen nannte, erhellten sich ihre Züge. Melissa nahm die

Atemmaske ab. Wie früher, als sie gut im Geschäft gewesen war und die Freier Schlange gestanden hatten, waren ihre Lippen grell geschminkt. Und trotz ihrer Gebrechlichkeit lackierte sie sich noch immer die Nägel. Entschieden drückte sie sich aus ihrem Stuhl und umarmte ihn, so fest sie konnte. Ihre Arme reichten ihm kaum auf den Rücken.

»Kiki? Bist du das wirklich? Vor lauter Haaren sieht man dein Gesicht nicht.« Sie strahlte, ihre Augen blitzten fröhlich, die Lachfalten durchzogen ihr Gesicht, dann verbarg sie es an seiner Brust und hielt sich am Revers seines elfenbeinfarbenen Jacketts fest. »Seit wann bist du draußen? Warum hast du mir nicht geschrieben?«

»Ach, Tante Milli.« Seine kräftigen Hände hielten sie an den Schultern. »Ich hatte gar nicht mehr damit gerechnet, vorzeitig rauszukommen.« Er überging, dass er bereits seit dem Sommer zurück in der Stadt war.

»Hast du dir im Bau angewöhnt, dein eigenes Besteck mit dir herumzutragen? Kochen da auch schon die Chinesen?« Sie zeigte auf die Essstäbchen und den Löffel, die aus der Brusttasche seines Sakkos ragten. »Und rasieren tut man sich im Gefängnis wohl auch nicht. Ohne Bart warst du hübscher, aber das wird schon wieder. Hoffentlich hast du dich wenigstens nicht tätowieren lassen.«

»Spielst du weiter, Melissa, oder müssen wir uns nach Ersatz umsehen?«, fragte eine ungeduldige Stimme vom Tisch.

Die Alte winkte glücklich ab, ihre Hände zogen ihn zu sich herunter, sie küsste ihn herzhaft auf beide Wangen, und ein roter Lippenabdruck blieb auf Höhe seines Jochbeins zurück. »Heute ist ein großer Tag. Du wirst mir alles erzählen, nicht wahr, Kiki?«

»Ich habe eingekauft, Tante Milli.« Wie lange hatte er seinen Kosenamen nicht mehr gehört? Nur sie durfte ihn so nennen. »Ich werde dir ein Mittagessen zubereiten, wie du ewig keines hattest. Darfst du alles essen, was du möchtest?«

»Alles, was mir schmeckt, Kiki.« Die Alte hängte sich bei ihm ein und tippelte hinaus in den langen Flur, das Beatmungsgerät folgte ihr wie ein Kinderspielzeug auf Rädern. Aristèides fürchtete, mit ihm zu kollidieren. Der Barista rief ihr einen Gruß nach, den sie nicht hörte, während ihre Mitspieler aufgeregt tuschelten, wer der bärtige Fünfzigjährige im hellen Anzug sein mochte, dem das zu einem mächtigen Pferdeschwanz gebundene kastanienbraune Haar tief über den Rücken fiel.

Als sie im Aufzug zur zweitletzten Etage des kolossalen Gebäudes fuhren, erklärte sie das Atemproblem. Sie musste das Gerät nicht ständig benutzen, ihre chronische Bronchitis ließ noch genügend Zeit zum Essen, Duschen und anderem. Kiki möge sich keine Sorgen machen, seit zwei Jahren ziehe sie das Ding neben sich her und habe sich so daran gewöhnt, dass sie es kaum mehr wahrnehme. Und wie er gesehen habe, könne sie beim Kartenspiel durchaus noch gewinnen. Nur sei sie schon seit einer halben Ewigkeit nicht mehr aus diesem Wohnkomplex herausgekommen, sie erlebe die wahre Welt höchstens noch vom Balkon ihrer Zweizimmerwohnung aus. Wenigstens habe sie von dort einen unverbaubaren Blick aufs Meer.

»Ich koch dir was Feines zu Mittag, Tante Milli«, sagte er, während sie die Wohnung hinter sich mit einer Sicherheitskette verschloss.

»Den Tisch decke aber ich, sonst habe ich das Gefühl, zu gar nichts mehr zu taugen. Und keine Sorge, mein Besteck ist sauber. Setz dich erst einmal hin und erzähl mir alles.« Melissa Fabiani hob die Atemmaske an, damit er sie besser verstand, wies ihm den Platz auf dem Sofa zu und tippelte in die Küche, wohin ihr Beatmungsgerät ruckweise folgte. Aristèides Albanese strich sich durch den dichten Bart, wie immer wenn er sich zur Ruhe zwang. Als das Geschirr neben dem Esstisch auf dem Boden zersprang, machte er sich Vorwürfe, aber die alte Frau nahm lachend einen Besen aus dem Wandschrank. »Scherben bringen Glück, Kiki. Und wenn heute kein Glückstag ist! Lass schon, das mach ich selbst. Wenn ich keine Teller mehr habe, gebe ich dir Geld, damit du mir neue kaufst. Setz dich wieder.« Wenig später kam sie mit einem Aschenbecher zurück und ließ sich neben ihm auf dem Sofa nieder.

»Aber, Tante Milli, in deinem Zustand solltest du nicht rauchen«, mahnte er, als sie sich setzte, die Maske wieder abnahm, eine extradünne Zigarette ansteckte und zwei Züge tat, die seiner Wahrnehmung nach tiefer waren als jene, die sie aus dem Gerät nahm, das sie am Leben halten sollte.

»Ich hab doch sonst kein Vergnügen mehr. Hast du es dir im Gefängnis abgewöhnt, Kiki?« Sie versuchte, einen Hustenanfall zu unterdrücken.

»Trüffel, Tante Milli. Weißer Trüffel aus Istrien, der hat jetzt Saison. Früher bist du verrückt danach gewesen. Und die Tagliolini habe ich heute Morgen selbst gemacht.«

Athos schraubte einen Glasbehälter auf und hielt ihn der alten Frau unter die Nase, die mit geschlossenen Augen den Duft der frischen Knolle einsog. Gleich darauf nahm sie den letzten Zug von der Zigarette, die fast bis zum Filter aufgeraucht war.

»Ich liebe den Geruch. Eine Freundin hat früher immer gesagt, es erinnere sie an drei Tage ungewaschenen Sack«, lachte sie hustend, wurde aber sogleich ernst. »Du musst auf dein Geld achten. Das Zeug ist wahnsinnig teuer, und im Gefängnis hast du nichts verdient.«

»Ein bisschen schon, mach dir keine Sorgen. Heute ist ein Festtag. Endlich haben wir uns wieder.«

Nachdem er ihr eine halbwegs plausible Geschichte über seine vorzeitige Entlassung erzählt und dabei unterschlagen hatte, dass er schon ein Vierteljahr draußen war, erhob Athos sich von dem durchgelegenen Sofa und ging in die kleine Küche hinüber, wo er eine Flasche Weißwein ins Eisfach des nur spärlich bestückten Kühlschranks legte und die Zutaten ausbreitete. »Mach dir keine Sorgen, Tante Milli. Ich finde mich in jeder Küche zurecht. Setz dich, streng dich bitte nicht an.«

»Ich will dir beim Kochen Gesellschaft leisten. Was hast du eigentlich im Knast zu essen bekommen, Kiki? Ist der Fraß dort wirklich so schlimm, wie sie im Fernsehen immer sagen?«

Selbst hinter Gittern hatte Aristèides Albanese Schlagzeilen gemacht, doch Melissa Fabiani waren die Meldungen entgangen, dass der wegen Totschlags zu zwanzig Jahren verurteilte Gastronom einen Teil der Mensa seines Gefängnisses in ein feines Restaurant verwandelt hatte. So wie er von den Zellengenossen aufgrund seiner kräftigen Statur gerufen wurde, hatten auch die Journalisten ihn nur Athos genannt und sich gar nicht erst die Mühe gemacht, seinen wahren Namen zu recherchieren. Nach den ersten fünf Jahren Haft hatte eine fortschrittliche Gefängnisdirektorin die Leitung der Anstalt übernommen, und dank seiner Kochkünste hatte er sie davon überzeugen können, dass den Inhaftierten mit Unterstützung einer gemeinnützigen Kooperative ein profundes Ausbildungsprogramm geboten werden sollte. Ein Ziel im Leben zu haben, dazu das Handwerkszeug, um es zu erreichen, das gab Hoffnung. Sie würden draußen einfacher in den Alltag zurückfinden können. Bald stimmte die Direktorin auch seinem Vorstoß zu, nicht nur für die Insassen und das Gefängnispersonal zu kochen, sondern einen separaten Teil der Gefängnismensa hinter dem Justizpalast tatsächlich der Öffentlichkeit zugänglich zu machen. Der Aufwand sei so viel höher nicht, hatte Athos erklärt, das Projekt müsse sich selbst tragen, die Gewinne sollten zuerst in den Ausbau der Küche und später in die Resozialisierung der Gefangenen fließen. Sein Rezept war so simpel wie überzeugend gewesen. Mit der Zeit wurden Kriminelle zu Köchen, die unter seiner Führung einfachste Zutaten in gute Gerichte verwandelten und adrett auf den Tellern anrichteten – das Modell wurde bald von anderen Haftanstalten im ganzen Land kopiert. Nur den von ihm vorgeschlagenen Namen lehnte die Frau ab: *Porte aperte*. Geöffnete Türen sollte es nicht geben, dafür prangte der Schriftzug *Nostalgia* über dem Eingang. Es war Athos sogar gelungen, seinen Mitarbeitern abzugewöhnen, den Polizisten, Staatsanwälten und Richtern auf den Teller zu rotzen, als diese immer zahlreicher zur Mittagszeit ins *Nostalgia* kamen.

»Du hast trotz der langen Zeit nichts verlernt, Kiki«, sagte Melissa Fabiani selig kauend, nachdem sie mit einem Stück Weißbrot die letzten Trüffelspuren vom Teller gewischt hatte. »So gut habe ich wirklich seit Langem nicht gegessen. Hast du eigentlich kein Gepäck? Du kannst auf dem Sofa schlafen, bis du etwas gefunden hast.«

»Lass mal, Tante Milli, ich bin vierundfünfzig und kann für mich allein sorgen. Außerdem muss ich einmal die Woche bei den Bullen vorbei und unterschreiben, dass es mich gibt.«

»Gleich neben dem Supermarkt unten ist ein Kommissariat, Kiki. Mach das dort, bequemer geht's nicht.«

Er schüttelte den Kopf. »Weißt du, für den Anfang bin ich der Comunità von Don Alfredo zugewiesen. Endlich tut ein Pfarrer mal ganz uneigennützig ein gutes Werk. Ich muss mich um die Flüchtlinge kümmern, die er aufnimmt, was so viel heißt, dass ich für die Schwarzen koche, die den Weg übers Meer überlebt haben. Bis ich eine eigene Bleibe gefunden habe, wohne ich dort.«

Wieder sagte Aristèides Albanese nur die halbe Wahrheit. Nur zweimal hatte er dort übernachtet, und erst seit es draußen kalt geworden war und die eisige Bora über Triest pfiff, hatte er Unterschlupf in der kleinen Wohnung des zwanzig Jahre jüngeren Pakistaners Aahrash Ahmad Zardari gefunden, der vor neun Jahren als Flüchtling ins Land gekommen war und längst die nötigen Papiere hatte. Aahrash war ebenfalls als Sündenbock für andere eingefahren und nach dem Gefängnis Don Alfredo zugewiesen worden, dem Priester eines einfachen Randbezirks, der trotz des Aufstands der Nachbarn jene Menschen aufnahm, die der Hölle entkommen waren. Aristèides hatte Aahrash auch dort zu seinem Küchenjungen gemacht.

Als er nach Triest zurückkehrte, war es noch warm gewesen, und nach siebzehn Jahren Gefängnis verabscheute er geschlossene Räume. Wochenlang hatte er in den Stadtparks abseits der üblichen Penner genächtigt, oder er war ans Meeresufer unter der Steilküste gezogen, wo nachts sonst niemand auftauchte. Auch die Nähe der Flüchtlingscamps mied er, sie wurden ständig kontrolliert. Windige Rechtsanwälte verteilten dort in der Hoffnung ihre Visitenkarten, ihr Einkommen mit den Einsprüchen gegen die Ablehnung des politischen Asyls aufzubessern. Sie konnten kein großes Interesse daran haben, die Prozesse in der ersten Instanz zu gewinnen, ihr Honorar, das vom Staat getragen wurde, verdoppelte sich schließlich in der zweiten. Aristèides mied alles, was ihn hätte in einen Konflikt verwickeln können.

In seinem hellen Anzug erregte er wenig Misstrauen, obwohl er sein Hab und Gut in zwei prallen Plastiktaschen mit sich herumtrug. Er wusch sich in den frühen Morgenstunden in der Bahnhofstoilette oder in einem der Kleingärten außerhalb des Zentrums. Polizei und Carabinieri hatten sich mit der Zeit daran gewöhnt, ihn nachts vor dem Grandhotel auf einer Treppenstufe sitzen zu sehen. Irgendwann hatten sie darauf verzichtet, ihn zu überprüfen, als wäre er inzwischen zu einem Teil des beweglichen Inventars der Stadt geworden.

Athos erfüllte seine Auflagen pünktlich, stand morgens bei Don Alfredo in der Küche, und einmal die Woche ging er in die Questura, um den Meldenachweis zu unterzeichnen. Am

Nachmittag schien er seine Kreise dann so ziellos durchs Stadtgebiet zu ziehen, dass auch seine Opfer nach ein paar Tagen keinen Verdacht mehr schöpften, wenn sie aus dem Haus traten und gegenüber der Mann mit seinen beiden Taschen kurz innezuhalten schien, bevor er seine Last weiterschleppte. Und falls er später noch immer reglos dastand, hatten sie sich spätestens ab dem dritten Tag an seine Präsenz gewöhnt. Sprach ihn jemand an, murmelte er ein paar Worte über das Wetter und wandte sich gelassen ab. Und unterhielten sie sich unbeschwert auf der Straße oder in einer Bar, dann nahmen sie den aufmerksamen Zuhörer kaum noch wahr. In kurzer Zeit lernte er ihre Gewohnheiten kennen. Athos verspürte weder Wut noch Jähzorn beim Anblick der zwölf Verräter trotz der vielen Jahre, die er im Gefängnis gesessen hatte. Es waren dumme Schafe, Opportunisten. Nur wenn er den Poeten beobachtete, wie Elio Mazza von den anderen früher genannt worden war, wenn er sah, wie er viermal täglich in seinen abgerissenen Klamotten aus dem Haus trat, dann schlug Athos' Puls schneller, und das Herz raste.

»Ich komme auf dein Angebot zurück und tauche bei dir ab, falls ich Probleme bekomme, weil ich zufällig einem von früher begegne. Du weißt selbst, Tante Milli, dass sie mich hassen.«

»Tonino Gasparri plustert sich noch immer im Stadtparlament auf, Kiki. Vor Kurzem ist er wieder in einer seiner dreckigen Angelegenheiten freigesprochen worden. Er gehört zu den Unantastbaren, dabei ist er wirklich nicht besonders helle. In der Zeitung stand neulich, dass er jetzt sogar fremde Zutaten und Rezepte in den Küchen der Kindertagesstätten verbieten will.«

»Dann soll er doch Tomatensoße und Kartoffelpüree streichen«, lachte Athos. »Auch Kakao und Schokolade. Das Faschistenschwein soll bis zum Lebensende dicke Bohnen fressen, viel mehr hat Europa selbst ja nicht hervorgebracht.«

»Und er müsste auch die Finger von Fedora lassen, die hat eine ungarische Mutter«, pflichtete ihm die Alte bei.

»Er ist schuld an allem. Siebzehn Jahre, Tante Milli, das ist fast ein Drittel meines Lebens. Eines Tages erwische ich ihn. Allen werde ich die Suppe versalzen, verlass dich drauf.«

»Tu nichts Unbesonnenes, Kiki. Versprich mir das. Die schützen sich gegenseitig. Wie damals, als sie geschlossen gegen dich ausgesagt haben, um dich loszuwerden. Und dieser Scheißbulle Laurenti hat dich auch auflaufen lassen und sich vor dem Staatsanwalt weggeduckt. Dabei warst du vor dem Prozess davon überzeugt, er würde klarstellen, dass es sich um eine Verschwörung handelt. Du hast gesagt, dass er auf deiner Seite wäre.«

»Du weißt doch, wie die Dinge laufen, Tante Milli. Laurenti stand damals knapp vor seiner Beförderung zum Commissario und wollte nicht aus Triest weg. Die Beförderung war durch, und wenn der Staatsanwalt protestiert hätte, dann hätte er sich in einem Kaff am Arsch der Welt wiedergefunden, und seine Familie wäre hiergeblieben. Also hat er klein beigegeben. Ich trage ihm das nicht einmal nach. Aber der Staatsanwalt hat sich kaufen lassen.«

»Mach keine Dummheiten, Kiki. Ich will dich nicht noch einmal verlieren. Du dürftest nicht einmal zu meiner Beerdigung kommen, wenn es soweit ist, schließlich sind wir nicht verwandt.«

Die Alte drückte die Atemmaske auf Nase und Mund und zog röchelnd die Luft ein. Athos drückte ihre Hand und wartete, bis es ihr wieder besser ging.

»Bevor du weiterfragst: Dino, dein Sohn, arbeitet als Saisonarbeiter im Gastgewerbe in der Schweiz oder in Österreich. Das hat mir vor Jahren jemand erzählt, ich komm ja nur selten hier raus. Er müsste jetzt vierundzwanzig sein, oder?«

Athos nickte. Er hatte den monatlichen Scheck ausgestellt

und seiner Mutter ausgehändigt, mehr hatte er nie mit dem Kleinen zu tun gehabt. Und selbst vom Lohn in der Haftanstalt hatte man ihm noch elf Jahre lang einen Anteil für die Alimente abgezogen, weshalb ihm kaum etwas übrig geblieben war.

»Mit ihrem Überbiss sieht sie aus wie ein Pferd, aber anstatt endlich zum Zahnarzt zu gehen, taucht Fedora manchmal in der Zeitung auf, weil es in ihrem Lokal ...«

»Du meinst, in meinem ...« Athos richtete sich entschlossen auf.

»... immer wieder zu Zwischenfällen kommt. Sie hat eine gewöhnliche Bar draus gemacht, ständig wird ein Dealer aufgegriffen, oder es gibt eine Prügelei. Gasparri gehört wohl immer noch zu den Stammgästen. Das stand zumindest in der Zeitung. Pure Zeitverschwendung, denk nicht an sie.«

»Als Kellnerin war sie beliebt. Sie war aufmerksam, und verkaufen konnte sie auch.«

»Vor allem sich selbst, würde ich mal sagen.«

Noch während die dralle Fedora Bertone mit ihrem extremen Gebiss bei ihm als Kellnerin gearbeitet hatte, war sie zahlungskräftigen Gästen nach Feierabend auch anders entgegengekommen.

»Sie kann nichts dafür, sie wurde ausgenutzt. Sie hat nur ein bisschen Zuneigung gesucht«, sagte Aristèides besänftigend.

»Die? Sie hat viel Geld mit dieser Sache verdient, Kiki. Wann begreifst du das endlich? Sie hat dir mehr als ein Ei gelegt.«

Nach seiner Verurteilung hatte die Mutter seines Sohnes die Trattoria übernommen. Auch dafür hatte ihr irgendjemand Geld gegeben, während Aristèides Albanese, alias Athos, alias Kiki, auf den Schulden sitzen geblieben war. Und Fedora nannte ihn, um ihn zu ärgern, manchmal auch Kiki, nachdem sie den Kosenamen einmal aus Tante Millis Mund gehört hatte.

»Sie ist und bleibt eine billige blonde Nutte«, sagte Melissa Fabiani. »Und du hast das Pech gehabt, sie zu schwängern.«

»Du warst früher auch blond, Tante Milli«, spottete Athos.

»Gefärbt, Kiki, dafür verdammt gut im Geschäft. Glaub mir, sie hat dich reingelegt. Ihr Männer seid alle berechenbar. Mach einen großen Bogen um Fedora. Lass dich nicht noch einmal verarschen.«

»Ich weiß, was ich will, Tante Milli. Und ich habe einen Plan.«

Der vorwinterliche Sonnenuntergang über dem Meer durchbrach die graue Wolkenschicht und tauchte das Zimmer in dottergelbes Licht, als Aristèides Albanese die Alte zum Abschied umarmte und ihr nochmals für das dicke Bündel Banknoten dankte, das sie aus einem der prallvollen Schuhkartons geholt hatte, von denen gleich mehrere ordentlich nebeneinander in einem Regal in dem engen Entree standen. Noch immer zahlte sie die Miete pünktlich zum Monatsanfang bar auf dem Postamt zehn Stockwerke tiefer ein, wo sie dann auch den Scheck über ihre bescheidene Rente einlöste, den sie per Post erhielt. Melissa Fabiani hatte noch nie in ihrem Leben ein Bankkonto besessen und stets als Geringverdienende gegolten, was zwar nicht der Wahrheit entsprach, ihr aber vor vierzig Jahren zu einer Bleibe in der neu errichteten Sozialwohnung verhalf. Dass diese auf einer der besseren Etagen von Alcatraz lag, wie der Zementklotz im Volksmund genannt wurde, im oberen Stockwerk und mit Blick über Stadt und Meer, hatte sie allerdings jahrelang in natura abgegolten. Der für die Vergabe zuständige Abteilungsleiter hatte als braver Familienvater schon vorher zu ihren Stammkunden gehört, und die Tatsache, dass er das Geld für seine wöchentlichen Besuche nun sparen konnte, entschädigte ihn für die bevorzugte Unterbringung.

Schon beim Essen hatte Aristèides der Alten von den Schwierigkeiten berichtet, mit denen er sich wegen seines

Strafregisters herumschlagen musste. Er wollte ein eigenes Lokal mit einem völlig neuen Konzept eröffnen, das er sich die letzten Jahre im Knast ausgedacht hatte. Niedrigste Kosten und eine gute Gewinnspanne sollten seine Unabhängigkeit trotz des Schuldenbergs garantieren, den er seit seinem siebenunddreißigsten Lebensjahr vor sich herschob. Nur durfte das Lokal auf keinen Fall auf seinen Namen laufen, man hätte ihm sofort alles wieder abgenommen. Wenn hingegen Tante Milli offiziell als Geschäftsinhaberin und er als gering bezahlter Angestellter erschien, dann sollte es keine Probleme geben. Was er sonst brauchte, würde sich aus dem schwarz kassierten Teil der Einnahmen bestreiten lassen. Am Ende seiner Schilderungen hatte Melissas Blick geleuchtet, er musste sie nicht lange überreden. Zum ersten Mal in ihrem Leben würde sie ein Bankkonto eröffnen, im Alter von achtzig Jahren.

»Schreib mir deine Telefonnummer auf, Kiki.«

»Ich habe keine, Tante Milli. Ich will kein Mobiltelefon.«

Die Greisin machte große Augen. »Aber irgendwie musst du doch erreichbar sein. So gut wie jeder hat heute so ein Ding.«

»Und schmeißt einen Haufen Geld dafür raus. Ich hatte keines, als ich eingesperrt wurde, weshalb sollte ich jetzt eins brauchen. Mach dir keine Sorgen, ich werde mich regelmäßig bei dir melden.«

»Übrigens steht in der Tiefgarage noch mein Auto, falls es nicht gestohlen wurde«, erzählte sie so aufgeregt, dass sie die Maske überstülpen musste und erst nach langen, geregelten Atemzügen weitersprechen konnte. »Ich habe es nie abgemeldet. Wenn du willst, kannst du es zur Inspektion bringen. Du musst nur die aufgelaufene Steuerschuld begleichen, ich habe es gut zehn Jahre nicht mehr gefahren.«

»Den Fiat Spider, den hast du immer noch?« Athos schüttelte ungläubig den Kopf. Auch ein eigener Wagen, egal wie alt, würde sofort gepfändet werden. Wenn er aber tatsächlich noch auf Tante Milli zugelassen und es nicht zu teuer war, ihn zu überholen, bestand keine Gefahr.

»Seit über dreißig Jahren, Kiki. Schwarz mit roten Lederpolstern. Aber es wird vermutlich nicht reichen, ihn nur zu waschen.«

Treue und Verrat

Ein Nachmittag im November, an dem das Licht nicht durchzudringen vermochte. Der Nieselregen aus der tief über der Stadt hängenden, fast schwarzen Wolkendecke hielt die Bürger in den Büros oder ihren Wohnungen, nur wenige Menschen eilten mit hochgeschlagenen Kragen durch die grauen Straßenzüge. Dem bärtigen Riesen, der bei den Hafenmolen, den Rive, aus dem Autobus stieg, konnte es nur recht sein, trotzdem zurrte auch er sein helles Jackett enger und schlug den Kragen hoch. Langsam ging er die Via Madonna del Mare hinauf, die im unteren Teil so eng von hohen Palazzi gesäumt war, dass selbst im Juni die Sonne nur kurz auf den Asphalt fiel. Eine Altersresidenz, wenige Lokale, Werkstätten und Büros, eine Schule und das James-Joyce-Museum waren hier in den vergangenen siebzehn Jahren angesiedelt worden. An der kreisrunden Piazza della Valle öffnete soeben die Enoteca, in der ein Kunde offenen Wein abfüllen ließ, während die Trattoria nebenan noch bis zum Abend geschlossen bleiben würde. Aristèides Albanese war die letzten Wochen immer wieder vorbeigekommen und hatte die Eingänge der hell herausgeputzten Häuser aus dem frühen 19. Jahrhundert ins Visier genommen, deren halbrunde Fassaden der Architektur des Platzes folgten und die damals, als er in den Knast musste, noch dunkelgrau von Alter und Abgasen gewesen waren. Sie mussten neue Bewohner gefunden haben, die in die Renovierung investiert und eine hübsche Oase inmitten der Stadt geschaffen hatten.

Elio Mazza hatte er nach seiner Rückkehr als Ersten ausfindig gemacht. Sein Anblick überraschte ihn. Der einst so selbstsichere und wohlhabende Poet war schnell gealtert, klapperdünn, sein faltiger Hals ragte aus einem schmutzigen Hemdkragen, er trug einen fleckigen Trenchcoat über einem ehemals grauen Anzug, der dringend eine Reinigung gebraucht hätte. Seine besten Zeiten waren lange vorbei. Die stark geröteten Wangen und die Nase ließen sofort an Leberzirrhose denken, seine Augen funkelten nicht mehr, er wirkte, als ob sein Geist in den alten Erinnerungen stockte wie Sauermilch.

Auf Aristèides Liste stand Elio Mazza ganz oben. Voller Groll hatte er das Bild des Poeten selbst nach Jahren nachts in seiner Gefängniszelle nicht abschütteln können. Im Gerichtssaal hatte der Mann hämisch und mit scharfer Stimme den Verteidiger aufgefordert, auch die Tätigkeit der Mutter des Angeklagten zu nennen, als dieser mildernd dessen schwere Kindheit hervorhob. Und bei jeder belastenden Aussage hatte er lautstark applaudiert, worauf die anderen in seinen Jubel einfielen, bis der Vorsitzende ihn schließlich des Saales verweisen musste.

In der Trattoria *Pesce d'amare,* die Aristèides Albanese ein Jahr zuvor in einem flachen Lagerschuppen beim Obst- und Gemüsegroßmarkt eröffnet hatte, gehörte die Clique um den Poeten, wie sie ihn alle nannten, zum Stammpublikum, für das Geld keine Rolle zu spielen schien. Der Wirt hatte für diese speziellen Kunden stets im hinteren Teil des Lokals reserviert, wo Elio Mazza grundsätzlich den Ehrenplatz am Kopf des Tisches einnahm und sie den anderen Gästen nicht auf die Nerven gingen. Umso besoffener die Runde wurde, desto lauter zitierte der falsche Poet alberne Schlachtrufe aus dem Repertoire von Gabriele D'Annunzio, die aus der Zeit von dessen Besetzung der istrischen Hafenstadt Fiume um 1919 stammten. Inzwischen gehörte die Stadt zu Kroatien und hieß Rijeka.

»A chi la forza?«, rief er dann plötzlich und erhob sich mit dem Glas in der Hand.

»A noi«, brüllten die anderen voller Überzeugung im Chor.

»A chi la fedeltà?«

»A noi.«

»A chi la vittoria?«

»A noi.« *

Abstoßend, wie sie den anderen Gästen ihr Gemeinschaftsgefühl aufzwangen.

Es gehörte zur Taktik der Schreihälse, in soeben eröffneten Lokalen sogleich ihre Marke zu setzen. Aristèides verwarf den Gedanken, sie hinauszuwerfen und mit Lokalverbot zu belegen. Für seine Selbstständigkeit hatte er einen hohen Kredit aufgenommen, und Umsatz brachten sie ihm reichlich. Bürger des opportunistischen Mittelstands, Männer in gesicherten Positionen, die zwar auf den Wirt herabschauten, aber seine Küche schätzten und Wein und Grappa kräftig zusprachen. Kaufleute, leitende Angestellte des öffentlichen Dienstes oder einer Bank, ein Rechtsanwalt oder ein Friseur in Begleitung seiner Frau und alle etwa in seinem Alter: Noch keiner hatte die fünfzig überschritten. Und obwohl sie ständig über die Rechnung schimpften und Skonti aushandelten, saß ihnen das Geld locker. Nur einer bezahlte nie und lebte auf Kosten der anderen: Antonio Gasparri, Stadtrat und gleichzeitig Abgeordneter im Landesparlament. Er erwies den anderen dank seiner Verbindungen den einen oder anderen Gefallen, half, Bauge-

* »Wer hat die Kraft?«
»Wir.«
»Wem gehört die Treue?«
»Uns.«
»Wem gehört der Sieg?«

suche durchzudrücken, Arbeitsplätze unter der Hand zu vermitteln, Ausnahmegenehmigungen zu erlangen, in welchen Angelegenheiten auch immer, er sorgte dafür, dass die Amtsleiter im Bedarfsfall ein Auge zudrückten oder vor der Zeit wertvolle Informationen preisgaben. Oft genug kam er auch ohne die abendliche Stammrunde, um mit anderen zahlenden Gästen deren Angelegenheiten zu besprechen. Immer hinten im Saal, selbst wenn das Restaurant nur schwach besucht war. Von Gasparri abgesehen bezahlten alle Gäste selbst, sogar der Aufpeitscher Elio Mazza, der aufgrund seiner Zitierkünste Poet genannt wurde. Es waren die Jahre vor Beginn der großen Krisen, die dem ewigen Wachstum für immer ein Ende setzen sollten.

Aristèides hatte Mazza abgepasst, als er an diesem grauen Novembernachmittag wie ein Seemann im Sturm aus einer Bar im Herzen der Altstadt heraustorkelte und ihn anrempelte. Der Mann beschimpfte ihn, erkannte den Riesen allerdings nicht, sondern lallte etwas von dringendem Mittagsschlaf und wankte davon. Aristèides folgte ihm bis zur runden Piazza della Valle, wo Mazza umständlich die Haustür eines der Palazzi aufschloss und sich dann am alten schmiedeeisernen Geländer die Treppe hinaufzog. Bevor die Tür ins Schloss fiel, stellte Aristèides den Fuß auf die Schwelle, schaute sich flüchtig um und folgte dem Poeten, bis dieser hinter der schäbigen Tür zu einem Speicher unterm Dach verschwand, ohne sie ins Schloss zu ziehen.

Elio Mazza war inzwischen fünfundsechzig und seit sechs Jahren ohne Arbeit. Seine Stelle als Sprecher der Hafenbehörde hatte er offiziell wegen seines Alkoholproblems verloren, als ein frischer politischer Wind die ewigen Blockierer beiseitefegte, die bisher jeden Aufschwung verhindert hatten, um den Konkurrenten in die Hand zu spielen. Die Hypothek, die Mazza dann auf die Wohnung seiner Eltern aufnahm, konnte er schon bald nicht mehr abbezahlen, und offensichtlich hatte er auch seine stattliche Pension verpfändet. Antonio Gasparri konnte oder wollte ihn plötzlich nicht mehr retten. Jetzt hauste er in dem unausgebauten, zugigen Abstellraum unterm Dach, wo die Stromleitung illegal angezapft war und sein Abwasser in das Fallrohr der Dachrinne geleitet wurde. Eine rostbesetzte elektrische Kochplatte stand auf einem wackligen Campingtischchen, das er ebenso wie einen dreibeinigen Holzhocker vor der Müllabfuhr bewahrt zu haben schien. Über der mit dreckigen Wolldecken bedeckten Matratze baumelte eine Glühbirne von einem Dachsparren, neben der Schlafstätte standen ein paar angebrochene Flaschen Wein und Grappa, die leeren lagen unter dem Tischchen. Aus einer Papiertüte waren verschrumpelte Kartoffeln auf den Boden gekullert, ein paar Konservenbüchsen und einige Gläser mit anderem Essbaren lagen daneben.

Aristèides drückte die Tür fast lautlos auf, Mazza kehrte ihm den Rücken zu und konnte sich kaum auf den Beinen halten, während er versuchte, in das Behelfsklo zu urinieren. Er hörte den bärtigen Riesen nicht näherkommen, erschrak jedoch kaum, als er sich endlich mit offen stehendem Hosenstall umwandte.

»Privat«, gurgelte er lediglich und sank auf den Hocker.

»*A chi è la gloria?*«*, fragte Aristèides zynisch.

»*A noi*«, murmelte Mazza und versuchte, ihn anzusehen. »Was hast du hier zu suchen?«

»Bist ganz schön runtergekommen. Die besten Jahre sind vorbei, scheint mir.«

»Wer bist du?« Seine Stimme klang willenlos.

»Der große Poet ist abgestürzt«, spottete der Riese lachend. »Glanz und Gloria des Vaterlands. Mit verpissten Hosen.«

* »Wem gehört der Ruhm?«

»Was willst du?«

»Du musst essen, großer Dichter. Saufen allein macht nicht satt.«

»Es gibt nichts.«

»Klar, die weißen Mäuse, die dir auf der Schulter sitzen, kann keiner fangen.« Aristèides hob drei Kartoffeln auf und betrachtete die Konserven. »Ich bereite dir ein Festmahl zu. Leg dich hin, ich wecke dich, sobald es fertig ist.«

Widerspruchslos glitt der Poet auf die Matratze, schlief aber trotz seines Zustands nicht ein. Manchmal löste sich sein Blick von den bloßen Dachziegeln und glitt dann zu dem Mann hinüber, der den einzigen Topf mit Wasser füllte, ihn auf die angerostete Herdplatte stellte und schließlich eine Büchse mit Makrelen öffnete, obwohl er bei der Kontrolle des Verfallsdatums die Augen verdreht hatte. Auch das Glas Pesto stellte er bereit, setzte sich auf den Hocker und schaute Mazza an.

»Es kommt alles zurück im Leben, Elio«, sagte er. »Auch ich, wie du siehst.«

»Wer zum Teufel bist du?« Noch immer war sein Ton kraftlos.

»Früher war mein Kopf kahl rasiert. Anders als bei dir fallen mir die Haare allerdings nicht aus. Ich hab sie wie meinen Bart siebzehn Jahre wachsen lassen. Außer meinen Haaren habt ihr mir alles genommen.« Er drehte die Hitze zurück, als die Kartoffeln zu kochen begannen, und warf einen Blick auf seine Armbanduhr.

»Gib mir zu trinken, dann komm ich drauf.«

»Der Fusel steht gleich neben dir, Elio. Ich helfe dir nicht.«

Der Poet musste sich halb aufrichten, um eine Flasche zu greifen. Ohne die Miene zu verziehen, nahm er einen großen Schluck und rülpste. Er stank nach billigstem Grappa.

»Wer bist du? Sag's schon, Arschloch.«

Lächelnd schüttete Aristèides das Wasser ab, schälte die

Kartoffeln und schnitt sie in gleich dicke Scheiben, schichtete sie mit je einem Makrelenfilet dazwischen auf wie ein sich nach oben verjüngender Turm und gab das Pesto darüber, das langsam an den Seiten herablief. Dann zog er aus einem Beutelchen in seiner Jackentasche vier große dunkelbraune Bohnen, kratzte die Schalen ab, hackte sie fein und gab sie darüber. Während seiner Beobachtungsgänge hatte er im Ortsteil Prosecco den Zierstrauch im Vorgarten einer Villa entdeckt. Die Leute wussten offensichtlich nicht, was sie dem schönen Schein der Blüten zuliebe anpflanzten. Aristèides drehte den Wasserhahn auf und wusch sich sorgfältig die Hände.

»*A chi è la vittoria?*«, fragte der Riese spöttisch und blickte herausfordernd auf das Männchen herunter.

»*A noi.* Aber es heißt Gloria.«

»Also, hier, der Faro della Vittoria für deine Gloria. Unser weißer Leuchtturm mit dem Kupferdach. Ganz allein für dich, D'Annunzio, und für deine Heimatstadt Fiume. Los, iss. Oder muss ich dich füttern?«

Das Männchen rappelte sich auf, stellte die Grappaflasche auf das Tischchen und ließ sich umständlich auf dem dreibeinigen Hocker nieder.

»Jeder Exzess an Gewalt ist legitim, um das Vaterland zu bewahren«, zitierte der Riese den nationalen Großdichter.

Elio Mazza bemühte sich sichtbar, die passenden Sätze in seinem mitgenommenen Gedächtnis zu finden. Er verschluckte sich, hustete, räusperte sich. Dann hob er stolz die Brust und beendete mit salbungsvoller Betonung das Zitat. »Ihr müsst verhindern, dass es einer Handvoll Kuppler und Betrüger gelingt, Italien zu beschmieren und zu verlieren. Alle notwendigen Aktionen werden von Roms Gesetzen gutgeheißen.«

Aristèides applaudierte in Zeitlupe. »Also, iss, bevor es kalt wird.«

»Du hast mir noch immer nicht gesagt, wer du bist.«

»Siebzehn Jahre, großer Poet, sind eine lange Zeit. Was passierte 1999?«

»Scheiß Europa. Vorher hat der Espresso bloß tausend Lire gekostet und der Wein die Hälfte. Wer bist du?«

»Iss.«

Aristèides lehnte sich an den Pfeiler, auf dem der Dachfirst lagerte, und wartete, bis Elio Mazza zuerst misstrauisch die kleinsten Stücke aufspießte und dann gierig den Turm von oben her abtrug. Er schaute nicht vom Teller auf, es war die erste warme Mahlzeit seit Langem. Erst als er sie zu drei Vierteln verschlungen hatte, setzte er die Grappaflasche an den Mund. Wieder rülpste er laut und drehte dem Riesen den Kopf zu.

»Wer bist du?«

»Siebzehn Jahre ist es her, dass ihr Schweine dem Gericht eure Lügen aufgetischt habt, um Tonino Gasparri zu schützen. Klingelt es jetzt bei dir?«

Der Poet versank wieder in sich selbst, dann fuhr er hoch und riss die Augen auf. »Albanese. Aristèides Albanese. Bist du endlich draußen? Ich freue mich, dass du wieder da bist. Wirklich.«

»Du warst der schlimmste Scharfmacher von allen. Aber wie ich sehe, hat Gasparri dich vergessen, sonst würdest du nicht so erbärmlich hausen.«

Mazza setzte die Grappaflasche an und nahm zwei große Schlucke.

»Ich konnte damals nicht anders. Sie haben mich gezwungen«, faselte er mit leerem Blick.

»Niemand hat dich gezwungen. Du hattest Gasparri nur den Job als Sprecher der Hafenbehörde samt deinem hohen Gehalt zu verdanken. Und wie ich sehe, hast du ihn nicht allzu lange behalten.« Der Riese wischte mit dem dreckigen Geschirrtuch sorgfältig seine Spuren vom Geschirr. »Hat's geschmeckt?«

Mazza wischte sich mit dem Handrücken über den Mund. »Und jetzt?«

»Jetzt wird abgerechnet, Elio.«

»Du bist ein Versager, Albanese. Nichts als ein Versager. Du machst mir keine Angst.«

»A chi la forza?«

»A noi.«

»A chi l'ignoto?«

Für wen das Ungewisse sei, hatte D'Annunzio seinem Ruf erst nach der Niederlage seiner Schlacht um Fiume hinzugefügt, mit der er sogar Mussolini Unbehagen bereitete. Mazza war 1951 dort zur Welt gekommen.

»A noi«, lallte er und fegte trotzig den leeren Teller vom Tisch.

»Eben«, sagte Aristèides, kontrollierte noch einmal die Gegenstände, die er berührt hatte, und ging zur Tür. Es war Zeit, die Gegend zu verlassen, bevor die Geschäfte und Büros schlossen und die Straßen sich trotz der Witterung bevölkern würden.

Kaum war er wieder allein in seiner Mansarde, taumelte der Poet satt und besoffen zu seiner Schlafstätte und suchte in den Taschen seines fleckigen Jacketts nach dem alten Mobiltelefon mit dem zersplitterten Display, auf dem ihn nie jemand anrief. Der Kredit auf der Prepaidkarte reichte noch für zwei Gespräche. Bruno Guidoni, der Eigentümer der zum Speicher gehörenden Wohnung, antwortete sofort.

»Habe dich lange nicht gehört, Elio. Ist etwas passiert?«

Mazza brauchte einen Moment, bis er ein klares Wort formulieren konnte. »Der Grieche ist in der Stadt zurück.«

»Bist du besoffen? Der hat noch drei Jahre abzusitzen.«

»Aber wenn ich ihn gesehen habe?«

»Dann hast du dich getäuscht und ihn mit jemandem verwechselt.«

»Er war bei mir. Und er hat für mich zu Mittag gekocht.«

»Er war in deiner Bude? Was wollte er?«

»Nichts Besonderes. Er sagte nur, jetzt wird abgerechnet. Ich habe gegessen, und dann ging er wieder. Es hat gut geschmeckt.«

»Weißt du was, Elio? Schlaf deinen Rausch aus und ruf mich morgen wieder an.«

Guidoni legte auf, vermutlich saß er wie jeden Nachmittag beim Kartenspiel in seiner Stammbar. Mazza durchsuchte umständlich die wenigen Nummern, die in seinem alten Telefon gespeichert waren, dann ließ er es lange klingeln, bevor abgenommen wurde.

»Kein gutes Zeichen, von dir zu hören, Poet. Vermutlich brauchst du Geld. Ich hab keins, versuch's erst gar nicht.« Antonio Gasparris Stimme klang kalt und abweisend. »Zeit hab ich auch keine.«

»Er ist wieder da«, stammelte Mazza.

»Wer denn, Elio?«, fragte der Abgeordnete.

»Der Grieche.«

»Welcher Grieche?«

»Albanese. Er ist raus. Ich dachte, es interessiert dich gewiss.«

»Danke. Ich werd's überprüfen lassen. Sonst noch was?«

»Hast du ein bisschen Geld für mich? Das, was er mir gekocht hat, war seit Langem das erste warme Gericht, Tonino.«

»Vergiss es, du versäufst es nur.«

»Vergiss du nicht, Tonino, dass ich ein ziemlich brisantes Dokument besitze.«

»Damit kannst du dir den Hintern abwischen.« Gasparri beendete das Gespräch grußlos.

Elio sank auf die Matratze und fiel sofort in einen tiefen

Schlaf. Den Mund weit geöffnet schnarchte er, als wollte er die Dachsparren durchsägen. Ein Speichelfaden lief auf seinen Hemdkragen. Er schmatzte zweimal, sein Mund brannte. Es war längst dunkel, als er kurz erwachte. Er tastete mit dem Finger die Zähne ab, dann schob er das Brennen auf den Grappa, den er wie Wasser hinabgeschüttet hatte. Und schlief trotz der Glühbirne über seinem Kopf wieder ein. Erst nach Mitternacht kam er das nächste Mal zu sich. Ein heftiges Rumoren seines Darms zwang ihn auf die Beine, er stützte sich an den Pfeilern ab, um die Toilettenschüssel in der Ecke zu erreichen, und konnte gerade noch die Hose abstreifen, bevor er sich mit einer heftigen Diarrhö entleerte. Vergebens suchte er nach Toilettenpapier, er hatte wieder einmal vergessen, es aus einer Kneipe mitgehen zu lassen. Als er sich trotzdem erheben wollte, riss es ihn schon wieder. Und plötzlich verspürte er auch den Zwang, sich zu erbrechen. Die Nacht verbrachte er zwischen seiner Schlafstätte und dem verdreckten Klo. Am frühen Morgen verschlimmerten sich die Magenkrämpfe und sein Stuhl war blutig. Er schwitzte heftig, obwohl es nasskalt und zugig war.

»Patrizia hat einen Darminfekt und die kleine Barbara auch. Ich hoffe, sie steckt uns nicht an. Und meine Mutter macht mir ernste Sorgen«, sagte Laura zu Proteo, als er aus dem Kommissariat nach Hause kam. »Wenn Marco nicht für sie kocht, will sie nur noch Nutella essen. Dabei arbeitet er am Abend doch meist. Mir hört sie natürlich nicht zu. Red du mal ein Wort mit ihr.«

»Als hätte es jemals geholfen, wenn ich deiner Mutter etwas sagte«, winkte Laurenti ab. »Aber versuchen kann ich es ja. Sind Patrizia und die Kleine im Bett?«

»Ich kümmere mich um die beiden, geh du besser nicht zu ihnen. Erstens haben sie noch Fieber, und zweitens läuft Patrizia die ganze Zeit zur Toilette. Die Sache geht angeblich rum, wie immer zu dieser Jahreszeit. In drei Tagen ist es schon vergessen. Hauptsache, wir fangen uns nichts.«

Vor Jahren hatte sich der Haushalt der Familie deutlich vergrößert. Sie waren Großeltern geworden, und schon zuvor hatte Laura ihre Mutter aus der eineinhalb Stunden entfernten Kleinstadt San Daniele im Nordfriaul zu sich geholt. So hatte sie es mit ihren Schwestern vereinbart, die dafür die Produktion des San-Daniele-Schinkens weiterführten, der von der Familie in der vierten Generation hergestellt wurde und ordentliche Renditen abwarf. Nach der Geburt ihrer Urenkelin Barbara war Camilla Tauris, die alte Dame, unersetzlich gewesen, doch seit geraumer Zeit wurde sie vergesslicher und brauchte je nach Tageszeit selbst Hilfe. Es würde den Haushalt verändern, sobald sie sich nicht mehr selbst waschen und ankleiden könnte und auf Hilfe angewiesen wäre. Sie hatten es sich alle anders vorgestellt und diskutierten häufig, wer die Pflege übernehmen sollte, so lange zumindest, wie ihre Mutter überhaupt bei ihnen bleiben konnte. Ihre Enkelin Patrizia verweigerte sich vehement, kündigte an, bald wieder in ihren Beruf als Unterwasserarchäologin zurückkehren zu wollen, falls sie nicht mit Gigi, dem Kapitän, der alle zwei Monate für geraume Zeit hier war, weiteren Nachwuchs zeugen würde. Laura verdrehte allein bei der Vorstellung die Augen, sich nicht mehr ausreichend um die Kunstabteilung des Versteigerungshauses kümmern zu können, an dem sie beteiligt war. Und jetzt verweigerte Camilla anscheinend auch noch das Essen und beharrte auf Nutella, das bei den Einkäufen nie vergessen werden durfte. Immerhin akzeptierte sie, was Marco für sie kochte. Der jüngste Sohn der Laurentis kam diesem Ansinnen auch meistens nach, wenn ihm Zeit dafür blieb. Seit er sich weigerte, wieder eine feste Anstellung in einer Restaurantküche anzunehmen, verdingte er sich als Privatkoch für den gehobenen Mittelstand. Wer seine Gäste im eigenen Heim bewirten und dabei eine gute Figur abgeben wollte, war bei ihm richtig. Es war eine neue Herausforderung, er musste die Räumlichkeiten seiner Gastgeber besichtigen und sich einen Eindruck von deren Küchen verschaffen, musste über ihre Vorlieben sprechen, Allergien und Intoleranzen ausloten, das Budget verhandeln und Menüvorschläge unterbreiten, die seine Kunden bis zuletzt modifizieren würden. Er musste die entsprechenden Weine aus den Vorräten des Hausherrn wählen oder passendere vorschlagen und bestellen. Der Vorschuss für die Einkäufe musste festgesetzt werden, bei mehr als sechzehn Gästen brauchte es eine Küchenhilfe und womöglich einen Kellner. Und dann musste das Salär in bar eingetrieben werden, was beizeiten schwieriger war als die Abendgestaltung selbst. Er war dabei, sich einen guten Namen zu machen, und wurde bereits weiterempfohlen. Und seine Großmutter hatte ihm das Geld für einen alten vierradgetriebenen Fiat Panda gegeben, mit dem er seine Utensilien transportierte.

»Marco sagt zwar, es liefe gut bei ihm. Aber ich weiß, dass zwei seiner Kunden sich um die Endabrechnung drücken und nicht auf seine Anrufe antworten. Immerhin hat er sogar eine Anfrage von Gasparri bekommen.«

»Ich hoffe, du hast deinem Sohn davon abgeraten.«

»Warum sollte ich. In der Gastronomie muss man alle gleich behandeln, sonst geht man unter.«

Laura stellte eine Platte mit rohem Schinken aus der Familienproduktion, durchgereiftem Höhlenkäse, Oliven sowie eine Flasche Weißwein vom Karst auf den Tisch. Ihre Mutter saß abseits in einem Sessel und stierte ausdruckslos auf den Fernseher. Proteo nahm einige der hauchdünnen Scheiben und stellte sich vor die alte Dame.

»Ich finde, euer Schinken schmeckt besser, seit du nicht mehr im Betrieb bist, Camilla«, provozierte er sie. »Er zergeht auf der Zunge. Zu deinen Zeiten war er immer viel zu versalzen, was das Aroma erdrückt hat. Probier mal. Ich bin gespannt, was du sagst. Sechsunddreißig Monate gereift und immer noch so zart. Einfach köstlich.« Er schob ihr eine Scheibe in den Mund, was sie erst zu bemerken schien, als sie den Geschmack spürte.

»Das ist kein Schinken aus San Daniele«, maulte sie sogleich. »Der schmeckt nach Plastik. Warum kauft ihr so schlechtes Zeug, wenn wir selbst den besten machen?«

»Dann versuch mal diesen, und sag mir, wo der herkommt.« Er reichte ihr eine weitere Scheibe.

»Du weißt doch gar nicht, wie guter Schinken schmeckt. Ihr im Süden fresst nur Seeigel.«

Immerhin das hatte sie nicht vergessen. Jeden Sommer protestierte sie angewidert, wenn Proteo in vielen Tauchgängen nur mit Maske, Schnorchel und Handschuhen bewaffnet die stacheligen Tiere vom Meeresboden holte und die ganze Familie über die rohen Seeigel herfiel oder Marco eine Pasta damit zubereitete. Die Leute an der nördlichen Küste hatten keine Kultur für diese Kostbarkeit entwickelt, und die Taucher konnten die Essbaren nicht von den anderen unterscheiden. Doch trotz ihrer Meckerei ließ sich die alte Camilla ohne Anstalten von ihm füttern. Laura schaute ihnen fassungslos zu, während ihr Mann für jede Scheibe eine andere Geschichte erfand. Einmal behauptete er, dass die Scheibe von alten, gut abgehangenen Lawinenhunden sei, das andere Mal vom soeben geborenen Känguru, vom polnischen Vogel Strauß oder gar von Büffeln, die sofort nach dem Melken geschlachtet wurden und aus deren Milch in der Gegend seiner Herkunft feiner Mozzarella geschöpft wurde. Daher seien die Tiere so glücklich. Die Alte kaute stoisch die Bissen, die er ihr reichte. Dann verlangte sie entschieden nach einem Glas Wein. Ihre Tochter protestierte, als Laurenti es neben sie auf das Tischchen stellte, wo sie es zu vergessen schien. Nach ein paar Minuten aber griff sie doch danach und leerte es in einem Zug.

»Ich will Nutella«, sagte sie und watschelte in die Küche hinaus.

»Das ist nicht auszuhalten. Bis nach dem Mittagessen kann sie alles allein, aber je müder sie wird, umso mehr versinkt sie in ihre eigene Welt.« Laura atmete tief durch. »Früher hat sie keine Schokolade gemocht, und deshalb haben wir Kinder auch nie welche bekommen.«

Proteo stach ein Stück gut gereiften Käse vom Laib und schob es sich genüsslich in den Mund. »Glaub bitte nicht, dass ich sie jetzt jeden Abend füttere. Sag mir lieber, wer die Leute sind, die bei Marco in der Kreide stehen.«

»Dabei kannst du so schöne Geschichten erfinden, Proteo.« Seine Frau schenkte ihm einen Blick, der das härteste Herz hätte zerfließen lassen. »Ein Ehepaar, beide Inhaber eines Herrenbekleidungsgeschäfts am Largo Barriera. Und dann noch der Anlageberater der Bank an der Piazza della Borsa.«

»Bei dem ist doch abzusehen, dass er trickst. Mich wundert, dass er überhaupt noch Freunde hat. Warum fragt uns Marco nicht, bevor er einen Job annimmt?« Der Commissario kannte die Eigenheiten vieler Triestiner, und Laura zählte einen Großteil des gehobenen Mittelstands zu den Kunden ihres Versteigerungshauses. »Denen werde ich den Zahn schon ziehen.«

»Misch dich nicht ein, Marco muss seine eigenen Erfahrungen machen«, widersprach Laura. »Livia redet übrigens von Heirat.«

Laurenti fuhr auf. Ihre älteste und hübscheste Tochter, die diverse Fremdsprachen beherrschte und seit einigen Jahren als Sekretärin in einer Anwaltskanzlei in Frankfurt arbeitete, hatte sich ausgerechnet von ihrem Chef erobern lassen. Im Sommer hatte sie Dirk zum Urlaub mitgebracht. Sein Italienisch war jämmerlich, trotzdem ging er davon aus, dass ihm alle folgen könnten. Er kam vom Hundertsten ins Tausendste und ließ ein Klischee nach dem anderen über die Südeuropäer los, als schriebe er die Reden für seinen rollstuhlfahrenden Finanzminister. Gleichzeitig aß und trank Dirk jedoch, als würde er zu Hause Hunger leiden.

»Heiraten, einen Deutschen?« Proteo hätte ein Süditaliener besser gefallen, und der Gedanke, seine älteste Tochter für immer so weit weg zu wissen, behagte ihm noch weniger.

»Ich befürchte, du wirst deutsche Enkel bekommen«, flötete Laura und blickte zum Fenster hinaus aufs nachtschwarze Meer, während sie verlegen eine Strähne ihres dicken blonden Haars um den Finger drehte. Ganz offensichtlich wusste sie es schon länger und hatte nur auf den richtigen Moment gewartet, ihrem Mann davon zu erzählen. Nachdem er seiner senilen Schwiegermutter ein Märchen nach dem anderen aufgetischt hatte, hielt sie den Zeitpunkt wohl für gekommen. »Keine Angst, du wirst dich daran gewöhnen, Proteo. Und Livia ist schließlich im richtigen Alter.«

»Carlo?«, rief er ins Telefon. »Ich bin's, Gasparri.«

»Dottor Gasparri, buona sera.« Staatsanwalt Scoglio war auf der Hut. Dass der Politiker sich meldete, bedeutete nichts Gutes. »Was kann ich für Sie tun?«

»Wenn es jemand weiß, dann du, Carlo. Ich habe gehört, dass der Grieche auf freiem Fuß ist.«

»Wen meinen Sie?« Scoglio klemmte seine Aktentasche unter den Arm, schloss die Bürotür hinter sich ab und stieg langsam die breite Treppe des imposanten Justizpalasts hinunter.

»Albanese. Aristèides Albanese, Mensch. Wer sonst? Stimmt es, dass er draußen ist?«

»Warum nicht, Dottor Gasparri?«

»Er hatte zwanzig Jahre kassiert. Die sind noch lange nicht vorbei.«

»Wenn ich mich richtig erinnere, haben Sie selbst genügend Freunde, Dottore, die wegen guter Führung vorzeitig auf

Bewährung entlassen worden sind oder dank ärztlicher Gutachten gar nicht erst einfahren mussten. Warum nicht er?«

»Muss einer auf Bewährung sich nicht melden?«

»Das interessiert die Staatsanwaltschaft nicht. Ein rein administrativer Akt, Dottore. Ein Teil der Strafe. Gemeingefährliche Verbrecher bleiben hingegen drin.«

»Verdammt, Carlo. Stimmt es, oder stimmt es nicht? Du warst damals doch selbst dabei. Ich muss es wissen.« Tonino Gasparri ging ungeduldig vor dem einzigen Fenster seiner Wohnung in der Via Mazzini auf und ab, von wo man einen kleinen Ausschnitt des nächtlichen Meeres sehen konnte. Die Lichter auf der Diga Antica, dem Deich zum Schutz des Porto Vecchio, waren erloschen, seit er die Pacht der dortigen Gastronomie und der schicken Badeanstalt einem großzügigen Parteifreund zugeschanzt und dieser einen betrügerischen Bankrott hingelegt hatte.

Staatsanwalt Scoglio grinste und blieb eine Antwort schuldig, legte aber noch nicht auf.

»Bist du noch dran, Carlo? Falls der Grieche zurück in der Stadt ist, betrifft uns das alle.«

»Einen schönen Abend, Dottore.« Der Staatsanwalt hatte erfahren, was er wollte. Der Politiker fürchtete sich offensichtlich vor einer Konfrontation mit Albanese. Tatsächlich wusste Carlo Scoglio nichts von einer vorzeitigen Entlassung des Kochs. Er stieg in den Fond seines Dienstwagens und ließ sich nach Hause bringen, wo ihn seine Frau wie stets penibel seine Pünktlichkeit überwachend zum Abendessen erwartete. Seit zwei Jahren akzeptierte sie nur noch triftige Gründe für sein Ausbleiben oder für allzu deutliche Verspätungen.

Antonio Gasparri war seit seiner Gymnasialzeit in der Politik, als handelte es sich um einen genetischen Defekt seiner Familie. Der Großvater war ein glühender Vertreter der Repubblica di Salò gewesen und auch nach dem Krieg und dem

Abzug der Alliierten aus Triest in der faschistischen Nachfolgepartei geblieben. Eine Position, die bald Gasparris Vater übernahm, später traten die Söhne in seine Fußstapfen. Die Partei hatte sich freilich längst umbenannt und war Teil eines populistischen Rechtsbündnisses geworden, das lange Jahre die Regierung stellte. Heute war es nicht einmal mehr die drittstärkste Gruppe im Parlament, allerdings hatte Tonino Gasparri noch nie einen Posten verloren. Bald würden es vierzig Jahre sein, von denen er über die Hälfte im Stadtrat von Triest gesessen hatte, in der fünften Legislaturperiode zudem im Regionalparlament. Er war Vorsitzender verschiedener Komitees und Kommissionen, die von der Urbanistik bis zum Gesundheitswesen, von der Verkehrs- und Schulpolitik bis zum Tourismus reichten. Dieser Mann schien in allem kompetent zu sein. Vor allem hatte er Verbündete auch in der größten gegnerischen Partei, als könnten sie sich gemeinsam und fern der Bürger Stadt und Land zurechtformen. Seine Bezüge überstiegen bei Weitem, was er aus eigener Fähigkeit hätte erwirtschaften können. In seinem Curriculum Vitae war von einem Studium der Wirtschaftswissenschaften zu lesen, doch kursierten Stimmen, die sagten, er habe den Abschluss nur dem Zutun von Parteifreunden zu verdanken.

Er war von magerer Gestalt und mittlerer Größe, bis heute hatte er sich keinen Friseur gesucht, der sein dunkelgraues Haar passabel zu schneiden gewusst hätte, stattdessen bediente er sich eines seiner Getreuen aus dem lokalen Parteivorstand. Auch seine Kleidung fiel nicht weiter auf. Dass niemand ihn übersehen konnte, lag allein an seinem wohl vererbten Selbstbewusstsein und an der Macht, mit der er in der Stadt etwas durchzusetzen wusste – oder zu verhindern. Eine Funktion im Vordergrund, Bürgermeisterposten oder Parteivorstand, hatte er stets abgelehnt. Man konnte sich jedoch darauf verlassen, dass, sobald seine Partei wieder an die Macht kam, er alles dafür tun würde, jeden Fortschritt so schnell wie möglich zurückzudrehen. Viel Arbeit würde dabei nicht anfallen, schließlich waren die Kollegen der anderen Parteien genauso wenig daran interessiert, infolge zu vieler Neuerungen die Kontrolle zu verlieren.

Er bewohnte eine großzügige Wohnung im vierten Stock eines neoklassizistischen Palazzos in der Via Mazzini, die er kaum nutzte. Tonino, wie ihn alle riefen, verbrachte die meiste Zeit mit seinen Seilschaften in Sitzungssälen, Büros, Bars und Restaurants. Beizeiten sah man ihn in weiblicher Begleitung nach Hause gehen. Und nicht immer war es Fedora Bertone, die ihm gefällig war.

An diesem Abend telefonierte er fieberhaft. Wegen der vielen Konferenzen hatte er am Nachmittag nicht die Gelegenheit gefunden, der Behauptung von Elio Mazza, dem Poeten, nachzugehen, dass Aristèides Albanese vorzeitig entlassen worden und in die Stadt zurückgekehrt sei. Bruno Guidoni hatte ihn gestern ebenfalls angerufen, aber auch er konnte nichts Neues sagen. Der Staatsanwalt hatte nicht einmal versprochen, sich kundig zu machen, und siezte ihn sogar abweisend. Seine Vertrauensperson im Polizeipräsidium war nicht zu erreichen, und auch in der Präfektur blitzte er ab. Tonino Gasparri war stets davon ausgegangen, dass Albanese seine Strafe bis zum Ende absitzen müsste und sich nie in die Stadt zurücktrauen würde, aus der er einst verbannt worden war.

Antonio Gasparri suchte in einem Sideboard nach dem Cannabis und drehte sich einen Joint, der ihn beruhigen sollte. Eine Angewohnheit, die er seit seiner Jugend und trotz seiner üblichen Moralpredigten beibehalten hatte. Als Student hatte man ihn erwischt, als er in der Viale XX Settembre das Zeug verdealte, und schon damals mussten ihn seine Verbündeten retten. Oder sein Vater. Der Vorfall war nie an die Öffentlichkeit gekommen und das Verfahren stillschweigend eingestellt worden. Er nahm zwei tiefe Züge und sinnierte, wie mit Aristèides zu verfahren wäre und was er vorhaben könnte. Er hätte es sogar verstehen können, wenn der Mann zurückgekommen wäre, um sich an ihnen zu rächen. Heute würde es schwieriger sein, ihn noch einmal auf ähnliche Weise loszuwerden. Die Social Media und das Internet hatten zwar die Oberhand gewonnen, Schmutzkampagnen gab es en masse und waren beizeiten erfolgreich, doch das war nicht seine Welt. Auch die Redaktion der Lokalzeitung hatte er nicht mehr im Griff. Dass der Grieche wieder in der Stadt war, wäre an sich keine große Nachricht gewesen. Allzu sehr aufgebauscht konnte sie sich aber als zweischneidiges Schwert erweisen, sollte in einem Artikel die alte Geschichte aufgeblättert und die Namen der Beteiligten genannt werden. Im Moment blieb wenig anderes übrig, als auf der Hut zu sein und sich gegenseitig auf dem Laufenden zu halten. Antonio Gasparri schrak auf, als er zur Uhr blickte, er hatte noch ein wichtiges Treffen vor sich, und danach erwartete ihn seine Parteigruppe in der Bar *Medusa.* Dort ließ sich offen reden, der Wirtin Fedora Bertone konnte er seit jeher vertrauen.

Bei der griechisch-orthodoxen Kirche San Nicolò überquerte er die Rive und ging auf der Mole in Richtung Campo Marzio. Bei der Stazione Marittima war der gesamte Parkplatz wegen eines Kreuzfahrtschiffs abgesperrt, das Punkt sieben Uhr am nächsten Morgen an der Mole festmachen würde. Ein paar Meter weiter stand ein glatzköpfiger, stämmiger Mann in Lederjacke rauchend neben seiner schwarzen Ducati Monster.

»Lange hätte ich nicht mehr gewartet, Tonino«, sagte er, als Gasparri auf ihn zukam.

»Verzeih, aber ich habe noch eine wichtige Nachricht bekommen.« Der Politiker klopfte dem Kerl, der ihn deutlich überragte, versöhnlich auf die Schulter. »Du hast doch jetzt

Ferien, da kommt es auf zwanzig Minuten nicht an. Konntest du dir einen Überblick verschaffen?«

»Kein Problem. Morgen früh läuft alles wie geplant. Du hast hoffentlich das Geld dabei, die anderen wollen anschließend sofort abhauen.«

Gasparri zog einen prallen Briefumschlag aus der Innentasche seines Jacketts. »Je zehn für jeden von ihnen. Du bekommst deinen Anteil später samt einer Prämie von hundertfünfzig Prozent. Du weißt, es ist mir wichtig, dass die Sache klappt. Macht keine Fehler, und lasst euch bloß nicht erwischen.«

»Keine Sorge, die anderen wissen nicht, von wem der Auftrag kommt. Und aus mir kriegt niemand etwas raus.« Der Motorradfahrer trat die Zigarette aus, setzte den Helm auf und ließ seine Maschine mit donnerndem Motor an. Als er sich auf den Sattel schwang, wirkte das Gefährt wie ein Spielzeug unter ihm.

»Soll ich dich irgendwo absetzen, Tonino?«, fragte er, bevor er das Visier schloss.

»Lass mal, ich geh besser zu Fuß. Am besten du verschwindest danach für zwei Wochen. Mach eine Kreuzfahrt oder so was.« Gasparri zeigte auf die Absperrungen. »Und wenn du etwas brauchst, dann melde dich über die üblichen Kanäle. Ansonsten sehen wir uns nach deiner Rückkehr oben in den Bergen.« Wie viele andere Triestiner hatte auch er schon vor Jahren mit Schwarzgeld eine Wohnung in dem Kärntner Bergdorf Bad Kleinkirchheim gekauft.

Die Kneipe war halb leer, und sie erwarteten ihn ungeduldig am letzten Tisch, abseits der anderen Gäste. Kaum hatte Fedora ihm ein Glas gebracht, fasste er in aller Kürze die Ereignisse des Tages zusammen. Bruno Guidoni nickte zur Bestätigung.

»Wie sieht der Grieche wohl heute aus?«, fragte die Wirtin. Ihre Zähne blitzten im Licht.

Gasparri hob ratlos die Brauen und wandte sich an Guidoni. »Mir hat der Staatsanwalt nichts sagen wollen. Hast du mit ihm gesprochen?«

Der andere verneinte und griff zum Telefon, doch hörte er unter der Nummer des Poeten lediglich die Ansage der Telefongesellschaft, dass der Teilnehmer derzeit nicht zu erreichen sei. Er stellte die Stimme wie zum Beweis auf Lautsprecher. »Er wird uns morgen Genaueres sagen, wenn er seinen Rausch ausgeschlafen hat. Auch der Grieche wird ein paar Haare verloren haben, wie fast alle von uns.«

»Er hatte doch schon damals eine Glatze«, lachte Fedora und bleckte die Zähne wie ein wieherndes Pferd. Ihr extremer Überbiss stand in größtmöglichem Widerspruch zu den perfekten Formen ihres Körpers. Aristèides hatte sie zu ihrem Ärger oft damit gehänselt, dass sie auf Modeschauen den Leuten nur dann den Atem raubte, wenn sie maskiert oder mit Schleier defilierte. Sex hatte er dennoch mit ihr haben wollen. Erst als sie ihm sagte, dass sie ein Kind von ihm erwartete, wurde sie wieder zur Bedienung in seinem Restaurant. Das hatte sie ihm nie verziehen.

»Sollte er wirklich zurück sein, werden wir es bald wissen«, scherzte Gasparri gekünstelt. »Wenn einer von uns etwas erfährt, sagt er den anderen sofort Bescheid. Und falls es eine von Elio Mazzas Wahnvorstellungen war, dann hat er eine Abreibung verdient. Die hilft ihm vielleicht generell wieder auf die Beine.«

Tiefer Fall

Eine leichte Bora war über Nacht aufgezogen und hatte die schwarzen Wolken über der Stadt und dem adriatischen Golf weggefegt. Vor einigen Wochen hatte wieder einmal ein Idiot der Bronzeskulptur von Umberto Saba die Pfeife aus dem Mund gestohlen und auch seinen Spazierstock abgebrochen und mitgehen lassen. Ein Schmied im blauen Arbeitszeug breitete im Sonnenlicht des späten Vormittags sein Werkzeug auf dem Pflaster aus und entzündete die Flamme des Schweißbrenners, um die Nachbildungen der Utensilien des berühmten Triestiner Dichters zu befestigen. Wie immer, wenn eine öffentliche Baustelle auf ihrem Weg lag, versammelten sich sogleich einige betagte Männer darum und kommentierten das Vorgehen der Handwerker, die früher selbstverständlich auch tüchtiger gewesen waren. Als der Schmied die dunkle Schweißerbrille von der Stirn ins Gesicht ziehen wollte, hob er kurz den Kopf, sein Blick traf die letzte Etage des opulenten Jugendstilpalasts an der Via Dante Alighieri, abrupt hielt er in seiner Tätigkeit inne und starrte mit offenem Mund hinauf. Die Gasflamme kam seinem Bein bedrohlich nahe. Er hob den Arm, auch die Rentner schauten empor, doch bevor sie begriffen, was sie da sahen, stürzte ein Körper herunter und prallte nur wenige Meter vor ihnen mit dumpfem Schlag aufs Pflaster. Aufgeregte Rufe, doch niemand hatte den Mut, sich zu nähern. Aristèides Albanese trat hinzu und stand in der dritten Reihe, er überragte die Gaffer um gut einen Kopf. Während er den leblosen Körper betrachete, traf der erste Streifenwagen ein, und auch die Sirene des Notarztwagens näherte sich unüberhörbar. Aristèides drückte sich an der rasch anwachsenden Menschenmenge vorbei, beschleunigte den Schritt Richtung Piazza della Repubblica und verschwand kurz darauf aus dem Blickfeld. Pünktlich wie immer hatte er sich in der Questura zwei Straßen weiter gemeldet und mit der wöchentlichen Unterschrift seinen Aufenthalt in der Stadt bestätigt. Früher am Morgen hatte er die Verhandlungen für sein neues Lokal am Largo Piave abgeschlossen. Er trug den Vertrag in der Tasche, den Tante Milli noch unterzeichnen musste.

Der Anruf erreichte Proteo Laurenti nur wenige Minuten nach dem Eintreffen des Streifenwagens, noch während die Sanitäter den leblosen Frauenkörper mit einem Tuch abdeckten. Eine Selbstmörderin oder Tod unter Fremdeinwirkung? Es gab ein klares Regelwerk für das Vorgehen. Der Gerichtsmediziner sei unterwegs, ein zweiter Streifenwagen vorgefahren, zwei Uniformierte hätten sich vor dem Eingang des Palazzos positioniert und nähmen von jedem die Personalien auf, der das riesige Gebäude verließ. Der Commissario rief eine Kollegin, sie machten sich zu Fuß auf den Weg. Es waren kaum dreihundert Meter.

Der Schmied packte unverrichteter Dinge die neue Bronzepfeife der Skulptur, den Ersatzstock und sein Werkzeug ein und wurde dabei von einem Reporter der Lokalpresse fotografiert. Er würde die Arbeit an einem anderen Tag erledigen. Der Fotograf kämpfte sich durch die Schaulustigen, um zuerst den abgedeckten Körper und dann die Fassade des Jugendstilpalasts abzulichten. Viele der Gaffer eilten weiter, nachdem sie mit dem Mobiltelefon ein Bild der Szenerie geschossen hatten, doch zu dieser Uhrzeit, kurz vor Mittag, gesellten sich rasch neue dazu. Bildergierige, zerschwätzte Zeiten.

Ein zweifarbiges Plastikband mit der Aufschrift *Polizia scientifica* sperrte bereits den Raum um die Leiche weitläufig ab, zwei Kriminaltechniker in sterilen weißen Einweganzügen markierten die Stelle, warteten aber mit der Untersuchung des Körpers, bis ein mannshoher Sichtschutz errichtet war. Ein gut achtzigjähriger rüstiger Rentner mit Seemannsmütze und einer qualmenden Pfeife zwischen den Lippen stützte sich auf seinen Stock und wich nur wenig zur Seite. Dafür machte er einen der Polizisten auf den Schmied aufmerksam, der mit der schweren Werkzeugtasche auf dem Weg zu seinem im Halteverbot geparkten Lieferwagen am Corso Italia war.

»Der hat es als Erster gesehen«, rief der Greis. »Dann haben auch wir hochgeschaut.«

Der Polizist folgte dem Handwerker, während Chefinspektorin Pina Cardareto und Commissario Laurenti um die Ecke bogen und ihm entgegenkamen. Pina interpretierte die Handzeichen des uniformierten Kollegen richtig, verstellte dem Schmied den Weg und zückte ihre Dienstmarke.

»Einen Moment, bitte«, sagte sie. »Der Kollege möchte mit Ihnen sprechen.«

»Das ist ein Zeuge«, sagte der Uniformierte, sobald er vor ihnen stand.

»Ich habe nichts gesehen.« Der Handwerker wurde aschfahl.

»Alles Nichts hilft. Es heißt, Sie hätten beobachtet, wie die Person gestürzt ist.«

»Das stimmt, ich hab mir dabei die Hose mit dem Schweißbrenner angesengt. Die Frau ist einfach geflogen. Was für ein brutales Ende. Zuerst der Kopf, dann ist gleich der Körper auf den Stein geprallt. Ich werde das Geräusch nie vergessen. Darf ich wenigstens mein Werkzeug in den Wagen stellen?« Der Mann zog die Schlüssel aus der Jackentasche.

»Befragen Sie ihn, oder bestellen Sie ihn lieber in die Questura. Er wird sich besser erinnern können, wenn er sich vom Schreck erholt hat«, sagte Laurenti. »Ich warte vor dem Eingang.«

Der Commissario ging zu den Kriminaltechnikern bei der Toten. »Dokumente?«, fragte er knapp.

»Nichts«, sagte einer der Männer. »Keine Handtasche und keine Jacke.«

Mit echten und angeblichen Selbstmördern hatte Laurenti während seiner Laufbahn mehr als genug zu tun gehabt. Vor allem damals, als er noch neu in der Stadt gewesen war. Und Leichen hatte er ohnehin in allen denkbaren Zuständen gesehen, äußerlich fast unversehrt oder zerstückelt, erdrosselt, vergiftet, ersäuft, abgestochen, erschossen, erhängt. Und Kadaver, die als verweste Reste unter Erdhaufen lagen oder von Insekten zersetzt in dunklen feuchten Grotten.

Der Sturz hatte länger gedauert als das Eintreten des Todes. Das Gesicht schien auf der linken Seite fast unversehrt, es war das einer noch jungen und akkurat geschminkten Frau. Ihr pechschwarzes Haar war in etwa schulterlang und gepflegt, zumindest dort, wo es nicht von Blut und Hirnmasse durchsetzt war. Das aufgerissene dunkle Auge starrte ihn an, der Lidschatten saß perfekt. Dunkler Teint, heller Kaschmirpullover, kunstvolle Goldkette am Hals, manikürte feine Hände mit zwei kostbaren Ringen an den Fingern, kein Ehering. Die glänzenden Schuhe stammten aus einem Geschäft, wie er in Triest keines kannte.

Als das Tuch wieder die Leiche bedeckte, richtete sich Laurenti auf und wartete auf Chefinspektorin Cardareto.

»Vom letzten Balkon an der Ecke des Gebäudes.« Pina legte den Kopf in den Nacken und zeigte nach oben.

»Vorwärts oder rückwärts?«

»Mit dem Rücken voran, sagt der Schmied. Den Körper leicht angewinkelt, bevor er sich drehte und frontal aufschlug.

Aber er sei sich nicht hundertprozentig sicher. Er kommt am Nachmittag ins Büro.«

»Sie wissen, was es heißt, wenn dieser Handwerker recht hat, Pina?«

»Dann war es kein Suizid, rückwärts hat sich noch keiner umgebracht. Fangen wir ganz oben an. Wenn der Zeuge sich nicht täuscht, finden wir schnell, von wo sie gefallen ist.«

»Woher wissen Sie, dass es eine Frau ist?«

»Der Schmied ist davon überzeugt, obwohl sie Hosen trug.« Pina nickte dem Uniformierten am Eingang zu, über dem zwei riesige steinerne Schönheiten mit entblößten Brüsten ein rundes Fenster säumten und den darüberliegenden Balkon stützten. Der Mann hielt diensteifrig die Tür auf. »Irgendwelche Hinweise?«, fragte Pina.

»Gegenüber der Bank dort drüben hängt eine Überwachungskamera.« Er hob den Arm und wies auf einen Laternenpfahl.

Eine feine und teure Adresse. Laurenti war lange vor der Renovierung einmal Gast in einer der unteren Etagen gewesen, Freunde von Freunden hatten damals eingeladen, Leute, die längst weggezogen waren. Der altehrwürdige Aufzug war so aufwendig restauriert wie der ganze Palazzo, auch der Flur im sechsten Stock war großbürgerlich. Den wenigen Türen nach zu urteilen, mussten die angrenzenden Wohnungen über enorme Flächen verfügen. Keine Namensschilder an den edlen Eingängen, nur an der letzten prangten drei bescheidene, silbern glänzende Buchstaben: *ASC*. Der breite Fußabstreifer lag nicht wie vor den anderen Eingängen bündig zur Schwelle. Pina Cardareto zog ihn mit spitzen Fingern zur Seite, Sache der Kriminaltechniker. Behutsam drückte sie gegen die schwere gepanzerte Tür, die zu ihrer Überraschung lautlos nachgab. Die Chefinspektorin zog ihre Waffe aus dem Hosenbund und entsicherte sie. Laurenti trug seine nur selten und lächelte nachsichtig. Pina glitt als Erste durch den Türspalt und stürmte mit der Pistole im Anschlag hinein. Der Commissario betrachtete die Schlossfalle, die von einem Plastikstopfen blockiert wurde, als hätte sich jemand beim Eintreten den schnellsten Fluchtweg gesichert. Während die Kollegin in Windeseile die Räume absuchte, ließ er sich Zeit. Hier würde niemand mehr sein, zumindest niemand, der nicht hierhergehörte. Auf den ersten Blick war klar, dass es der Wohnungsinhaberin nicht an Geld fehlte: Großes indirekt beleuchtetes Entree, erstklassiges historisches Parkett und hohe Decken, lichte Räume, teuerste Möbelklassiker modernen italienischen Designs, auf weißen Sockeln zwei bemalte antike Vasen aus Korinth. Pedantische Ordnung auch auf dem Schreibtisch, vereinzelt großformatige Gemälde, die auf den Wänden bestens zur Geltung kamen. Die Espressomaschine in der Küche war eingeschaltet, nur eine gebrauchte Tasse stand daneben, Lippenstift am Rand. Der ausladende Salon nahm die Ecke des Gebäudes ein, die Tür zu einem schmalen Balkon war geöffnet.

»Halten Sie sich da fern«, mahnte er Pina. Auch Laurenti näherte sich nicht weiter, sondern griff zum Telefon und bat die Kriminaltechniker heraufzukommen, sobald sie ihre Arbeit unten abgeschlossen hätten. »Wenn es überhaupt Spuren gibt, dann auf dem Balkon.«

An der Garderobe stand die Gucci-Handtasche der Frau, er öffnete sie und zog eine längliche Damenbrieftasche heraus. Bargeld und Kreditkarten waren darin, außerdem Visitenkarten mit den Buchstaben *ASC* und dem gleichen Namen wie auf dem elektronischen Personalausweis: *Maggie Aggeliki.* Darunter das Wort *PRESIDENT* und die ausführliche Version des Buchstabenkürzels: *AGGELIKI SHIPPING COMPANY LTD.* Die Tote hatte erst vor Kurzem ihren neununddreißigsten Geburtstag gefeiert. Laurenti hob die Brauen und räusperte sich in einer Art, die Pina Cardareto in den letzten Jahren allzu gut kennengelernt hatte.

»Was haben Sie entdeckt, Chef?«

»Sobald ihre Identität bekannt wird, bricht die Hölle los, Pina. Sie ist eine schwerreiche englische Reederin, hat das Unternehmen sehr jung von ihrem Vater geerbt. Das ging groß durch die Medien. Eine Milliardärin. Über hundert Schiffe. Erst vor ein paar Tagen stand wieder in der Zeitung, dass die Frau bei uns investieren wollte. Ihre Anwälte und Manager fliegen seit Monaten hin und her. Sie soll kurz vor einem Abschluss mit der Hafenbehörde gestanden haben, es ging um das Areal bei den Molen II und III, die sie für die Griechenlandfähre der *Aggeliki Lines* gebraucht hätte, sowie um den RoRo-Verkehr und eine Erweiterung des Containerterminals für die Frachtschiffe. Sie hat ein langes Interview gegeben, bei dem sie erhebliche Investitionen in Aussicht gestellt hat. Arbeitsplätze. Die Renovierung der vordersten Speicherzeile im Porto Vecchio, sofern man ihr einen fünfzigjährigen Pachtvertrag zusichern würde. Es hagelte wütende Gegenstimmen aus der Politik und Kritik an der Hafenbehörde. Machen Sie sich auf das Schlimmste gefasst, die Schlagzeilen werden schneller um die Welt gehen, als wir es uns vorstellen können.«

Laurenti griff zum Telefon und wählte die Nummer von Rebecca Noventa, der Leiterin der kriminaltechnischen Abteilung. Er fasste sich sehr kurz: »Der heikelste Fall in deiner Laufbahn. Schick deine besten Leute. Ach was, am besten kommst du selbst. Beim geringsten Fehler fliegt uns das ganze Universum um die Ohren.«

»Weshalb hat ein solches Schwergewicht keine Bodyguards?«, fragte Pina, kaum hatte er aufgelegt.

»Sie war extrem publicityscheu. Es gibt keine aktuellen Fotos von ihr, selbst bei ihrem Interview war nur das Foto eines ihrer Schiffe abgedruckt. Sie fühlte sich sicher in Triest. Wer außer irgendwelchen Politikern aus der Hauptstadt läuft hier schon mit einem Gorilla rum? Finden Sie heraus, ob sie mit dem eigenen Flugzeug gekommen ist, vielleicht steht es am Flughafen. Und stellen Sie fest, wem diese Wohnung gehört. Wir überlassen sie den Kollegen von der Kriminaltechnik, obwohl ich bezweifle, dass es überhaupt Spuren gibt. Es befindet sich alles in peinlichster Ordnung. Gehen Sie zurück ins Büro, und legen Sie sofort los, Pina. Denken Sie an die Überwachungskameras, und setzen Sie ein paar Leute auf der Straße ein, die nach möglichen Zeugen suchen sollen. Hier im Haus übernehmen wir das. Ich gebe die Anweisungen und komme nach, sobald ich die Chefin, den Generalstaatsanwalt und den Präfekten informiert habe. Keine Alleingänge und absolute Geheimhaltung.«

In der Drogheria Toso an der Piazza San Giovanni musste Aristèides Albanese warten, bis einige alte Damen in Pelzmänteln, die sie dem leichten Geruch nach Kampfer zufolge erst wenige Tage zuvor aus dem Kleiderschrank geholt hatten, sich mit ihren bevorzugten Seifen, mit Tee oder Safran versorgt hatten. Er fragte nach Rizinusöl – wo, wenn nicht hier würde er es finden? Vieles hatte sich in den siebzehn Jahren seiner Abwesenheit in der Stadt verändert, Dinge, die ihn in den Augen schmerzten, wenn er sie entdeckte. Die Drogheria Toso aber war seit über hundert Jahren unverändert, hatte Kriege, Krisen und Generationswechsel überlebt, allen lukrativen Kaufangeboten widerstanden und, ebenso wie die Gran Malabar nebenan, auf kurzfristige Moden sturköpfig mit konstanter Qualität reagiert. Nur die Gesichter der Inhaber trugen inzwischen tiefere Falten. Einer brachte ihm zur Auswahl eine Viertelliter- und eine Einliterflasche. Aristèides verlangte zwei von den großen.

»Aber heute gibt man das niemand mehr zu saufen, wie

D'Annunzio und seine Bande das in Fiume getan haben.« Er zeigte auf den Löffel und die Stäbchen, die aus der Brusttasche des Kunden ragten.

»Fiume?«, fragte Aristèides.

»Fiume, Rijeka.« Der Mann schaute ihn durch seine dicken Brillengläser prüfend an und fuhr lächelnd fort: »*Olio di ricino e manganelli.* Diese Zeiten sind zum Glück vorbei.«

Knüppel und Rizinusöl. Damit hatten die Legionäre des nationalistischen Großdichters beim Griff nach der Stadt an der Kvarner Bucht die Gegner niedergemacht, vor allem wenn sie zur slawischen Bevölkerung gehörten. Knapp drei Jahre waren es noch bis zu Mussolinis Marsch auf Rom gewesen.

»Richtig dosiert ist es gesund«, sagte Aristèides, bezahlte und verließ den Laden, um an der Piazza Goldoni in den Bus zu steigen, der ihn bis vor die Tür der Comunità von Don Alfredo bringen würde. Nach der Präsenzmeldung in der Questura und diesem Einkauf war es höchste Zeit, die versäumte Arbeitszeit aufzuholen. Das Mittagessen hatte er am Vortag so weit vorgekocht, dass sein Gehilfe Aahrash es nur aufzuwärmen brauchte, allerdings musste der Abend für die dreißig Flüchtlinge noch vorbereitet werden. Im Bus hatte er Zeit und Ruhe, sein weiteres Vorgehen zu planen, doch die Erinnerung an den letzten Verhandlungstag des Schwurgerichts brachte sein Blut zum Kochen.

»… der Angeklagte ist unbeherrscht, das hat er auch gegenüber den ihn belastenden Zeugen nicht verborgen, denen er wiederholt rüde ins Wort fiel und sie unflätig beschimpfte. So respektlos, wie er sich dem hohen Gericht gegenüber gezeigt hat, verhält er sich generell und verfällt dabei völlig unkontrolliert seinem ausgeprägten Hang zur Gewalttätigkeit. Seine Behauptung, aus Notwehr gehandelt zu haben, wurde von allen Zeugen negiert. Übereinstimmend ist ausgesagt worden, der

Angeklagte sei ohne Vorwarnung tätlich geworden und habe sich nicht in einer sogenannten Zwangssituation befunden. Der Angeklagte Aristèides Albanese verteidigte sich wenig glaubhaft mit der unbewiesenen Behauptung, er sei bereits Tage zuvor von dem durch seine Hand getöteten Olindo Bossi, dem vereidigten Angestellten eines Wachdienstunternehmens, massiv unter Druck gesetzt worden und habe sich bedroht gefühlt. Der Angeklagte behauptet ferner, Bossi sei bereits zuvor zweimal vormittags noch vor Öffnung des Lokals *Pesce d'amare* gewaltsam in die Räumlichkeiten eingedrungen und habe dabei dem Albanese eine Pistole an die Schläfe gesetzt und abgedrückt. Die Waffe war folglich ungeladen, sonst säße der Angeklagte kaum hier.«

Gelächter erhob sich in zwei Reihen des Zuschauerraums. Der Vorsitzende bat um Ruhe.

»Ich wiederhole: die ungeladene Waffe abgedrückt. Zeugen dafür kann der Angeklagte selbstverständlich nicht benennen. Er behauptet hingegen, Bossi habe von ihm verlangt, seine Aussage gegen Antonio Gasparri zurückzunehmen. Allerdings ist Gasparri in dem Verfahren längst freigesprochen worden.«

Wieder lachten einige Zuschauer.

»Die Aussage Albaneses ist allein deswegen unglaubhaft, weil er der einzige Belastungszeuge in diesem Verfahren war und bekannt ist, dass Gasparri und er mehrfach lautstark vor anderen Gästen gestritten haben. Kurz vor der Auseinandersetzung mit dem Wachmann Bossi habe Albanese gedroht, den Gasparri der Trattoria zu verweisen und mit Hausverbot zu belegen. Er fühlte sich von der Fröhlichkeit seiner Gäste ausgeschlossen.« Der Mann in der schwarzen Toga machte eine Kunstpause und fuhr dann mit sanfter Stimme fort. »Der von Albanese brutal erschlagene Bossi wurde im Laufe dieser Verhandlung von seinen Vorgesetzten und Kollegen als freundlicher, stets zuvorkommender und friedliebender Mensch geschildert, der keine Feinde, aber viele Freunde hatte. Schon allein die Tatsache, dass seine Waffe nach den Worten des Angeklagten ungeladen gewesen sei, beweist hinreichend, dass die angeblich gegen ihn ausgestoßenen Drohungen nicht die geringste Substanz gehabt hätten, sollten sie überhaupt stattgefunden haben und nicht eine billige Erfindung des Angeklagten sein. Es gibt keinen ausreichenden Grund, die Schuld des Aristèides Albanese zu bezweifeln, der außerdem der körperlich Überlegene war. Er hat seinen Gegner kaltblütig umgebracht. Wachmann Olindo Bossi hinterlässt eine junge Ehefrau und zwei kleine Kinder im Alter von drei und fünf Jahren. Es kann nur eine Strafe geben: lebenslang wegen vorsätzlichen Mordes.«

Der Ankläger hatte ein leichenblasses Geiergesicht mit akzentuierten Wangenknochen, wulstigen blutlosen Lippen und weit auseinanderstehenden Augen. Die zitierten Paragrafen zogen wie Nebel an Aristèides vorbei, seine Hände krampften sich an die Tischplatte, worauf sein Strafverteidiger ihn rechtzeitig am Arm fasste und zwang, auch dann noch stumm sitzen zu bleiben, als einige Besucher der öffentlichen Verhandlung des Schwurgerichts bei der Forderung des Strafmaßes applaudierten. Der vorsitzende Richter bat sofort um Ruhe. Dann hob sein Anwalt zum Plädoyer an, unterstrich die Arbeitsdisziplin und die guten Bewertungen seiner Küche, die von Aristèides erkochten Preise und Auszeichnungen, die von besonderer Sensibilität des Kochs zeugten, erwähnte seinen Unternehmergeist und die große Anspannung seines Mandanten aufgrund der hohen Schulden, die der Angeklagte für seine Selbstständigkeit habe aufnehmen müssen. Und dass es mehr als verständlich sei, dass er sich bei der Bedrohung durch den Wachmann nicht nur in seiner beruflichen Existenz, sondern massiv an Leib und Leben gefährdet gesehen habe. Der vom

Staatsanwalt angeführte Freispruch des Lokalpolitikers Antonio Gasparri sei ein schwaches Argument, denn dieser sei nur dadurch ermöglicht worden, dass der einzige Belastungszeuge infolge der Auseinandersetzung mit dem Wachmann Bossi an Glaubwürdigkeit verloren habe. Es genüge, die Vernehmungsprotokolle der Zeugen in diesem Fall genau zu prüfen. Einer nach dem anderen sei umgefallen und habe seine anfängliche Aussage zurückgenommen. Der Strafverteidiger verlangte, dazu den Ermittler der Polizia di Stato zu hören. Chefinspektor Proteo Laurenti solle die auffälligen Verhaltensänderungen beschreiben, zumal ein Großteil der Zeugen sich in beiden Prozessen überschneide. Die beiden Berufsrichter und die sechs Laienrichter zogen sich daraufhin zur Beratung zurück, lehnten den Antrag aber schließlich ab. Aristèides' Strafverteidiger wollte und konnte nicht auf Freispruch wegen Notwehr plädieren, sondern lediglich auf Affekthandlung. Auch seine Kindheit hob der Anwalt hervor: Aristèides sei ohne Vater aufgewachsen und habe im Alter von vier Jahren durch ein Gewaltverbrechen zudem die Mutter verloren, worauf zwei Leute im Publikum wieder laut lachten.

»Sagen Sie doch, wie sie ihr Geld verdient hat«, rief Elio Mazza, der den Spitznamen Poet trug. »Sie soll sehr gefragt gewesen sein. Beruf kann man das nicht nennen, eher Berufung.«

Wieder lachten die Leute neben ihm.

»Spiel du dich nicht als Moralist auf«, rief Melissa Fabiani dazwischen. Sie hatte vor drei Jahren die sechzig überschritten, war akkurat geschminkt und saß an jedem der Prozesstage in Sichtweite von Aristèides im Gerichtssaal. »Gasparri, auch dein Vater ist gern zu ihr gegangen«, rief sie dem Politiker zu. »Und dein großer Bruder auch!«

Der Vorsitzende unterbrach die Verhandlung und verwies den Zwischenrufer des Saals, während er Tante Milli mit einer Ordnungsstrafe belegte. Er musste noch mehrfach Ruhe anmahnen, bis Mazza weiter spottend den Saal verlassen hatte.

Am Ende des mehrtägigen Verfahrens folgte das Gericht dem Plädoyer des Strafverteidigers, setzte aber dennoch die Höchststrafe an. Die einzige Milderung war, dass Aristèides Albanese seine Strafe in einer Haftanstalt verbüßen sollte, wo er weiter in seinem Beruf arbeiten und dadurch tatkräftig Abbitte an der Gesellschaft leisten könnte.

Aristèides war der einzige Insasse des vergitterten dunkelblauen Gefangenentransporters gewesen, mit dem man ihn ein paar Tage später verlegte. Die flache Landschaft der Po-Ebene flog an ihm vorbei, während ihm immer neue Argumente durch den Kopf gingen, die den Ausgang der Verhandlung letztlich doch nicht beeinflusst hätten.

Was würde mit seinem Lokal passieren, das er erst vor einem Jahr eröffnet hatte? Wie sollte er jetzt noch seine Schulden bei der Bank abtragen? Kurz zuvor war der Euro zur offiziellen Währung erklärt worden, drei Jahre später würde er die Lira endgültig ersetzen. Nach dem festgesetzten Wechselkurs schob der siebenunddreißigjährige Aristèides Albanese 1999 in der neuen Währung zweihundertfünfzigtausend Euro Schulden vor sich her, die er mit eiserner Arbeit und dem raschen Erfolg seiner Trattoria problemlos abzutragen gehofft hatte. Doch das Gericht legte zusätzlich zu seiner Haftstrafe eine hohe Summe fest, die er der Familie des Wachmanns als Wiedergutmachung zu zahlen hätte, sollte er je wieder über eine reguläre Arbeit und daraus resultierende Einkünfte verfügen. Kein Mensch hätte die Summe auf aufrechte, gesetzestreue Art erwirtschaften können. Ein unschuldig Verurteilter schon gar nicht, der in Notwehr gehandelt hatte und zum Opfer des Scherbengerichts korrupter und falscher Freunde geworden war.

Aristèides versank in Hoffnungslosigkeit, als der Transporter das Zentrum der Stadt in der Po-Ebene und kurz darauf die stählerne Schleuse des Knasts durchfuhr. Ein paar Schritte nur wurde er durch den von hohen Mauern umgebenen Hof geführt, bevor er seine Habseligkeiten ablegen musste, von einem wortkargen Arzt oberflächlich untersucht wurde und ein Uniformierter ihm schließlich die Anstaltsutensilien, einen Satz zerschlissener Bettwäsche, ein Handtuch sowie stumpfes Essbesteck aushändigte. Er landete in einer Zelle mit vier Gefangenen, die ihn neugierig abschätzten und verspotteten, als er auf seiner Unschuld bestand. Sowohl körperlich als auch im Strafmaß überragte er sie, was ihm rasch Respekt verschafft hatte und den Alltag erträglicher machte. Es dauerte nicht lange, bis er seine Position in der Hackordnung fand und den Spitznamen Athos bekam.

Das Urteil des Gerichts hatte ihn zwar einer Gefängnisküche zugewiesen, allerdings wurde diese Anstalt von einer externen Großküche beliefert. Athos wurde mit der Essensausgabe beauftragt und musste anschließend das Plastikgeschirr einsammeln. Anders als in seiner Trattoria *Pesce d'amare* durfte er nicht selbst mit Hand anlegen und musste sich wie alle anderen von den verkochten, fettigen Speisen ernähren. Das Essen schmeckte täglich gleich und sicherte dem Lieferanten gewiss eine gute Gewinnspanne, von der er vermutlich dem Gefängnisdirektor seinen Anteil in bar übergab.

»Wo warst du so lange, Athos?«, fragte Aahrash, als Aristèides endlich bei ihm in der Küche stand. Der Pakistaner hatte längst die Kartoffeln geschält, Rosmarin aus dem Garten geholt, frische Peperoncini und Knoblauch gehackt und das Gemüse geputzt. Auf der Arbeitsplatte lag ein Berg von konfektionierten Packungen mit rotem Fleisch.

»Fast vor meinen Augen hat sich eine Frau aus dem sechsten Stock gestürzt. Fürchterlich. In der Nähe der Questura. Dafür habe ich den Vertrag für unser Lokal, Aahrash.«

»Lief alles wie besprochen?«

»Eine kleine Änderung. Der Vermieter gibt uns vier Quadratmeter Lagerraum dazu.«

»Wie viel?«

»Gratis, nur die Tür müssen wir selbst durchbrechen. Wir stellen dann den Kühlschrank da rein, das lässt uns im Lokal mehr Platz.« Er stellte die Tüte mit dem Rizinusöl ab.

»Was ist das?« Der junge Pakistaner betrachtete neugierig die Flaschen.

»Nichts für dich, lass die Finger davon. Ein Öl, das bei der Haarwäsche einen schönen Glanz gibt. Manche pflegen auch das Fell ihrer Hunde damit. Und es wird bei Verdauungsproblemen verwendet. Man scheißt sich damit in Windeseile leer, und wer zu viel nimmt, bekommt Krämpfe.«

»Lass dein Fell besser scheren, anstatt es mit solchem Zeug zu waschen. Übrigens glaube ich, dass der Typ vom Supermarkt die Packungen umkonfektioniert und uns Schweinefleisch gebracht hat, obwohl er doch genau weiß …«

»Hast du dran gerochen?« Aristèides nahm eine der Packungen unter die Lupe und riss sie auf. Praktische Arbeit lenkte ihn von düsteren Gedanken ab.

»Einen Teufel werd ich tun. Schweinefleisch ist unrein, das weißt du ganz genau. Ich dreh dem Kerl den Hals um.« Der feingliedrige Aahrash schnitt eine furchterregende Grimasse und fuchtelte mit einem langen Messer.

»Spiel hier bloß nicht den Taliban«, lachte der Riese. »Besonders überzeugend bist du nicht.«

»Mit deinem Bart und dieser Mähne siehst du schlimmer aus als Saddam Hussein, als sie ihn aus dem Erdloch gezogen haben, Athos. Das wird die Leute abschrecken. Lass sie dir schneiden, bevor wir eröffnen. Siebzehn Jahre sind genug.«

Priester Don Alfredo kümmerte sich nicht nur um die Flüchtlinge aus Afrika und dem Nahen Osten, sondern hatte auch die Inhaber oder Geschäftsführer der umliegenden Läden davon überzeugt, seiner Comunità die Lebensmittel zu überlassen, die das Verfallsdatum überschritten hatten und normalerweise auf dem Müll gelandet wären. Er hatte lange gebraucht, um den Kaufleuten die Bedenken zu nehmen, und längst nicht alle machten mit. Manche hätten am liebsten hundert Meter hohe elektrische Grenzzäune um das ganze Land errichtet, dessen Bewohner von Norden nach Süden sich selbst nicht eins waren.

»Rind, wie draufsteht, ist das nicht, da hast du recht«, sagte Aristèides. »Aber Schwein ist es auch nicht. Es stinkt nicht, es ist nicht schmierig, und die Farbe ist auch in Ordnung. So dunkelrot wie es ist, könnte es sich um Strauß handeln. Geflügel esst ihr doch. Komm mit, wir sprechen mit dem Popen. Er soll anrufen und nachfragen.«

Don Alfredo, ein dynamischer Mann mit strahlend blauen Augen, war um die sechzig, und trotz seines Habits wirkte er sportlich. Über einen Stapel Papiere gebeugt saß er an seinem Schreibtisch. Dass er durchsetzungsfähig war, bewies er jeden Tag, egal, ob die Polizei oder die Carabinieri auftauchten und einen seiner Schützlinge suchten, weil wieder einmal ein Vollidiot aus der Nachbarschaft irgendwelche Vorkommnisse erfunden hatte, oder er es mit der Horde Bürger aufnehmen musste, die sich seit Kurzem täglich zur Stunde des Aperitifs auf der anderen Straßenseite versammelte und mit selbst gemalten Transparenten forderte, dass die sogenannten Illegalen verschwinden sollten, zuerst müssten die Italiener versorgt werden. Die kriminellen Wirtschaftsflüchtlinge äßen sogar besser als die Einheimischen, die Opfer der Europäischen Union seien, hatte auf hetzerischen Flugblättern gestanden, die ein Mann mit einem klapprigen roten Fiat Panda vorbeigebracht hatte. Die Italiener würden wie immer benachteiligt, damit müsse ein für alle Mal Schluss sein. Als würden diese Leute tatsächlich Mitleid aufbringen für ihre durchs soziale Raster gefallenen Landsleute.

Das erste Vierteljahr war ruhig gewesen, niemand hatte sich über die Fürsorge des Pfarrers aufgeregt. Erst als ein Politiker davon Wind bekommen und im Hinblick auf die Kommunalwahlen gehofft hatte, Stimmen zu gewinnen, und erst als der Sommer längst vorbei war und die Leute ihre Freizeit nicht mehr am Meer verbrachten, bildete sich dieses Komitee der selbst ernannten Demokraten. Und Antonio Gasparri hatte erneut den Sprung ins Stadtparlament geschafft und heizte die Stimmung mit seinen Forderungen nach Recht und Ordnung, Freiheit und nationaler Selbstbestimmung weiter an. Don Alfredo trotzte den Leuten mit sturer, stolzer Güte. Er griff sofort zum Telefon, als Aristèides ihm die Lieferung beschrieb, legte aber nach einem kurzen Gespräch mit dem Supermarktleiter lächelnd auf.

»Gut, dass du Bescheid gesagt hast, Athos. Aber der Mann sagt, es handle sich tatsächlich um Straußenfleisch. Die Zentrale hat in den Filialen eine Aktion durchgeführt, die ein Flop war, weil es niemand kaufen wollte. Dabei stammt das Fleisch aus einer Straußenfarm im Veneto. Was der Bauer nicht kennt, frisst er nicht. Deshalb hat er die neuen Etiketten auf die Packungen geklebt, weil er nicht auf dem Fleisch sitzen bleiben wollte. Es soll von guter Qualität sein. Seine Frau habe es ihm zu Hause ebenfalls auf den Tisch gestellt. Ich glaube ihm. Kannst du das zubereiten?«

»Zeig mir etwas, Don Alfredo, das ich nicht kochen kann.«

»Was *wir* nicht kochen können«, ergänzte Aahrash.

»Es ist rotes Fleisch, das man zubereiten kann wie ein Rindersteak.«

»Das kannst du aber mit deinen Stäbchen kaum essen, Athos.«

»Kleine Bissen sind delikater. Ein Jahr lang hatte ich einen Chinesen in meiner Zelle, Don Alfredo. In der Küche braucht man eigentlich nur zwei verschiedene Messer, einen Löffel und die Stäbchen. Alles andere ist Verschwendung. Komm mit in die Küche. Ich hab heute auch noch nichts gegessen. Wie magst du es gebraten? Blutig, medium oder durch? Wenn's dir nicht schmeckt, machen wir ein Curry oder ein Gulasch draus. Es ist noch genug Zeit bis zum Abendessen.«

Marietta hütete das verqualmte Vorzimmer wie ein schnaubender Drache. Angesichts der kühlen Temperaturen draußen war sie für ihre Verhältnisse sittsam dekolletiert, im Winterhalbjahr beruhigte sich ihr Jagdinstinkt, und die Zahl ihrer Verehrer reduzierte sich, umso höher ihre Bluse geschlossen war und der Rock länger wurde. Trotz aller Verbote qualmte sie eine Zigarette nach der anderen. Ihr Aschenbecher thronte auf den Papieren und quoll von Kippen über, an denen Spuren ihres Lippenstifts klebten. Eine angezündete Zigarette hielt sie zwischen den Fingern, für deren lange feuerrote Nägel sie eigentlich einen Extrawaffenschein hätte beantragen müssen. Sie warf dem Commissario einen vorwurfsvollen Blick zu, als er eintrat und die Fenster aufriss. Ihr Chef hatte wieder einmal gegen alle Regeln verstoßen und sie nicht als Erste informiert. Dass er nicht zu Mittag gegessen hatte, scherte sie nicht.

»Hättest du die Gnade, mich auf dem Laufenden zu halten?«, fauchte sie, als er in sein Büro hinübergehen wollte. »Dass diese hysterische kleine Giftspinne von Chefinspektorin nur unter Folter redet, ist nichts Neues, aber du solltest eigentlich daran interessiert sein, dass der Laden hier rund läuft.«

»Hättest du die Gnade, mir einen Espresso zu bringen? Dann erzähl ich dir vielleicht, was los ist.«

Als Laurenti ins Büro der Polizeipräsidentin gestürmt war und ihr den Vorfall schilderte, hatte sie sogleich, nachdem er den Namen der Toten nannte, ihren Sekretär angewiesen, eine Konferenzschaltung zum Generalstaatsanwalt und dem Präfekten herzustellen. Sie stellte das Gespräch auf den Lautsprecher und überließ nach einer sehr kurzen Einführung dem Commissario das Wort. Marietta erzählte er nun, kaum dass sie den Espresso auf seinen Tisch geknallt und sich ihm gegenübergesetzt hatte, was bei dem Treffen herausgekommen war. »Es wurde absolutes Stillschweigen vereinbart, Marietta. Das gilt auch für dich. Der Name wird erst öffentlich, wenn wir Anweisung bekommen. Der Präfekt setzt sich mit dem Innenministerium und dem britischen Botschafter in Verbindung, der Generalstaatsanwalt nimmt den Fall selbst in die Hand, und bei uns wissen nur du, Chefinspektorin Pina Cardareto, Inspektor Gilo Battinelli und ich, um wen es sich handelt. Nicht einmal Rebecca Noventa und ihre Kriminaltechniker kennen die Identität der Toten. Der Fall bekommt den Decknamen Euphemos.«

»Was ist denn das?«

»Das war einer der Argonauten, Sohn der Europa und des Poseidon, dem Gott des Meeres. Klingelt's?«

Marietta verzog das Gesicht. »Und alles, weil die Tote Griechin war?«

»Sie war auch Engländerin.«

»Und was ist mit dem Brexit?«

»Ach, Marietta, ich erklär es dir ein andermal. Hast du dir den Namen notiert?«

»Euphemismus.«

»Nein, Euphemos! Ruf jetzt Pina und Gilo, dann fangen wir an. Und mach mir bitte noch einen Kaffee.«

Die kleinwüchsige, aus dem Süden Kalabriens stammende Chefinspektorin Pina Cardareto würde demnächst vermutlich vor Energie platzen. Sie musste sich nach der Wohnungsinspektion mit Schwung an die Arbeit gemacht haben, kaum dass sie den Jugendstil-Palazzo verlassen hatte. Sie blätterte ihren Kollegen diverse Ausdrucke auf den Tisch, die sie von den Aufnahmen der Videokamera an der Piazza della Repubblica angefertigt hatte.

»Da wir die Uhrzeit kannten, musste ich nicht lange suchen. Die Via Mazzini ist dem Bus- und Lieferverkehr vorbehalten. Sehen Sie den Wagen, Chef?« Ein hoch motorisiertes deutsches Fabrikat mit Schweizer Kennzeichen im Halteverbot. Der Fahrer saß am Steuer, dem leichten Qualm aus dem Auspuffrohr zufolge lief der Motor. »Der Wagen wurde vor einer Woche in Mailand gestohlen.« Pina legte das nächste Foto vor. »Und hier verlassen zwei Männer das Gebäude. Sie tragen schwarze Sturzhelme. Der eine ist verdammt groß.«

»Trauen die dem Fahrer nicht?«, fragte Marietta spitz, die noch nie in ihrem Leben einen Führerschein besessen hatte, dafür immer Männer mit schnellen Autos.

»Der Große nimmt den Helm beim Einsteigen etwas zu früh ab. Das ist er.« Pina legte eine Vergrößerung auf den Tisch, das Gesicht eines stämmigen Glatzkopfs. Der Kerl war jung.

»Das ging ja zackig«, lobte Laurenti.

»Der Computer sucht noch. Aber da ist noch ein anderer.« Pina blätterte drei weitere Fotos hin. »Dieser Mann hat sich auffällig schnell aus dem Staub gemacht. Das haben zwei Zeugen gesagt, zwei Rentner, die unter den Schaulustigen standen. Der Schmied konnte die Aussage bestätigen.« Ein Mann im hellen Anzug überragte die Gaffer. Er trug einen wilden Vollbart und hatte die Haare zu einem dicken Pferdeschwanz gebunden, der ihm bis zum Gürtel reichte. »Er soll nur kurz dagestanden haben, ist dann sofort weitergeeilt«, ergänzte Pina.

»Hast du noch nie einen Termin gehabt oder musstest dringend auf die Toilette?« Marietta schüttelte den Kopf. »Auch wenn er groß wie ein Bär ist, sieht er nicht danach aus, als könnte er jemandem etwas zuleide tun.«

»Lass mal, Marietta. Du siehst auch nicht aus wie eine Kannibalin.« Inspektor Gilo Battinelli, der drahtige blonde Segler, lächelte sie an und nahm sich eines der Fotos vor. »Der ist vorzeitig aus dem Knast entlassen worden und hat Bewährungsauflagen. Er kommt einmal die Woche in die Questura zum Unterschreiben. Vor ein paar Wochen habe ich einen Kollegen dort vertreten. Er saß wegen Totschlag siebzehn Jahre in der Lombardei im Bau.«

»Erinnerst du dich an seinen Namen?«, fragte Pina.

»Den krieg ich gleich raus.« Gilo griff nach Laurentis Telefon und tippte die Nummer des Kollegen, der die Präsenzliste führte. »Roberto, dieser große bärtige Grieche auf der Liste, der aussieht wie Poseidon, wie heißt der?« Er wartete kurz. »Aristèides Albanese, ja, richtig, den meinte ich. Ach so, danke.« Der Inspektor legte auf. »Albanese, Aristèides«, wiederholte er. »Er hat heute um 11 Uhr 18 unterschrieben. Er kann es kaum gewesen sein.«

»Schau einer an«, sagte Laurenti. »Zurück in Triest. Erinnerst du dich nicht, Marietta?«

Seine Assistentin strich sich eine Strähne ihres rabenschwarzen Haars aus dem Mundwinkel, dann schüttelte sie den Kopf.

»Ich war damals von seiner Schuld nicht hundertprozentig überzeugt«, fuhr der Commissario fort. »Marietta, das war der Koch vom Campo Marzio. Er hat einen Wachmann erschlagen, der ihn angeblich erpresst haben soll. Sein Restaurant hieß *Pesce d'amare*. Und er war kahlköpfig und ohne Bart.«

»Natürlich«, fiel ihm Marietta ins Wort, »er war der aufsteigende Stern der hiesigen Gastroszene. Sein Lokal war verdammt *in*. Und Fedora Bertone war seine Kellnerin, die Nutte hat den Laden weitergeführt und später eine Cocktail-Bar daraus gemacht, weil sie keine Ahnung vom Essen hat. Sie ist immer noch dort. Schau mich nicht so an, Pina. Wenn ich Nutte sage, meine ich das auch. Sie kam ihren Gästen gern entgegen.« Marietta hieb auf den Tisch. Die Kalabresin lächelte verschmitzt.

»Ich hoffe, du wirst uns bei Gelegenheit Genaueres erzählen«, sagte Gilo Battinelli, der erst seit vier Jahren in der Stadt war. Er hatte gelernt, dass Marietta, wenn sie erst einmal in Fahrt war, an Details nicht sparte. Sie blieb ihm die Antwort schuldig.

»Du hast vor dem Staatsanwalt klein beigegeben«, wandte sie sich leicht gekränkt an ihren Chef, mit dem sie seit über zwanzig Jahren zusammenarbeitete, weshalb sie fest davon überzeugt war, ihn besser zu kennen, als seine Gattin es je würde. »Der hatte damals Himmel und Hölle in Bewegung gesetzt, um die Verurteilung zu erreichen. Irgendein Politiker war auch in die Sache verstrickt. Du warst damals noch Chefinspektor, Proteo.«

Laurenti war erst Anfang Dezember 1999 zum Commissario befördert worden, nachdem er über Monate Fortbildungen in Rom absolvieren musste, worüber seine Frau Laura nicht besonders glücklich gewesen war, da sie die drei kleinen Kinder allein zu versorgen hatte und kaum Zeit für ihren eigenen Beruf blieb. Marco, der Jüngste, war fünf Jahre alt gewesen, Patrizia sieben und Livia neun. Und sie hatten noch in der Via Lazzaretto Vecchio über einer Kneipe gewohnt, wo sie wegen der lärmenden Klimaanlage des Lokals im Sommer nachts die Fenster geschlossen hielten. Den Fall des toten Wachmanns hatte er in der Zeit zwischen zwei Schulungen auf dem Tisch gehabt, und während der Gerichtsverhandlung war er nur einmal zum Verlauf der Ermittlungen befragt worden.

»Der Politiker war Tonino Gasparri. Ich konnte nichts machen. Zwölf Zeugen haben geschlossen gegen den Griechen ausgesagt. Keiner für ihn. Sie haben ihn ans Messer geliefert. Und sein Anwalt hat sich auch keine besondere Mühe gegeben, ist nicht in Berufung gegangen. Und jetzt ist der Mann also zurück. Interessant. Gilo, krieg raus, seit wann. Auch, wo er gemeldet ist. Du, Marietta, besorgst bitte seine Akte aus dem Archiv. Ich hoffe nur, er baut jetzt keinen Scheiß.«

»Der Wagen ist zur Fahndung ausgeschrieben.« Pina kam auf das Ereignis des Tages zurück.

»Fragen Sie die Kriminaltechniker, ob sie bereits etwas gefunden haben. Und prüfen Sie, ob es noch weitere Kameras in der Straße gibt. Gilo, du forderst die Listen der Telefongesellschaften an, welche Geräte sich in die betreffenden Funkzellen eingeloggt haben. Sobald das Fahrzeug gefunden wird, checkst du vor Ort die Listen gegen. Und sag mir gleich, was du über Albanese herausfindest. Mit ihm werde ich gegebenenfalls selbst sprechen.«

Doktor Stefano Marzulli kehrte wie jeden Tag mit dem Wagen von seiner Hausarztpraxis im Stadtteil Servola auf dem Hügel über dem veralteten Stahlwerk zum Mittagessen nach Hause zurück. Er hatte in den vergangenen Jahren auffällig viele Lungenkrankheiten zu behandeln. An der Piazza della Valle drückte er die Fernbedienung des Garagentors, doch anders als sonst konnte er nicht mit Schwung hineinfahren, weil ein Mann mit reglos ausgestrecktem Arm und völlig verdreckter Kleidung mit dem Gesicht nach unten auf dem Gehweg lag. Einen Schuh hatte er verloren. Marzulli schimpfte, er war wegen des überfüllten Wartezimmers sowieso spät dran, und jetzt blockierte ein Besoffener am helllichten Tag seinen Weg. Der gesellschaftliche Verfall hielt Schritt mit der schon lange anhaltenden Wirtschaftskrise, das bekam er täglich in seiner Praxis zu sehen. Die Leute sparten an Kleidung, Lebensmitteln, Friseur.

Wütend stieg der Doktor aus, ging zu dem Kerl und sprach ihn erfolglos an. Der Mann stank erbärmlich und hatte sich offensichtlich unkontrolliert entleert. Er drehte ihn in die Seitenlage, tastete nach seiner Halsschlagader, der Puls ging arhythmisch, seine Augäpfel waren tiefgelb verfärbt. Ein Griff an die Stirn ließ auf hohes Fieber schließen. Doktor Marzulli wählte umgehend die Nummer des Rettungsdienstes, beschrieb Ort und Einschätzung der Lage und stellte dann seinen Wagen an den Straßenrand, um den Weg freizumachen. Fünf Minuten später wurde der Klang der Sirenen von den hohen Häusern entlang der Via Madonna del Mare zurückgeworfen. Marzulli nannte den Kollegen in knappen Worten die Symptome, während die Sanitäter die Bahre neben dem Mann auf den Gehweg stellten.

Vierzig Minuten nach der üblichen Zeit wusch sich der Hausarzt penibel die Hände, wechselte Schuhe und Anzug und setzte sich an den Mittagstisch. Seine Frau fragte nicht nach seiner Verspätung, erst als sie nach einem Teller Pasta und Salat beim Espresso saßen, berichtete Marzulli von dem Vorfall und beschrieb den Mann so gut er konnte.

»Das hört sich an, als wäre es der Alkoholiker, der im Haus nebenan unter dem Dach wohnt. Hast du ihn nicht erkannt?«

Aristèides hatte für Tante Milli ein schönes Steak vom Strauß abgezweigt und mit Rosmarin, Knoblauch und Olivenöl mariniert. Er servierte es ihr zum Abendessen präzise auf den Punkt gebraten mit Brokkoli und Blumenkohlröschen, die er in der Pfanne knackig gebraten hatte. Die Alte strahlte und schaute ihn mit glasigen Augen an, nachdem sie den letzten Bissen gegessen hatte. Erst dann legte er ihr den Mietvertrag für die kleine Räumlichkeit am Largo Piave vor und erklärte die Details.

»Ist das nicht viel zu klein für ein Restaurant?«, fragte sie. »Knapp zwanzig Quadratmeter nur? Und dann so nah am Gerichtspalast, in dem du einst verurteilt worden bist, Kiki.«

»Ich hab dir doch gesagt, sie werden alle zahlen. Ich hatte genügend Zeit, um zu lernen, wie die ticken. Staatsanwälte, Rechtsanwälte, Richter. Die haben Geld wie Heu und sind trotzdem geizig. Polizisten und die Schließer müssen dafür auf den Preis achten. Von gutem Essen haben sie aber alle zusammen keine Ahnung. Da ist es leicht, auf sich aufmerksam zu machen. Hast du das Konto eröffnet, Tante Milli?«

»Zum ersten Mal in meinem Leben, Kiki. Ich hätte nie geglaubt, dass ich das einmal tun würde. So viele Formulare. Ich weiß gar nicht, ob ich alles verstanden habe. Diese Banken sind ein Fluch für die Menschheit. Aber du hättest deren Augen sehen sollen, als ich ihnen den Karton gegeben habe. Sie mussten ganz schön lange zählen«, lachte sie vergnügt. »Und dann haben sie mich gelöchert, woher ich die Mäuse hätte. Sie kannten ja bisher nur den Scheck mit meiner Mindestrente. Wenn die wüssten, wie viele von diesen Schachteln ich noch habe.« Sie hatten vereinbart, dass Tante Milli auf Nachfragen des Finanzamts behaupten könnte, sie hätte sich vor lauter schlechten Zeitungsmeldungen mit dem Geld in der Wohnung nicht mehr sicher gefühlt. Oft genug versteckten alte Leute ihr Erspartes unter der Matratze oder im Küchenschrank. Die achtzigjährige Melissa Fabiani rang nach Atem und setzte eine Weile die Atemmaske auf, bevor sie ihn wieder anlächelte. »Es sind erst mal fünfundfünfzigtausend auf dem Konto. Sobald du mehr brauchst, musst du es sagen. Nur wegen der Vollmacht musst du selbst hingehen und unterschreiben, vergiss deinen Ausweis nicht. Eine Bankkarte und eine Kreditkarte habe ich für dich beantragt. Die kommen in zehn Tagen etwa.«

Er schaute auf die Lichter des Industriegebiets und des Terminals für die Öltanker hinunter. Die rote Flamme über dem

Hochofen des Stahlwerks sah von hier oben romantisch aus, während die Anwohner der direkt angrenzenden Stadtviertel Servola, Chiarbola, Valmaura sowie die in Muggia, dem venezianischen Städtchen am gegenüberliegenden Ufer des Golfs, ächzten unter den Emissionen der Dreckschleuder. Die Bürgermeisterkandidaten versprachen im Wahlkampf stets endgültige Abhilfe, um sich gleich danach an nichts mehr zu erinnern. Dort hinunter musste Aristèides nun.

»Dann unterschreib jetzt bitte den Mietvertrag, damit ich ihn zum Vermieter bringen kann. Ich bekomm dann gleich die Schlüssel, und wir können schon morgen damit beginnen, das Lokal herzurichten. Ich komme dich bald wieder besuchen, Tante Milli.«

»Und wann willst du eröffnen?«

»Am nächsten Ersten. Wir müssen uns kräftig ins Zeug legen.«

»Ich hab gehört, da muss man einen Haufen Kurse machen, bevor man ein Restaurant führen darf.«

»Von der Ersten Hilfe über die Brandschutzverordnung bis zu den Hygienebestimmungen und noch vieles mehr. Die Prüfungen hab ich in den letzten Monaten alle absolviert.« Aristèides biss sich auf die Zunge. Um ein Haar hätte er verraten, dass er schon seit dem Sommer zurück in der Stadt war.

»Du bist ein fleißiger Junge, Kiki. Wann kommst du wieder?«

»Schon bald, Tante Milli. Danke.«

»Brauchst du Bargeld?«

»Ich hab noch genug von dem, was du mir das letzte Mal gegeben hast. Und dann ist da noch das Konto. Aber ich bin sparsam.«

Immer noch fand er sich nicht in dem riesigen Betonkomplex zurecht und war froh, als er irgendwann am Fuß der grauen Türme auf die Straße trat. Er ging zur Haltestelle des Autobusses, der ihn ins Zentrum brachte. Die Läden hatten soeben geschlossen, und je näher das Fahrzeug der Stadtmitte kam, umso voller wurde es. Die Leute drängten nach Hause, Abendessen, Fernsehen, Bett. Oder zurück ins Zentrum in eine der unzähligen Kneipen, die erst in jüngster Zeit geöffnet hatten und gut frequentiert waren.

Aristèides stieg an den Rive aus dem Bus und schlenderte an den beleuchteten Vereinslokalen der Ruderklubs und an den Anlegern vorbei, wo Hunderte Segelboote lagen. Die Triestiner waren bekannt für ihre lässige Haltung gegenüber jeglicher Form von Arbeit oder Stress, und man musste weit in den Süden des Landes fahren, bis man eine Stadtbevölkerung mit vergleichbaren Charakterzügen fand. Das Meer vor dem Haus und das Karstgebirge im Rücken, der Freizeitwert Triests war enorm, die Lebensqualität hoch. Wenn dann noch die Bora für wolkenlosen Himmel sorgte, die Fischer den täglichen Fang brachten und der Wein vom Karst in Strömen floss, fehlte kaum etwas. Weshalb also sollte man sich das schöne Leben durch übertriebenen Arbeitseifer oder falschen Fortschrittsglauben einiger weniger zunichtemachen lassen? Für die Studenten gab es Bars, so viel man wollte, ihren Eltern gehörten die Boote, und unweit des Stadtzentrums fanden sich wunderbare Badeanstalten.

Im Gefängnis hatte Aristèides oft an die langen Sommer gedacht, wenn auch er das Restaurant an den heißesten Tagen nur am Abend geöffnet hatte und die Leute in Strömen zu ihm kamen. Hungrig und durstig vom Tag am Meer hatte ihnen das Geld locker gesessen, und die allgemeine Unbeschwertheit ließ auch den größten Miesepeter die Unbill des Lebens für eine Weile vergessen. Allerdings hatte sich viel verändert in den siebzehn Jahren, die er von der Öffentlichkeit abgeschirmt verbracht hatte. Damals war die Arbeitslosigkeit niedriger gewesen als in Deutschland, im Nordosten Italiens hatte sie bei nur vier Prozent gelegen, während heute die jungen Leute entmutigt auf einen Job im Ausland hofften, weil sie zu Hause bestenfalls im miserabel bezahlten Präkariat Beschäftigung fanden. Der Krieg im südöstlichen Mittelmeerraum zwang Millionen Menschen zur Flucht, die dann in Europa zum zweiten Mal zum Opfer der Politik wurden, ohne dass sie davon ahnten. Jedes Argument schien gut genug, um überflüssig geglaubtes Nationalstaatsdenken zu reanimieren. In Kneipen und Restaurants herrschte heute Rauchverbot, die herabgesetzte Promillegrenze hatte zu einem spürbaren Rückgang beim Konsum von Hochprozentigem geführt, zweimal war die Mehrwertsteuer angehoben worden, die Preise für Benzin und Tabakwaren hatten sich mehr als verdoppelt, chinesische Läden waren an allen Ecken aus dem Boden geschossen, auch die meisten der in Mode gekommenen, falschen japanischen Restaurants wurden von ihnen betrieben. Unzählige Regierungswechsel waren Aristèides entgangen, während das Krisengeschwätz um die Gemeinschaftswährung die angespannte Lage noch verschlimmerte. Und er verstand die Preisentwicklungen der meisten Waren nicht. Ein Grund mehr, weshalb er sich nicht bei seinem früheren Rechtsanwalt gemeldet hatte, an den er zwar seine Post schicken ließ, der ihm aber gewiss als Erstes den Stand seiner alten Schulden mitgeteilt hätte.

Als der bärtige Riese im hellen Anzug sich dem schwach beleuchteten Campo Marzio näherte, überholte ihn bei den Ruderklubs ein schmächtiger Mann, der ihn misstrauisch musterte. Aristèides erkannte ihn sofort, schlenderte aber unbeirrt weiter und versuchte, sich nichts anzumerken lassen. Nie hätte er gedacht, dass der Anblick Gasparris seinen Puls derart beschleunigen würde. Der Politiker hatte bereits einige Schritte Abstand gewonnen, als er sich noch einmal nach ihm umdrehte und dann misstrauisch auf ihn zutrat.

»Haben Sie sich verlaufen?«, fragte er forsch, während er auf sein Mobiltelefon schaute.

Aristèides schüttelte lächelnd den Kopf und ging an ihm vorbei. »Ich suche meinen Hund, haben Sie ihn gesehen? Weiß mit schwarzen Punkten.«

»Tonino. Komm rüber, damit wir reingehen können.« Die Rufe drangen von der anderen Straßenseite zu ihnen. »Bist du etwa zu Fuß gekommen?«

»Dann einen guten Abend«, grüßte ihn der Politiker und bahnte sich einen Weg über die beiden Fahrbahnen.

Wie leicht hätte er Gasparri zwischen zwei Booten ins Wasser stoßen und ersäufen können, dachte Aristèides und wechselte ebenfalls die Straßenseite. Der Mann war mit seinen Freunden in der Bar verschwunden. In den letzten Wochen war der Grieche immer wieder am späten Abend am *La Medusa* vorbeigegangen, ohne dort einzukehren. Er beobachtete das Treiben durch die hell erleuchteten Fenster, die er einst bezahlt hatte, wie den Rest der fast unveränderten Einrichtung. Der weiße Tresen mit der Marmorplatte war noch der gleiche wie damals, als er seine Trattoria unter dem Namen *Pesce d'amare* eröffnet hatte. Antonio Gasparri, der Politiker, ließ sich dort noch immer von seinen Untertanen hofieren, die er beiläufig daran erinnerte, dass sie schlechter dran wären, hätte er ihnen nicht den einen oder anderen Gefallen erwiesen. Und manchmal legte das Schwein wie früher seine Hand um die Taille der Wirtin. Fedora Bertone, die Mutter von Aristèides' Sohn Dino, den sie ihm stets vorenthalten hatte und der jetzt vierundzwanzig Jahre alt sein musste. Der Grieche wusste inzwischen, dass Gasparri ihr das Geld gegeben hatte, damit sie die Kneipe übernehmen konnte. Obwohl Aristèides sie stets pünktlich bezahlt und gut behandelt hatte, war auch sie ihm einst in den Rücken gefallen und hatte ihn vor Gericht belastet. Alle ließen sich von Gasparri kaufen.

Fedora öffnete die Cocktailbar nur abends und schloss sie erst weit nach Mitternacht, sofern schlechtes Wetter die Leute nicht in ihren Wohnungen hielt. Im Osten erhob sich gerade der Mond über den Karst, und über dem Meer glitzerten die Sterne – die Kneipe würde sich heute Abend gewiss füllen. Aristèides hatte gesehen, was er wollte, und ging zur nächsten Bushaltestelle. Wenig später stieg er an der breiten Via Baiamonti aus, die von anonymen Mehrfamilienblöcken gesäumt wurde, von denen die ersten in den Fünfzigern für die Flüchtlinge aus Jugoslawien errichtet worden waren. Italiener aus Istrien und Dalmatien sowie Kroaten und Slowenen, die nicht unter dem Tito-Regime leben wollten oder konnten, waren damals zu Hunderttausenden nach Westen geströmt.

Eine Pizzeria im unteren Teil der Straße war gut besucht, die Bar gegenüber schaltete soeben die Lichter aus. Aristèides stand in seinem hellen Anzug vor dem Eingang zu einem der Häuser, unzählige Klingelschilder waren nur matt beleuchtet. Er brauchte nicht lange, um sich Zugang zu verschaffen, selbst der dümmste Räuber hätte leichtes Spiel gehabt. Eilig durchschritt er das Entree, lief vorbei an den demolierten Briefkästen und wählte sofort das Treppenhaus, als der Lift heranfuhr. Auch die Wohnungstür im zweiten Stock bereitete ihm keine Probleme. Er schloss sie behutsam hinter sich. Ein kleiner Flur mit einem Kleiderständer, mehrere Paar hochhackige Schuhe lagen am Boden, ein winziger rosafarbener Teddybär diente vermutlich als Talisman oder Schlüsselanhänger. Als er in den gold gerahmten großen Spiegel an der gegenüberliegenden Wand blickte, stellte er sich das Bild von Fedora vor, die dort mit ihrem auffälligen Gebiss ihre Kleidung kontrollierte, bevor sie das Haus verließ, um das Lokal zu öffnen. Ob der Rock kurz und das Dekolleté tief genug für ihre überhöhten Getränkepreise waren, die Farbe der Pumps zum Rest passten und sie die Fältchen an den Augen- und Mundwinkeln gut überschminkt hatte. Dann würde sie ihr blondiertes Haar hochstecken und in einen Mantel mit Kunstpelz am Kragen schlüpfen. Der Grieche war sich sicher, dass sie lange nicht zu Bett ging, wenn sie allein gegen Morgen zurückkam, dass sie etwas aß und sich im Pay-TV einen Film nach dem anderen ansah, bis sich endlich das Adrenalin gesenkt hatte und sie müde genug war, um einzuschlafen. Auch er war nie gleich schlafen gegangen, wenn er weit nach Mitternacht vom *Pesce d'amare* nach Hause gekommen war.

Die Wohnung war übersichtlich, sauber und aufgeräumt. An den Wänden hingen Fotos vom Schloss Miramare und von Sonnenuntergängen über dem Golf von Triest, auf denen sie im Arm eines jüngeren Mannes zu sehen war. Salon und Schlafzimmer waren mit einer Tür verbunden, die sie vermutlich hatte verbreitern lassen. Ein ausladendes rosarotes Sofa nahm über die Hälfte des Raums ein, die Wirtin hätte dreimal darauf Platz gefunden. Bücher waren nirgends zu sehen, dafür Prospekte eines Reisebüros: Santo Domingo, Thailand, Kanarische Inseln, Rotes Meer. Ihr Bett war kreisrund und ließ an zwei Seiten kaum Platz vor der Wand frei, die Bettwäsche aus rosafarbenem Satin schien frisch gewechselt. Familienfotos, Vater und Mutter. Und mehrere von Dino, ihrem Sohn, der auch seiner war. Auf dem letzten Bild war Dino kahlköpfig, so wie Aristèides vor seiner Inhaftierung. Ganz offensichtlich rasierte auch Dino sich der Einfachheit halber alle paar Tage den Schädel. Auf der linken Seite seines Halses trug er eine kleine Tätowierung: Messer, Gabel, Löffel. Tante Milli hatte gesagt, sein Sohn arbeite irgendwo nördlich der Alpen, Bad Kleinkirchheim, Salzburg, München, Sankt Moritz – sie wusste es nicht genau. Aristèides hatte vermutet, dass er kellnern würde, die Tätowierung ließ allerdings darauf schließen, dass auch Dino als Koch arbeitete. Er schüttelte seufzend den Kopf, Fedora hatte einst jeden Kontakt des Jungen zu seinem Vater unterbunden, obwohl sie weiter bei ihm im *Pesce d'amare* arbeitete. Er betrachtete die Bilder länger, als es ihm guttat, und steckte schließlich einen kleinen silbernen Rahmen ein, in dem ein Bild von Dino im Kleinkindalter steckte. Ein weiß lackiertes Schminktischchen mit rundem Spiegel stand neben der Tür zum Badezimmer, drinnen lief die Waschmaschine, und eine Badewanne mit Whirlpool nahm mehr als die Hälfte des Raums ein. Aristèides grinste, als er sich Fedora und Gasparri planschend im Wasser vorstellte. Fehlte nur ein gelbes Plastikentchen.

In der Küche dominierte ein gigantisches Nutellaglas den kleinen Esstisch für zwei Personen, ein abgeleckter Suppenlöffel lag auf dem Deckel. Eine halb abgebrannte Kerze und Streichhölzer in der Mitte des Tischchens entsprachen Fedoras Vorstellung von Romantik. Eine angebrochene Flasche Pfirsichsaft, eine Eineinhalbliterflasche Coca-Cola, drei Flaschen mit schwerem Rotwein. Leere Spumanteflaschen standen am Boden, zwei flüchtig abgewaschene Gläser an der Seite des Spülbeckens, eines trug noch immer die Spuren des rosafarbenen Lippenstifts, den die Sechsundvierzigjährige trug. Aristèides zog Latexhandschuhe über und öffnete die Küchenschränke. Geschirr war genug da für ein feines Abendessen mit acht Personen. Im fast leeren Kühlschrank fand er eine Packung vorkonfektionierten rohen Schinken aus dem Supermarkt, eine halbe Salami, einen Becher Joghurt mit leicht gewölbtem Deckel sowie eine fleckige Zitrone, Ketchup und Mayonnaise, Salzcracker, alte Knoblauchzehen und ein angebrochenes Glas mit billigen griechischen Oliven. Im Getränkefach Prosecco und eine Flasche Champagner, eine mit Aperol und eine mit Campari, außerdem Weißwein. Im Gefrierfach ein Fertiggericht für die Mikrowelle: asiatische Gemüsepfanne mit Reis und Putenbrust. Und im Hängeschrank stieß er auf zwei Packungen Spaghetti, getrockneten Peperoncino sowie verschiedene Sorten Tee: für den Magen, zum Einschlafen, zur Beruhigung und zum Abführen. Bei Letzterem würde er ihr behilflich sein können.

Offensichtlich achtete Fedora Bertone beim Einkaufen auf den Preis und nicht auf die Qualität. Sie nahm zu Hause nur einen Notbissen zu sich, wenn sie die Cocktailbar geschlossen hatte und noch zu aufgedreht war, um zu schlafen, und gleichzeitig zu müde, um sich etwas Vernünftiges zuzubereiten. Aristèides wählte die Zutaten aus und legte sie auf die Arbeitsplatte, dann machte er sich ans Werk. In dieser Nacht würde Fedora ein Festmahl vorfinden und sich das Hirn zermartern, wer es für sie zubereitet hatte. Und hoffentlich war sie hungrig genug, sich trotzdem darüber herzumachen. Auch wenn der Teller mit Spaghetti und Oliven an krokantem Rohschinken und einer Joghurt-Zitronen-Soße mit einem Hauch von Knoblauch kalt wäre, wenn sie zurückkam.

Er war bereits seit sieben Minuten in der Wohnung, als er die Pasta ins kochende Wasser gab und die Soße fertigstellte. Er zog einen Flachmann aus der Brusttasche seines hellen Jacketts und maß fünf Esslöffel von dem Rizinusöl ab, die er in das halb geleerte Nutellaglas gab, gut verrührte und wieder an seinen Platz stellte. Den Pfirsichsaft vermischte er mit dem Rest aus dem Flachmann. Aristèides schüttete die Nudeln ab, richtete sie kunstgerecht auf dem Teller an und gab die kalte Soße darüber, in die er das strenge Abführmittel ebenfalls eingerührt hatte. Zufrieden richtete er das Gedeck an dem Platz, an dem Fedora für gewöhnlich sitzen musste, und beseitigte penibel seine Fingerabdrücke und andere Spuren. Nach einundzwanzig Minuten zog er die Tür ihrer Wohnung hinter sich ins Schloss und verließ eilig das Haus. Schnellen Schrittes ging er zur Via dell'Istria hinauf, um mit dem Bus zur Piazza Foraggi zu fahren, wo Aahrash in der gemeinsamen Wohnung vermutlich eine pakistanische rote Linsensuppe und

Reis zubereitete. Aristèides musste lange an der Haltestelle warten.

Hinter ihm lagen die sieben Felder des Zentralfriedhofs in der Dunkelheit, die seit 1800 den einzelnen Religionsgemeinschaften zugewiesen worden waren. Nach dem katholischen war der jüdische Friedhof der zweitgrößte, es gab den serbisch-orthodoxen Teil, den protestantischen, den British Cemetery und einen muslimischen. Aristèides' Mutter lag auf dem der griechisch-orthodoxen Gemeinde, obwohl sie laut Tante Milli kein Wort Griechisch beherrscht hatte. Gleich nach seiner Rückkehr nach Triest hatte er die verwahrloste Ruhestätte mit der simplen Steinplatte wieder hergerichtet, die neben dem Monumentalgrab des französischen Dichterdiplomaten Paul Morand und der Bankiersdynastie seiner Frau Hélène Chrisoveloni lag. Er hatte Unkraut gezupft und frische Blumen auf das Grab gestellt. Und als plötzlich der Wärter des Friedhofs hinter ihm stand, der in dem Häuschen am Eingang wohnte, und ihn fragte, weshalb er das tue, nachdem sich seit zwanzig Jahren niemand mehr darum gekümmert habe, antwortete er lediglich, dass er sie gut gekannt hätte.

»Gut gekannt haben die viele«, kommentierte der Mann höhnisch. »Aber Sie sind eigentlich zu jung. Die ist vor fünfzig Jahren gestorben und soll keinen schönen Tod gehabt haben.«

»Tod ist immer kalt.«

»Wie heißen Sie?«

»Ich werde öfter kommen, solange ich in der Stadt bin.« Aristèides nannte seinen Namen nicht.

»Und wie lange wird das sein?«, fragte der Wärter. »Wie lang bleiben Sie in Triest?«

»Lange.« Er kehrte ihm den Rücken zu.

»Ich treffe mich nach der Arbeit mit einigen Freundinnen zum Aperitif«, flötete Laura, als sie Proteo Laurenti am Nachmittag während seiner Besprechung anrief. Sie bereitete den Katalog für die nächste Versteigerung vor: Arturo Nathan, Gino Parin, Arturo Rietti – jüdische Maler Triests, die alle Opfer der Nazis geworden waren. »Mutter ist versorgt«, fuhr sie fort. »Marco hat heute keine Kunden und wird ihr etwas auf den Tisch stellen, bevor er ausgeht. Wenn er für dich mitkochen soll, ruf ihn an.«

»Meine Zähne taugen noch, danke.«

Die Schwiegermutter bestand immer öfter auf einfache, halb zerkochte Kost. Am liebsten hatte sie es püriert. Trotz ihrer Vergesslichkeit blieb sie bei der Wahl der Speisen so penibel, dass Laura schon befürchtete, sie werde lieber verhungern, als etwas anzurühren, das nicht ihren Vorstellungen entsprach.

Der Commissario warf einen kurzen Blick in die Runde seiner Kollegen, behielt dann den Hörer in der Hand und wählte eine Nummer. »Hast du nach der Arbeit Zeit für einen Drink?«, fragte er, ohne sich zu melden oder den Namen seines Gesprächspartners auszusprechen.

»Ein alter Fall«, sagte er anschließend zu seiner Entschuldigung in die Runde.

»Ein alter Fall oder ein neuer?«, fragte Marietta, die umsonst ihre Ohren gespitzt hatte und ihrem Chef wie eine eifersüchtige Ehefrau eine Affäre nach der anderen unterstellte.

»Ihr habt also den Wagen gefunden?«, fragte er Pina. »Irgendwelche Spuren?«

»Am Flughafen auf dem Parkstreifen gegenüber den Check-in-Schaltern. Tessiner Kennzeichen, vor einer Woche in Mailand gestohlen. Seitdem ist die Karre viel rumgekommen, wurde in einem Dorf bei Brescia bei einem Raubüberfall benutzt, danach im Hafen von Marghera, wo in ein Speditionsbüro eingebrochen und der Safe gestohlen wurde. Diesmal wollten sie den Wagen offensichtlich loswerden. Wir haben ihn abgeschleppt. Keine Fingerabdrücke bis jetzt. Zeitlich wären die Flüge nach London, Tirana, Rom und München infrage gekommen, aber die drei Männer haben das Gebäude gar nicht betreten, sondern ein Taxi genommen. Das war kein durchdachtes Ablenkungsmanöver, sie hätten wissen müssen, dass es am Flughafen Videoüberwachung gibt. Oder es war ihnen egal.« Sie blätterte die Bilder der Typen auf den Tisch. Der stämmige Glatzkopf hatte den Kragen seiner schwarzen Jacke bis übers Kinn hochgeschlagen, trotzdem sah man ein auffallend jugendliches Gesicht. Die beiden anderen waren älter, schmächtig im Vergleich, sie trugen Sonnenbrillen. »Der Taxifahrer sagt, er habe sie im Corso Verdi vor der Hauptpost von Gorizia abgesetzt. Die Aufnahmen der Überwachungskameras sind unterwegs. Ich gehe jede Wette ein, dass sie an der Post einen anderen gestohlenen Wagen stehen hatten, mit dem sie fünf Minuten später über die Grenze gefahren sind.«

»Oder es waren Motorräder, sie hatten doch Sturzhelme dabei. Konnte der Fahrer die Typen wenigstens beschreiben?«, fragte Gilo Battinelli.

»So genau und so geschwätzig, dass die Beschreibung am Ende praktisch auf jeden hätte zutreffen können.« Pina schnaubte verächtlich. »Im Grunde wissen wir nur, dass einer etwas älter war als die beiden anderen, die der Taxifahrer auf etwa zwanzig schätzte. Ansonsten sollen die drei dem klassisch mediterranen Typ zuzuordenen sein, was auch immer das bedeuten mag – wenn ich da an meine Verwandten denke, die im Gegensatz zu mir fast alle blond sind. Die Männer haben während der ganzen Fahrt angeblich kein Wort gewechselt. Die Bilder aus der Kamera, als die Typen aus dem Palazzo der Engländerin kamen, geben mehr her. Ich habe sie zur Fahndung ausgeschrieben – übrigens werden sie auch von den Kollegen in Brescia, Marghera, La Spezia und Ancona gesucht.«

»Bis auf Brescia sind das alles Hafenstädte«, bemerkte Battinelli. »Was haben sie dort getan?«

»Raub und Einbruch, in einem Fall schwere Körperverletzung, Nötigung und Erpressung im anderen. Da waren sie immer nur zu zweit. Der Große fehlte. Das Komische ist, dass es bisher nur ihre Fotos gibt. Keine Personendaten. Vermutlich sind die drei keine Italiener, sie sind nicht offiziell mit einem Visum eingewandert. Die Auswertung läuft noch, ein Ende ist abzusehen, lange wird es nicht mehr dauern, bis wir sie gefasst haben.«

»Außer sie verlassen das Land und kommen nicht zurück.«

»Fast alle kommen zurück, wenn sie sich lange genug zu Hause gelangweilt oder das schnelle Geld auf den Kopf gehauen haben«, mischte sich Marietta ein, die aus ihren Ressentiments gegen Osteuropäer noch nie einen Hehl gemacht hatte, solange diese keine prall gefüllte Brieftasche mit sich führten. Dann allerdings wurde sie zur überzeugten Internationalistin.

»Macht euch nichts vor, auch in Neapel, Caserta oder Reggio Calabria gibt es genügend Nachwuchs, der irgendwann einmal zum Einsatz kommt. Hast du die Akte Albanese gefunden«, fragte Laurenti seine Assistentin.

»Siehst du nicht die Spinnweben in meinem Haar?«, zwitscherte Marietta.

»Sieht eher so aus, als ob du mal wieder zum Nachfärben müsstest«, lachte Pina schadenfroh, in deren maskulinen, schwarzen Igelschnitt sich ebenfalls die ersten grauen Härchen eingeschmuggelt hatten.

»Ich dachte, du könntest dich an den Griechen noch erinnern«, hakte Marietta nach.

»Dafür nicht mehr gut genug an den Prozess gegen Gasparri, den Albanese in Gang gebracht und auf den er sich zu seiner Verteidigung berufen hat. Diese Akte will ich auch. Und auch die zum Tod seiner Mutter, falls sie sich überhaupt noch im Archiv findet. Das ist über fünfzig Jahre her. Glotzt mich nicht so an, als hätte die Welt sich erst mit eurer Geburt zu drehen begonnen«, sagte Laurenti in die Runde. »Pina und Gilo, ihr wart von euren Eltern noch nicht einmal geplant, als die Mutter von Albanese von einem Freier ermordet wurde. Und du, Marietta, warst noch ein Kleinkind, wenn du mir die Bemerkung verzeihst.«

»Keine Ursache, 1966 habe ich wirklich noch in den Windeln gesteckt. Worauf willst du hinaus?«

»Wenn ich fast ein Drittel meines Lebens wegen anderen im Knast gesessen hätte, wäre ich ziemlich sauer. Ich will ganz einfach Bescheid wissen, was hier läuft. Sonst nichts. Ich werde einen Vorwand suchen, um mit ihm in Kontakt zu kommen, ohne dass er Verdacht schöpft.«

»Übrigens war ich 1999 alt genug, um mich an die Schlacht um den Hafen zu erinnern.«

»Hält die nicht bis heute an?«, warf Battinelli ein. »Man muss doch täglich damit rechnen, dass die alten Seilschaften wieder Intrigen schmieden und jeden Fortschritt im Ansatz auszubremsen versuchen. Ich bin mir sicher, dass die gut daran verdienen, wenn es hier abwärts geht. Die Venezianer oder die Slowenen werden sie ordentlich honorieren.«

»Wer sagt das, Gilo? Und wer sind *die*? Das ist Legendenbildung, um mysteriöse Mächte für die Lethargie der Leute verantwortlich zu machen«, entgegnete Laurenti. »Wenn du Beweise hast, dann raus damit. Das würde dem Spuk ein Ende bereiten. Und wenn du keine hast, dann hüte dich vor Spekulationen, die du nicht belegen kannst. Zumindest außerhalb der Questura. Da hat man schnell eine Klage wegen Verleumdung und Ehrverletzung am Hals. Was war 1999, Marietta?«

»Damals gab es Sabotageakte an den Anlegeplätzen des Containerterminals, das von einem englisch-holländischen Konsortium geführt wurde. Die wollten investieren und das Geschäft kräftig ausbauen. Mit der Hafenbehörde war man sich einig – die Sache soll kurz vor der Unterschrift gestanden haben, als auch im Aufzug ihres Bürogebäudes noch eine Bombe hochging. Sie haben sich daraufhin wegen nicht kalkulierbarer Unwägbarkeiten aus dem Geschäft zurückgezogen. Der damalige Hafenpräsident wurde wenig später abgesetzt. Er war der letzte Fachmann, den wir hatten. Wer danach kam, ist bekannt. Vielleicht kriegt da jemand kalte Füße, weil die Zeiten sich jetzt wieder ändern …«

Ein renommierter Journalist hatte in einer mehrteiligen Reportage das Geflecht der mysteriösen Entscheidungen und Einflussnahmen nachgewiesen, das über Jahrzehnte erfolgreich jedes logische Wachstum zugunsten der Konkurrenten verhinderte. Da waren Ausschreibungen unterbunden worden, und das Amt des Hafenpräsidenten wurde lange mit fachfremden, aber willigen Personen besetzt, während die letzten Experten hinausgeworfen wurden. Nun wehte zum ersten Mal seit fünfzehn Jahren wieder ein frischer Wind, die politischen Konstellationen hatten sich verändert. Allerdings bestand die Gefahr, dass die alten Mächte zurückkehrten, bevor die neuen Strukturen so weit gefestigt waren, dass sie nicht mehr umgekehrt werden konnten.

»Willst du etwa behaupten, dass wir hier das Motiv für den Mord an der Reederin haben, Marietta?«, fragte Gilo. »Großunternehmen sind doch nicht an ihre Inhaber gebunden, sondern ans Management. Bei deren Vermögen würde ich eher an ein Eigentumsdelikt denken.«

»Im Gegensatz zu dir stelle ich überhaupt keine Behauptung auf.« Marietta lächelte fies.

»Andeutungen sind auch nicht besser. Diese Maggie Aggeliki war jung, das Unternehmen hatte sie von ihrem Vater geerbt. Sie wollte in den Hafen investieren und hier in Triest ihre Aktivitäten im Mittelmeer bündeln. So zumindest stand es in der Zeitung.«

»Und ihr glaubt allen Ernstes an solche Verschwörungstheorien und obskure Mächte? Bei uns im Norden? In Kalabrien, wo ich aufgewachsen bin, da gibt es das. Jeder weiß, dass der Hafen von Gioia Tauro von der 'Ndrangheta beherrscht wird. Hier oben glaube ich nicht einmal ein Viertel davon.« Pina Cardareto versuchte, das Thema vom Tisch zu wischen.

»Ein Auftragskiller würde zu dem passen, was wir bisher ermittelt haben, das musst du zugeben«, widersprach Battinelli.

»Wann kommt der Bericht aus der Gerichtsmedizin? Und von den Kriminaltechnikern?«, fragte Laurenti. »Wenn es Hinweise gibt, dass man die Frau vom Balkon gestoßen hat, dann ist die Welt hier tatsächlich nicht so heil, wie Sie annehmen, Pina.«

»Heißt das, dass du den Griechen nicht mehr verdächtigst, obwohl er am Tatort gesehen wurde? Immerhin steht in seiner Akte, dass er zu Gewalttätigkeiten neigt.« Marietta drehte gedankenveloren eine Strähne ihres Rabenhaares um den Zeigefinger und schaute ihren Chef nicht an.

»Das heißt lediglich, dass alles noch offen ist. Und der Grieche ist übrigens kein Grieche. Nur seine Mutter ist halbgriechischer Abstammung gewesen, und selbst die wurde hier geboren.«

In den Jahren, als Aristèides Albanese sich seine ersten Erfolge als Koch verdiente, musste die Familie Laurenti haushalten, um die drei Kinder mit dem Gehalt des Chefinspektors durchzubringen. Proteo Laurenti hatte damals nur von der Trattoria *Pesce d'amare* gehört und war dort selbst nie eingekehrt. Die Restaurantführer hatten das Lokal des jungen Kochs in Windeseile auf den Spitzenplatz befördert, und die jüngeren Triestiner aus den begüterten Elternhäusern waren begeistert gewesen von der Frische der Zutaten und den Rezepten, die sich zwar auf die Tradition beriefen, sie aber endlich auch weiterentwickelten. Wer leistete schon noch körperliche Arbeit und konnte die schwere alte Küche der Großmütter verdauen? Nur die Alten, schien es. Und die behaupteten dann auch, es gäbe in der Trattoria des Griechen nur Moussaka mit zu viel Béchamelsoße oder in Fett schwimmenden, sehnendurchsetzten Hammelbraten, auch wenn nichts davon auf Aristèides' Speisekarten zu finden gewesen war. Er servierte fangfrischen Fisch aus dem Golf, und er hatte erreicht, dass die Fischer seines Vertrauens ihn als Ersten belieferten. Er experimentierte mit Gewürzen, Beilagen und den Garzeiten. Es schien absurd, doch schon sein Fritto misto war leichter als anderswo. Umso abfälliger die einen von den Neuerungen sprachen, desto größer war der Zulauf der anderen.

Ebenfalls entgangen war Laurenti damals, dass Fedora Bertone das Lokal nach der Verurteilung Albaneses übernommen hatte. Und dass die beiden einen Sohn hatten, wusste er bis heute nicht. Fedoras Bar *La Medusa* frequentierte er kaum, zu viele dieser austauschbaren Lokale gab es in der Stadt. Vor allem aber mied der Commissario das dort verkehrende Publikum. Antonio Gasparri und sein Gefolge wollte er weder mit seinen Vorlieben und Gewohnheiten bekannt machen noch mit ihnen mehr als einen Gruß wechseln müssen. Für seinen Geschmack waren diese Leute zu sehr darauf aus, all jene zu ihren Freunden zu machen, die ihnen einmal in die Quere kommen konnten.

Heute Abend allerdings folgte er dem Vorschlag seiner Freundin Linda Barbagallo, die mehr über das städtische Leben jenseits der Schlagzeilen wusste als jeder andere. Die attraktive Fünfzigjährige drückte ihm zur Begrüßung einen schmatzenden Kuss auf den Mund und wischte anschließend mit dem Handrücken den Abdruck ihres Lippenstifts sofort wieder von seinen Lippen.

»Zwiebeln, Knoblauch?«, fragte sie. »Das ist wohl kein guter Tag für einen Seitensprung.«

»Entschuldige, aber ich bin vor Hunger fast gestorben. Auf Verbrechen zur Mittagszeit sollte die Todesstrafe stehen.« Mit knurrendem Magen hatte Laurenti auf dem Weg an einem türkischen Fastfood gehalten, einen Teller Kebab mit Reis verschlungen und eine Cola dazu getrunken. Die Zwiebeln und die Joghurtsoße stießen ihm immer wieder auf.

Sie fanden Platz auf einer gepolsterten Bank an einem Tischchen in einer Nische unweit des Tresens. Noch waren nur wenige Gäste in der Bar, der große Ansturm war erst nach der Essenszeit zu erwarten. Bei einer jungen Kellnerin mit osteuropäischem Akzent, deren Rock so knapp war wie ihr Lohn vermutlich karg, bestellten sie eine Flasche Spumante vom Karst. Die Cocktail-Karte schlugen sie aus. Fedora Bertone, die Wirtin, stand hinter dem Tresen, sie hatte Linda zuvor aufs Herzlichste begrüßt und Laurenti flüchtig zugenickt. Natürlich hatte sie nicht vergessen, wie er nach dem Tod des Wachmanns auch sie als Zeugin vernommen und der Lüge bezichtigt hatte, sie war damals den Tränen nah gewesen. Seine Verhörmethoden hatten dem künftigen Commissario eine harsche Rüge des Staatsanwalts eingebracht. Doch seither waren sie sich nicht mehr begegnet. Die meisten Triestiner kannten sein Bild vor allem aus der Zeitung.

Linda hingegen galt als persönliche Vertrauensperson für den Großteil der Damenwelt des gehobenen Mittelstands. Ihre Kundinnen belegten regelmäßig die bequemen Sessel in ihrem Haar- und Beautysalon am Corso Italia und ließen dort ihrer Kommunikationsfreude freien Lauf. Für Waschen, Schneiden, Färben, Legen, Augenbrauenzupfen, Maniküre, Peeling, Depilation und Epilation zahlten die Frauen dreistellige Beträge, und während der oft Stunden andauernden Behandlung tauschten sie Unmengen an Informationen zu allem Wichtigen oder

Belanglosen in der Stadt. Die zahlreichen Angestellten des Salons verwöhnten sie derweil mit Champagner. Hätten Linda und der Commissario ihr Wissen zusammengelegt, würde das vermutlich die Stadtchronik verändern, sie sahen sich allerdings nur noch selten. Damals, als Laura das dritte Kind erwartete, hatten sie ein sporadisches Verhältnis begonnen, das ein jähes Ende fand, als Linda sich in einen Notar verliebte und ihn rasch heiratete. Vier Jahre später war sie bereits reich geschieden, und noch immer flirtete sie gern mit Proteo.

»Ich habe gehört, dass sich diese arme Frau in der Via Dante in den Tod gestürzt hat«, sagte Linda. »Man kommt nicht aus dem Staunen heraus, dass selbst so reiche Leute einen Grund finden, ihrem Leben ein Ende zu setzen.«

»Wir gehen nicht von Suizid aus«, verriet Laurenti und wunderte sich kaum darüber, dass trotz offizieller Geheimhaltung die Identität der Toten bereits die Runde gemacht hatte.

»Ein Unfall?«

»Sie hat keinen Abschiedsbrief oder andere Hinweise hinterlassen. Und es sind verschiedene Männer in der Nähe gesehen worden, die nichts Gutes vermuten lassen. Über einen von ihnen wollte ich mit dir reden. Falls du dich noch an ihn erinnerst.«

»Ich platze vor Neugier.« Sie saß aufrecht wie eine elegante Katze und legte ihre Hand auf seinen Unterarm. Im Gegensatz zu den zarten Händchen ihrer Kundinnen war ihre kräftig und die Nägel unlackiert. Und anders als die Damen der Gesellschaft trug Linda eine Kurzhaarfrisur, die ihr Profil ausgezeichnet zur Geltung brachte und sie wenig Zeit kostete.

»Ihm hat früher dieses Lokal gehört.«

»Der Grieche?«, rief sie vor Überraschung etwas zu laut. »Ist er denn wieder auf freiem Fuß?«

»Er ist vor drei Monaten zurückgekommen und kocht für

die Flüchtlinge von Don Alfredo. Du würdest ihn nicht wiedererkennen.«

»Immerhin eine gute Sache. Dieser Pfarrer steht wegen seiner Hilfsbereitschaft unter Beschuss. Du solltest die Kommentare meiner Kundinnen hören. Ausgerechnet in dieser Stadt, in der nach dem Zweiten Weltkrieg fast hunderttausend Flüchtlinge aus Jugoslawien eine neue Heimat gefunden haben. Die Menschen vergessen ihre eigene Vergangenheit, sobald es ihnen gut geht.«

Sie unterbrachen ihr Gespräch, als Fedora Bertone den Spumante servierte. Ihr Lächeln war so falsch wie breit, und Laurenti fragte sich, ob sie vielleicht Lindas Ausruf gehört hatte und deshalb selbst zu ihnen kam.

»Du hast ihn doch damals verhört«, sagte Linda, als sie wieder allein waren.

»Ich habe alle verhört, die in den Fall verwickelt waren. Auch die Wirtin hier, die damals noch seine Kellnerin war. Anfangs bin ich davon ausgegangen, dass er aus Notwehr gehandelt hat, aber die Zeugenaussagen waren so eindeutig, dass ich nichts machen konnte. Außerdem hat der Staatsanwalt vehement verhindert, dass ich ihnen weiter auf den Zahn fühlen konnte.«

»Und du hast dich nicht gegen ihn durchgesetzt.«

»Das werfe ich mir bis heute vor.«

»Hättest du denn etwas ausrichten können?«

Laurenti hob die Achseln. »Das weiß man nur, wenn man es probiert hat.«

»Seine Tante ist eine meiner ersten Kundinnen gewesen. Wusstest du das?« Ein rätselhaftes Lächeln lag auf ihren Lippen. »Lass mich rechnen, den Salon habe ich mit fünfundzwanzig eröffnet. Sie muss etwas über fünfzig gewesen sein. Selbst in dem Alter hat sie mit ihren speziellen Diensten noch gut verdient. Sie hat oft von den Macken ihrer Freier erzählt und alle unterhalten, die sie hören konnten und nicht gerade unter der Trockenhaube saßen. Ich frage mich, wie viele meiner Kundinnen in Millis Schilderungen zufällig den eigenen Ehemann entdeckt haben. Lebt sie eigentlich noch, ich habe sie sicher seit zehn Jahren nicht gesehen?«

»Welche Tante?« Laurenti erinnerte sich nur daran, dass der Strafverteidiger Aristèides' schwierige Kindheit und seine Mutter im Plädoyer erwähnt hatte.

»Milli wurde sie genannt. Sie war keine direkte Verwandte. Nach dem Tod seiner Mutter hat sie sich um ihn gekümmert und ihn großgezogen. Hast du sie damals nicht vernommen?«

Laurenti schüttelte stumm den Kopf. Fünf aufgeputschte, hysterisch gut gelaunte Personen, drei Männer und zwei Frauen, und alle Mitte fünfzig, drängten lachend ins Lokal und belegten den vordersten Tisch in der Nähe des Tresens. Er kannte sie alle und wandte sich ab.

»Der da hat einen sechzehn Jahre älteren Bruder, ein Rechtsanwalt.« Linda deutete auf den schmalen Gasparri, der sich mit dem Rücken zu ihnen setzte.

Die Wirtin begrüßte die Gruppe mit Wangenküsschen und hatte offenbar nichts gegen die Hände Gasparris an ihrem Körper einzuwenden. Sie lachte mit ihm und fragte, ob sie das Übliche bringen solle.

»Wenn sie nicht aufpasst, beißt sie noch jemanden in die Wange. Sie ist und bleibt ein Flittchen.« Lindas Augen folgten der Wirtin, als sie sich hinter dem Tresen an die Zubereitung der Drinks machte. »Sie hat einen erwachsenen Sohn, niemand weiß genau, von wem. Auch er kann gut mit Gasparri, wobei der von der Statur her kaum der Vater sein kann. So ein hochgewachsener, kahl rasierter Bullenschädel. Arbeitet als Koch in den Bergen und kommt in den Ferien zwischen zwei Saisons herunter und hilft hier im Laden aus.«

»Er wäre nicht der Erste, der seinen Vater nicht kennt«, meinte Laurenti. »Eine schöne Gesellschaft ist das.«

»Der Anwalt, Gasparris älterer Bruder, gehörte auch zu Millis Stammkunden, genauso wie sein Vater«, fuhr Linda fort. »Mit dem Berufsgeheimnis hatte sie es nicht so. Sie hat damals erzählt, er habe immer unterwürfig darum gebettelt, von ihr gedemütigt und ausgepeitscht zu werden, als wollte er für irgendetwas bestraft werden. Und sie habe es ihm ordentlich gegeben. Er wollte sogar gewürgt werden, dann soll der Höhepunkt ganz besonders heftig sein. Aber sie hat sich geweigert. So viel Verantwortung und Risiko wollte sie dann doch nicht auf sich nehmen.«

»Kluge Frau. Wir haben nach solchen Spielchen in der Vergangenheit schon die eine oder andere Leiche gefunden. Zuletzt vor vier Jahren, da hat sich ein Wahnsinniger aus Versehen beim Onanieren erhängt und wurde erst Wochen später zufällig in seiner Wohnung gefunden, wo er außerdem ganze Vorräte an Lachgas lagerte. Damit hätte er sich einen fröhlicheren Abgang bereiten können.«

»Des Menschen Wille ist sein Himmelreich. Kennst du die anderen an Gasparris Tisch?«

»Gehören die etwa nicht zu deinen Kundinnen? Die Rothaarige heißt Claudia Nemec und hat einen guten Job bei der Landesregierung. Sie ist für die Vergabe von Fördermitteln zuständig, machte aber wiederholt Schlagzeilen, weil sie angeblich ihre Freunde bevorzugt behandelt und ihnen Gelder ohne Ausschreibung zukommen lässt, während Initiativen, die sie der Opposition zurechnet, kaum Zuschüsse erhalten. Sie hat offensichtlich eine schützende Hand aus der Politik über sich. Der daneben ist ihr Ehemann, der hat einen ähnlichen Job. Zusammen verdienen die beiden Geld wie Heu und gehen nach sechs Stunden im Büro schon wieder nach Hause. Die Blondierte mit dem zu kurzen Rock arbeitet in einer Bank an der

Piazza della Borsa, und der Vierte ist ein pensionierter Abteilungsleiter der Stadtwerke, der ziemlich plötzlich in den Ruhestand geschickt wurde. Es heißt, er habe mehrere Wohnungen an der Piazza della Valle gekauft und dafür Mittel seines Arbeitgebers unterschlagen. Ich kann dir aber nicht sagen, ob er dafür verurteilt oder auch nur angeklagt worden ist. Wo waren wir stehen geblieben?«

»Ich hatte dich gefragt, ob du seine Tante Milli damals nicht vernommen hast. Als Entlastungszeugin zumindest.«

»Da waren zwölf Zeugen, deren Aussagen sich fast aufs Wort glichen. Das war schon belastend genug. Und Aristèides hat ja gar nicht bestritten, den Wachmann ins Jenseits befördert zu haben. Er hat nur darauf bestanden, dass es Notwehr war, was die anderen eindeutig widerlegt haben. Aber bei der Verhandlung saß eine Frau im Publikum, die bei der Urteilsverkündung laut aufschrie. Das könnte Milli gewesen sein.«

»Du wirst ihren Namen leicht finden. Die klassische Rotlichtszene war ständig in der Presse. Sonst frag einen der pensionierten Journalisten von *Il Piccolo*.«

»Und hat dir Milli auch erzählt, wie Aristèides' Mutter zu Tode gekommen ist?«

»Mein Gott, Proteo. Anstatt mit mir zu flirten, machst du mich zur Mitarbeiterin der Questura. Diese Geschichte findest du in euerm Archiv. Er war vier Jahre alt und ist vom Kindergarten nach Hause gekommen, wo sie in einer Blutlache lag. Sie war noch so jung, sie hat ihn ja als Achtzehnjährige bekommen. Der Täter ist nie gefasst worden, aber Milli meinte, sie sei wegen ihres kindlichen Aussehens in bestimmten besseren Kreisen stark gefragt gewesen.«

»Vorhin habe ich an der Sacchetta eine hell gekleidete Vogelscheuche gesehen.« Gasparris Stimme war im ganzen Lokal zu hören. »Haare bis zum Arsch und ein Bart bis zum Gürtel. Hätte er ein Hündchen mit sich geführt, wäre er mir vielleicht nicht weiter aufgefallen. Aber er war allein unterwegs, ohne jedes Ziel. Ich werde ihn in der Questura melden, dass die sich um ihn kümmern. In der Stadt treibt sich zu viel Gesindel rum. Diese Leute sollen wissen, dass sie beobachtet werden. Reine Vorsorge. Wir wollen keine Bettler auf unseren Straßen.«

Seine Kumpane redeten auf einmal lautstark durcheinander, jeder versuchte den anderen zu übertönen, jedem war der Mann in der Vergangenheit begegnet. Laurenti und Linda schwiegen einen Augenblick und schauten sich nach einem ruhigeren Platz um, doch gab es nirgends eine freie Ecke.

»Hast du eigentlich den Poeten gefunden, Bruno?«, rief Tonino Gasparri und hatte damit sofort wieder die Aufmerksamkeit der anderen.

Der Mann namens Guidoni, von dem Laurenti erklärt hatte, dass er seinen Job bei den Stadtwerken wegen Untreue verloren habe, aber mit dem Vorruhestand davongekommen sei, schüttelte den Kopf. »Ich war bei ihm, irgendetwas ist da passiert. Seine Bude ist von den Bullen versiegelt worden. Ich hoffe nur, ich bekomme jetzt keine Probleme, weil ich ihn dort aus Mitleid einquartiert habe. Eine Nachbarin hat mir erzählt, um die Mittagszeit sei ein Mann unten auf der Straße mit dem Rettungswagen abtransportiert worden.«

»Und der Grieche?«

»Die weißen Mäuse des Poeten. Was sonst? Zum Teufel mit ihm.« Wieder vereinte sie hysterisches Gelächter. »Sagt es mir, falls ihr ihm begegnet«, sagte Gasparri, als sie sich beruhigten. »Aber ich glaube nicht, dass er lange bleiben wird. Die Stadt hat sich verändert.«

Linda rückte noch näher an Laurenti heran, legte ihren Arm um seine Schulter und kraulte seinen Hals. »Alle Achtung. Es scheint, als hätten sie Schiss vor ihm«, flüsterte sie ihm ins Ohr.

»Kontakte kann er nicht viele haben«, meinte Guidoni. »Aber der Poet sagte, er sei sogar zu ihm in die Dachkammer gekommen. Er hat ihn also ausfindig gemacht. Was er wollte, hat er nicht gesagt, seiner Stimme nach hatte er schon genug für die nächsten drei Tage gesoffen. Hat übrigens jemand Lust, mit mir am Sonntag ins Stadion zu kommen? Ich habe Freikarten.«

»Wir haben über seine Mutter gesprochen«, sagte Laurenti und versuchte an ihr vorheriges Gespräch anzuknüpfen. »Aristèides ist heute vierundfünfzig.«

»So etwas muss traumatisch sein. Ihre Wohnung lag in der Cavana.« Das heute schick herausgeputzte Stadtviertel mit seinen schmucken Altstadtgässchen und den unzähligen Lokalen war einst wegen der Hafennähe ein Tummelplatz der Seeleute gewesen, die dort die einschlägigen Etablissements frequentierten.

»Bis 1958 waren die Freudenhäuser legal«, sagte Laurenti. »Danach lief es entweder zu Hause ab, im Hotel, im Auto oder in einer dunklen Straßenecke an der Hauswand. Das Gesetz einer sozialistischen Senatorin, das die Frauen vor Ausbeutung schützen sollte. Ein Desaster. Ihre Zuhälter wurden sie dennoch nicht los, aber sie zu schützen, war unmöglich geworden. Und die regelmäßigen Gesundheitsprüfungen wurden auch abgeschafft.«

»Ich dachte, wenigstens damals hätten die Politiker Sachkompetenz gehabt.«

»Am Ende waren nur die Bigotten darüber glücklich.«

»Der Tod eines leichten Mädchens scherte diese Leute einen feuchten Dreck, selbst wenn sie zu den Stammkunden gehörten. Wie Gasparris Bruder. Übrigens hat Milli behauptet, dass sie und Melaní nie einen Zuhälter hatten. Sie und Aristèides' Mutter hätten gegenseitig auf sich aufgepasst und nur zu Hause empfangen. Je nach Wunsch versorgten sie die Kerle auch gemeinsam, was die Freier aber meist überfordert habe.« Jetzt lachte auch Linda. »Vor allem seien auch welche gekommen, die nur reden wollten. Nicht über Sex, sondern über alles, was sie beschäftigte. Bezahlt haben sie trotzdem. Was hat das alles mit dieser Engländerin zu tun?«

»Das weiß ich noch nicht, Linda. Es ist verdammt laut geworden hier drin.«

»Kommst du noch mit zu mir, Proteo?«

»Das weiß ich auch noch nicht«, lächelte er.

Als Laurenti bei der Wirtin die Rechnung beglich, drehte sich Tonino Gasparri nonchalant zu ihnen um. »So wie es aussieht, stecken Sie in einer sehr tiefgreifenden Ermittlung, Commissario. Ich dachte, Sie fahren zum Flirten über die Grenze, damit sie niemand beim Seitensprung erwischt. Oder hat Sie Ihre Frau endlich verlassen?«

»Mit Verrat scheinen Sie sich gut auszukennen, Gasparri«, sagte Laurenti lächelnd. »Schreiben Sie ein Buch darüber.«

Zukunft bauen

Hundert Jahre Knast. Summierte man die im Gefängnis verbüßten Jahre von Aristèides, Aahrash und ihren fünf Gehilfen, die sich mit großem handwerklichen Geschick an die Arbeit machten, kam man auf mehr als ein Jahrhundert. Der Laden hatte gerade einmal zwanzig Quadratmeter für Gastraum und Küche, dazu die Toiletten und ein Lagerraum, den es offiziell nicht gab und der dem Mann vom Bauamt entgangen war.

Der nächste Erste näherte sich mit Riesenschritten, doch hatte der Vermieter – ein alleinstehender und sanftmütiger alter Herr, dem der ganze Palazzo am Largo Piave gehörte – ihnen den Schlüssel bereits jetzt überlassen, damit sie das Lokal herrichten konnten. Vor fast zehn Jahren begann die Finanzkrise, kapitalschwache Kleinbetriebe in die Knie zu zwingen. Abseits der meistfrequentierten Straßen im Zentrum standen viele Flächen leer, und Aristèides hatte eine niedrige Miete für sein Lokal an der Ecke zum Largo Piave aushandeln können. Der Platz lag strategisch günstig. Hundert Meter entfernt der monströse Gerichtspalast, in dem er einst verurteilt worden war und der sich in seiner einschüchternden Architektur über das Stadtzentrum erhob, dazu eine Unzahl an Anwaltskanzleien in den umliegenden Straßen, Rechtsmediziner und Notare, die Sendezentrale der *RAI*, Arztpraxen, eine Apotheke, eine Zeitarbeitsvermittlung und das Büro eines gefürchteten Politikers – alle sollten ihr Geld bei ihm lassen. Goldschakale nannte Aristèides sie im Stillen, seit er gelesen hatte, die Tiere seien Opportunisten, die sich als Gruppe stets das nähmen, was sie am leichtesten kriegen konnten. Polizisten und Gefängniswärter zählten nicht zu den Wohlhabenden, doch auch für sie würde er das richtige Angebot bereithalten. Das Personal der zahlreichen Geschäfte um den kleinen Platz herum arbeitete seiner Ansicht nach redlich. Gleich mehrere Obst- und Gemüsehändler, ein Feinkostladen, ein Fischhändler mit großer Auswahl aus dem tagesfrischen Fang, Bäckereien und Supermärkte ein paar Schritte weiter, außerdem eine der bestgeführten Bars der Stadt, die den schlichten Namen *X* trug.

Aristèides hatte alle vorgeschriebenen Kurse in den letzten drei Monaten abgelegt, es fehlte nur noch die Genehmigung der Gesundheitsbehörde, die erst nach Abschluss der Arbeiten erteilt würde. Gegen die vorgelegten Pläne zumindest hatte das Amt nichts einzuwenden gehabt. Don Alfredo hatte ihm und Aahrash zuliebe alle seine Kontakte zu den Behörden eingesetzt, damit er die bürokratischen Hürden reibungslos nehmen konnte. Der Pfarrer verwies auf die perfekte Resozialisierungschance zweier geläuterter Straftäter, die ihr Können bei ihm gemeinnützig und mit Demut unter Beweis gestellt hätten.

Tresen und Kochzeile nahmen von den zwanzig Quadratmetern gerade einmal sechs in Anspruch. Von den fünf Sitzplätzen, die sich davor befanden, würde man dem Koch bei der Zubereitung zusehen können. Drei weitere rechteckige Stehtische mit erhöhten Sitzmöglichkeiten befanden sich an der Wand gegenüber. Bis zu fünfzehn Personen konnten hier beengt, aber zeitgleich ein schnelles Mahl zu sich nehmen. Die Gäste sollten nicht lange bleiben, sondern schnell für die Wartenden draußen die Plätze wieder freimachen. Den Espresso würden sie in einer der Bars nebenan trinken können. Ab dem Frühjahr sollte es dann noch vier Tischchen auf dem breiten Gehweg geben.

Den Schriftzug *Avviso di Garanzia* an der Fassade hatten die Männer als Erstes gemalt, und auf dem großen Schaufenster stand bereits die Reklame für die preiswerte, saisongerechte Marktküche, die täglich wechseln würde: frisch, schmackhaft und schnell zubereitet. Die Preise waren erstaunlich günstig, der Eröffnungstermin am 1. Dezember prangte in großen Lettern auf der Scheibe. Im Gefängnis hatte Aristèides über die Jahre jede Menge Kochbücher von seinem Lohn bestellt, welche die einzigartige Vielfalt der italienischen Küche und des mediterranen Raums bis hin ins Vorderasiatische abdeckten. In der Gefängnisküche seines Restaurants *Nostalgia* hatte er über die Jahre ausgiebig experimentieren können. Die Kundschaft von draußen hatte es ihm gedankt. Dank einer Vielzahl an Reportagen über diese Neuerung im Strafvollzug war die Liste der Reservierungen mit der Zeit immer länger geworden. Selbst einer der renommierten Restaurantführer hatte das Lokal lobend hervorgehoben, wobei auf die übliche Bewertung allerdings verzichtet wurde. Angeblich aus sozialen Gründen. Athos war jedoch überzeugt, dass die fehlende Bewertung mehr mit dem neidvollen Druck der Gastronomen in der Umgebung zu tun hatte. Jetzt nahmen ihnen die Kriminellen auch noch die Kundschaft weg. Auf jeden Fall hatten die hohen Gewinnspannen, die das *Nostalgia* erwirtschaftete, der Anstaltsleitung die letzten Bedenken genommen. In den letzten Jahren durfte er für seine Einkäufe sogar zweimal die Woche für einige Stunden das Gefängnis verlassen, und oft genug hatte er den ihn begleitenden Justizbeamten dazu überreden können, die Bars und Restaurants auf dem Weg zu begutachten. Manchmal fragte er sich sogar im Geheimen, ob er ohne die Jahre im Gefängnis überhaupt so weit gekommen wäre. Sobald er sich an sein Alter erinnerte, verwarf er den Gedanken wieder.

Am Largo Piave wollte er das Konzept des *Nostalgia* fortführen. Aber nur er und Aahrash würden hier arbeiten und zum

Geschäftsschluss den Lebensmittelhändlern ihre unverkauften Waren günstig abnehmen. Oder in den Supermärkten all das abholen, was am nächsten Tag nicht mehr in die Regale durfte, weil das Haltbarkeitsdatum abgelaufen war. Ein guter Koch, predigte er stets, wusste aus allem etwas Gutes zuzubereiten, nur aus minderwertigen Zutaten nicht. Strom und Licht sollten sie wenig verbrauchen, denn an den Abenden würden auch sie schließen, wenn die Leute von der Arbeit nach Hause strömten. Den Großteil des Umsatzes mussten sie über Mittag erzielen. Später am Tag, wenn sie die neuen Vorräte verarbeiteten, würde höchstens noch jemand ein fertig gekochtes Abendessen abholen, um es daheim vor dem Fernseher zu verzehren.

Aristèides war hergeeilt, sobald er die Mittagsküche für die Flüchtlinge Aahrash überlassen konnte. Zwei der fünf Exhäftlinge, die kräftig Hand am Lokal anlegten, hatte er in der Comunità von Don Alfredo kennen gelernt, die drei anderen hatten sie mitgebracht. Die Wände waren schnell verputzt und gestrichen, bei der Errichtung des Tresens brauchten sie jedoch mehrere Anläufe, er war noch immer nicht im Lot, weshalb Aristèides für den Aufbau der Kochzeile Fachpersonal engagiert hatte, auch wenn es teurer war. Er hatte einem Gastronomieausstatter Restbestände an Geschirr und Gläsern zu einem guten Preis abluchsen können und lediglich die gebrauchte Spülmaschine abgelehnt. Das war Aahrashs Job, der während der Essenzeit nur die Bestellungen aufnehmen, servieren und kassieren müsste – und vor Öffnung das Gemüse und die anderen Zutaten vorbereiten. Mehr als acht wechselnde Gerichte würden sie sowieso nicht anbieten. Auch die Getränkeauswahl blieb bescheiden: Zwei Sorten Wein, weiß und rot, Mineralwasser, Säfte und Tee. Er selbst trank nur selten Alkohol, Aahrash nie. Im Gefängnis war ihm jede Lust an Abhängigkeiten vergangen, und seinem Gehilfen verbot es der Glaube.

Als Aristèides zur Mittagszeit aus dem Schaufenster schaute, staute sich der Verkehr an den Ampeln, und immer mehr Passanten eilten vorbei. Rechtsanwälte und Staatsanwälte erkannte er an ihrer fast einheitlichen Kleidung: Die Männer in dunkelgrauen Anzügen, hellen Hemden und unauffälligen Krawatten, die Frauen meist analog im Kostüm. Und alle trugen die obligate pralle Aktentasche, die je nach verhandeltem Fall manchmal so schwer war, dass ihr Träger leicht zur Seite gekrümmt vorbeiging. Auch die Kleidung der Polizisten in Zivil unterschied sich nur nach ihrem Rang: Jeans, Sportschuhe, Pullover oder schlecht gebügelte Hemden unter hüftkurzen Jacken für die einfacheren Bullen, völlig unabhängig vom Geschlecht. Deren meist männlichen Vorgesetzten neigten dann eher zu Anzügen oder sportlich-eleganterem Outfit und waren nicht nur rasiert, sondern auch besser frisiert. Jeder Kaste ihre Uniform.

Einen der Polizisten erkannte Aristèides sofort, als er auf dem Gehweg stehen blieb und die Aufschrift studierte. Der Kleidung nach war Laurenti irgendwann befördert worden. Seine Frisur war unverändert, das einst schwarze Haar allerding deutlich mit grauen Strähnen durchsetzt. Doch neugierig war er wie früher. Er klopfte an die offene Tür, worauf die Handwerker in ihrer Tätigkeit innehielten. Auch sie konnten einen Bullen auf hundert Meter Entfernung erkennen.

»Entschuldigen Sie, bitte«, sagte Laurenti und blickte sich suchend um, bis er den Koch sah, der wie immer einen hellen Anzug aus dem Second-Hand-Laden trug, aus dessen Brusttasche Stäbchen und Löffel schauten. »Wird das ein Kebab- oder ein Hamburger-Laden? Oder asiatisches Fast Food?«

»Mannomann«, antwortete Aristèides. »Fehlt nur noch, dass Sie nach Sushi, Pizza oder gegrillten Chicken Wings fragen. Auch eine Salatbar wird es nicht und auch kein Buffet mit gekochtem Schinken und Kren. Fällt Ihnen nicht etwas anderes ein?«

»Salat von der Lungenqualle zum Beispiel. Oder Innereien. Hirn, Nieren, Milz, Herz, Leber. Alles, was den Menschen ausmacht.«

»Oder gedünstete Stierhoden? Gockelkamm aus dem Piemont? Schweinsohren und knusprige Entenfüße? Vielleicht sind Sie doch richtig bei uns. Wo kommen Sie her?«

»Ich bin in Salerno aufgewachsen.«

»Wie wär's mit Totani und Kartoffeln oder Gnocchi alla Sorrentina?«

Laurenti hob erstaunt die Brauen. »Ist schon gut. Wann öffnen Sie?«

»Sie haben es doch selbst am Schaufenster gelesen. Am Ersten. In knapp vierzehn Tagen. Kommen Sie einfach vorbei.«

»Viel Glück. Wir sehen uns sicher wieder.«

Aristèides grüßte verhalten. Sprach ein Polizist vom Wiedersehen, war das nicht immer vielversprechend. Oder hatte sich der Commissario tatsächlich nur als erster Kunde angekündigt? Erkannt hatte er ihn offensichtlich nicht.

»Pina und Gilo nehmen irgendeine Wohnung auseinander«, sagte Marietta, als ihr Chef sein Vorzimmer betrat. »Wie lief es beim Staatsanwalt?«

»Er hält noch immer den Weltrekord in schlechter Laune und steckt wieder einmal in einer Sinnkrise.« Laurenti kam direkt aus dem klobigen Gerichtspalast, wo auch die Staatsanwaltschaft ihre Büros hatte. »Scoglio ist stinksauer, weil der Generalstaatsanwalt ihn nicht gleich informiert hat. Er war der Meinung, dass ich es dann hätte tun müssen. Er hat mir Illoyalität vorgeworfen, als könnte ich etwas dafür, dass die Reederin eine so bedeutende Persönlichkeit war und sein Chef die Sache selbst in die Hand genommen hat und ihm jetzt im Nacken sitzt. Er versucht wieder einmal, den Druck weiterzugeben, und hat mir die Hölle heiß gemacht, weil die drei Männer mit dem gestohlenen Wagen noch nicht gefasst sind. Und als er das Foto des Griechen gesehen hat, sind bei ihm alle Sicherungen durchgebrannt, obwohl er ihn erst erkannte, als ich den Namen genannt habe. Er hat getobt, weil wir ihn nicht sofort eingelocht und verhört haben. Wenn Scoglio wüsste, dass der Kerl hundert Meter vom Justizpalast entfernt ein kleines Restaurant eröffnet, würde er endgültig durchdrehen und sich vermutlich verfolgt fühlen. Nur allmählich habe ich ihn davon überzeugen können, dass wir uns auf diese drei Typen konzentrieren müssen, die wir nicht kennen. Albanese kann uns nicht entkommen, sofern er überhaupt etwas mit dem Mord an der Reederin zu tun und nicht nur das Pech hatte, zufällig dort vorbeigekommen zu sein.«

Laurenti und der Staatsanwalt kannten sich seit bald drei Jahrzehnten, sie waren damals beide noch blutige Anfänger gewesen. Fast parallel und in meist konstruktiver Symbiose hatten sie ihre Erfahrungen gesammelt und waren zu Spezialisten für grenzüberschreitende Verbrechen im Zusammenhang mit Menschenhandel, Waffen, Drogen, Technologiespionage, Subventionsbetrug, Manipulationen im Baugewerbe, Geldwäsche und Tarnfirmen, Kunstraub und anderen Geschäftsfeldern der organisierten Kriminalität geworden. Freundschaft hatten sie allerdings nie geschlossen, obwohl ihre beiden Söhne oft bis zum Morgengrauen zusammen durch die Stadt zogen und sie die Rabauken mehr als einmal aus den Fängen der Kollegen hatten befreien müssen. Vor ein paar Jahren hatten die beiden sogar auf einem brachliegenden Grundstück in der Nähe des Hauses der Laurentis eine Cannabis-Plantage angelegt. Nur in einer Sache war sich der Commissario im Umgang mit Staatsanwalt Scoglio seither sicher: In den Rücken fallen konnte er ihm nicht, auch wenn Eitelkeit und falscher Ehrgeiz ein explosives Gemisch ergaben. Und noch immer fragte sich Laurenti, weshalb Scoglio es damals so vehement auf Aristèides Albanese abgesehen und er mit allen Mitteln versucht hatte, Laurenti davon abzubringen, den zwölf Zeugen eingehender auf den Zahn zu fühlen. Ob auch der Staatsanwalt einst von Gasparri gekauft gewesen war? Laurenti dachte noch oft genug mit Ingrimm daran, dass er sich nicht gegen ihn durchgesetzt hatte. Zumindest die Ungewissheit, dass der Grieche vielleicht zu Unrecht verurteilt worden war, nagte seit damals an ihm.

»Ein Restaurant?«, fragte Marietta. »Wo?«

»Am Largo Piave. Restaurant ist vielleicht etwas zu hoch gegriffen, dazu ist der Raum zu klein. Wenn du willst, dann gehen wir gleich zur Eröffnung hin.«

»Sofern du ihn nicht vorher einlochen musst«, bemerkte seine Assistentin mit einem schmalen Lächeln.

»Wo, sagtest du, sind Pina und Gilo?«

»Piazza della Valle. Eine Hausdurchsuchung. Ein Mann ist im Krankenhaus gestorben.«

»Wenn wir das jedes Mal tun müssten, wenn einer die Nacht im Krankenhaus nicht überlebt ...«

»Offensichtlich gibt es Zweifel daran, dass es sich um einen natürlichen Tod handelt. Pina war wie immer wortkarg. Frag sie selbst. Ich habe dafür die Akte vom Tod der Mutter deines Freundes gefunden und in der Biografie des Wachmanns gestochert, den der Grieche umgebracht hat.«

»Bossi hieß er, wenn ich mich recht erinnere.«

»Olindo Bossi, um genau zu sein. Und da ist etwas zum Vorschein gekommen, das dich brennend interessieren wird. Die Notiz liegt auf deinem Schreibtisch.«

»Wenn das so weitergeht, wird es heute wieder nichts mit dem Mittagessen. Mach mir bitte einen Espresso, und komm rüber, und erzähl mir alles, wenn du es schon gelesen hast.«

Am Schreibtisch blätterte er die Zeitungen durch, die von einem Selbstmord in der Via Dante berichteten, weswegen die Renovierung der Statue Umberto Sabas weiter auf sich warten lasse. Während er die eingegangene Post durchging, waren draußen Stimmen zu hören. Offenbar kamen die Chefinspektorin und der Inspektor zurück. Pina war blass, als sie eintrat, und auch Gilo Battinelli sah aus, als hätte er keinen Hunger.

»Ich hab ja schon viel gesehen, Chef«, schoss die kleingewachsene Kalabresin los. »Jeder Kadaver, egal, in welchem Verwesungszustand, ist mir lieber als eine total zugeschissene, vollgekotzte Dachkammer. Ich weiß nicht, was der gefressen hat, aber das ist schlimmer als Verwesungsgeruch in der Nase.« Sie sank auf einen Stuhl und ließ wie ein verendender Schwan die ausgestreckten Arme weit vom Körper entfernt sinken.

»Und du, Battinelli, hast du auch etwas zu erzählen«, fragte Laurenti.

»Präziser kann man es kaum beschreiben. Ich hoffe nur, wir riechen nicht mehr danach. Keine Ahnung, wie oft wir die Schuhe gewaschen haben. Und die Hände erst recht. Der Mann wohnte in einer Dachkammer in einem der renovierten Häuser an der Piazza della Valle. Ganz gewiss kein offizieller Mieter. Zugig und dreckig. Eine Unmenge leerer Flaschen am Boden. Strom- und Wasseranschluss wurden eindeutig illegal von den Hauptleitungen abgezweigt. Der Abfluss von Waschbecken und Toilette führt in die Dachrinne. Nach einem Sommergewitter muss das wie die Pest gestunken haben. Eigenartig, dass sich nie jemand beschwert hat. Das Bett, wenn man es so nennen will, ist völlig verdreckt. Die Toilette will ich gar nicht erst beschreiben, und auch der ganze Rest dieses Verschlags sah aus, als hätten die Faschisten einem ihrer Opfer Rizinusöl eingeflößt.«

»Schau einer an«, seufzte Marietta gekünstelt. »So alt siehst du gar nicht aus, dass du dich daran erinnern könntest. Gut gehalten, Gilo.« Sie stand mit der Tasse in der Tür und nippte am Espresso ihres Chefs.

»Seine Kleidung haben wir im Krankenhaus beschlagnahmt und in die Gerichtsmedizin gebracht«, fuhr der achtunddreißigjährige Inspektor unbeeindruckt fort.

»Wessen Kleidung?«, unterbrach Laurenti ihn.

»Elio Mazza, fünfundsechzig. Ein früherer Sprecher der Hafenbehörde. Kennen Sie ihn?«

»Gasparrri hatte ihm den Job verschafft, und seine Leute protestierten lautstark, als Mazza mitsamt der gesamten Spitze der Hafenbehörde vor die Tür gesetzt wurde. Er war ein Hetzer und ein Aufpeitscher, der dem Politiker blind gehorchte. Aber irgendwann wurde es still um ihn. Damals im Prozess um den Griechen pöbelte er ununterbrochen gegen Albanese, bis man ihn aus dem Gerichtssaal entfernte. Erzählt weiter.«

»Er wurde gestern mit dem Rettungswagen auf die Intensivstation eingeliefert, mit hohem Fieber, starkem Flüssigkeitsverlust, heftigen Krämpfen im Unterleib, Atemnot und Herzrhythmusproblemen.« Die Chefinspektorin hatte sich wieder aufgerappelt. »Seine Leber und die Nieren waren äußerst mitgenommen, stark blutender Durchfall. Laut der behandelnden Ärzte hatte er den Organismus eines ausgemergelten Schweralkoholikers und war zu schwach für eine normale Darmgrippe, die jeder andere nach drei, vier Tagen vergessen würde.«

»Hört sich nach einer normalen Todesursache an. Weshalb haben die im Krankenhaus die Polizei gerufen?«

»Das war keiner der Ärzte, sondern ein Laborassistent, der gleich nach der Einlieferung die Blutwerte analysiert hat und den Verdacht auf Vergiftung meldete. Er bildet sich nebenbei in Toxikologie weiter und steht wohl kurz vor dem Abschluss. Davon wollten die Weißkittel seinen Worten zufolge aber nichts wissen. Sie hätten ihm lediglich geraten, weniger fernzusehen. Das hat ihn wütend gemacht, und wenn es nach mir geht, nicht zu unrecht. Eine Darmgrippe hatte jeder schon einmal, ohne eine solche Schweinerei anzurichten. Egal, wie besoffen der war, er muss auch den letzten Spritzer Adrenalin ausgeschissen haben. Interessant wäre, wie er es in diesem Zustand überhaupt noch sechs Stockwerke zur Straße hinuntergeschafft hat. Eine Bewohnerin berichtete, dass sich eine stinkende Spur durch das Treppenhaus bis auf die Straße gezogen habe. Es ist inzwischen aber alles gereinigt.«

Gilo Battinelli verdrehte beipflichtend die Augen. Marietta hingegen räusperte sich laut.

»Fällt euch nichts auf?«, fragte sie spitz. »Wieder jemand, der mit dem Hafen zu tun gehabt hatte. Auch wenn er nicht mehr im Amt gewesen sein mag, zwei Leichen aus diesem Umfeld in zwei Tagen sind ein bisschen viel.«

»Es wird seine Zeit brauchen, bis ein Obduktionsergebnis vorliegt. Er muss nach Padua ins Toxikologische Institut für den gesamten Nordosten überstellt werden, wo sich leider die Leichen stauen«, sagte Laurenti unzufrieden.

»Er ist schon dort«, stellte Pina Cardareto fest. »Nach der Diagnose des Laboranten bekamen die Ärzte doch Schiss, entschuldigen Sie den Ausdruck, und ließen ihn umgehend mit dem Rettungshubschrauber hinbringen. Hätten sie früher reagiert, wäre er vielleicht gerettet worden. Sie verständigten uns doch nur, weil sie hoffen, dass niemand etwas von ärztlichem Versagen sagt, was heutzutage eine beliebte Schlagzeile ist. Andererseits ist die Notaufnahme notorisch unterbesetzt.«

»Wenn er in Padua gestorben ist, hat er bei der Obduktion vielleicht Vorrang. Habt ihr mit diesem Laborassistenten geredet? Vielleicht hat er einen Verdacht, der die in Padua auf die richtige Spur setzt. Soweit ich weiß, unterscheiden sich die Symptome von Gift zu Gift.«

Pina und Gilo wechselten einen kurzen Blick, der auch ihrem Chef nicht entging.

»Habt ihr in Mazzas Wohnung etwas gefunden?«

»Am Kamin hing ein Plakat von D'Annunzio mit zum römischen Gruß erhobenem Arm und dem Zitat: *Vivere ardendo e non bruciarsi mai.*«*

»Ein Brandstifter war er wirklich. Immer laut und polemisch.« Laurenti erinnerte sich an das Verhör, dem er Mazza als Zeuge bei den Ermittlungen zum Tod des Wachmanns unterzogen hatte. Der Mann hatte sich geradezu vorgedrängelt, als Erster vernommen zu werden. Er hatte den Griechen mit so drastischen Ausdrücken belegt, als hätte er eine persönliche Rechnung mit ihm offen gehabt. Offensichtlich konnte er darauf bauen, dass die anderen Zeugen mit ihm im Einklang waren, und gab lediglich den Takt vor.

Als Laurenti Mazza allerdings später damit konfrontierte, es könne nicht angehen, dass er laut Zeiterfassung der Hafenbehörde sich zeitgleich am Tatort aufgehalten und auch im Büro befunden habe, wischte der das Thema locker vom Tisch. Es könne schon mal passieren, dass man das Stempeln vergesse. Schwierig, gegen eine bis heute verbreitete Angewohnheit im öffentlichen Dienst wirklich etwas einzuwenden.

»Wenn er aber allein war, zog er ruckzuck den Kopf ein und ging sofort in Deckung«, erklärte der Commissario seinen jüngeren Kollegen. »Marietta hat recht. Zwei Tote im Zusammenhang mit dem Hafen. Und ausgerechnet Albanese geistert da rum.« Er machte ein paar Notizen. »Was habt ihr noch gefunden?«

»Einige zerlesene Bücher des Großdichters über den Feldzug nach Fiume. Und ein paar Notizhefte. Außerdem lag ein ungespülter Teller in tausend Scherben zersplittert auf dem

* »Glühend leben und sich nicht verbrennen.«

Boden. Der Farbe nach irgendein Gericht mit Pesto. Wir haben vorsichtshalber alles den Kriminaltechnikern überlassen …« Die Chefinspektorin log schlecht.

»… und jetzt wartet ihr darauf, dass die Leute in ihren weißen Overalls euch das ganze Zeug gereinigt bringen. Los, ihr habt einiges zu tun, ladet umgehend den Laboranten vor. Und ich hoffe, ihr gleicht mit euren Kollegen in den anderen Städten, in denen der gestohlene Wagen gesehen wurde, die Funkzellen ab. Das wird die Fahnung beschleunigen. Vergesst nicht die Kameras in Gorizia. Ich tauche noch einmal in den Fall Albanese ein. Und du, Marietta, grins nicht so schadenfroh. In einer halben Stunde will ich von dir eine Zusammenfassung dieser Akte.« Er klopfte mit dem Zeigefinger auf das Konvolut über den Tod von Aristèides' Mutter, auf dem groß der Name Melaní Albanese stand.

»Dann lies du solange die Akte von Bossi, dem Wachmann«, erwiderte sie schnippisch.

Der studierte Elektroingenieur Aahrash Ahmad Zardari war vor neun Jahren aus dem Grenzgebiet im Nordwesten seines Landes geflohen, wo es immer wieder zu Granateinschlägen gekommen war und afghanische Drogenbanden die Bevölkerung ihres Nachbarlands und die Flüchtlingslager ihrer Landsleute tyrannisierten. Schusswechsel zwischen der pakistanischen Armee und den Afghanen standen auf der Tagesordnung. Die Korruption hatte das Land fest im Griff, wer keine Kompromisse machte, fand keine Arbeit. Auch Aahrash konnte nicht als Ingenieur arbeiten und musste sich mit anderen Tätigkeiten durchschlagen: auf dem Bau, dann zwei Jahre als Schweißer in einer stickigen Fabrik. Eine Zukunft sah er in Pakistan nicht für sich. Er sprach von Kind an drei der unzähligen Landessprachen und nach seiner Zeit an der Universität ein perfektes British English. Der Fünfunddreißigjährige setzte darauf, mit Aristèides endlich die Basis für eine stabile Zukunft legen und die Demütigungen der vergangenen Jahre vergessen zu können.

Wie der Grieche war er unschuldig eingefahren. Vier Jahre hatte der Richter ihm aufgebrummt, weil er im falschen Moment am falschen Ort gewesen war. Eine selbst ernannte, von neofaschistischen Aufwieglern initiierte Bürgerwehr hetzte unablässig gegen die Einwanderer. Nachts machten sie Triest unsicher, dessen alte Bevölkerung sich schon aus über neunzig Ethnien zusammensetzte und in der alle Religionen Europas zu finden waren. Nie weniger als vier grimmig aussehende Männer im Schlägerlook streiften mit Knüppeln bewaffnet durch die Viertel ums Ospedale Maggiore, wo die meisten Ausländer aus Südosteuropa, dem Nahen Osten, Nordafrika und Zentralasien lebten. Ausgerechnet in der Stadt, die einst durch eine besonnene Wirtschafts- und Integrationspolitik das stärkste Wachstum Europas verzeichnet und Karl Marx zu zwei langen Studien in der *New York Daily Tribune* verleitet hatte. Marx verglich den Melting Pot Triest vor einhundertsechzig Jahren mit den Vereinigten Staaten jener Zeit, weil keine dekadente Vergangenheit auf der Stadt gelastet hatte. Leider erlischt das kulturelle Gedächtnis des Menschen bereits nach der dritten Generation. Selbst das Erinnerungsvermögen einer Amphibie wie dem in den unterirdischen Flussläufen des Karsts lebenden Grottenolms *Proteus anguinus laurentii* übertrifft es um Jahrtausende.

Aahrash hatte Schwarzarbeit in einer Pizzeria gefunden und war gegen Mitternacht auf dem Heimweg in sein Viertel gewesen. Die meisten Fenster waren längst dunkel, schließlich stellten sich die Leute vor sechs Uhr morgens um Arbeit an der Piazza Garibaldi an, die bis vor wenigen Jahren das Zentrum des Schwarzarbeitermarkts gewesen war. Und ausgerechnet aus einer teutonischen Bierstube, an der er vorbeimusste, drang

Gebrüll und Scherbengeklirr. Natürlich hatte er sofort den Schritt beschleunigt, als das gelbliche Butzenfenster splitterte. Er rannte los, vier glatzköpfige Kerle in selbst entworfenen Uniformen, auf denen in großen reflektierenden Lettern *PROTEZIONE CIVICA* prangte, verstellten ihm den Weg und prügelten unvermittelt auf ihn ein, sobald sie seine dunklere Hautfarbe und den dichten Bartwuchs erkannt hatten. Und als er am Boden lag, trat einer ihm noch in den Unterleib und ein anderer gegen den Schädel.

Auf Facebook verkündeten sie stolz ihren Triumph und versprachen eine saubere Stadt. Die regulären Ordnungskräfte, so ihre haltlosen Behauptungen, hätten ohne ihre Hilfe den kriminellen Pakistaner, dem das Schlimmste zuzutrauen war, niemals gefasst. Es kam zu einem Schnellverfahren, die Zeugenaussagen lasteten schwer, ihm glaubte niemand. Vier Jahre lautete das Urteil. Der Richter gab sich gelangweilt, der Pflichtverteidiger tat nicht einmal seine Pflicht. Den längsten Teil der Verhandlung nahm Aahrashs Flucht aus dem Heimatland ein, doch niemand zeigte sich beeindruckt von dem fünfunddreißig Nächte dauernden Fußmarsch durch den Iran und die Türkei nach Griechenland, für den er achttausend Euro hatte aufbringen müssen. Alle paar Kilometer wechselte ihr Führer, und tagsüber hatte die Gruppe sich verstecken müssen. Auf der Halbinsel Chalkidiki erfuhr er von der Möglichkeit, übers Meer nach Italien geschleust zu werden. Weitere Märsche bis Patras, wo er noch dreieinhalbtausend Euro für die Überfahrt zahlen musste. Statt der angekündigten zwanzig Passagiere drängten sich fünfundsechzig Menschen stehend auf der maroden Nussschale. Afrikaner, Iraker und Syrer, Bengalen, Pakistaner wie er und Afghanen. Der überforderte Skipper schaffte es noch an Ithaka vorbei, der mythischen Heimat des Odysseus, dann verlor er im aufziehenden Unwetter die Orientierung und hielt sich längs der adriatischen Ostküste, anstatt den kürzesten Weg hinüber nach Apulien zu nehmen. Einen Tag hielt der Motor durch, bevor er erstarb und nicht mehr ansprang. Ihre Hilferufe erreichten die Küstenwachen Italiens und Kroatiens, die Albaner reagierten nicht. Sturm zog auf, der wütende Wind peitschte die Wellen zu Bergen. Zweieinhalb Tage trieben sie auf dem grauen Meer und gingen wie durch ein Wunder nicht unter. Aahrash und die anderen tranken Meerwasser, das anfangs half. Als sie endlich von der kroatischen Küstenwache aufgrund der Meldung eines türkischen Frachtschiffs gerettet wurden, waren noch alle am Leben. Im dalmatinischen Split versorgte man sie medizinisch. Die kroatischen Behörden behandelten sie anständig und machten nicht viel Aufheben um ihre Papiere. Sie wussten, dass diese Leute weiterwollten nach Westen. Nach einer Woche brach Aahrash mit einer kleinen Gruppe erneut zu einem sechs Nächte dauernden Fußmarsch auf, um endlich die Schengenzone zu erreichen. Damals gab es noch keinen scharfen Stacheldraht an der slowenischen Grenze, die letzte Etappe schaffte er in einer Nacht. Von Basovizza auf dem Karst, die erste Ortschaft Italiens, in die er kam, war es nur noch ein Katzensprung hinunter ans Meer nach Triest, wo er sich an die Polizei wandte. Die Beamten sprachen fast so gut Englisch wie er und waren freundlich. Sie erklärten ihm, wie er den Antrag auf politisches Asyl zu stellen hatte, und rasch fand er bei Landsleuten Unterkunft, von denen viele in der Stadt lebten.

Ankläger und Richter interessierte nur, woher er die elfeinhalbtausend Euro gehabt hatte, um die Schleuser zu bezahlen. Auch ob er Muslim sei, was er bejahte. Und obgleich er nach fünf Jahren gut Italienisch sprach, wurde er kaum zum Vorwurf der Sachbeschädigung und Körperverletzung in angeblich trunkenem Zustand befragt. Dass sein Glaube ihm Alkohol verbot, unterstrich er vergebens. Vier Jahre und keine Berufung durch den ihm zugewiesenen Verteidiger, der sich vom Staat bezahlen ließ. Allerdings war ein Gefängnis in Italien allemal besser als die tägliche Unsicherheit im Grenzgebiet zu Afghanistan. Demütig fügte er sich in sein Schicksal. Er hatte das Glück, in eine modern geführte Haftanstalt in der Po-Ebene zu kommen, wo er die Ausbildung zum Koch absolvieren konnte. Seine Berufsausbildung zum Elektroingenieur wurde zumeist belächelt, als gäbe es auch bei Schaltkreisen kulturelle Unterschiede. Der Küchenchef hieß Aristèides Albanese, den alle Athos nannten, wie Aahrash das heute noch tat. Er war der Einzige, der ihm glaubte, unschuldig verurteilt worden zu sein. Und Aahrash glaubte Athos, als der ihm seine Geschichte erzählte. Irgendwann weihte der Küchenchef ihn in seine Pläne ein und versprach, dass sie ihre im Gefängnis entwickelten Künste später draußen zum Beruf machen würden. Aristèides hatte angedeutet, dass er die notwendigen Mittel dafür auftreiben könnte, nur müssten sie sehr besonnen mit den Kosten umgehen und dürften den Behörden nicht ins Auge fallen. Reich würden sie nicht werden, aber unabhängig und frei. Aahrash wurde ein Jahr früher entlassen.

Der Pakistaner hatte einen Berg Schulden abzutragen, damit seine Familie frei leben und vielleicht die Ländereien zurückkaufen könnte, mit denen sie seine Flucht finanziert hatte. Er würde sofort zurückgehen, wenn in zwei Jahren hoffentlich die Muslimliga abgewählt und durch den liberalen Kandidaten ersetzt würde, der das Bildungs- und Gesundheitswesen an die erste Stelle seines Wahlprogramms gesetzt hatte – allerdings musste er bis dahin genügend Geld verdienen. Über Skype und WhatsApp stand er in regelmäßigem Kontakt mit seinen Eltern und Brüdern, denen er verschwieg, dass in der Europäischen Union auf deutschen Druck hin erwogen wurde, Flüchtlinge aus Pakistan und Afghanistan nicht mehr anzuerkennen und in ihre Heimat abzuschieben, da diese angeblich aus sicheren Herkunftsländern stammten.

Bevor Aahrash das Abendessen für die Schützlinge Don Alfredos zubereiten musste, nahm auch er den Bus ins Zentrum, der zu dieser Zeit gut besetzt war und in dem er sich sicher fühlen konnte. Er staunte, als er sah, wie weit die Arbeiten im *Avviso di Garanzia* fortgeschritten waren. Ein Klempner schloss soeben das Spülbecken an, die kleine Kochstelle und auch die große glänzende Grillplatte aus dickem Edelstahl funktionierten schon. Nur der Tresen stand so schräg, dass er am nächsten Tag noch einmal neu aufgebaut werden sollte, und auch die Kühlschränke sowie das Mobiliar fehlten noch.

»Wenn wir das Tempo beibehalten«, sagte Aristèides zufrieden, »dann werden wir sogar vor dem ersten Dezember fertig. Ich kann's kaum erwarten. Außerdem habe ich Hunger.«

»Ist dir heute Abend wieder ein Kitchari recht, oder kommst du nicht zum Abendessen?«, fragte Aahrash, während der Blick seines Kumpans auf der Straße einer konservativ gekleideten Frau im sandfarbenen Kostüm und mit streng hochgesteckten falbenfarbigen Haaren folgte.

»Rote oder gelbe Linsen?« Der Riese hob die Brauen. Sein Freund kochte immer das Gleiche. »Ich weiß nicht, wann ich nach Hause komme. Ich habe noch etwas zu erledigen.«

Rote Linsen mit Reis, Zwiebeln, Tomaten und einer Kartoffel und einer Vielzahl an Gewürzen waren schmackhaft, wenn man sie nicht jeden Tag serviert bekam, manchmal stand ihm der Sinn auch nach einem blutig gebratenen Steak. Dann stellte er seinen Vorsatz, eisern zu sparen, einmal zurück. Sobald Aahrash kein Fleisch aus Halal-Schlachtungen bei einem der wenigen spezialisierten Lebensmittelhändler der Stadt auftreiben konnte, bereitete er ausschließlich vegetarische Speisen zu, und Fisch zu kochen, überließ der Mann aus dem Bergland lieber seinem am Meer groß gewordenen Mitbewohner. Sein Repertoire war nicht allzu breit, dafür führte er die Anweisungen des Küchenchefs akkurat aus.

»Warum stierst du der Frau da draußen nach, als wäre es die erste, die du siehst in deinem Leben, Athos?«, fragte der Pakistaner neugierig. »Jung ist sie nicht und auch nicht hübsch.«

»Reg dich ab, ich kenne sie von früher, deshalb. Manche verändern sich nie.« Aristèides beließ es bei einem Lächeln. Heute Abend schon würde er Renate Perego seinen Besuch abstatten und für sie kochen. »Morgen besorge ich Fisch, und du schaust mir dann bei der Zubereitung zu, damit du das auch endlich lernst. Ich habe das Fischgeschäft zwei Ecken weiter endlich so weit, dass sie uns ihre nicht verkaufte Ware überlassen wollen. Samt Fischeiern oder Köpfen und Gräten, falls sie die Tiere für die Kunden filetieren müssen. Du hast ja keine Ahnung, war für wunderbare Fonds und Suppen sich quasi gratis daraus zubereiten lassen. Die Verkäuferin dort ist eine starke Frau. Eine Woche lang habe ich bei dem Laden vorgesprochen, aber wenn sie sich nicht für uns eingesetzt und den Inhaber davon überzeugt hätte, uns eine Chance zu geben, würde unserem Menü noch so einiges fehlen.«

»Ist das die mit den blauen Handschuhen? Die kann ziemlich zulangen, wie ich gesehen habe. Sie hievt ganze Kisten aufs Eis.«

»Blaue Handschuhe?«

»Aus Gummi. Die Männer dort tragen alle grüne.«

»Darauf habe ich nicht geachtet. Sie hat dunkelbraune Haare und leuchtend blaue Augen.«

»Und wie hast du sie rumgekriegt? Mit deinen Kochkünsten etwa?«, feixte Aahrash.

»Erinnerst du dich an die lustige Werbung für Handcreme, bei der du so lachen musstest, als du sie im Fernsehen gesehen hast?«

»Du meinst die Frau, die den Fisch ausnimmt und filetiert, und dann kommt ihr Mann nach Hause und schnüffelt wie ein

Hund, bevor er an ihren Händen riecht und das Gesicht verzieht? Vorbei war's mit dem Sex.«

»Ja, und alle Zitronen und der Essig nützten ihr nichts, am Ende nimmt sie diese Creme, und alles wird gut. Sehr dilettantisch gemacht. Frischer Fisch stinkt nicht. Die Leute lassen sich altes Zeug andrehen.«

»Und was hat das alles mit ihr zu tun?«

»Sie ist das. Die Werbeagentur wollte keine Schauspieler, sondern einen realistischen Clip drehen.«

»Hat sie dir das erzählt?«

»Ich habe sie auf einen Kaffee eingeladen. Simona heißt sie. Sie hat zwei erwachsene Söhne und lebt allein.«

»Hauptsache, du verliebst dich jetzt nicht und verlierst den Kopf. Vergiss nicht, sie stinkt nach Fisch.«

»Frischer Fisch stinkt nie, Aahrash.«

Proteo Laurenti war kaum überrascht, dass er auch beim Durchblättern der Akte Bossi auf den Namen von Antonio Gasparri stieß. Viel schwieriger war es, einen Vorgang zu finden, in den der Politiker nicht involviert war. Er scheute nicht einmal davor zurück, sich lächerlich zu machen. Auch negative Schlagzeilen brachten Publicity. Erst vor Kurzem hatte er von sich reden gemacht, als er im Stadtparlament durchzusetzen versuchte, dass in den Kindergärten nur noch italienische Speisen und Zutaten auf den Tisch kämen. Außerdem sollte eine der ersten Maßnahmen der neuen Stadtregierung darin bestehen, dass das *Haus der Kulturen* geschlossen wurde, ein alternatives, selbst finanziertes Kulturzentrum. Und er wollte in den Parks und den Straßen der Innenstadt die Ruhebänke abmontieren, damit sich niemand darauf zum Schlafen legen konnte. Auch von der dringenden Verstärkung der Bürgerwehren faselte er unablässig. Sofern es jedoch um Großprojekte ging, welche die Stadt endlich aus ihrer Erstarrung lösen konnten, unternahm er alles, um das Kommando an sich zu reißen. Fremde Unternehmen, die investieren wollten, waren gut beraten, Leute wie Gasparri zu hofieren, falls ihre Pläne eine minimale kritische Größe überschritten. Für diejenigen, die ihn zu übergehen versuchten, gab es genügend Möglichkeiten, sie auch über Verbündete in der größten Gegenpartei auszubremsen. Seit Langem herrschte in der Stadt die Meinung, es käme überhaupt nicht darauf an, welchem Bündnis ein Bürgermeister angehöre. Die Wahlbeteiligung war dementsprechend mies gewesen. Außerdem gab es noch die technischen Büros von Stadt und Land, die Superintendenz zum Schutz von Kulturgütern und Landschaft, die Handelskammer oder die Finanzbehörden. Überall saßen Leute, die Gasparri ihren Job verdankten. Mit strategischen Verzögerungen waren viele Vorhaben vergrault worden, während überdimensionierte Einkaufszentren weit ab vom Schuss und andere Abschreibungsprojekte überraschend schnell durchgewinkt wurden. Im Bedarfsfall wurde der städtische Bebauungsplan kurzfristig revidiert. Und für diejenigen, die sich noch immer nicht abschrecken ließen und sich auf die Gesetze beriefen, auf Vorteile für das Gemeinwohl oder auf den gesunden Menschenverstand, gab es noch ganz andere Mittel.

Olindo Bossi, 1970 in Triest geboren, stammte aus sehr einfachen Verhältnissen und war neunundzwanzig Jahre alt gewesen, als Aristèides Albanese ihn erschlug. Seine Mutter arbeitete als Putzfrau, der Vater als Hilfsarbeiter bei den Stadtwerken. Olindo hatte nach der Pflichtschulzeit als Arbeiter im Hafen angedockt, mit Erreichen seiner Volljährigkeit den fünfzehnmonatigen Wehrdienst bei den Alpini, einer Gebirgsjägereinheit im Norden Südtirols, abgeleistet und war danach mit fast unkündbarem Arbeitsvertrag auf seine alte Stelle zurückgekehrt. Ein muskelbepackter Mann für Schwerstarbeiten: vom Belegen der Poller mit schwersten Stahltauen beim

Anlegen eines Frachtschiffs bis hin zur Verladung von Kaffeesäcken aus Containern in die Speicher. Ein halbes Jahr vor seinem Tod heuerte er als Wachmann bei einem Security-Unternehmen an, das einem Parteigänger Gasparris gehörte.

Laurenti machte sich eine Notiz: 1999 gab es an der Mole des holländisch-britischen Betreibers des Containerhafens verschiedene Sabotageakte mit schweren Auswirkungen auf die Arbeitsabläufe. Und wenig später explodierte eine Bombe im Aufzug des Bürogebäudes der Reederei, was das Fass zum Überlaufen brachte. Wegen unabwägbarer Risiken verlegte das multinationale Unternehmen seine Aktivitäten an den unattraktiveren Nachbarhafen Koper, gleich jenseits der Grenze. Und Aristèides Albanese hatte behauptet, Gasparri sei der Hintermann der Anschläge gewesen.

Marietta hatte an dieser Stelle ein Dokument eingefügt und gekennzeichnet: Die Security-Firma von Olindo Bossi war für das Bürogebäude verantwortlich gewesen, der Wachmann hatte dort Nachtdienst gehabt. Wenn sie nicht rauchte, die Nägel lackierte oder mit feschen Kollegen schäkerte, war sie richtig gut.

Der Commissario schloss die Akte, schob den Stuhl zurück, legte die Beine auf den Schreibtisch und stützte mit halb geschlossenen Augen den Kopf in die Handfläche, wie so oft, wenn er ein Bild aus vagen Erinnerungen und konkreten Informationen herzustellen versuchte. Er hatte Aristèides Albanese am Tatort vernommen, noch während der Gerichtsmediziner und die Kriminaltechniker am Werk waren und bevor die Leiche abtransportiert wurde. Der stämmige Wachmann hatte mit dem Gesicht nach unten zwischen dem Tresen und dem ersten Tisch am Boden gelegen. Die dunkelblaue Uniformjacke war ihm über die Hüfte nach oben gerutscht und hatte den Blick auf das Holster am Gürtel freigegeben. Ein dünner Faden Blut war neben seinem Mund auf den hellen Holzboden gelaufen, seine rechte Faust umklammerte die ungeladene Pistole. Auffällig war das abgetragene und schmutzige Schuhwerk, das man einem verbeamteten Uniformträger nicht hätte durchgehen lassen.

Es war elf Uhr vormittags gewesen, trotzdem befanden sich bereits elf Gäste in der Trattoria, die stumm an einem langen, leeren Tisch saßen. Außerdem die Kellnerin. Die Tische waren noch nicht fürs Mittagessen gerichtet gewesen. Aus der Küche hörte man zwei Gehilfen mit Pfannen und Töpfen werken, offensichtlich rechneten sie trotz des Todesfalls damit, ganz normal öffnen zu können. Damals war der Grieche noch kahlköpfig und bartlos gewesen – genau wie der Tote. Beide ähnelten sich von der Statur, und beide waren kreideweiß im Gesicht. Nur dass sich unter dem Schädel des am Boden liegenden Wachmanns eine kleine Blutlache gebildet hatte. Er hatte Uniform getragen, obwohl er erst am Abend Dienst hatte. Albanese saß in sich zusammengefallen auf einem Stuhl und beteuerte verzweifelt, keiner Fliege etwas antun zu können und nur aus Notwehr gehandelt zu haben. Der andere sei mit Schlagstock und gezückter Waffe auf ihn losgegangen und habe unter Gewaltanwendung verlangt, dass er die Aussage gegen Gasparri zurücknahm. Die anderen könnten alles bezeugen, weil sie ausgerechnet in diesem Moment das Lokal betreten hätten.

Der Wachmann habe einen Monat zuvor in seinem Lokal einen Stapel Banknoten von dem Politiker angenommen und sei für den gelungenen Anschlag gelobt worden. Er brauche zuverlässige Leute wie Bossi, habe Gasparri gut hörbar gesagt. Klar, dass er auf die Bombe im Bürohaus des Reeders anspielte. Aristèides habe einem Staatsanwalt unter seinen Stammgästen von der Sache erzählt, der ihn dazu bewegte, Anzeige zu erstatten. Die Ermittlungen hatten dann in den Händen der Kollegen von der DIGOS gelegen. Doch die Beamten von der Abteilung für Verbrechen mit politischem Hintergrund kamen nicht weit, die Zeugen fielen einer nach dem anderen um, bis schließlich die Aussage von Aristèides allein stand. Doch der Koch war hart geblieben. Zu Laurentis Erstaunen erschien damals in der Presse kein Wort über den Fall.

Sechs der Entlastungszeugen hatten zu den elf Gästen gehört, die sich auch während der Auseinandersetzung Aristèides' mit Bossi im Lokal aufgehalten hatten. Die Kellnerin Fedora Bertone aber widersprach ihm heftig und beschwor, alle hätten gesehen, wie der Wachmann von Albanese angegriffen wurde, ohne die geringste Chance auf Gegenwehr oder gar zur Flucht. Auch diese Frau war im ersten Fall – in dem es um die Geldübergabe an den Wachmann gegangen war – unter den Zeugen gewesen. Elio Mazza, der Sprecher der Hafenbehörde, behauptete sofort, Albanese sei besessen von seinem Hass auf Gasparri, von dem er finanzielle Hilfe erwartete, weil die Schuldenlast ihn erdrückte, die er für das Restaurant auf sich geladen habe. Später hatte Laurenti die Zeugen mehrfach einzeln vernommen und unter Druck gesetzt. Für ihn bestand kein Zweifel, dass sie sich absprachen, sobald er einen von ihnen durch die Mangel gedreht hatte. Trotz aller Tricks war es ihm nicht gelungen, sie in Widersprüche zu verwickeln. Anstatt ihre Aussagen zu korrigieren, verstummten sie wie auf Befehl und beharrten auf dem bereits Gesagten. Sie hatten versierte Berater. Der Kellnerin Fedora allerdings hatte er mit der Behauptung die Tränen in die Augen getrieben, sie versuche sich aus enttäuschter Liebe an Albanese zu rächen. Zwei Stunden später bekam Laurenti einen Anschiss von Staatsanwalt Carlo Scoglio, den er bis heute nicht vergessen konnte. Letztlich musste er klein beigeben.

Der Commissario nahm mürrisch die Füße vom Schreibtisch und richtete sich auf. Wachmann Bossi hatte also für Antonio Gasparri gearbeitet und, dem Hinweis Mariettas zufolge, auch in der Nacht vor dem Anschlag im Bürohaus der Reederei Dienst gehabt. Diese Information war in den damaligen Ermittlungen unterschlagen worden. Den Staatsanwalt im Fall der Sabotage konnte er nicht mehr befragen, er war seit Jahren im Ruhestand und aus Triest weggezogen. Wäre Laurenti an Albaneses Stelle gewesen, hätte er nach der Verhandlung getobt vor Wut. Der aber war still eingefahren, hatte siebzehn Jahre abgesessen und war jetzt wieder zurück in der Stadt, aus der er einst gewaltsam vertrieben worden war. Und wo er, wie damals, ein Lokal eröffnete.

»Marietta«, rief der Commissario ins Vorzimmer hinüber. »Dass Bossi Wachdienst auf dem Gelände der Reederei hatte, hat damals niemand gewusst. Woher hast du das?«

»Das habe ich in den wenigen Unterlagen gefunden, die Pina aus der Dachkammer von Mazza mitgebracht hat. Es ist das Original. Der handschriftlichen Nummerierung am Seitenkopf nach war es Teil einer Gerichtsakte. Aber welcher? Sollte die Akte im Archiv des Justizpalasts zu finden sein, müsste das Blatt dort fehlen. Ich wollte morgen früh nachsehen. Der Archivar ist heute Nachmittag bei einer Weinverkostung. Ich frage mich, weshalb Mazza das aufbewahrt hat? Übrigens hat soeben der Pathologe angerufen, es gibt einen ersten Obduktionsbefund von Maggie Aggeliki.«

»Den will ich sofort sehen«, knurrte Laurenti wenig zufrieden. »Ohne den Tod der Reederin hätten wir diese Zusammenhänge kaum hergestellt.«

Am Ende der Akte fand er einige vergilbte Zeitungsseiten mit den Artikeln der Stadtchronik von 1966, die sich mit dem Mord an Melaní Albanese befassten und kaum ein Detail ausließen. Selbst ein Foto ihres vierjährigen Sohns in kurzen Hosen hatten die Journalisten abgedruckt. *Blutmord im Rotlichtmilieu,* lautete die größte Headline. Vor allem wurde genüsslich romantisierend die Vergangenheit der heute schick renovierten, vor dem Hafen gelegenen Cittavecchia breitgetreten, der Altstadt, wo fünfundvierzig registrierte Bordelle mit gut dreihundert Prostituierten auf die Seeleute und andere Bedürftige gewartet hatten, bevor sie 1958 landesweit verboten wurden. Laurenti grinste bei der Lektüre. Die Etablissements trugen Namen wie *La Francese, Fernanda* oder *Roseta,* wobei die beiden letzteren sich in der Via del Sale gegenseitig Konkurrenz gemacht hatten. Die *Villa Orientale* schien das edelste Haus gewesen zu sein, dort habe man auch das sogenannte Gänsespiel praktiziert. Marietta wüsste sicher, um was es sich dabei handelte.

Und natürlich hatten die Journalisten auch James Joyce nicht vergessen, der in den elf Jahren, die er mit seiner Frau Nora in der Stadt lebte, wo seine Kinder geboren und sein Bruder Stanislaou begraben wurde, trotz permanenten Geldmangels Stammgast im *Metro Cubo* gewesen war.

Das Salär der Damen war damals von Amts wegen festgelegt, an die Inflation wurde es aber nie angepasst. Die Frauen mussten die Hälfte ihres Verdienstes für die Miete abtreten und die vorgeschriebenen ärztlichen Untersuchungen und Medikamente, die Trinkgelder für das Hauspersonal und vieles mehr begleichen. Vom Rest strich der Zuhälter die Hälfte ein, ohne selbst einen Finger zu rühren. Doch die Sicherheit sei damals höher gewesen, der Schutz vor gewaltsamen Übergriffen war gewährleistet, die medizinische Vorsorge eine Garantie für die Kunden und die Frauen. Die dünnsten Präservative hießen vor 1922 Hatu, vom lateinischen Habemus tutorem abgeleitet, und mussten ab 1935 den grimmigen Reichsadler der Faschisten auf der Packung tragen. Die Schutzheilige der Prostitutierten war die Santa Margherita von Cortona, die Damen selbst hörten auf so klangvolle Namen wie Bersagliera, Garibaldina, La Zingara oder La Muta, die Stumme.

»Die ist doch erst vor ein paar Jahren gestorben«, sagte

Marietta und zeigte auf den letzten Namen. Sie war hinter ihren Chef getreten, ohne dass er es bemerkt hatte. »Sie war über neunzig Jahre alt. Von ihr hättest du alles über die ermordete Kollegin erfahren können. Ich habe sie gekannt, ach was, jeder kannte sie. Eine glühende Faschistin, die sich liebevoll darum gekümmert hat, den adoleszenten Parteinachwuchs zum ersten Mal in die Welt der Sinne zu führen. Aber auch die Amerikaner zählten in der Zeit der alliierten Verwaltung zu ihren Stammkunden. Übrigens war sie dafür berühmt, gelangweilt Nüsse oder einen Apfel zu essen, während die Freier auf ihr herumhoppelten. Ich glaube, sie ist als Einzige in der Altstadt geblieben, als die Häuser dort renoviert wurden.«

»Da hat auch Melanì Albanese gelebt. Schau dir diese Artikel an. Ihr Sohn war gerade vier Jahre alt. Und da steht auch, dass sich eine Kollegin der Toten um ihn gekümmert hat. Melissa Fabiani. Ob die noch lebt?«

»Ich werd's herausfinden. Was willst du von ihr?«

»Immerhin eine mögliche Anlaufadresse, falls wir den Griechen suchen müssen.«

»Der Mord an Melaní Albanese ist nie aufgeklärt worden. Vermutlich wäre es nicht sonderlich aussichtsreich, den Fall wieder zu eröffnen.«

»Zumindest wäre aber interessant zu erfahren, welche Kundschaft sie hatte. Ich mach einen Sprung um die Ecke, gib mir eine Zigarette. Ich kauf dir nachher welche.«

»Berühmte letzte Worte … So oft, wie du das schon gesagt hast, müsste irgendwann ein Sattelschlepper voller Kippen vor meiner Tür stehen.«

Laurenti bat einen mageren Afrikaner um Feuer, der rauchend vor dem Haupteingang darauf wartete, dass der Flüchtlingsschalter am Nachmittag öffnen würde, dann steuerte der Commissario den Corso Italia an. Er war unentschlossen, wo er hingehen sollte, um einen schnellen Happen zu sich zu nehmen. Die erste Bar war überwiegend mit Kollegen belegt, die eine kurze Pause vom Schreibtisch machten, und er staunte nicht schlecht, als er durch das Schaufenster Tonino Gasparri sah, der mit einem Inspektor der Abteilung Prävention sprach und im Begriff war, die beiden Espressi zu bezahlen. Kurz darauf klopfte der Politiker seinem uniformierten Freund herzlich auf die Schulter und verließ das Lokal. Es verstand sich von selbst, dass eine Persönlichkeit wie er gute Kontakte ins Polizeipräsidium pflegte, und auch, dass er den Kaffee spendierte, war nichts Anstößiges. Laurenti wollte gerade weitergehen, als der Inspektor die Bar verließ. Er verstellte ihm den Weg.

»Alte Freunde, du und Gasparri?«, fragte er.

»Überhaupt nicht, Commissario. Aber er glaubt es und meint, ich würde ihm die Wahrheit sagen. Dabei verrät er zwangsläufig, womit er zu tun hat.« Augusto Colasanto, der Uniform trug, wirkte verwundert über den plötzlichen Angriff Laurentis.

»Und womit hat er zu tun?«

»Er wollte wissen, ob jemand aus dem Gefängnis entlassen wurde und nun zurück in der Stadt ist.«

»Ich kann's mir denken. Aber sag selbst, wen er im Auge hat.«

»Albanese, Aristèides. Ist auf Bewährung draußen und kommt jede Woche zum Unterschreiben. Damit war Gasparri schon zufrieden. Normalerweise fragen die Leute, wo jemand gemeldet ist, was derjenige tut und so weiter. Gasparri wollte noch wissen, ob Albanese Schulden hat oder nicht.« Colasanto lächelte verunsichert.

»Und was hast du gesagt?«

»Ich brauchte nicht zu lügen. Ich weiß es einfach nicht.« Der Inspektor schaute über die Schulter des Commissario, als hoffte er auf Hilfe.

»Hat Gasparri dich darum gebeten, es herauszufinden, oder weiß er, dass du dich sowieso kundig machen wirst?«

»Was wollen Sie damit sagen, Commissario?«

»Wann meldet er sich wieder?« Laurentis Stimmlage ließ dem armen Kerl kein Entkommen.

»Ich habe seine Telefonnummer.«

»Dachte ich mir schon. Du wirst genau tun, was ich dir sage. Oder willst du Probleme wegen deiner Geschwätzigkeit bekommen?«

Der Inspektor schüttelte stumm den Kopf, auch der letzte Rest seiner Selbstsicherheit war verflogen.

»Erstens lässt du Gasparri bis morgen warten.« Laurenti tippte mit dem Finger gegen die Brust des Uniformierten. »Zweitens wirst du ihm mitteilen, dass Albanese schuldenfrei ist. Verstanden?«

»Sì, Signore.«

»Falls Gasparri dich vorher anruft, lässt du's in's Leere klingeln und antwortest nicht.«

Der Inspektor nickte beflissen.

»Es geht niemanden etwas an, was in der Questura läuft. Ein Verstoß gegen die Dienstpflicht, Colasanto. Begib dich gefälligst zurück an die Arbeit, du hast bestimmt nicht gestempelt, als du raus bist.«

Laurenti wandte sich ab und schlug den Weg durchs Ghetto ein. Aus dem Augenwinkel sah er den Kollegen schnurstracks in der Questura verschwinden. Der Hieb mit der unregistrierten Abwesenheit hatte gesessen, auch wenn er fies war. Die meisten nahmen es nicht so ernst, wenn sie auf einen Kaffee um die Ecke gingen und sich mit den Kollegen trafen. Der informelle Informationsaustausch gehörte definitiv zum Geschäft.

Als er hinter dem Rathaus an dem kleinen griechischen Lokal eines alten Bekannten vorbeikam, entschied er sich anstelle eines Tramezzinos für ein reichhaltiges Essen. Seit die Stadtregierung mit einem heftigen Rechtsruck gewechselt hatte, konnte er sicher sein, dass weder der Bürgermeister noch seine Entourage das Lokal mit der ausländischen Küche frequentierten.

Der Wirt eilte auf ihn zu, sobald er die Tür öffnete, und umarmte ihn erfreut. Ein Tisch war gerade frei geworden. Laurenti bestellte Gyros und ein Glas kretischen Rotwein. Panagoulis, der etwa gleichaltrig war und selbst nie Alkohol trank, brachte ihm einen Skalani, eine Cuvée aus Syrah und Kotsifali, eine der autochthonen Rebsorten der Insel, und setzte sich zum Commissario an den Tisch.

»Ich habe gehört, dass diese Selbstmörderin in der Via Dante keine ganz unbekannte Person war«, sagte der Wirt.

»Von wem hast du das? Bisher haben wir die Identität nicht bekannt gegeben.«

»Dann bleibt euch nicht viel übrig, als zu dementieren, falls es nicht stimmt. Du weißt, die griechische Gemeinde in Triest ist groß und einflussreich. Und da wir gute Kaufleute sind, können wir eins und eins zusammenzählen. Die Information ist durch. Ich dachte, du wärst deshalb gekommen.«

Laurenti schob die erste Gabel Fleisch in den Mund und schüttelte den Kopf. »Ich hatte nur Hunger, Panagoulis«, sagte er kauend. »Und wollte einen alten Freund besuchen.«

»Den du lange vernachlässigt hast.«

»Vor der letzten Wahl glich dein Lokal einer Parteizentrale.«

»Na, dann erwarte ich dich jetzt täglich. Von den Neuen kommt keiner mehr«, scherzte der Wirt. »Also, die Aggeliki war vor Monaten zweimal zum Essen hier. Danach habe ich sie nicht mehr gesehen.«

»Vermutlich gibt es in London bessere Restaurants. Aber wenn wir über Griechen reden wollen, dann fällt mir schon noch einer ein. Erinnerst du dich an Aristèides Albanese, der das Restaurant am Campo Marzio hatte und dann wegen Totschlags verurteilt worden ist?«

»Lediglich seine Mutter war Griechin und auch das nur väterlicherseits. Aristèides und ich haben früher in der gleichen Basketball-Mannschaft gespielt, da war er richtig gut. Der Junge hatte einen extrem klaren Kopf. An Ehrgeiz hat es ihm auch nicht gefehlt. Erst später hat er sich verstiegen und so getan, als könnte er die Welt nach seinem Geschmack zurechtbiegen. An den Vorwürfen hat mich nur eine Sache stutzig gemacht: Für gewalttätig habe ich ihn nie gehalten. Wenn er beim Spiel mal einen Kontrahenten umgerannt hat, brach er ab und entschuldigte sich jedes Mal. Unser Trainer ist fast wahnsinnig geworden, weil wir darüber natürlich selbst einen Korb kassiert haben. Und dann hat ihn auch noch seine eigene Kellnerin verpfiffen. Die mit dem Pferdegebiss. Aber frag mich bitte nicht, ob er noch Kontakt zu seinem Sohn hat.«

»Ein Sohn?« Laurenti stutzte.

»Dino heißt er, glaube ich. Mehr kann ich dir auch nicht sagen. Fedora kommt höchstens mal vorbei, wenn sie einen Hangover hat und etwas Herzhaftes essen möchte.«

»Was hat die damit zu tun?«

»Sie ist die Mutter, Blödmann. Hast du das immer noch nicht verstanden?«

»Entschuldige«, sagte Laurenti und schaute auf das Display seines Telefons. Wenn die Polizeipräsidentin selbst anrief, brannte es. Er erhob sich, gab Panagoulis ein Zeichen, dass er noch einmal zurückkommen würde, und ging auf die Straße hinaus.

»Eine Pressekonferenz? In einer halben Stunde?«, hörte der Wirt die erstaunte Stimme des Commissario sagen, bevor sich die Tür hinter ihm schloss.

»Unfall mit Fahrerflucht«, meldeten die Nachrichten eines Lokalsenders so aufgeregt, als hätte Nordkorea eine Atombombe gezündet. »In der Via di Valmaura auf Höhe der Kreuzung zur Risiera di San Sabba riss der Fahrer eines schwarzen Motorrads mit ausländischem Kennzeichen eine zweiundachtzigjährige Frau am Zebrastreifen nieder. Ohne abzubremsen, raste er mit hoher Geschwindigkeit weiter auf die Hochstraße. Die Ärzte im Universitätskrankenhaus kämpfen um das Leben der Schwerverletzten. Die Polizei sucht Zeugen, die Angaben zum Tatfahrzeug machen können. Bis jetzt weiß man nur, dass es sich bei dem Motorrad vermutlich um eine schwarze Ducati Monster handelte und der Fahrer von überdurchschnittlicher Statur war. Die Ermittler haben die Aufnahmen einer Überwachungskamera beschlagnahmt und überprüfen derzeit alle Maschinen dieser Bauart.«

Aristèides hatte den Fernseher in der fremden Wohnung eingeschaltet. Sein Besuch bei Elio Mazza, dem Poeten, sowie in der Wohnung von Fedora Bertone waren ein leichtes Spiel gewesen, da beide allein lebten. Aber in den Wochen seiner Beobachtungen hatte er herausgefunden, dass Renata Perego noch immer ein Verhältnis mit dem gut zehn Jahre älteren Bruno Guidoni hatte. Heute war der Kinotag der beiden, an dem sie allwöchentlich eine Vorführung in der Viale XX Settembre besuchten und zuvor einen Prosecco in einer Bar in der Nähe tranken, trotzdem musste er sich beeilen.

Das Haus, in dem Renata seit Jahrzehnten den vierten Stock belegte, schien ordentlich und von den Gewohnheiten seiner Bewohner beseelt. Einen Aufzug gab es nicht, das Treppenhaus war eng, aber gut ausgeleuchtet und sauber geputzt. Die Eichenholztüren zu den Wohnungen der einzelnen Stockwerke mussten so alt wie das Gebäude sein und hatten keine komplizierten Schlösser, wobei Aristèides auf den ersten Blick erkannte, dass bei den meisten zusätzliche Sicherheitsmaßnahmen getroffen worden waren. Trotzdem wäre es leichter, dort einzudringen, als die Bewohner ahnten.

In Renatas Wohnung übertrugen die hundert Jahre alten knarzenden Parkettböden des Palazzos aus dem 19. Jahrhundert jede Bewegung des Besuchers an ihre Nachbarn. Der Ton des Fernsehers würde sie beruhigen, selbst wenn jemand das Paar gesehen haben sollte, als es das Haus verließ.

Zwei hellbraune Perserkatzen liefen ihm entgegen und strichen maunzend um seine Beine. Die erste Tür führte in eine Toilette, in die er die wehklagenden Tiere mit einem kräftigen Fußtritt beförderte. Der Flur verlief auf der Rückseite des Gebäudes, alle Räume gingen zu seiner Rechten davon ab, waren aber teilweise durch Jugendstil-Glastüren miteinander verbunden. Die Wohnung war adrett eingerichtet, auch wenn die einst beigefarbenen Wände in den dunkleren Ecken über den Fenstern Haarrisse im Putz zeigten und nach einem neuen Anstrich schrien. Der letzte Stock musste tagsüber von Licht überflutet sein, das den tiefer liegenden, unter dem Schirm der stattlichen alten Platanen befindlichen Wohnungen gewiss fehlte. Das Licht der Straßenbeleuchtung drang kaum herauf.

Die Notariatssekretärin, die seit dreißig Jahren im gleichen Büro in der Via Cicerone nahe dem Largo Piave arbeitete, war heute an seinem neuen Lokal vorbeigegangen, ohne auf die Werbung auf dem Schaufenster zu achten. Schon früher hatte sie keine Veränderungen in ihrem Leben gemocht, und ihre typische Kleidung hatte sich in der Zeit seiner Abwesenheit von Triest nicht verändert: gute Stoffe in gedeckten Farben und von konservativem Zuschnitt. Hochgeschlossene Blusen, mindestens knielange Röcke und keine allzu hohen Absätze. Obgleich Aristèides' Zeit knapp bemessen war, öffnete er in ihrem Schlafzimmer den Kleiderschrank. Die Farbvarianten reichten von Beige über Karamell und verschiedene Ockervarianten bis hin zu Caffè Latte und Sand. Als er jedoch die

Schubladen mit ihrer Unterwäsche öffnete, kam er aus dem Staunen nicht heraus. Die Achtundfünfzigjährige zeigte mehr Phantasie, als sie sich auf der Straße ansehen ließ, und hatte trotz ihres Alters eine Vorliebe für knappe Tangastrings in grellen Farben.

In ihrer Küche gewann dafür wieder die alte Biederkeit. Die eichene Einbauzeile hatte cremefarbene Porzellanknöpfe als Griffe, die Kühlschrankfront glich einer Crème Caramel. Den Kaffee einer Billigmarke bereitete sie mit der Mokkakanne zu. Porzellandosen für Zucker und Salz, im Vorratsschrank verschiedene Sorten Pasta, Mehl, Dosen mit Tomatenpüree, Thunfisch, haltbare fettarme Milch, eine Schachtel mit Schwarzteebeuteln, Kartoffeln und eine Menge anderer Lebensmittel. Im Gefrierfach fanden sich keine Fertiggerichte, was darauf schließen ließ, dass Renata und Guido täglich einkauften und kochten. Aristèides hatte sie schon mehrfach die Geschäfte zwischen dem Notariat und ihrer Wohnung betreten sehen. Das Obst- und Gemüsefach im Kühlschrank war gut gefüllt, er hatte gefunden, was er brauchte, um ihnen in Windeseile ein leckeres Gericht zuzubereiten. Im Gefängnis hatte er gelesen, dass man im Mittelalter für die Crespelle noch Wasser und Wein anstatt Milch verwendet hatte. Doch wer auf der Welt verweigerte sich schon dieser Universalspeise? Crespelle, Crêpes, Pfannkuchen, Frittaten, Pancake, Eierkuchen, Bliny. Und das Wort Palatschinken stammte angeblich von Plazenta ab und bedeutete wieder nur Kuchen.

Aristèides nahm roten langen Radicchio aus Treviso aus dem Kühlschrank und legte ihn auf die Arbeitsplatte. Einen angebrochenen Tetrapack Milch stellte er daneben und auch eine Packung Gorgonzola sowie eine Birne. Er lag gut in der Zeit, schlug sechs Esslöffel Mehl, Milch, ein Ei und eine Prise Salz zu einem flüssigen Teig, nahm eine beschichtete Pfanne aus dem Schrank, fettete sie ein und buk in Windeseile zwei goldfarbene Crespelle, danach dämpfte er den in Stücke geteilten Radicchio und befüllte damit die dünnen runden Teigteller, gab Gorgonzola und klein geschnittene Birnenstückchen dazu, verschloss sie adrett zu einem Viertelkreis und gab noch etwas Käse darüber, der an den Seiten hinablief. Das Rizinusöl aus dem Flachmann gab der Speise einen matten Glanz, während die Würze den leichten Geschmack des Öls verbarg. Er deckte den Esstisch in der Küche, stellte die beiden Teller vor die leicht erkennbaren Plätze, die Renata und Guido gewöhnlich belegen mussten, und zündete eine dicke Kerze aus Bienenwachs an. Rasch wusch er seine Gerätschaften ab, wobei ihm ein Schüsselchen entglitt und im Spülbecken zersplitterte. Er ärgerte sich über das Missgeschick und beseitigte die Scherben. Ein letzter Blick zur Kontrolle, und er eilte durch den Flur, wo er über Guidonis Filzpantoffeln stolperte. Aus der Toilette am Eingang drang das Gejammer der Katzen, er verließ die Wohnung und lief zufrieden die Treppe hinunter. Als er die Haustür öffnete, standen die beiden Bewohner plötzlich vor ihm und starrten ihn überrascht an. Er schaute über sie hinweg, während er ihnen stumm die Tür aufhielt.

Bruno Guidoni nickte ihm lediglich zu und fuhr in seinem Satz fort, während sie eintraten. »Ich sag's dir, Renata, man sollte das Geld zurückfordern für derart langweiligen Schrott. Tut mir leid, aber ich hätte den Streifen keine fünf Minuten länger ertragen, hoffentlich kommt was Vernünftiges im Fernsehen.«

Sie hingegen fixierte Aristèides länger mit ihrem fragenden Blick, drückte sich dann aber an ihm vorbei und stieg die Treppe hinauf. Ein eiskalter Schauder lief ihm über den Rücken, als er von der Viale XX Settembre in eine dunkle Seitenstraße abbog.

Die beiden hatten schon zu Zeiten des *Pesce d'amare,* als Bruno Guidoni noch verheiratet gewesen war, ein Verhältnis gehabt. Renata, die ein dialektfreies Italienisch sprach und die

Texte des Notars vorhersagen konnte, kaum dass ihr Chef zum Diktat anhob, gehörte wie ihr Liebhaber zum engsten Kreis um Tonino Gasparri. Sie hatte dem Wachmann Olindo Bossi nach Aristèides' Anzeige wegen des Attentats im Gebäude der holländisch-britischen Reederei ein falsches Alibi ausgestellt und behauptet, er habe die Nacht des Anschlags bei ihr verbracht und den Dienst geschwänzt. Und ihr Liebhaber Bruno Guidoni hatte nichts dagegen einzuwenden gehabt. Noch schlimmer aber war, dass sie, erfahren im Umgang mit Archiven und Grundbüchern, nach seiner Verurteilung im Kataster die kleine Wohnung in der Via del Fortino in der Cavana ausfindig gemacht hatte, die noch immer auf den Namen seiner Mutter eingetragen war. Sie war das Einzige, was Melaní Albanese ihm hinterlassen hatte, als er vier Jahre alt war. Zwei kleine Zimmer waren es, die Tante Milli vermietet hatte, um für den Jungen aufkommen zu können. Nach dem Verrat durch Renata hatte die Wohnung versteigert werden sollen, um mit dem Erlös wenigstens einen Bruchteil seiner Schulden zu decken. Eigenartigerweise wurde sie vorab unter Preis an die Brüder Carlo und Antonio Gasparri verkauft, die offensichtlich von der geplanten Sanierung des Stadtviertels wussten und dort zu niedrigsten Preisen zahlreiche Flächen erwarben.

Er war gerade noch einmal davongekommen, obwohl er weniger als zwanzig Minuten in der Wohnung verbracht hatte. Athos eilte zur Bushaltestelle am Stadtpark hinüber und war der letzte Fahrgast, der einstieg. Trotz des eindringlichen Blicks der Frau glaubte er nicht, dass die beiden ihn erkannt hatten, und er verwarf den Gedanken gleich wieder, nur wegen ihr Haare und Bart zu trimmen. Eine Viertelstunde später stand er an den Rive, wo er vor ein paar Tagen bereits Tonino Gasparri begegnet war. Es hatte zu nieseln begonnen, niemand außer ihm war hier zu Fuß unterwegs. Am Campo Marzio waren die Fenster der Bar *La Medusa* hell erleuchtet. Er hatte damit gerechnet, dass das Lokal an diesem Abend geschlossen bleiben würde, und er fragte sich, ob Fedora in der vergangenen Nacht etwa sein Mahl ausgeschlagen hatte oder die Wirkung des stark dosierten Rizinusöls bereits abgeklungen war. Langsam schlenderte er am Lokal vorbei und warf einen Blick durch die Fenster. Ein groß gewachsener kahlköpfiger Mann seiner Statur bereitete hinter dem Tresen die Drinks zu und gab der Kellnerin Anweisungen. An seinem Hals war deutlich eine Tätowierung zu sehen: Messer, Gabel und Löffel. Der Anblick versetzte Aristèides einen Stich, und er entfernte sich, so schnell er konnte. Sein Sohn Dino vertrat also seine Mutter. Hatte Tante Milli nicht behauptet, er käme immer während des Saisonwechsels in den Bergen nach Triest zurück?

»Ich habe ein neues Konzept«, trumpfte Marco beim Abendessen auf, während im Hintergrund die Erkennungsmelodie der Nachrichten erklang. Nur Großmutter Camilla war vor dem Fernseher sitzen geblieben und löffelte ihre Jota, die klassische Triestiner Sauerkrautsuppe mit weißen Bohnen, Kartoffeln und ein bisschen Knochenschinken.

Die anfängliche Begeisterung Marcos, sich als Koch bei anderen Leuten zu Hause zu verdingen, war verflogen. Er haderte noch schneller als sonst mit seiner Entscheidung und war auf der Suche nach Alternativen. Im Hintergrund wurden die Hauptmeldungen zu Beginn der Nachrichten verlesen, der Ton war viel zu laut. Sie hatten sich abgewöhnt, der Urgroßmutter die Fernbedienung aus der Hand zu nehmen und das Gerät leiser zu stellen, weil sie es wenig später noch lauter gedreht hätte. Vor ihnen auf dem Tisch stand eine dampfende Schüssel Pasta, die Marco zubereitet hatte und die von allen in der Familie geliebt wurde: Bigoli mit Anchovis, etwas Knoblauch, frischem Thymian und gerösteten Mandelsplittern. Schnell zubereitet, schmackhaft und preiswert. Patrizia, die sich rasch von ihrer Darmgrippe erholt hatte, lud zum zweiten Mal ihren Teller voll und gab zwischendurch der zweijährigen Tochter Barbara auf ihrem Schoß ein paar Bröckchen zu kosten, die diese begeistert verschlang und mit ihren Händchen in die Nudeln patschte. In Bezug auf die ständig neuen Ideen ihres Bruders war die zweitälteste Tochter stets wachsam.

»Marco hat ein neues Konzept«, rief sie belustigt. »Hört, hört. Ich wette, es dauert keine drei Tage, bis er es wieder über den Haufen wirft. Ich bin mir sicher, er will uns jetzt vorschlagen, dass ausgerechnet wir ihn als bezahlten Koch anstellen und er mit der Außenwelt nur noch nachts in Kontakt treten muss, wenn er mit seinen Kumpeln saufen geht, um irgendwelche Puppen aufzureißen.«

»Nein, wirklich, hör doch mal zu, Patti«, protestierte Marco. »Dir wird gefallen, was ich vorschlage. Du könntest sogar mitmachen.«

Die Nachrichten hatten die Innenpolitik anscheinend abgehandelt und wendeten sich nun dem lokalen Geschehen zu. Eine der Schlagzeilen betraf einen Unfall mit Fahrerflucht, bei dem eine alte Frau schwer verletzt worden war.

»Den hab ich schon mal gesehen«, rief Urgroßmutter Camilla aufgeregt, als die Kamera bei der nächsten Meldung einen Schwenk über die nachmittägliche Pressekonferenz in der Questura machte und ihr Schwiegersohn ins Bild kam. Patrizia fasste sich an die Stirn und handelte sich einen strafenden Blick ihrer Mutter Laura ein, wohingegen Marco vor Eifer nichts mitbekam.

»Ihr müsst wissen, für die Leute zu Hause zu kochen, ist schrecklich«, fuhr er mit lauter Stimme fort. »Es ist nämlich so, dass sie sich im Prinzip auf nichts Neues einlassen wollen und immer nur das wünschen, was sie sonst auch zubereiten, nur dass es ihnen keine Arbeit machen soll. Sie müssen nicht einkaufen, kochen, servieren, abtragen oder abwaschen. Oder die Dame des Hauses hat sich in ein Rezept aus einer Zeitschrift verguckt, das sie sich nicht selbst zuzubereiten traut. Und noch schlimmer sind die, die ständig MasterChef glotzen und denken, sie hätten Ahnung vom Essen.«

Plötzlich lachte die alte Camilla so laut, dass sich doch alle nach ihr umdrehten. Laurenti war im Vollporträt zu sehen, sein Kopf auf dem Bildschirm schien dreimal so groß wie in natura. Er sprach über den Tod der Reederin und umriss die üblichen Ermittlungsschritte. Außer der Identität der Toten, die bisher geheim gehalten worden war, gebe es keine Neuigkeiten. Die Redaktion hätte auch Archivaufnahmen von einem der früheren Fälle zeigen können, so oft hatte er diese Belanglosigkeiten schon von sich gegeben. Die Urgroßmutter schien begeistert zu sein, ihren Schwiegersohn aber nicht zu erkennen. »Was quatscht der nur für einen Unfug? Eine Engländerin bringt sich doch nicht um«, rief sie. »Damals als sie die Stadt besetzt hatten, haben sich die Leute wegen ihnen umgebracht.«

»Du verwechselt da etwas«, protestierte ihre Tochter. Laura konnte und wollte sich mit dem Verfall Camillas nicht abfinden. »Das war direkt nach dem Krieg, während der alliierten Militärverwaltung, Mamma. Wegen der Engländer hat sich niemand umgebracht, wegen der Amerikaner auch nicht. Aber sie haben bei einer Demonstration idiotischerweise auf gewalttätige Faschisten geschossen.«

»Alle Demonstrationen gehören verboten«, rief Camilla, während in den Nachrichten nun detailliert über den Unfall in der Via Valmaura berichtet wurde. »Die Leute sollen arbeiten, wie wir das immer getan haben.«

Laura stand auf und nahm die Fernbedienung, um einen Geschichtskanal mit alten Dokumentarfilmen in Schwarz-Weiß zu suchen, der ihre Mutter ablenkte.

»Also, darf ich jetzt endlich mal fertigerzählen«, drängte

Marco. »Ich bin schließlich bei diesen Leuten gewesen, nicht ihr. Sie knausern an jeder Ecke, wenn man bei ihnen zu Hause kocht. Das ist einfach zu nah an ihren Gewohnheiten. Die besten Zutaten sind ihnen zu teuer, sie würden es nicht einmal merken, wenn ich die abgelaufenen Produkte aus der Sonderangebotsecke des Supermarkts auftischen würde. Kein Olivenöl aus dem Val Rosandra, Fisch möglichst nur aus der Zucht, aufgebackenes Brot. Und wenn ihr erst wüsstet, welchen Wein sie servieren. Sauvignon, Sauvignon und Sauvignon – egal aus welcher Gegend, von welchem Produzenten oder welcher Jahrgang. Hauptsache, ein schönes Etikett und billig. Und bei Tisch prosten sie sich dann zu und loben den Fusel. Dafür zwei dicke Autos vor der Hütte, teure Uhren und viel Schmuck, aber Blumen aus dem Supermarkt. Am Ende nörgeln sie dich an und feilschen nochmal um den Preis und geben nicht einmal Trinkgeld. Oder sie vertrösten mich auf den nächsten Tag, und ich renne dann der Kohle hinterher wie ein Bittsteller. Ich bin's leid.«

»Wie wär's, wenn du uns jetzt endlich dein neues Konzept vorstelltest, anstatt die ganze Zeit nur zu jammern?« Sein Vater mischte sich erst ein, nachdem er zufrieden seinen Teller geleert hatte. Urgroßmutter Camilla war gar nicht im Unrecht gewesen mit ihrer schroffen Bemerkung über seine Erklärungen bei der nachmittäglichen Pressekonferenz in der Questura. Er hatte erst auf Rückfrage eines Journalisten von der größten lokalen Tageszeitung die Personalien der Toten bestätigt. Es war ihm nach seinem Mittagessen kaum Zeit geblieben, die Obduktionsergebnisse zu überfliegen. Zum Schluss verwies er noch auf das gestohlene Auto in der Via Mazzini und die drei Männer, die damit kurz nach der Tat weggefahren waren. Er bat nicht darum, dass sich mögliche Zeugen melden sollten. Es würden nach den Nachrichten ohnehin mehr Leute vorstellig werden, als die Stadt Einwohner hatte. Es hätte lediglich die übliche Neugier befriedigt und den Tratsch befördert, wenn er die Druckstellen am rechten Oberarm, den Schultern und den Schlüsselbeinen der Reederin erwähnt hätte, die nur von einer deutlich größeren, körperlich deutlich überlegenen Person stammen konnten.

»Also, wenn wir hier an der Steilküste in den Sommermonaten ein Home-Restaurant aufmachen würden, ausschließlich mit Degustationsmenü, besten Weinen und den Sonnenuntergängen über dem Meer, die uns nichts kosten, würde ich in einem Drittel der Zeit wirklich gutes Geld verdienen«, fuhr Marco unbeirrbar fort.

»Ja, und davor der Aperitif mit Fingerfood unten am Strand, wenn das Licht besonders schön ist. Das Essen nachher hier auf der Terrasse. Da wäre endlich mal was los im Haus«, feixte seine Schwester Patrizia. »Warum machst du das eigentlich nie für uns?«

»Gratis ist ein für alle Mal vorbei, Patti. Schaut, die Einnahmen wären so bei hundertfünfzig Euro pro Kopf aufwärts. Nur gegen Vorauskasse, natürlich in Cash. Und je nach Witterung drei bis vier Mal die Woche und für maximal zehn Personen. Sagen wir, vier Monate im Jahr sind drin, dazu im Frühjahr und Herbst an den Wochenenden auch die Mittagessen, wenn man schon draußen sitzen kann. Das würde sich super rechnen. Auf sechzigtausend pro Saison kämen wir mindestens. Ein Viertel davon für die Einkäufe, und keine Raumkosten. Echtes Geld.«

»Steuern, Kellner, Reinigung, Strom, Wasser, Müllabfuhr, Versicherungen, Gläser und Geschirr. Wie teuer ist das?«, fragte Laurenti alarmiert. Er wollte keine Fremden im Haus, er hatte Tag für Tag schon im Dienst genug mit irgendwelchen Leuten zu tun, und sein Sohn würde wohl auch noch damit werben, dass sein Vater der Chef der Kriminalpolizei Triests war.

»Welche Steuern, spinnst du, Papa? Alles schwarz natürlich, sonst kann ich mir auch gleich wieder einen Job im Restaurant suchen.« Marco schüttelte ungläubig den Kopf. Er war fassungslos über so viel Unverstand.

»Ich kaufe dir dein eigenes Restaurant«, rief vom Sessel ungewohnt präsent die Großmutter. »Du bist der beste Koch weit und breit. Spätestens wenn ich tot bin, wirst du genug Geld haben, um das zu machen. Du wirst mein Alleinerbe, Marco.«

»Jetzt mal halblang, Mamma«, herrschte Laura sie an. »Marco muss noch viel lernen. Das Beste wäre, er würde Erfahrungen bei renommierten Köchen machen. Warum gehst du nicht wie deine Kollegen nach Rom, Paris, London, Sidney – das gäbe dir echten Auftrieb.«

»Er muss hierbleiben und mir mein Essen kochen. Dein Fraß schmeckt mir nicht. Marco muss nichts mehr lernen.« Die Alte erhob sich aus ihrem Sessel, tippelte zur Küche hinüber und kam mit dem Nutellaglas zurück.

Marco nutzte die Pause. »Hört mir doch wenigstens zu. Personalkosten fallen keine an, und Geschirr haben wir auch genug. Patrizia serviert. Und wenn du frei hast, Papa, kannst du ja den Sommelier geben. Mamma kümmert sich ums Dessert, das kann sie wirklich gut. Keine Sorge, das geht lässig auf. Seid ihr dabei?«

»Ich mach den Abwasch«, rief die Großmutter sonnig.

Laurenti wusste nicht, ob er lachen oder weinen sollte. »Ich sehe schon die Schlagzeilen: Commissario der Polizia di Stato betreibt illegales Restaurant und betrügt den Staat um Steuergelder, anstatt seiner Arbeit nachzugehen und für die Sicherheit der Bürger zu sorgen. Hast du wirklich keine Aufträge als Home Cook, Marco? Bis vor Kurzem warst du noch Feuer und Flamme und hast gesagt, du könntest dich vor Buchungen nicht retten.«

»Und ich dachte, Polizisten würden Lügen schnell durchschauen«, lachte Patrizia.

»In Familienangelegenheiten bin ich offensichtlich befangen.« Ihr Vater stand auf und ging zur Urgroßmutter hinüber, um ihr das Nutellaglas wegzunehmen, was sich die Alte nur von ihm gefallen ließ.

»Du bist ein guter Mann«, sagte sie. »Schade, dass Laura den aus dem Fernsehen geheiratet hat. Morgen hilfst du mir beim Geranienkaufen. Und Blumenerde. Wir sind schon spät dran.«

Proteo verdrückte sich, während Laura sich zu ihrer Mutter setzte und mit ihr zu diskutieren begann, dass im November nun wirklich keine Blumen zu setzen waren.

»Ich hatte dir doch gesagt, du sollst für einige Zeit verschwinden, Dino«, sagte Gasparri, während er eine Flasche uralten Rum entkorkte, die ihm irgendwann jemand geschenkt hatte, um sich bei ihm beliebt zu machen. »Trink einen Schluck, und erzähl mir dann alles der Reihe nach.«

Er hatte den Schlaf schon abgeschüttelt und trug Pyjama und Morgenmantel. Es war kurz vor drei gewesen, als der Junge ihn aus dem Schlaf geklingelt hatte.

»Ich wollte dich nicht anrufen, Tonino, man weiß nie, wer zuhört. Und früher vorbeizukommen, war auch nicht drin, ich konnte erst jetzt *La Medusa* schließen. Es waren zwar nicht viele Gäste heute Abend, dafür gute mit viel Geld. Mutter hat mich am frühen Morgen angerufen, weil es ihr schlecht ging. Ich war ja oben in den Bergen. Also hab ich alles stehen und liegen lassen und bin so schnell wie möglich zurückgekommen. Sie hatte schreckliche Krämpfe, ständig Durchfall und musste sich die ganze Zeit übergeben. Ich konnte sie nicht einmal zum Arzt bringen und hab den Notarzt gerufen, als es nicht besser wurde. Im Krankenhaus haben sie ihr einige Infusionen verpasst und gefragt, ob sie irgendwelche exotischen Dinge gegessen hätte. Das war eine ganze Menge, Limette, Mango oder Ananas, verschiedene Sorten Minze und Gewürze. Ich wusste nicht, dass die Ärzte in Cattinara so gründlich sind. Aber angeblich müssen grundsätzlich alle Erreger darauf analysiert werden, ob sie ansteckend sind. Sie haben sie stabilisiert und päppeln sie jetzt wieder auf. Wenn alles gut geht, darf sie morgen schon wieder nach Hause.«

»In dieser Jahreszeit geht doch immer eine Darmgrippe um, ein Gast wird sie angesteckt haben«, beschwichtigte Gasparri und schenkte Rum nach.

»Sie glaubt eher an eine Vergiftung. Das Komische ist, dass sie in der Nacht zuvor in ihrer Wohnung einen liebevoll zubereiteten Teller Pasta vorgefunden hat. Sie dachte, ich hätte ihr eine Überraschung zubereitet, weil sie doch meist Hunger hat, wenn sie von der Arbeit nach Hause kommt. Nur, ich war das nicht.«

»Ach, komm, Dino. Tu nicht so, es kann auch einem guten Koch mal passieren, dass ihm etwas Verdorbenes in den Topf gerät. Oder nicht? Vor ein paar Jahren hab ich eine schlechte Muschel erwischt und drei Tage gebraucht, bis ich wieder normal war. Kein Vergnügen.«

»In einem guten Restaurant passiert das nicht. Trotzdem, ich sage dir doch, dass ich das nicht war. Ich bin doch gleich zurück nach Bad Kleinkirchheim gefahren. Ich hab zwar den Job gekündigt, aber das Zimmer noch nicht. Da muss ich am nächsten Ersten raus.«

»Und bei der Rückkehr ist dir eine alte Frau ins Motorrad gelaufen, stimmt's?«

Dino schluckte und schaute zu Boden. »Es tut mir leid, Tonino, glaub mir, bitte. Ich wollte das nicht.«

»Hoffen wir, dass sie durchkommt. In den Nachrichten hieß es, sie sei übel dran. Wo ist dein Motorrad?«

»Im Hinterhof von *La Medusa*. Von draußen sieht man nichts.«

»Geh zum Autoverleih, und nimm einen Lieferwagen, um es ins Ausland zu schaffen.«

»Die Ducati kann keiner sehen.«

»Und jetzt, Dino? Was hast du vor, wenn Fedora wieder auf den Beinen ist?«

Gasparri mochte den Vierundzwanzigjährigen, nicht nur weil er Fedoras Sohn war und ohne Vater hatte aufwachsen müssen. Er war von Anfang an anhänglich gewesen, und der Politiker hatte sich immer auf ihn verlassen können, wenn heimlich ein paar Dinge zu erledigen waren. Dino war genauso verschwiegen, wie es Olindo Bossi einst gewesen war.

»Bei Mutter kann ich nicht schlafen, ihre Wohnung ist zu klein, sie hat keinen Platz.«

»Erst einmal kannst du hierbleiben. Heute Nacht nimmst du das Sofa, morgen richten wir ein Bett für dich. Aber was dann, Dino?«

»Ich brauche dringend das Geld, Tonino. Dann verschwinde ich. Nach Australien oder Argentinien. Da wollte ich sowieso schon immer hin. Und du hast mir mehr als das Doppelte von dem versprochen, was die anderen bekommen haben. Das sollte eine Weile reichen.«

»Ich habe nicht damit gerechnet, dass du so bald in die Stadt zurückkommen würdest. Ich muss das Geld erst besorgen. Das kann zwei Tage dauern. Mach keinen Unfug bis dahin. Und verhalte dich unauffällig, wenn du in der Wohnung bist. Es muss niemand wissen, dass du hier bist. Du weißt, die Leute sind geschwätzig.«

Dino Bertone schwankte zwischen Erleichterung und Skepsis. Zwar hatte Gasparri in der Vergangenheit stets sein Wort gehalten, sonst aber immer sofort bezahlt. »Je früher ich weg kann, umso besser, Tonino«, beschwor er ihn. »Sobald Mutter wieder arbeiten kann, verschwinde ich. Spätestens übermorgen.«

»Du weißt, ich mag sie sehr. Also hilf ihr, bis sie wieder richtig auf den Beinen ist. Du hast doch noch andere Klamotten als deine schwarze Lederkluft?«

Dino schüttelte den Kopf. »Das ist alles in Österreich. Ich bin sofort losgefahren, als sie anrief. Es ging ihr wirklich mies.«

»Die Polizei wird jeden Motorradfahrer kontrollieren, der ein bisschen größer ist. Auch wenn er zu Fuß unterwegs ist. Morgen früh besorge ich dir eine Jacke und ein Hemd, die Hosen musst du im Laden anprobieren. Bis dahin solltest du nicht rausgehen, Dino. Das Wetter ist eh schlecht. Hast du dir eigentlich je Gedanken gemacht, was mit dir passieren soll, wenn du in Österreich gekündigt hast? Du hast immer gesagt, der Job wäre nicht schlecht und zum Lohn gäb's eine Menge Trinkgeld dazu.«

»Womit hab ich wohl das Motorrad gekauft, Tonino? Also, wenn du mir hilfst, würde ich hier nach meiner Rückkehr ein echt österreichisches Restaurant eröffnen. Frittaten- und Leberknödelsuppe, Tafelspitz, Schweinsbraten mit Kruste, Wiener Schnitzel, Salzburger Nockerln und so. Hast du dich noch nie gefragt, warum es das ausgerechnet in Triest nicht gibt? Ich wette hundert Euro, dass so etwas einschlägt.«

»Wir reden darüber. Es ist fast vier Uhr. In drei Stunden klingelt der Wecker. Ich lege morgen einen Wohnungsschlüssel auf den Küchentisch. Verlier ihn nicht.«

»Ohne das Geld kann ich nicht weg, Tonino.« Dino Bertone streifte seine Schuhe ab. Wenigstens heute Nacht brauchte er sich keine Gedanken mehr zu machen und konnte ruhig schlafen.

»Du könntest morgen etwas für mich erledigen, aber geh jetzt erst mal schlafen, Dino.«

Macht, Wahrheit, Jagd

Noch nie hatte er den Fuß in das graue Betonmonster auf dem Hügel gesetzt, das ihm schon aus der Ferne Unbehagen bereitete. Unübersehbar thronte der Komplex voller Sozialwohnungen dort oben unweit von einem zweiten Koloss aus den frühen Achtzigern, der Universitätsklinik, auf den Resten eines vorgeschichtlichen Castelliere. Es war eine jener Bausünden, mit der man sich als modern hatte zeigen wollen, indem man die sozial weniger begünstigten Bürger zu gettoisieren begann. Architektonische Verbrechen, deren Wiederholung kein Ende fand – man musste sich nur die Viertel ansehen, die auch heute weltweit fern der historischen Stadtzentren errichtet wurden.

»Wie geht es Fedora? Hast du von ihr gehört?«, hatte Tonino Gasparri gefragt, als er ihm die neuen Klamotten brachte.

»Sie klang am Telefon schon etwas besser, trotzdem muss ich sie noch einmal vertreten. Die Ärzte haben einen Check-up gemacht, heute kommen die Ergebnisse. Ganz hat sie's noch nicht überstanden. Aber das Schlimmste hat sie hinter sich, sie ist jetzt wieder zu Hause.« Dino war ganz froh darüber, eine konkrete Aufgabe für den Abend zu haben und in der Bar seiner Mutter aushelfen zu können. Und auch, was er tagsüber tun sollte, hatte bereits ein anderer entschieden.

»Du nimmst jetzt gleich den Bus nach Rozzol Melara hinauf«, wies ihn Gasparri an, der einen biederen grauen Anzug ohne Krawatte trug. »Warst du schon einmal dort oben?«

Dino schüttelte den Kopf.

»Du wirst dich schon zurechtfinden. Da leben zwar mehr als zweitausend Leute, aber frag dich einfach durch. Ich will, dass du eine alte Frau ausfindig machst. Sie muss so um die achtzig sein und heißt Melissa Fabiani. Die Älteren werden sie eher unter ihrem frühen Spitznamen *La Severa* kennen. Als sie jünger war, hat sie ihr Geld noch in der Cavana verdient, bevor die Puffs geschlossen wurden. Mit dem Alter spezialisierte sie sich als Domina.«

»Und jetzt hast du auf einmal wieder Sehnsucht nach ihr?«

»Quatsch, ich nicht. Mein großer Bruder war früher manchmal bei ihr. Behalt's aber für dich. Ich will, dass du sie nach jemandem fragst.«

»Und wer wird das sein?« Dinos Interesse wuchs, je mysteriöser der Politiker sich gab.

»Ein Schwerverbrecher, der möglicherweise wieder auf freiem Fuß ist. Du weißt ja selbst, man kann sich nicht mehr auf die Justiz verlassen. Wenn die Polizei einen Kriminellen fasst, dann lässt ihn der Richter gleich wieder frei. Also, wenn du Melissa Fabiani ausfindig gemacht hast, dann nimm sie zur Seite, und frage sie nach dem Griechen. Sag ihr, du hättest gehört, er wäre inzwischen entlassen worden, und du müsstest dringend mit ihm reden. Du wolltest endlich deine alten Schulden zurückzahlen.«

»Hast du wirklich Schulden bei so einem Verbrecher?«

»Es gibt Situationen, in denen wir alle ein bisschen Geld gebrauchen können, oder?«

»Und wieso soll ausgerechnet eine alte Nutte wissen, wo der Kerl zu finden ist?«

»Sie ist seine einzige Verwandte, deshalb. Sobald du etwas erfahren hast, kommst du zu mir ins Büro an der Piazza Oberdan. Aber ruf mich nicht an. Du weißt selbst, irgendjemand hört immer mit. Hast du Geld?«

»Für die Fahrkarte wird's reichen. Außerdem habe ich noch die Einnahmen von gestern.«

»Die gehören deiner Mutter.« Gasparri drückte ihm einen Fünfziger in die Hand. »Lass die Kohle hier, man weiß nie.«

»Als würde sich jemand trauen, ausgerechnet mich zu überfallen.« Dino reckte den mächtigen Brustkorb vor und spannte die Muskeln an. Ein Berg von einem jungen Mann. »Besorg lieber das Geld, das du mir versprochen hast.«

»Bis morgen Abend sollte ich es haben. Mach dich jetzt auf den Weg, Dino, und tu, was ich dir gesagt habe.«

Als er unter dem grauen Betonklotz aus dem Bus stieg, schaute er sich lange um, bis er sich endlich für einen der abweisenden Eingangstürme entschied. Mit einem Tritt stieß er die schwere Glastür auf, die gegen den Anschlag krachte und vibrierte. Zwei Stufen auf einmal nehmend stieg er das mit Graffiti überzogene, zugige Treppenhaus hinauf, bis er schließlich die breite Glastür zu einem endlosen unwirtlichen Flur mit schwarzem Kunststoffboden und schwacher Beleuchtung erreichte. Kein Mensch außer ihm war hier unterwegs. Die einsame Leuchtreklame einer Apotheke war der einzige Kontrast. Er bog um eine Ecke und kam sogar an einem karg eingerichteten Postamt vorbei. Nur die Werke der Sprayer brachten etwas Abwechslung in die Tristesse. Bald stand er vor einem ersten verschlossenen Zugang zu den Wohnetagen und studierte die unzähligen Klingelschilder, von denen einige nur schwer zu entziffern waren. Als einer der Bewohner heraustrat und Dino nach Melissa Fabiani fragte, starrte der Mann zwar auf das tätowierte Besteck an seinem Hals, aber helfen konnte er nicht. Nach dem dritten Versuch ging er zurück zum Postamt und erkundigte sich dort nach der alten Frau. Er erfuhr, dass der Zustelldienst von außen bedient wurde, man könne ihm deshalb nichts Genaueres sagen. Am besten, er frage in der Bar nach, deren Besuch eine Konstante im Leben der älteren Bewohner sei.

Dino Bertone fand das Lokal erst nach längerer Suche. Schlicht gekleidete Frauen, manche im Trainingsanzug, standen rauchend unter dem Eingangsschild der Bar, in der auch Tabakwaren und Zeitungen verkauft wurden. Neben dem Eingang warb ein Streifenplakat mit der täglichen Headline der lokalen Tageszeitung: *BREAKING BAD IN TRIEST. DIE AGONIE DES ELIO MAZZA*. Dino trat ein, schob die Zeitung von dem freien Platz am Tresen und bestellte einen Espresso. Die grauen Schlieren auf den kreisrunden Fenstern verschleierten den Blick auf den fernen Hafen, auf die Öltanker und Containerschiffe unten in der Stadt. Die Gläser und Kaffeetassen kamen aus der Spülmaschine und waren sauber.

An den Tischen saßen meist alte Leute und spielten ohne viel Empathie ihre Karten aus. Nur manchmal, wenn einer gewann und die Münzen einstrich, war liebevoller Spott zu hören, bevor der Nächste wortkarg ein neues Spiel ausgab. Neben dem Stuhl einer sorgfältig frisierten Greisin mit weißem Haar und knallrotem Lippenstift stand ein kleines Gefährt mit einem Apparat, von dem ein Schlauch zu einer Sauerstoffmaske führte, die sie manchmal absetzte, um ihre Mitspieler etwas ungnädig zu kommentieren. Selbst ihre Nägel hatte sie sich trotz ihres hohen Alters lackiert. Sie hatte den kräftigen jungen Mann einen Moment länger beobachtet, als er eintrat. Er war zu jung für dieses Ambiente und fühlte sich in seiner Kleidung offensichtlich nicht wohl. Ständig zupfte er an sich herum, wahrscheinlich waren Hose und Hemd neu. Als er den zweiten Espresso bestellte und immer wieder die Gäste an den Tischen beobachtete, wurde der Wirt hinterm Tresen auf ihn aufmerksam.

»Keine Sorge, der Mensch ist ein Gewohnheitstier. Er gewöhnt sich schnell an ein neues Ambiente«, sagte der Wirt, als er den Kaffee auf die Untertasse stellte. »Nicht jeder hat das Glück, hier eine Wohnung zu bekommen. Es fehlt einem an nichts. Ganz unten der Supermarkt, einen Kindergarten gibt es auch, und die Schule ist nicht weit, Apotheke, Postamt. Zeitungen, Zigaretten und Schreibwaren bekommst du bei mir. Hier lebt man wie auf einem Schiff, eigentlich braucht man gar nicht rauszugehen. Und ob dir die vielen Ausländer nun schmecken oder nicht, immerhin sorgen sie dafür, dass der Komplex nicht verödet. Auch wenn die Ausländer eigentlich schnellstmöglich dahin zurückmüssten, wo sie herkommen. Stell dir vor, es rennen hier irgendwann nur noch Schwarze rum. Die wollen dann irgendwann eine Moschee. Das Geld für die Sozialwohnungen bringen ja auch wir Italiener auf. Wobei ich sagen muss, ich persönlich hab ja nichts gegen die Schwarzen. In welchem der beiden Flügel wohnst du?«

Dino stierte ihn erschrocken an. »Ich wollte mich erst mal umschauen, bevor ich den Antrag stelle. Eine Bekannte wohnt schon hier.«

»Du hast sie hoffentlich gefunden. Am Anfang braucht es System, bis man weiß, welche Aufgänge zu den passenden Wohnungen führen. Ich kenne jeden einzelnen Mieter. Wen suchst du?«

»Ach, ich ruf einfach an.«

»Probier es nicht aus einem der unteren Gänge, die sind abgeschirmt wie ein deutscher Nazibunker, da kommt keine Granate und erst recht kein Signal durch. Merk dir eins, hier ist man schneller, wenn man die Menschen fragt, die man gerade erwischt. Ich hab dir doch gesagt, das ist wie auf einem Schiff. Wen suchst du?«

»Sie heißt Melissa, und sie ist nicht mehr die Jüngste. Früher war sie unter dem Namen *La Severa* bekannt.«

Der Wirt lachte höhnisch und laut. »Jedem seinen eigenen

Geschmack, Junge. Sie empfängt allerdings schon lange nicht mehr.« Dann rief er zu einem der Spieltische hinüber. »Du bist doch nicht etwa wieder im Geschäft, Melissa? Oder? Der Junge hier sucht dich.«

Dinos runder Kahlkopf verfärbte sich schlagartig tiefrot – am Nachmittag vor dem runden schmutzigen Fenster hätte er dem dramatischsten Sonnenuntergang Konkurrenz machen können.

Melissa Fabiani streifte die Sauerstoffmaske ab und lächelte übers ganze Gesicht. »Weißt du, Pino«, rief sie mit dünner, aber deutlicher Stimme, »das ist wie Schwimmen oder Fahrradfahren, man verlernt es nie. Nur braucht man für immer kürzere Strecken immer mehr Zeit. Wir sind in die Jahre gekommen, dafür aber reicher an Erfahrung, nur bezahlt die heute niemand mehr.«

Ihre Gefährten am Tisch klatschten und lachten und kommentierten ungezwungen, wie Melissa wohl heimlich ihre Rente aufbesserte. Endlich gab es Abwechslung, und Dino wurde klar, dass ihr früheres Leben kein Geheimnis war und die alte Frau nie einen Grund gesehen hatte, es zu verbergen. Alle in der Bar starrten nun auf ihn, er lächelte zwanghaft. Er hatte sich ausgemalt, unerkannt an die von Gasparri erhofften Informationen zu kommen, so wie man einen Passanten auf der Straße nach dem Weg fragte und der einen schon vergessen hatte, kaum dass man aus dem Blick war.

»Wie heißt du, Junge?«, fragte Melissa und setzte die Sauerstoffmaske abermals ab.

»Rossi, Mario, Signora«, stammelte er. Ein Allerweltsname, der zigtausendmal in den Telefonbüchern zu finden war.

»So hieß damals jeder zweite Kunde. Und was willst du?«

»Ich suche jemanden.« Die Blicke aller lasteten inzwischen auf ihm.

»Alle suchen jemanden. Aber nicht alle wissen, wen.« Melissa behielt ihre aufgesetzte Heiterkeit bei.

»Ich soll Sie fragen, ob der Grieche zurückgekehrt ist, Signora.« Dino verritt sich restlos. Nur selten war er in seinem Leben derart um eine Antwort verlegen gewesen, sonst hätte er sich kaum im rauen Klima der Restaurantküchen behaupten können, in denen er bisher gearbeitet hatte.

»Die Stadt ist voller Griechen. Wer hat gesagt, dass du mich fragen sollst?«

»Ach, nur ein Freund. Es ist nicht weiter wichtig.« Er drehte sich verlegen zum Wirt und legte den Fünfziger auf den Tisch, den Gasparri ihm zugesteckt hatte.

»Hast du kein Kleingeld?«, fragte der Mann unerwartet streng und weigerte sich, den Schein zu nehmen, obwohl er ihn hätte spielend wechseln können.

Melissa war von ihrem Stuhl aufgestanden und ging auf Dino zu. Das Beatmungsgerät folgte ihr ruckweise wie ein Spielzeug auf Rädern. Man hätte eine Stecknadel fallen hören können, selbst die Kaffeemühle hatte ihren Dienst eingestellt. Alle Blicke lasteten auf den beiden. Nur einen Schritt von ihm entfernt blieb die Alte stehen, legte den Kopf in den Nacken und blickte ihn an. »So einfach geht das nicht, Kleiner. Man kann nicht losschießen und sich dann dünnemachen, als wäre nichts passiert. Das muss man sich vorher überlegen. Wer nach anderen fragt, hat einen Grund. Oder etwa nicht?« Sie blickte in die Runde.

Ihre Gefährten ließen den Glatzkopf nicht aus den Augen, ein rüstiger Mann um die siebzig war ebenfalls aufgestanden und kam näher.

»Es wird so sein, wie Sie sagen, Signora.« Dinos Blick schweifte zum Ausgang, was der Alten nicht entging.

»Vergiss es, so einfach kommst du hier nicht raus. Wer will wissen, ob der Grieche entlassen wurde?« Melissa starrte auf seine Tätowierung.

»Da ist jemand, der seine Schulden bei ihm zurückzahlen will. Aber wenn er kein Geld will, kann ich auch nichts machen.« Dino grinste dreckig und wandte sich an den Wirt, der ihm mit verschränkten Armen auf der anderen Seite des Tresens gegenüberstand. »Kassier endlich, und setz die Getränke von dem Tisch da mit auf die Rechnung. Und wenn's immer noch nicht reicht, setz noch die nächste Runde mit drauf. Los jetzt.«

»Pass mal auf, Kleiner«, sagte Melissa und klopfte heftig mit dem Finger gegen seine muskulöse Brust. »Es gibt nicht viele, die sich für den Griechen interessieren. Sag ihnen, dass er nie weg gewesen ist. Sie tun gut daran, auf der Hut zu sein. Einige haben bei ihm Schulden, und er wird sie sicherlich eintreiben. Zum Teufel mit Tonino. Der große Gasparri hat wohl Schiss, sich selbst zu erkundigen. Richte ihm aus, dass schon sein Bruder damals keinen hochgekriegt hat. Und jetzt verpiss dich.« Sie setzte ihre Atemmaske auf, ging zurück zu ihrem Tisch und schenkte ihm keinen Blick mehr.

Vor allem ältere Leser sollten nicht vergrämt werden, weshalb die größte lokale Tageszeitung oftmals ihren eigentlichen journalistischen Auftrag vergaß, Licht ins Dunkel des politischen Gedärms zu bringen. Vorrang bei der Berichterstattung hatte nicht etwa die Weltpolitik, sondern es musste der Lokalpatriotismus jener Leser bedient werden, nach deren Meinung früher alles besser gewesen war. Der Aufmacher auf der Titelseite war somit nicht der Tod von Maggie Aggeliki, der britischen Reederin griechischer Abkunft, sondern die Nachricht über das Ableben des Poeten, der sich lange genug im Verband der Vertriebenen profiliert hatte, um sich diese Aufmerksamkeit verdient zu haben.

BREAKING BAD IN TRIEST. DIE AGONIE DES ELIO MAZZA. War Rizin die Todesursache wie in der amerikanischen Fernsehserie?

Eine Porträtaufnahme aus besseren Zeiten illustrierte die reißerische Headline auf der Titelseite und auch den Artikel auf Seite eins der Stadtchronik, der wenig Neues ergab.

Zwei Tage kämpften die Ärzte um das Leben des ehemaligen Sprechers der Hafenbehörde, Elio Mazza, 1951 in Fiume geboren, der während des Transports mit dem Hubschrauber ins Toxikologische Institut der Universitätsklinik Padua verstarb. Er bekleidete über fünfzehn Jahre lang eine Schlüsselposition innerhalb der Autorità Portuale. Nach seinem Abschied aus dem Beruf, den er mit Herz und Leib erfüllte, verschlechterte sich sein Gesundheitszustand kontinuierlich. Am Ende verfügte er nicht mehr über die notwendigen Abwehrkräfte gegen eine mögliche Vergiftung oder eine schwere Darmgrippe. Von seinen Freunden wurde Elio Mazza der Poet genannt: Neben wenigen eigenen Texten verdiente er sich dieses Prädikat durch seine Rezitationskünste des patriotisch-lyrischen Werks von Gabriele D'Annunzio. Bis zuletzt forderte Mazza erbittert die Rückgliederung Fiumes an Italien, der einst stolzen Hafenstadt in der Kvarner Bucht. Die Ursache seines Todes ist noch nicht endgültig bekannt. Das Gift Rizin kann erst nach mehrtägigen Tests nachgewiesen werden. Oder erlag er einer schweren Darmgrippe, die wie immer zu dieser Jahreszeit kursiert?

Kein Wort über seinen Absturz in den Suff. Ein zerknittertes Blatt mit den letzten handschriftlichen Zeilen des Poeten wurde neben dem Artikel in einem Kasten abgebildet. Es seien die letzten Zeilen des Toten gewesen. Mazza habe inständig an die Rückkehr seiner verlorenen Heimat nach Italien geglaubt, aber im Schreibfluss seinen Tod gefunden. Das Schriftbild war fahrig, die Buchstaben flüchtig aufs fleckige Papier geworfen, und die Zeilen sanken zum Seitenrand stark ab.

Mein Leben für die Freiheit meiner Erde,
Nie werde ich frei von Schuld sein,
Wenn ohne Kampf ich sterbe,
Die Waffen lege ich nicht nieder –
Patria, ich bin dein …

»Der Mann lebte alkoholkrank und mutterseelenallein in einem verkommenen Loch unterm Dach, wo er fast verreckt ist, und jetzt heulen sie ihm nach«, sagte die kleinwüchsige Pina Cardareto, die mit der Zeitung hereingekommen war. »Jede Wette, dass der Laborassistent die Presse informiert hat, auch wenn er hier nicht erwähnt wird. Er hat schon uns das Ohr abgekaut mit seiner Liste von Rizin-Anschlägen. Von London über Oklahoma und Tokio bis Afghanistan und Syrien und zurück, und dann hat er sämtlichte Fernsehfilme aufgezählt, in denen das Gift eingesetzt wurde. Ein Besessener.«

»Verräter werden nirgends gern gesehen, selbst wenn sie im Recht sind. Falls er damit den behandelnden Ärzten in den Rücken gefallen ist, tut er tatsächlich gut daran, anonym zu bleiben, sonst wird er auch anderswo abgelehnt, sollte er einmal wechseln wollen.« Marietta gab sich ungewöhnlich zahm gegenüber der Chefinspektorin. »Ganz bescheuert kann er nicht sein, wenn seine Hinweise die Toxikologen auf die richtige Spur gebracht haben. Wann liefern sie den endgültigen Befund?«

»Heute noch. Es klingeln schon jetzt alle Alarmglocken, auch wenn die Öffentlichkeit noch gar nicht informiert ist. Rizin fällt unter das Kriegswaffengesetz. Angeblich wird es vor allem von rechtsextremen Fanatikern eingesetzt, die glücklicherweise nicht das notwendige Wissen haben, es zur Massenvernichtungswaffe zu entwickeln, da es nur unter bestimmten Bedingungen wirkt.«

»Patria, Fatherland, Heimat, so nennt sich das Monster, das dich fressen wird«, kommentierte Gilo Battinelli. »Die sind so verbohrt, dass sie sich selbst gefährden. Das Zeug kann man einatmen, über die Haut aufnehmen oder schlucken. Ich mache jede Wette, dass keiner von diesen Idioten professionell damit umgehen kann.«

Pina stimmte ihm zu. »Selbst die Weltmächte haben sich von der Idee verabschiedet, Rizin in ihren Arsenalen zu halten. Die letale Dosis schwankt von Mensch zu Mensch. Und wer einmal eine nur leichte Vergiftung damit überlebt hat, bildet Antikörper. Eventuell sogar, ohne etwas von der Sache mitbekommen zu haben.«

»Das Zeug beschafft man sich wohl kaum in der Apotheke, oder?«, fragte Marietta.

»Das hab ich mich auch gefragt. Das Gift sitzt in den Schalen der Samen. Der Laborant meinte, es reiche ein geschultes Auge, auch bei uns hätten viele den Strauch wegen seiner Blütenpracht als Zierpflanze im Garten. Aber wenn man genau hinschaut, trifft das natürlich auf viele Dinge zu. In Kürze stehen die Blumenläden wieder voll mit Weihnachtssternen. Die gleiche Familie.«

»Du spinnst, Pina.« Marietta traute ihren Ohren nicht. »Das glaub ich nicht.«

»Glaub, was du willst. Wer lebt, schadet sich. So einfach ist das. Schau deinen Aschenbecher an.«

»Woher hat die Zeitung eigentlich dieses schreckliche Gedicht?«, fragte Laurenti, der bisher unbemerkt in der Tür gestanden hatte. »Habt ihr nicht alles beschlagnahmt?«

»Von uns auf jeden Fall nicht.« Pina und ihr Kollege Gilo

Battinelli anworteten wie aus einem Mund, dann fuhr der Inspektor fort. »Vielleicht haben die Kriminaltechniker etwas dort vergessen, was dann in die Hände der Presse kam. Übrigens sind die Scherben des Tellers in seinem Verschlag analysiert worden. Darauf fanden sich Spuren der gleichen Substanz sowie Reste von Kartoffeln, Makrelenfilets und Pesto. Das war seine Henkersmahlzeit, sie stimmt mit dem Mageninhalt überein. Aber da ist noch mehr, was mir zu denken gibt. Der Speicher gehört zur darunterliegenden Wohnung, deren Mieter ihn gar nicht kannten. Eigentümer des Palazzos ist ein Rentner namens Bruno Guidoni. Wir haben ihn vorgeladen, aber er hat vor zehn Minuten angerufen und sich wegen einer schweren Darmgrippe entschuldigt.«

»Das hört sich ja wie eine Seuche an«, sagte Marietta spitz. »Guidoni kenne ich von früher. Er ist als Leiter der Bauabteilung bei den Stadtwerken rausgeflogen, weil er regelmäßig ein paar Arbeiter zur Renovierung seiner eigenen Häuser eingesetzt hat. Es haben ihm wenige Jahre zum Ruhestand gefehlt, man hat ihn also nur vorpensioniert, und der Rest wurde verschwiegen, vertuscht.«

»Welch feinen Umgang du pflegst, Marietta«, spottete Pina.

Marietta blickte gleichgültig, sprach aber schneller. »Ich bin mit seiner Frau befreundet gewesen, wir sind im gleichen Viertel aufgewachsen, auf die gleiche Schule gegangen. Sie war deutlich jünger als er und schwer krank. Sie hat sich immer über ihn beklagt. Er hatte all die Jahre ihrer Ehe ein Verhältnis. Ich an ihrer Stelle hätte ihn längst rausgeschmissen. Aber sie hatte die Kraft nicht dazu. Als sie entdecken musste, dass ihr Mann auch noch seinen eigenen Arbeitgeber beschissen hatte, gab ihr das den Rest. Noch Fragen?«

»Wie wäre es, wenn anstatt zu streiten, sich eine von euch ans Telefon hängen und im Krankenhaus oder beim Gesundheitsamt nachfragen würde, ob wirklich diese ominöse Darmgrippe kursiert«, sagte Laurenti und stand schon auf der Schwelle zu seinem Büro. »Sagt mir Bescheid, sobald der Obduktionsbericht von Mazza eintrifft.«

»Nur noch eines, Commissario.« Battinelli hielt ein Blatt hoch. »Mazza besaß ein altes Mobiltelefon mit einer leeren Prepaidkarte. Er hat es lange nicht benutzt und wurde auch nie angerufen bis zu dem Nachmittag, bevor er auf der Straße gefunden wurde. Zwei letzte Anrufe hat er geführt, kurze Gespräche. Das eine mit diesem Guidoni.«

»Und das andere?«

»Mit Antonio Gasparri.«

»Habt ihr euer Handwerk also doch nicht ganz verlernt. Wenn Mazzas Tod sich tatsächlich als Mord oder versuchter Mord herausstellen sollte, werden wir einige nette Gespräche führen.«

Auf seinem Schreibtisch lag nicht nur die lokale Tageszeitung, sondern auch der gesamte Pressebericht über den Tod der Reederin Maggie Aggeliki. Die englische Boulevard-Presse benutzte den Mord an der jungen Frau, um den eiligen Vollzug des schnellstmöglichen und kompromisslosen Austritts der Briten aus der Europäischen Union zu fordern und zu unterstreichen, dass jedes Investment auf dem Kontinent überdacht werden müsse. Mehr als je gehe es darum, die eigene Wirtschaft zu stützen und die eigenen Häfen auszubauen, denn die Rachsucht der Europäer ließe schon jetzt hohe Strafzölle absehen, die man als weltweite Seemacht umgehen müsse. Außerdem sollte so schnell wie möglich das Aufenthaltsrecht der Ausländer im Empire revidiert werden, weil diese der heimischen Bevölkerung die Arbeitsplätze wegnähmen. Vor allem die jungen Italiener nutzten neben den Polen angeblich im Übermaß die bisherige Großzügigkeit aus, womit endlich Schluss sein müsse. Kein Wort von der Uneinigkeit im eigenen Land und den unzähligen Gesetzeskonflikten, die dem Königreich beim Abschied von der Gemeinschaft blühten. Auch die Großreederin Maggie Aggeliki habe die wirtschaftlichen Möglichkeiten auf dem Kontinent falsch interpretiert, was allerdings aufgrund ihrer griechischen Wurzeln nicht weiter verwundere. Ihre Manager hätten sich bereits in der nordadriatischen Hafenstadt Triest angekündigt, die in den Nachkriegsjahren bis Ende 1954 unter der Protektion der UNO und Verwaltung der englisch-amerikanischen Truppen gestanden habe, die verhinderten, dass sie in die Hand der Titokommunisten fiel. Undank sei der Lohn auf dem Kontinent.

Das bestätigte auch die italienische Presse. Die Manager der Aggeliki Shipping Company würden die Vereinbarkeit des Engagements in Triest mit der Strategie des Konsortiums überprüfen. Die junge Präsidentin sei aus persönlicher Passion aktiv geworden, da bereits ihr aus Korfu stammender Urgroßvater in der Hafenstadt ein Vermögen gemacht habe, als diese noch der größte Handelshafen des Habsburger Reichs gewesen sei. Aristoteles Aggeliki habe dort eine Handelsflotte begründet, die mittlerweile weltweit agiere und über hundert Fracht- und Containerschiffe zähle. Dazu kämen noch die Fähren und Kreuzfahrtschiffe. Erst der Enkelsohn des Gründers habe aus steuerlichen Gründen dann den Sitz nach London verlegt und den Konzern vor sechs Jahren seiner Tochter Maggie vererbt. In Nordostitalien pochten einflussreiche Stimmen aus Wirtschaft und Politik auf die wirtschaftliche Vernunft der Entscheider, denn die geopolitisch herausragende Position im mediterranen Raum sowie die natürliche Tiefe des Triestiner Golfes, die auch größten Schiffen erlaube, den Hafen anzulaufen, sprächen für sich und seien aufgrund der Nähe zu den zentraleuropäischen Industriezentren so gut wie konkurrenzlos, was die Reederin erkannt habe. Außerdem biete der nördlichste Hafen im Mittelmeerraum genügend Expansionsmöglichkeiten. Ganz anders hingegen der Kommentar eines Vertreters des nationalkonservativen Parteibündnisses, das nach einer kurzen Episode in der Opposition dank der Hilfe einiger vorgeblicher Gegenspieler zurück an der Macht war. Antonio Gasparri unterstrich voller Polemik, dass es besser sei, den Hafen in italienischer Hand zu halten und ihn nicht den Ausländern zu überlassen. Ohnehin sei den Engländern nach dem Brexit nicht zu trauen. Bisher hatte er zu den Scharfmachern gehört, die den Euro als Währung loswerden und schnellstens die Lira zurückhaben wollten sowie einen schnellen Austritt aus der EU forderten. Europa sei ein gescheitertes Projekt, der Steigbügelhalter Deutschlands, eine Negation der Italianità. Und nun schwadronisierte Gasparri plötzlich vom Metropolencharakter der Stadt, die ihre Zukunft endlich aus eigener Kraft und ohne Fremdbestimmung international ausbauen könne. Der trockene Kommentar eines Kolumnisten spottete über diesen neuen Ton des Politikers, der sich nicht davor scheute, allen seinen bisherigen Äußerungen zu widersprechen, schließlich habe der Mann bisher am liebsten ein Dorf mit einer Stadtmauer darum gehabt, was Triest noch vor dreihundert Jahren gewesen sei.

Laurenti nahm sich den Obduktionsbericht von Maggie Aggeliki vor. Die Druckspuren an Schultern und Schlüsselbein waren deutlich und stammten von einer wesentlich größeren Person. Allerdings war die zierliche Frau gerade einen Meter und fünfundfünfzig Zentimeter groß gewesen, da kamen also viele infrage. Die beiden größten Personen auf den Bildern der Überwachungskamera waren eindeutig Aristèides Albanese und der dritte Mann mit dem Sturzhelm gewesen, der mit dem gestohlenen Schweizer Auto das Weite gesucht hatte. Am Pullover der Toten hatten die Kriminaltechniker noch ein graues Haar von sechs Zentimeter Länge gefunden. Der Grieche aber hatte dunkle Haare, die erheblich länger waren. Und auf den Bildern vom Flughafen trug der Gigant zwar keinen Sturzhelm mehr, dafür eine Glatze. Nur einer seiner Kumpane, ein deutlich kleinerer Mann, hatte früh ergrautes Haar. Zuunterst auf Laurentis Schreibtisch lagen die Aufnahmen von den Kameras im Zentrum von Gorizia, wo der Taxifahrer die drei Männer abgesetzt hatte. Wieder trugen zwei von ihnen Sturzhelme unter dem Arm. Als Marietta ihrem Chef endlich den ersten Espresso auf den Schreibtisch stellte, zeigte er ihr die letzten Fotos.

»Was denkst du, wenn du diese Männer siehst?«, fragte der Commissario.

»Schmierige Typen, von denen zwei mit dem Motorrad unterwegs sind. Und der Dritte wohnt vor Ort, oder er fährt eben Auto. Das sieht doch jeder.« Sie stutzte einen Augenblick, bevor sie eine der Fotografien näher an die Augen führte. »Der Kleine da hat so gut wie keine Falten, aber graue Haare. Der kann gar nicht so alt sein, wie er auf den ersten Blick wirkt. Er sieht aus wie ein Lipizzanerfohlen, das zu früh weiß wird. Und noch etwas …« Sie nahm das nächste Bild. »Der hier hat etwas am Hals. Schau, da knapp über dem hochgeschlagenen Kragen. Hast du eine Lupe?«

»Bin ich Sherlock Holmes?« Laurenti schüttelte den Kopf. Seit Computer und Bildschirme das Regime übernommen hatten, fehlte das ehemals elementarste Handwerkszeug in den meisten Schreibtischschubladen, und die Arbeitsteilung war so weit fortgeschritten, dass es für alles einen Spezialisten brauchte. Marietta konnte gut mit dem Computer umgehen und fand oftmals mehr heraus als ihre jüngeren Kollegen, die kaum mehr das Zehnfingersystem beherrschten.

»Wenn du mich fragst, dann sieht das aus wie ein Besteck, nur erkennt man wegen der Jacke die Griffe nicht. Messer, Gabel, Löffel. Pina hat die Bilder auf ihrem Rechner. Ich sag ihr, sie soll den Ausschnitt vergrößern. Dieses Jungvolk sieht einfach nicht mehr richtig hin. Wobei die Zwergin ja nichts dafür kann, dass sie kaum über die Schreibtischplatte hinausreicht.«

Marietta verschwand so blitzartig, als hätte sie nur auf eine Chance gewartet, die deutlich ranghöhere Kalabresin vorzuführen. Der ständige Grabenkampf zwischen den beiden Frauen würde niemals ein Ende finden, solange Pina Cardareto der langjährigen Assistentin den Platz an der Seite des Commissario streitig machte und sich beizeiten auch noch getraute, ihr konkrete Anweisungen zu geben. Das hatte sich in den vielen Jahren noch kein männlicher Kollege erlaubt.

Laurenti blätterte in der Akte Euphemos, bis er die Fotos von Aristèides Albanese fand. Eine der Kameras auf der Piazza della Repubblica hatte ihn gestochen scharf erwischt. Drei Dinge fielen ins Auge: Er überragte die Wartenden an der Bushaltestelle deutlich, zweitens sprangen sein faustdicker Pferdeschwanz und der nicht minder dicke und lange Bart ins Auge. Und drittens trug er einen altmodischen Anzug, dessen Jackett an den Schultern spannte. Trotz der ausgetretenen Schuhe wirkte er jedoch nicht ungepflegt. Dann fiel Laurentis Blick auf die Brusttasche des bärtigen Hünen. Ein Löffel und zwei Stäbchen steckten dort, wo andere mit einem Einstecktuch ihr Aussehen verschönerten. Als Marietta mit der Vergrößerung des anderen Mannes zurückkam, gab er ihr das Foto und schickte sie sogleich zur Chefinspektorin zurück, um auch den Ausschnitt um die Brusttasche des Griechen vergrößern zu lassen.

»Und wann führst du mich nun zum Essen aus?« Sie strahlte vor Genugtuung. »Pina wird mir die Augen auskratzen«, seufzte sie und verschwand wie ein geölter Blitz.

»Am nächsten Ersten, Marietta. Bring bitte nicht nur das Foto mit, sondern auch die Kollegen«, rief er ihr hinterher.

Don Alfredo hatte anerkennende Worte für das Menü gefunden, das Aristèides ihm präsentierte. Wieder einmal zeigte er, wie sich aus wenig viel machen ließ. Der Pfarrer hatte ihm angeboten, die Speisekarte auf dem Computer zu gestalten, doch der Koch lehnte dankend ab. Erstens müsse er ohnehin täglich die Karte an das anpassen, was in den Geschäften der Umgebung übrig bleibe, und zweites habe er in den langen Jahren im Gefängnis genügend Zeit gehabt, seine einst fahrige Handschrift so weit zu trainieren, dass er inzwischen ansehnliche Buchstaben und Wörter aufs Papier brachte.

»Ich finde, eine handgeschriebene Karte sieht persönlicher und authentischer aus. Ich will keinen Computer, so wenig wie ein Mobiltelefon. Ganz in der Nähe gibt es einen Copyshop, Aahrash kann das jeden Morgen erledigen«, erklärte Aristèides versöhnlich, um den großzügigen Mann nicht zu enttäuschen. »Ich wollte dir nur zeigen, was man alles kochen kann. Oder besser, was jeder auch zu Hause zubereiten könnte, wenn er nicht zu faul wäre, sich zu informieren. Weggeworfen wird bei uns auf jeden Fall nichts.«

»Wegen Aahrash wollte ich sowieso mit dir sprechen. Ich weiß, dass er eine Arbeitsgenehmigung hat und du ihn anstellst und bezahlst. Aber er ist dein Partner, Athos, und er hängt an dir. Er wird erst zurück nach Pakistan gehen, wenn sich das Land wirklich demokratisiert. Nutz ihn nicht aus.«

»Auf keinen Fall. Wir sind uns einig. Sobald wir kostendeckend sind, teilen wir. Er bekommt ein Drittel und ist damit einverstanden.«

»Aber ihr baut ein Geschäft zusammen auf, Athos. Wie wirst du ihn abfinden, wenn er zurückwill?« Der Pfarrer hatte einen strengen Blick.

»Hängt das nicht davon ab, wie der Laden läuft? Und vergiss nicht, für die Einrichtung und alles andere komme ich allein auf.«

»Ich weiß, Tante Milli finanziert dich. Sie hat keine Erben außer dir. Trotzdem solltest du mit Aahrash klären, was passiert, sobald die Investitionen amortisiert sind. Löst das Problem, bevor es entsteht. Solltet ihr Streit bekommen, könnte er dich beim Fiskus verpfeifen.«

»Das könntest du auch, Don Alfredo. Ein bisschen Vertrauen muss schon sein. Aber du hast recht, ich werde ihm einen Vorschlag machen. Wobei ich den Laden allerdings so führen werde, dass er kaum Gewinn abwirft. Wie soll man also messen, was er wert ist, wenn wir nur wenig offizielle Reserven für Reparaturen und Ähnliches zurücklegen? Der Staat sieht von mir keinen Cent mehr, als es unbedingt sein muss, er hat mich in meinem Leben schon genug gekostet.«

»Athos«, der Pfarrer legte ihm die Hand auf die Schulter und schaute ihm eindringlich in die Augen. Er wusste, dass er nicht gegen den Trotz und den Stolz des bärtigen Riesen ankommen würde. »Wie fair du Aahrash behandelst, hängt ganz allein von dir ab. Bist du im Gefängnis ein schlechter Mensch geworden, ein billiger Egoist, oder hat die lange Zeit deinen Sinn für Gerechtigkeit geschärft? Ich weiß, dass du genügend Know-how hast, um erfolgreich zu sein. Aber Aahrash hält dir dafür den Rücken frei. Haben wir uns verstanden?«

»Ist es in Ordnung, wenn ich von meinem Anteil jährlich zehn Prozent vom dem zurücklege, was wir gemeinsam verdienen, und er im Falle seines Ausscheidens davon die Hälfte bekommt?«

»Das weiß ich nicht. Das könnt ihr nur zusammen beschließen. Die Menüzusammenstellung jedenfalls gefällt mir, und wenn ich in der Stadt zu tun habe, komme ich vorbei. Aber nur, wenn ich bezahlen darf wie jeder andere. Was gibt's heute Abend für unsere Gäste?«

»Der Fischhändler hat einen riesigen Fang an Tintenfischen bekommen, die er nicht alle verkaufen konnte. Sie sind bereits geputzt und in Stücke geschnitten. Aahrash braucht sie nur noch kurz in der Pfanne zu wenden, und dazu gibt's frittierten Reis mit Gemüse. Hast du dir schon überlegt, wer für die Comunità kocht, wenn wir eröffnen?«

»Das mache ich selbst, zumindest bis ich jemanden gefunden habe, Athos. Ich habe viel von dir gelernt.«

Während der Busfahrt studierte Aristèides zufrieden die Gerichte, deren Namen er vergrößert als Werbung im Schaufenster aushängen wollte: alles täglich frisch zubereitet. *Pici,* was im Triestiner Dialekt *die Kleinen* bedeutete, nannte er eine selbst gemachte Pasta mit seiner Variante von Tomatensoße. Ferner süß-sauren Zwiebelkuchen, Fischeier in Savor, einer lokaltypischen Marinade, *Sardoni col becco,* ein aus der sizilianischen Küche entlehntes Rezept mit Sardellen, *Pasticcio al modo mio,* seine Form der Lasagne, *Gnocchi arcobaleno,* wie er poetisch die Kartoffelgnocchi in verschiedensten Farben nannte, *Polpette di seppie,* Tintenfischfrikadellen mit Kaffee und Curry, ferner Hamburger aus Fischresten sowie klare Fischsuppe, Rindfleisch, Lamm und Huhn mit gegrilltem Gemüse und einer Bagna Cauda, dann Parpadelle mit einem Pesto vom Thymian, außerdem Kichererbsensuppe, Kartoffelkuchen auf neapolitanische Art sowie Reis mit Spinat, frischem Koriander und gerösteten Mandelsplittern und nicht zuletzt eine vegane pakistanische Linsensuppe nach einem Rezept von Aahrash. Der sollte auch den *Riso fritto* mit Fleisch und Gemüse zubereiten. Für die Speisen hatte Aristèides nur zwei Preise festgesetzt, die verlockend niedrig waren.

So tief war er in Gedanken versunken, dass er an der Piazza Oberdan fast vergessen hätte, aus dem Bus zu steigen, und als er auf den Bürgersteig hinabsprang, hätte er um ein Haar einen unscheinbaren Mann im grauen Anzug umgerissen. Erst als Aristèides sich entschuldigte, erkannte er ihn. Derselbe, der ihm neulich am Abend an den Rive begegnet war und ihn so eigenartig angestarrt hatte, bevor er in Fedoras Bar *La Medusa* auf der anderen Straßenseite verschwand. Aristèides kannte ihn seit mehr als zwei Jahrzehnten.

Antonio Gasparri schimpfte grob und packte ihn ungehalten am Arm, als hätte das übersteigerte Selbstbewusstsein die mangelnde Körpergröße ausgleichen können. »Das zweite Mal, dass du mir über den Weg läufst. Verfolgst du mich? Vergiss es, ich hab nie Geld dabei, solange Typen wie du unbehelligt unterwegs sind. Bist du überhaupt von hier?«

»Ich habe mich bereits bei Ihnen entschuldigt, was wollen Sie noch?«

»Erzähl mir nicht wieder, dein Hund wäre davongelaufen. Hast du gültige Papiere?«

»Lassen Sie mich los. Ich sagte bereits, dass es mir leidtut, Sie gestoßen zu haben. Es war keine böse Absicht.« Der Riese zwang sich, ruhig zu bleiben. »Ich wiederhole es gern noch zehnmal. Aber wie ich sehe, haben Sie sich nichts getan. Also, regen Sie sich gefälligst ab. Das ist doch lächerlich.«

»Und du lächerliche Figur isst mit Löffel und Stäbchen, dabei siehst du gar nicht aus wie ein Chinese. Oder sind das etwa Zahnstocher?« Der Politiker deutete auf die Brusttasche seines Jacketts. »Scher dich zum Teufel. Penner wie dich wollen wir nicht in unserer Stadt. Wenn ich dich noch einmal erwische, rufe ich die Polizei.«

Gasparri machte auf dem Absatz kehrt. Er verschwand in einem der Großbauten aus den Dreißigerjahren, mit denen der Duce die Architektur der Vergangenheit hatte auslöschen wollen. Rechts neben dem Eingang, der den Politiker verschluckte, verwies eine große Tafel in den vier offiziellen Sprachen auf den Sitz des Regionalparlaments. Aristèides sah sich verwirrt um. Er stand an einem eigenartigen Platz, der seinen Namen dem zum Märtyrer erhobenen Terroristen Wilhelm Oberdank verdankte, der in Zeiten glühenden Nationalitätenkampfes einst den Habsburger Kaiser mit einer Bombe hatte aus dem Weg schaffen wollen. Auf der anderen Seite der breiten Hauptverkehrsader befand sich die Endhaltestelle der Standseilbahn zum hoch auf dem Karst gelegenen Vorort Opicina. Und auf der Mitte der Piazza erinnerte eine namenlose Skulptur an Pino Robusti, einen zweiundzwanzigjährigen Studenten, der von der SS festgenommen worden war und sein schreckliches Ende im Krematoriumsofen des Vernichtungslagers Risiera di San Sabba fand – nur weil er hier auf seine Verlobte gewartet hatte. Die neueren Gebäude an dem ehemaligen Paradeplatz wirkten bis heute kalt und abweisend, und eine schnurgerade Straße leitete den Blick automatisch zum alles dominierenden Kolossalbauwerk des Justizpalasts, in dem Aristèides' Leben einst eine so brutale Änderung erfuhr. Antonio Gasparri hatte ihn soeben nicht zum ersten Mal der Stadt verwiesen.

Aristèides schüttelte heftig den Kopf, als könnte er sich dadurch von den düsteren Gedanken befreien und sich wieder den Vorbereitungen für die Eröffnung seines nur wenige Meter entfernten Lokals *Avviso di Garanzia* zuwenden. Endlich löste er sich aus seiner Starre. Kaum aber hatte er den Portikus des Justizpalasts durchschritten, stockte sein Gang erneut, weil auch sein Sohn Dino mit einem Telefon am Ohr aus einem Bus stieg und zum Eingang des Regionalparlaments schaute. Der Grieche trat unter die Bögen des Portikus zurück. Wenige Augenblicke später eilte Gasparri aus dem Gebäude und gab dem jungen breitschultrigen Glatzkopf ein Zeichen, ihm zu folgen. Sie umrundeten die Piazza etwa zur Hälfte und verschwanden schließlich in *Harry's Bar*.

»Was machst du hier, Athos? Wartest du auf den Bus? Ich dachte, du kümmerst dich um die Arbeiten an deinem Restaurant.« Die Fischverkäuferin vom Largo Piave strahlte ihn mit einem breiten Lächeln an – ihr schulterlanges, kastanienbraunes Haar war nicht wie im Laden zu einem Knoten gerafft, und anstelle der schweren Kunststoffschürze trug sie einen halblangen leichten Mantel über Rock und Bluse. Simona Caselli war dreiundvierzig Jahre alt, und nur ihre geröteten Hände verrieten etwas über ihren Beruf. »Ich hatte auf den Ämtern zu tun, jetzt geh ich zur Arbeit. Aber wenn du Lust und Zeit auf einen Kaffee hast, darfst du mich einladen.«

Die dunklen Wolken über seinen Gedanken lichteten sich. »Gern, Simona, was für eine schöne Überraschung. Lass uns hochgehen zur *Bar X*, da sind wir gleich in der Nähe unserer Geschäfte.«

»Jetzt lächelst du wenigstens wieder, Athos«, sagte sie und hakte sich bei ihm ein. »Du hast vielleicht ein Gesicht gemacht da unter dem Portikus. Schlechte Nachrichten?«

»Ach, nein, nicht wirklich, Simona. Aber manchmal fallen einem Dinge ein, an die man schon lange nicht gedacht hat, und dann versucht man eben, wieder Ordnung in die Gedanken zu bringen und nach vorn zu sehen.«

»Ich weiß, Erinnerungen sind nicht immer schön. Mein Leben hätte auch anders verlaufen können, aber als meine beiden Söhne drei und fünf Jahre alt waren, habe ich meinen Mann verloren. Nicht, dass er Rockefeller war oder die ganz große Liebe, aber er konnte gut mit den Kleinen. Er arbeitete vorwiegend nachts und hatte tagsüber Zeit für sie, wenn ich arbeitete. Heute sind beide aus dem Haus. Hast du Kinder, Athos?«

»Ja, einen Sohn …« Er unterbrach sich. »Nein, das ist geschwindelt. Ich habe lange geglaubt, ich hätte einen Sohn, bis ich irgendwann gemerkt habe, dass ich mich täusche. Ich durfte nicht einmal zur Taufe kommen, vor vierundzwanzig Jahren, dafür aber jahrelang Alimente bezahlen. Schön blöd.« Aristèides' Lachen klang nur halb überzeugend, was aber im Lärm der gut besuchten Bar kaum auffiel. »Schwamm drüber, besser man lernt spät als nie. Was machen deine Jungs?«

»Giulio, der ältere, ist heute dreiundzwanzig und arbeitet als Fahrer für einen Kurierdienst in Gorizia. Piero ist zwanzig.« Simona nahm einen Schluck von ihrem Cappuccino, bevor sie fortfuhr. »Weißt du, er ist ziemlich schwierig, ich hatte ihn nie im Griff. Heute lebt er in einer Comunità für straffällige Jugendliche vor den Toren von Mailand. Er meldet sich nur selten. Es war verdammt schwierig, die beiden großzuziehen und gleichzeitig Geld zu verdienen. Ich selbst war ja erst Anfang zwanzig, als es passierte, und hatte keinen Beruf. Schlecht bezahlte Jobs gab es immer, eine Festanstellung nie. Ich habe geputzt, im Supermarkt gearbeitet, als Lagerarbeiterin im Industriegebiet und so weiter. Erst seit ich im Fischladen arbeite, bin ich festangestellt. Aber ich will nicht, dass du den Eindruck bekommst, ich wäre frustriert und wollte mich bei dir über mein Unglück ausheulen.« Sie zeigte wieder ihr sonniges Lächeln und legte ihre Hand auf seinen Unterarm. Die Fältchen an ihren Augen blitzten lebendig. »Das ist nämlich ein schöner Beruf, man lernt viel über die Launen der Natur und des Meeres, welchen Fisch es zu welchen Jahreszeiten gibt und wie man sie am besten zubereitet. Ich könnte sie inzwischen blind ausnehmen und schuppen. Es sind wunderbare Tiere. Und man kennt die Kunden, zu manchen steht man fast in familiärem Kontakt, kennt ihre Probleme, und sie kennen deine, man macht sich Sorgen, wenn einer mal nicht kommt, und findet eigentlich immer ein paar nette Worte füreinander. Mir macht es großen Spaß, morgens aufzustehen, wenn die anderen noch schlafen, das bin ich mein Leben lang gewohnt. Nur die Männer tun sich immer ein bisschen schwer, das zu begreifen.«

»Die müssen doch in Schwärmen hinter dir her sein, Simona.« Aristèides erinnerte sich nicht mehr an seinen letzten Flirt. Und im Gegensatz zu den meisten anderen ehemaligen Häftlingen war er nicht gleich nach seiner Entlassung zur erstbesten Prostituierten gerannt, nur zweimal war er mit dem

Bus über die Grenze gefahren, um auf slowenischer Seite ein Bordell aufzusuchen. Er hatte seine Gründe, auf der Hut zu sein. Die Begegnung mit der Fischverkäuferin ließ allerdings ein längst vergessenes Wohlgefühl durch seine Adern strömen. »Deine Natürlichkeit in dem Handcreme-Clip war so überzeugend, du kannst dich vor Anträgen vermutlich kaum retten.«

»Anfangs gab es ein paar Männer, die mir den Hof gemacht haben, aber als die meine Hände in natura gesehen und begriffen haben, dass ich wirklich Fisch verkaufe, nicht nur im Fernsehen, da hat sich einer nach dem anderen verabschiedet. Besser so, als wenn ich mich nach der ersten Nacht in einen verliebt hätte. Die Creme hilft übrigens kein bisschen.« Sie zeigte ihre roten Hände.

»Magst du noch einen Cappuccino?«

Simona schaute auf die Uhr. »Es ist bald Mittag, zu der Zeit ziehe ich einen Prosecco vor. Du auch, Athos? Lass uns darauf anstoßen, dass wir uns kennengelernt haben.«

»Ich brauch einen klaren Kopf, Simona. Keinen Alkohol für mich.«

Aristèides winkte dem Kellner und bestellte für sich einen Chinotto, einen Softdrink aus einer seltenen Bitterorange. Sie prosteten sich zu.

»Wo hast du eigentlich vorher gearbeitet?«

»Für eine Kooperative in der Lombardei. Ich habe Häftlinge ausgebildet und dafür gesorgt, dass sie einen Beruf haben und eine Möglichkeit, wieder auf die Beine zu kommen, wenn sie einmal entlassen werden. Damit sie nicht gleich wieder auf die schiefe Bahn geraten.« Das war zumindest eine Teilwahrheit.

»Und das hat funktioniert? Ich meine, wollten die das?«

»Die meisten waren dankbar dafür, dass sie endlich etwas zu tun hatten, das sie von dem tristen Gefängnisalltag ablenkte.

Mit der Zeit entdeckten sie sogar, dass sie von den zugewanderten Kumpanen viel lernen konnten. Wir haben nicht nur die klassischen italienischen Gerichte gekocht, es wurde immer internationaler und kreativer. Und die Ausländer haben nebenbei ihr Italienisch verbessert. Weißt du, je konkreter der Sachverhalt ist, umso leichter fällt das Lernen. Da waren zum Teil ganz nette Kerle darunter.«

»Und wie weit bist du mit deinem eigenen Lokal?«

»Heute werden wir das Geschirr einräumen. Der Tresen steht endlich. Die Kühlschränke kommen am Nachmittag. Ich kann's kaum erwarten, den Laden zu eröffnen. Jede Nacht gehen mir tausend Kleinigkeiten durch den Kopf, die alle noch erledigt werden müssen. Die Tage sind viel zu kurz. Ich hoffe, es wird dir gefallen. Komm doch am Nachmittag mal rüber, und schau es dir an. Dann lernst du auch Aahrash kennen, meinen Gehilfen und Partner. Ein Pakistaner, ausgerechnet er will mich ständig davon überzeugen, mir den Bart zu trimmen und die Haare schneiden zu lassen, bevor wir eröffnen. Er sagt, ich schrecke die Kunden ab. Was meinst du, Simona?«

»Es ist einfacher, ein dickes langes Haar aus der Suppe zu fischen als ein kurzes feines.« Sie lachte fröhlich. »Mir gefällt das Wilde, weil man dahinter das Sanfte entdecken kann. Aber wenn wir vom Geschäft sprechen, dann hat dein Freund vermutlich recht. Die richtigen Kompromisse fördern den Umsatz. Du musst dich ja nicht zähmen lassen, nur ein bisschen bändigen. Wie du wohl ohne diesen Dschungel aussehen magst?«

»Kennst du einen guten Friseur?«

»Solange meine Söhne noch zu Hause waren, habe ich ihnen immer die Haare geschnitten, um Geld zu sparen.«

»Ich hoffe, sie sind nicht deshalb weggegangen, Simona?«

»Lass es drauf ankommen, Athos.«

»Es ist genau so, wie zu befürchten war«, sagte Marietta, deren Schreibtisch in Laurentis Vorzimmer fast zwei Stunden verwaist gewesen war.

»Warst du auf der Pirsch?«, fragte Laurenti, der schon an dem einen Knopf, um den ihre Bluse zu weit geöffnet war, erkannte, dass sie wieder einmal völlig selbstlos ihre alte und meist unfehlbare Taktik eingesetzt hatte, um den interinstitutionellen Informationsfluss zu beschleunigen. Zudem musste sie sich frisch geschminkt haben, bevor sie mit der Recherche begonnen hatte. Die überwiegende Mehrheit der männlichen Kollegen oder Informanten reagierte äußerst zuvorkommend, sobald sie auch nur mit den Augen klimperte. Laurenti wunderte sich, dass Mariettas Masche noch immer zog, obwohl einige Kollegen längst unfeine Witze rissen.

»Das hier fehlte tatsächlich in einer der Akten im Gerichtsarchiv, Proteo.« Sie wedelte triumphierend mit dem Blatt aus dem Verschlag, in dem der Poet zugrunde gegangen war. »Es hat bloß schrecklich lang gedauert, bis der nette Archivar die passende Akte gefunden hat, aber ich kenne ihn schon lange und weiß, dass ich mich auf ihn verlassen kann. Er ist übrigens inzwischen geschieden. Die Akte über den Mord an Wachmann Olindo war es nicht. Das Blatt fehlte in der über die Sabotageakte im Hafen kurz vor der Jahrtausendwende. Dieser Bossi hatte wirklich Dienst im Reedereigebäude in der Nacht damals, bevor die Bombe im Aufzug hochging. Jetzt verrat du mir, warum ausgerechnet Elio Mazza im Besitz der Akte war?«

»Hattest nicht du heraufgefunden, dass die Sicherheitsfirma einem Parteigänger Gasparris gehörte, Marietta? Und dann Albaneses Anzeige gegen Gasparri, weil er Bossi angeblich Geld gegeben hätte. Die ganzen Zeugen, die umgefallen sind. Wenn dieses Blatt also in die Akte über die Aktionen gegen die Reederei gehört, aber Elio Mazza es besaß, dann schließe ich daraus, dass er es als Versicherung angesehen hat.«

»Und dann hat er es in seinem Delirium vergessen?« Marietta schüttelte den Kopf. »Ich glaube eher, dass die Akte ihre Wirkung verloren hat. Überleg doch mal, wie lange das alles her ist. Für den Tod von Bossi ist Albanese verurteilt worden, alles andere war Sabotage. Und die ist lange verjährt.«

»Und Mazza hat Gasparri nicht mehr erpressen können? Vermutlich hast du recht. Aber wer hat es damals aus der Akte genommen und Mazza zugespielt?«

»So viele gibt es nicht, die darauf Zugriff hatten. Wenn es keiner von uns war, bleibt eigentlich nur noch der …«

»Sprich's nicht aus, Marietta.« Er unterbrach sie mit ausgestreckter Hand. »Hier ist der detaillierte Obduktionsbericht. Die Gerichtsmediziner haben manchmal einen Slang, der seinesgleichen sucht. Seine Leber gleicht angeblich einer zu heiß und zu lange gebratenen aus der industriellen Schweinezucht: steinhart und toxisch. Dem Bericht zufolge hätte es der Mann auch ohne Gift nicht mehr lange gemacht. Rizin ist eindeutig nachgewiesen, nur ist eben ungewiss, ob es auch die Todesursache war. Die Chefinspektorin hat die Spezialisten vom Toxikologischen Institut gehörig in die Zange genommen, aber sie verweigern eine konkretere Einengung. Wir ermitteln also eher in Sachen Mordversuch oder gar nur Körperverletzung, aber nicht wegen Mord.«

»Ach, Pina kann auf ihre widerliche Art zwar die Leute ausquetschen, dass man Mitleid mit ihnen bekommt, besonders einfallsreich ist sie aber nicht. Sie versucht einfach immer wieder dasselbe. Wenn du willst, fahre ich nach Padua und erkläre ihnen das Problem mit ihrem Gutachten. Man muss den Ehrgeiz der Leute wecken.«

»Die Sache ist komplizierter. Selbst wenn wir einen Verdächtigen finden, kann ein guter Anwalt den Täter ohne viel Mühe raushauen, solange der Befund nicht eindeutig ist. Das Institut hat einen guten Ruf. Wenn die sich nicht festlegen, haben sie triftige Gründe. Kein Staatsanwalt würde je ein Gegengutachten genehmigen.«

»Und was machen wir mit den englischen Polizisten?«, fragte Marietta. »Wollen wir uns das wirklich gefallen lassen?«

»Du sprichst in Rätseln.«

»Kann es sein, dass ich vergessen habe, dir die Notiz zu bringen?« Anstatt in ihrem Büro nachzusehen, blätterte sie die Unterlagen auf Laurentis Schreibtisch durch. »Die Manager der Aggeliki Shipping Company wollen uns ihre eigenen Spezialisten auf den Hals hetzen. Die Chefin will dazu eine Stellungnahme. Jetzt gleich.«

»Was glauben die eigentlich? Die wollen auf ihrer Insel sämtliche Ausländer rauswerfen und haben nicht einmal ein eigenes Melderegister. Die würden überhaupt niemanden finden. Wir brauchen hier weder Scotland Yard noch irgendwelche anderen britischen Profis.« Laurenti winkte unwirsch ab. »Ich geh hoch und sage es ihr selbst, sobald du diese Notiz gefunden hast und ich sie gelesen habe. Konzentrier dich und verschieb deine Flirts auf später. Schick Pina und Battinelli rein.«

Marietta verschwand und brachte kurz darauf leicht schmollend die Notiz der Polizeipräsidentin. Sie hatte Lob von ihrem Chef für ihre Spürnase im Archiv erwartet. Aber sie hatte noch etwas auf dem Herzen. »Auf dem Weg zum Gericht bin ich am Largo Piave vorbeigekommen und habe mir die Puppenstube von Albanese angesehen. Winzig klein, keine Ahnung, wie das funktionieren soll. Und es *Avviso di Garanzia* zu nennen, Ermittlungsbescheid, finde ich ganz schön frech, so nahe am Gericht und am Gefängnis und mit all den Anwaltskanzleien drum herum. Ob das funktioniert? Es kommt mir vor, als wollte er sich mit diesem Namen über den ganzen Justizapparat lustig machen. Nur haben diese Leute keinen Sinn für Ironie. Vielleicht will er sie einfach nicht als Kunden. Andererseits machen die Speisen, die er ankündigt, neugierig, und die Preise sind verdammt günstig. Du solltest Albanese dringend raten, sich Bart und Haare zu einer richtigen Frisur trimmen zu lassen, bevor er eröffnet. Er sieht aus wie ein Waldmensch. Ich bin gespannt, ob er beim Kochen immer noch diesen abgetragenen hellen Anzug trägt.«

»Ach, die modebeflissene Kollegin ist wieder bei ihrem Lieblingsthema?«, spottete Pina Cardareto, als sie zusammen mit Inspektor Gilo Battinelli Laurentis Büro betrat. Sie selbst trug jahrein, jahraus Sportschuhe, schwarze Jeans, ein weißes Muskelshirt und einen dunkelgrauen Sweater mit geöffnetem Reißverschluss zu ihrem maskulinen Kurzhaarschnitt.

»Ich stehe dir gern als Einkaufsberaterin zur Verfügung«, sagte Marietta. »Und falls der Grieche sich den Bart schneiden lässt, dann bleibt genug für eine Perücke übrig. Selbst aus dir müsste man doch mehr als einen Terrier machen können. Oder unser Chef lässt dich auf die Engländer los, falls sie kommen.«

»Sie werden nicht kommen«, sagte Laurenti. »Seid ihr mit den drei Männern weiter?«

»Wir haben drei Telefonnummern herausgefiltert, die sich in die Funkzellen in der Via Mazzini, am Flughafen und in Gorizia eingeklinkt haben«, übernahm Battinelli. »Zeitgleich gab es keine anderen Übereinstimmungen. Drei Männer zwischen zwanzig und vierundzwanzig Jahren, zwei haben Vorstrafen als Jugendliche. Sie sind Brüder. Giulio und Piero Bossi, der Erste lebt in Gorizia und arbeitet als Fahrer eines Kurierdienstes, der Jüngere ist gerichtlich in eine Sozialeinrichtung in der Lombardei eingewiesen worden. Drogenprobleme und Einbrüche, ein Klassiker. Der Dritte ist vierundzwanzig und lebt als Koch im Ausland, Dino Bertone. Wir haben sie zur Fahndung ausgeschrieben und die Daten an die Kollegen in Brescia, Ancona, Marghera et cetera weitergeleitet.«

»Bilder von anderen Kameras in Gorizia zeigen Bertone und Piero Bossi auf einer schwarzen Ducati Monster«, übernahm die Chefinspektorin. »Sie durchfahren die Mautstelle zur A23, dann weiter auf der Autobahn in Richtung Norden. Die Streckenabschnittskontrolle bei Pontebba hat sie erfasst, dieses Mal mit lesbarem Kennzeichen und vierzig Kilometer zu schnell. Das Motorrad ist in Österreich zugelassen, eine Anfrage nach dem Halter läuft bereits.«

»Mit so einem Geschoss ist gestern früh eine Frau in der Via Valmaura umgefahren worden, der Fahrer floh, ohne abzubremsen, in Richtung Stadtzentrum. Seither ist die Maschine nicht mehr gesehen worden. Ein Kennzeichen ist nicht bekannt. Aber wenn die beiden nach Österreich gefahren sind, wird es ein anderer gewesen sein«, sagte Marietta wie nebenbei. Battinelli und Pina schauten sie entgeistert an.

»Es ist ein Katzensprung nach Kärnten. Wer sich nicht ans Geschwindigkeitslimit hält und fährt wie ein Bescheuerter, der schafft das in einer Stunde.« Battinelli warf einen Blick in seine Notizen. »Gründe herzukommen, haben die Brüder genug, sie sind in Triest geboren.«

»Habt ihr geprüft, ob sie noch unter der Adresse ihrer Eltern gemeldet sind?«, warf Marietta ein.

»Und dir fällt nichts auf bei ihren Nachnamen?«, fragte Laurenti. »Bossi gibt es zwar wie Sand am Meer, aber auch der Wachmann, den der Grieche erschlagen hat, hieß so. Und Albaneses Kellnerin, die sich gegen ihn gestellt hat, heißt Bertone. Fedora Bertone. Nur verheiratet war sie nicht, aber das soll man angeblich zum Kinderkriegen gar nicht brauchen. Los jetzt. Und wenn es mehr als ein Zufall ist, dann fahren Pina und Marietta hin und vernehmen sie. Am besten, ihr erledigt das unter Frauen, das ist effizienter.«

Kaum hatte er nach dem Mittagessen in der Comunità von Don Alfredo den Abwasch erledigt, bestieg Aahrash den Bus zum Stadtzentrum. Auch im neuen Lokal war am Morgen das Geschirr angeliefert worden und musste gereinigt werden, und beim Einräumen würde er sich ein funktionales System für den Alltag ausdenken müssen. Alles musste stets in Griffweite sein, Besteck und Gläser näher an den Gästen, Teller und Schüsseln sowohl in der Nähe der Kochstelle als auch des Nassbereichs. Alles musste möglichst schnell gereinigt werden, sobald ein Gast seine Mahlzeit beendete. Der Restposten, den Athos beim Großhändler erstanden hatte, umfasste gerade dreimal so viel Geschirr, wie Gäste im Laden Platz hatten. Sie würden nur zu zweit arbeiten, da der Raum schon für eine weitere Hilfe zu eng war, trotzdem musste sich der kontinuierlich anfallende Abwasch in den vier Stunden zwischen elf und fünfzehn Uhr, wenn die meisten Gäste kamen, irgendwie erledigen lassen. Die Vorbereitungen würden bereits am Morgen erledigt sein, das Gemüse geputzt und das Fleisch verarbeitungsfertig zerteilt. Dem Koch war es sogar gelungen, Aahrash davon zu überzeugen, während der Arbeit Schweinefleisch anzufassen. Während der Bus die lange Via Flavia hinauffuhr und sich allmählich dem Zentrum näherte, dachte er darüber nach, wie viele Rezepte er noch beisteuern könnte, ohne dass man ihrem Restaurant einen geografischen Stempel aufdrücken konnte. Athos hatte gesagt, man limitiere sich selbst, wenn man sich zu sehr auf eine Region konzentrierte, auch wenn es noch so viele kostengünstige vegetarische Rezepte mit überreifem Gemüse aus der Küche Süd- und Vorderasiens gebe, von denen Aahrash ihn zu überzeugen versuchte. Sie einigten sich schließlich, je nach verfügbaren Zutaten täglich eines oder maximal zwei seiner Gerichte mit auf die Karte zu nehmen. Aber sie mussten auf alle Fälle vermeiden, mit Adjektiven wie indisch, asiatisch oder türkisch in eine Ecke gedrängt zu werden.

In der Viale D'Annunzio füllte sich der Bus immer mehr, und als ein martialisch gekleideter, schlaksiger Typ zustieg, der die anderen überragte, erschauderte Aahrash. Seit einem Jahr, seit er zurück in Triest war, fürchtete er sich davor, wieder den selbst ernannten Ordnungshütern zu begegnen. Der magere Kerl, der nur wenige Meter weiter vorn stand, war knapp vierzig Jahre alt, trug trotz der Kälte eine ärmellose Lederjacke, aus der seine tätowierten dünnen, aber muskulösen Arme ragten, und er trommelte mit den Fingern nervös gegen die Seitenscheibe und stieß laut Beleidigungen aus gegen jeden, der ihm nicht behagte. Immer wieder schaute er sich streitlustig unter den Fahrgästen um, die alle seinem Blick auswichen. Umso mehr Leute vorn zustiegen, desto näher wurden die im Mittelgang stehenden Fahrgäste auf Aahrash zugedrängt, der einen Sitzplatz ganz hinten hatte. Drei Reihen trennten ihn von der Tür, dazwischen pferchten sich die Menschen so eng, dass an ein schnelles Aussteigen nicht zu denken war. Aus dem Augenwinkel erkannte er, dass der Provokateur ihn die ganze Zeit anstarrte. Noch waren zu viele Fahrgäste an Bord, Aahrash war sich sicher, der andere hätte ihn angegriffen, wären sie allein gewesen – oder er selbst wäre der Attacke zuvorgekommen. Der Pakistaner war zwar nicht besonders groß, aber er war es gewohnt, körperliche Arbeit zu verrichten, und schnell von Begriff. Auf der Höhe der Piazza Goldoni stiegen viele Fahrgäste aus, der Pakistaner und der Tätowierte taxierten einander. Aahrash drängte sich an den anderern Fahrgästen vorbei in Richtung Ausgang, und erst als er sah, dass der Kerl trotz des wütenden Protests der Fahrgäste niemandem Platz machte, überlegte er sich's anders. Mit schnellem Griff löste er den spitzen roten Hammer aus der verplombten Sicherung neben dem Notausstieg, trat rasch auf den Tätowierten zu, holte mit ausgestrecktem Arm nach hinten aus und verpasste ihm einen kräftigen Schlag auf die Kniescheibe, dem blitzschnell ein zweiter folgte. Er lächelte, als er die weit aufgerissenen Augen sah und wie sich der Mund des Kerls öffnete und endlich einen unverständlichen Schrei entließ, wie er sich bückte und ans Knie fasste, woraufhin Aahrash ihn frontal mit der Schulter an der Nase erwischte, bevor er ausstieg. Auf dem Bürgersteig ließ er den Hammer im Abfalleimer neben der Bushaltestelle verschwinden, warf vorsichtshalber einen Blick zurück und ging zielstrebig los. Ein paar Schritte später holte ihn eine etwa dreißigjährige Frau mit roten Haaren ein und fasste ihn am Arm. Der Pakistaner erschrak und hätte sie im Reflex fast umgestoßen. Erst im letzten Moment erkannte er, dass sie keine Gefahr darstellte.

»Gut gemacht«, rief sie und lächelte sonnig. »Dieses Schwein fährt seit Tagen mit und macht die Leute an. Ständig sucht er jemanden, an dem er seine Wut auslassen kann. Endlich hat's ihm jemand gezeigt. Pass aber auf, dass dich nicht die Falschen beobachten. Wo kommst du her?«

»Aus Pakistan. Bin aber schon lange hier«, stammelte Aahrash überrascht und sah, wie der Bus anfuhr und der Tätowierte noch immer mit tiefroter Visage neben dem Ausgang stand und wüste Drohgebärden machte.

»Viel Glück, ich muss zur Arbeit, sonst hätte ich dir einen Kaffee spendiert«, sagte die Rothaarige und eilte davon, bevor Aahrash ein zusammenhängender Satz eingefallen wäre, mit dem er sie hätte aufhalten und in ein Gespräch verwickeln können.

Er starrte ihr lange nach, bevor er in die Via Battisti einbog, von wo er ebenfalls an den Largo Piave kam. Die nächste Haltestelle des Busses lag nicht allzu weit entfernt, und er wollte einer neuerlichen Konfrontation auf jeden Fall aus dem Weg gehen. Längst nicht alle würden ihm wie diese junge Frau beistehen.

»Ruf diese Nummer an. Falls jemand abnimmt, legst du auf. Sag nichts.« Es war bereits achtzehn Uhr, als Aristèides seinem zwanzig Jahre jüngeren Kompagnon den Zettel in die Hand drückte. Aahrash konnte ohne Smartphone nicht mit seiner Familie in Pakistan kommunizieren und spielte auch sonst ständig daran herum. »Kannst du dein Telefon so einstellen, dass man die Nummer nicht erkennt?«

»Natürlich.« Aahrash drückte ein paar Tasten. »Bist du unglücklich verliebt?«

»Tu einfach, was ich dir gesagt habe.«

»Kauf dir endlich ein eigenes. Ich begleite dich und zeig dir, welches Modell.«

»Alle Leute fragen sich, wie ihr armen Flüchtlinge euch die Dinger eigentlich leisten könnt.«

»Mensch, das kostet doch alles nichts. Zumindest im Vergleich zu dem, was man uns für die Reise abgepresst hat. Wenn wir auf dem Boot von Griechenland keine Telefone gehabt hätten, wären wir alle abgesoffen. Du und ich, wir hätten uns nie kennengelernt.« Aahrash warf ihm einen Blick zu, als überprüfte er, ob der Riese genau das bedauern könnte. »Und wie sollen unsere Kunden ihr Take-away bestellen, wenn wir kein Telefon haben?«

»Hör mal, alter Taliban, hier gibt's noch immer richtige Telefonleitungen mit echten Kabeln. Das genügt.«

»Trotzdem sind diese Dinger hilfreich. Es geht alles schneller.«

»Vor allem kommt man schneller ins Gefängnis. Du weißt nicht, wie viele Blödmänner mir im Knast begegnet sind, die zu dumm waren, um am Telefon das Maul zu halten. Andere haben sich am Computer vergaloppiert. Man kann viel lernen im Knast. Mach, was ich gesagt habe. Ruf an, und sag keinen Ton, ich muss gleich weg. Und du musst dich beeilen und das Abendessen für die Flüchtlinge zubereiten. Sie werden schimpfen. Denk dran, du musst die Tintenfische nur ein paarmal kurz wenden und den Reis aufwärmen.« Aristèides legte das Geschirrtuch beiseite, mit dem er penibel das Spülbecken ausgewischt hatte, während der Pakistaner die Nummer wählte und lange klingeln ließ, ohne Antwort zu bekommen.

»Soll ich's später noch mal probieren, Athos?«, fragte er.

»Nein, das reicht. Danke.« Der Koch zog sein Jackett an, nahm die Einkaufstüte und sperrte sorgfältig ab, nachdem sie den Blechrollladen vor dem Lokal hinuntergezogen hatten.

Zwanzig Minuten später durchschritt Aristèides zielstrebig die einengende Betonlandschaft im Stadtteil Rozzol Melara, begrüßte die alte Melissa Fabiani mit einem Kuss auf die Wangen und hielt die Plastiktüte hoch.

»Rat mal, was ich dir mitgebracht habe, Tante Milli. Heute gibt's ein Festessen. Schau, was für ein schönes Tier. Diesen Prachtfisch hat heute ein Taucher mit der Harpune erlegt. Hier ist sogar noch das Loch.« Simona hatte es ihm gezeigt, als sie am Nachmittag voller Lob das *Avviso di Garanzia* bestaunte und ihm die Dorade mitbrachte, die ein Hobbyfischer erst kurz vor Ladenschluss geliefert hatte.

»Sehr schön. Aber setz dich erst mal hin. Ich muss dringend mit dir reden. Wenn du wenigstens ein Telefon hättest. Du brauchst eins. Ein Mann hat dich heute morgen gesucht. Oder besser gesagt, er hat sich nur nach dir erkundigt. Er hat mich in der Bar ausfindig gemacht und erst ziemlich lange am Tresen gestanden und sich umgesehen. Wenn der Wirt nicht lautstark verkündet hätte, dass er nach mir fragte, dann weiß ich nicht, ob er mutig genug gewesen wäre, mich anzusprechen. Das macht es noch verdächtiger. Er stand ziemlich verlegen am Tresen. Hast du dir so schnell wieder Schwierigkeiten eingehandelt? Du bist doch gerade erst raus, Kiki.« Sie hielt die Beatmungsmaske in der Hand und schaute ihn besorgt an.

»Kannst du ihn beschreiben, Tante Milli? Wie sah er aus, wie alt war er?« Aristèides stand in der Küchentür, Melissa saß allein am Tisch und fummelte eine ihrer Ultraslim-Zigaretten aus der Packung.

»Er ist mindestens so groß wie du und hat eine Glatze wie du früher. Anfang zwanzig vielleicht. Das Jackett spannte an seinen Schultern, oder es war das Hemd. Er zupfte ständig daran herum, die Klamotten sahen neu aus. Der trägt sonst andere Kleidung, das sah man ihm an. Überhaupt, Kiki, wie alt warst du, als du dir den Schädel rasiert hast?« Sie drückte die Sauerstoffmaske wieder ins Gesicht, ließ ihn aber nicht aus dem Blick.

»Das habe ich erst gemacht, als ich mein Restaurant eröffnete, mit vierunddreißig. Es ist praktischer, kostet morgens nicht viel Zeit und nachts, wenn man sich nach der Arbeit duscht, erst recht nicht. Und an den Friseur braucht man auch nicht zu denken. Aber wenn ich mir jetzt vorstelle, meine siebzehn Jahre abschneiden zu müssen, dann wird mir ganz anders. Ist dir sonst noch etwas aufgefallen?«

»Ein bisschen bändigen könntest du den Urwald auf deinem Kopf schon, Kiki.« Melissa hustete, drückte die erst halb gerauchte Zigarette aus und setzte die Sauerstoffmaske wieder auf. Nach ein paar tiefen Atemzügen, schob sie das Ding wieder zur Seite. »Die Frauen könnten Angst vor dir bekommen. Der Junge hatte eine Tätowierung am Hals. Ein Essbesteck. So was habe ich zum ersten Mal gesehen, obwohl meine Kunden damals sich alles Mögliche haben in die Haut stechen lassen. Hast du eine Idee?« Wieder bekam die alte Frau einen heftigen Hustenanfall.

»Leider ja. Und sie ist mir nicht besonders geheuer.« Aristèides wartete, bis sie wieder normal zu atmen vermochte, und rang mit sich, ob er der alten Dame die Wahrheit sagen sollte.

»Nun red schon. Du weißt, dass ich das Leben kenne. Mich schreckt so schnell nichts.«

»Dino. Mein Sohn Dino, Tante Milli. Ich weiß erst seit Kurzem, dass er diese Tätowierung hat. Nur, dass er mich sucht, bedeutet nichts Gutes. Du weißt selbst, dass seine Mutter ihn mir seit der Geburt vorenthalten hat. Und er pflegt schlechten Umgang. Ich habe ihn unten in der Stadt mit Gasparri gesehen.«

»Das wundert mich nicht. Ich habe es ihm sogar ins Gesicht gesagt. Er hat behauptet, Schulden abbezahlen zu wollen, falls du raus bist, was ihm zu Ohren gekommen sei.«

»Das ist der billigste Trick, den man sich vorstellen kann. Der erste Mensch auf dieser Erde, der freiwillig seine Schulden bezahlen will. Herzzerreißend. Da wird doch jeder hilfsbereit.«

»So ähnlich habe ich ihm das auch gesagt. Und dass der Grieche, nach dem er fragte, nie weg war und er gut daran täte, sich schleunigst aus dem Staub zu machen, weil der schon selbst eintreiben werde, was ihm zusteht. Darauf könne er Gift nehmen. Er war verblüfft, dass ihn ein tattriges Weiblein so anging. Er konnte es kaum erwarten davonzukommen.«

Aristéides hätte nicht sagen können, ob sie hustete oder lachte. »Gut gemacht, Tante Milli. Kaum zu fassen, wie nervös diese Typen sind. Diese Schakale sind nur in der Gruppe stark. Unter ihresgleichen trauen sie sich alles, ansonsten sterben sie vor Angst. Leider werden es täglich mehr.«

»Sei froh, dass dir bisher noch keiner von ihnen über den Weg gelaufen ist oder dich trotz deines zugewachsenen Gesichts erkannt hat.« Die Greisin zeigte auf die Tageszeitung auf ihrem Tisch und auf den reißerischen Aufmacher zum Tod von Elio Mazza. »Der gehörte doch auch dazu.«

»Er war der Hetzer Gasparris, soll sich dann aber zu Tode gesoffen haben. Wie magst du den Fisch? Hast du überhaupt etwas zu Mittag gegessen?«

»Ich wärme meistens Fertiggerichte auf, da bin ich wenigstens sicher, dass ich nicht so elend zugrunde gehe wie der Kerl aus der Zeitung. Es heißt, er habe sich entweder auf grausame Art umgebracht oder es habe ihn jemand gezielt vergiftet. Und dann schreiben sie, es könnte sich auch um einen Anschlag auf eine Lebensmittelmarke handeln, dann wären noch weitere Opfer zu befürchten, sobald sie das Zeug essen.«

»Je mehr sich die Leute fürchten, umso besser ist das für den Zeitungsverkauf. Die Leser suhlen sich gern in ihren Ängsten. Und Hygiene ist ohnehin nicht jedermanns Sache. Es ist besser, man schaut nicht in anderer Leute Kühlschränke. Also, wie willst du die Dorade? Ganz einfach in der Pfanne auf ein bisschen grobem Meersalz gebraten oder aus dem Backofen mit Kartoffeln, Oliven und Tomaten. Oder soll ich sie filetieren und aus den Gräten und dem Kopf eine schöne Fischbrühe kochen? Aber die musst dann du zwei Stunden später vom Feuer nehmen. Ich hab noch zu tun. Es ist noch so viel vorzubereiten.«

»Filetiert. Das ist am einfachsten für mich zu essen und am Abend nicht zu schwer, wenn du nur einen Salat dazu machst. Die Brühe kann ich mir morgen mit ein bisschen Reis darin warm machen. Ach, Kiki, was bin ich froh, dass ich dich wiederhabe.«

Nach fast einstündiger Fahrt stieg Aristèides gegen einundzwanzig Uhr auf dem Karst in der Ortschaft Prosecco aus dem Bus der Linie 44. Gegenüber der Haltestelle standen einige Männer lachend vor der Bar *Katja* und rauchten. Sie schauten herüber, der hellgekleidete, bärtige Riese fiel selbst in der Dunkelheit auf, doch er überquerte zielstrebig die Hauptstraße und verschwand in einer engen, von altem Gemäuer gesäumten Gasse in Richtung der Kirche San Martino. Rasch durchquerte Aristéides den historischen Ortskern und kam schon bald in eine Straße, in der neuere Villen mit gepflegten Gärten in großem Abstand zueinander standen. Ausdruckslose Häuser, belanglose Bauten aus den letzten dreißig Jahren, deren aus der Stadt hinzugezogene Bewohner nur wenig am slowenisch geprägten dörflichen Leben interessiert waren und höchstens ihre Lebensmittel in den alteingesessenen Läden kauften. Während seiner sommerlichen Nachforschungen war Aristèides Albanese schon ein paar Mal hier oben gewesen und hatte ganz in der Nähe der Station der Carabinieri eines dieser Anwesen beobachtet und die Gewohnheiten seiner Bewohner ausgeforscht. Er hoffte, dass der hohe Zierstrauch im Garten noch nicht beschnitten worden war und noch immer die Samenkapseln an den Ästen trug. Erst im Sommer, als er den Rizinbaum zufällig dort entdeckt hatte, war sein Racheplan konkret geworden. Er hatte viel über die Pflanze gelesen und wusste, dass das hochwirksame Gift der Samen nur schwer zu identifizieren war, weil die Ärzte und Labors höchst selten damit konfrontiert wurden. Erst vor einem Monat hatte er einige wenige Fruchtkapseln gepflückt. Um seinen Plan zu Ende zu führen, brauchte er allerdings Nachschub. Eine Dosis wie jene, die er dem Poeten verabreicht hatte, bestand aus vier Samen. Er benötigte mehr.

Edvard Bosič und seine Frau Loriana Carlini waren beide einundsechzig und hatten das Haus vor fünfzehn Jahren gekauft. Seit Jahrzehnten betrieben sie einen florierenden Frisiersalon in der Stadtmitte Triests, dessen Einrichtung seit den Fünfzigerjahren nahezu unverändert geblieben war. Sie hatten ihn als junge Leute vom vorherigen Inhaber übernommen, selbst ein Teil seiner ebenfalls in die Jahre gekommenen Kunden aus dem konservativen Bürgertum war ihnen bis heute treu geblieben. Den Friseur, den Haus- und den Zahnarzt sowie die Stammbar wechselte niemand gern. Auch Antonio Gasparri, der von seiner Mutter schon als Kind zum Haareschneiden hergebracht worden war, gehörte zu ihren Kunden – und er konnte sich seit jeher auf die Stimmen des Ehepaars verlassen. Edvard saß sogar mit ihm im Parteivorstand. Nicht immer fuhren die beiden nach der Arbeit gleich nach Hause auf den Karst, zweimal die Woche vertrieb Loriana sich die Zeit im Bridgeklub in einer Parallelstraße, während ihr Mann entweder an der Zusammenkunft seiner Partei teilnahm oder während der Sitzung der Freimaurerloge hinter geschlossenen Türen und parteiübergreifend mit den Brüdern über das Schicksal der Stadt und den Rest des Universums befand.

Im September hatte Aristèides gesehen, dass das Ehepaar einen Ersatzschlüssel für seine alarmgesicherte Villa unter einem Ziegel im Komposthaufen aufbewahrte. Um 21 Uhr 15 hatte er das Gartentor überwunden, streifte die Latexhandschuhe über und schloss kurz darauf die Haustür auf. Die Alarmanlage blieb still, er atmete auf, machte wie immer die Lichter an und fand sofort die großzügig eingerichtete Küche. Auf dem Tisch stand ein Teller mit ein paar vom Mittagessen übrig gebliebenen *Fancli z dušo,* im Triestiner Dialekt *fritole con l'anima,* frittierte salzige Hefeteigbällchen gefüllt mit einem Anchovi-Filet, einer Spezialität des Dorfes und der Jahreszeit. Eines davon steckte er sich mit Vergnügen in den Mund, ein Bissen, der süchtig machen konnte. Auch er würde irgendwann lernen, die Köstlichkeit zuzubereiten, während sie immer mehr in Vergessenheit geriet.

Bei den Lebensmitteln im gut gefüllten Kühlschrank hatte er die Qual der Wahl, doch war leicht zu erkennen, dass Bosič und seine Frau eine ausgeprägte Vorliebe für Fleischgerichte hatten. Ein Stück Rinderfilet legte er auf die Arbeitsplatte und teilte es in mundgerechte Würfel, nach denen auch der späte Heimkehrer noch greifen würde, selbst wenn er schon gegessen hatte. Er wendete sie kurz in heißem Olivenöl und nahm sie vom Feuer, mahlte frischen Pfeffer darüber, schaltete den

Backofen auf zweihundert Grad und zerbröselte für das Gratin die kleinen Krapfen fein über das Fleisch. Nachdem er das Gericht in den Ofen geschoben hatte, sagte ein Blick auf die Küchenuhr, dass er gut in der Zeit lag. Er ging zurück in den Garten und fand im Licht des vergitterten Küchenfensters den Rizinbaum, der seit seinem ersten Besuch noch weiter gewachsen war und etwa drei Meter Höhe erreicht hatte. Er pflückte gut zwanzig der Fruchtkapseln und steckte sie in eine Plastiktüte, dann eilte er in die Küche zurück. Genau sieben Minuten waren vergangen seit seinem letzten Blick auf die Uhr. Er war zufrieden, nahm die Backform heraus, richtete das Fleisch einladend auf einem Teller an und steckte zwei Holzspießchen hinein.

Er hatte den Flachmann mit dem Rizinusöl bereits geöffnet, als ihm einfiel, dass das Essen erst abkühlen musste, weil sich bei zu hoher Temperatur die Bestandteile separieren und ihre Wirkung verloren gehen würde. Er konnte jedoch nicht warten. Der Grieche änderte kurz entschlossen seinen Plan, nahm einen der Rizinsamen, kratzte mit dem Messer die Haut der Schale ab und streute sie darüber. Wer es nicht wusste, sah es nicht. Und die Dosis war so gering, dass sie unmöglich zum Tod führen konnte.

Als er die Lichter löschte und das Haus verschloss, hörte er Motorengeräusche näherkommen, dann blinkte auch schon das Licht am automatischen Hoftor, und Aristèides gelang es gerade noch, sich hinter einem der herbstlich rot belaubten Sumachbüsche zu verstecken, bevor Edvard und Loriana zur Haustür gingen. Die Frau erzählte begeistert davon, wie sie eine Bridgepartie nach der anderen gewonnen hatte, sie schien an diesem Abend eine Glückssträhne gehabt zu haben. Kaum fiel die Haustür hinter ihnen ins Schloss, eilte Aristèides aus dem Gartentor, und erst als er den alten Ortskern erreicht hatte und die Bushaltestelle in Sichtweite kam, hörte er auf zu rennen, streifte die Handschuhe ab, warf sie in den nächsten Müllcontainer und atmete tief durch. Er überlegte fieberhaft, ob er zu spät im Dorf angekommen war oder sich zu viel Zeit im Heim der Bosičs und mit der Ernte der Früchte gelassen hatte. Oder ob die beiden mit ihren Gewohnheiten gebrochen hatten und früher als sonst zurückgekommen waren. Noch einmal durfte ihm das nicht passieren.

Nur wenige Fahrgäste saßen in dem Bus, der die kurvige Straße zum Stadtzentrum hinunterfuhr. Aristèides gähnte, der Tag war lang gewesen, und er hatte Hunger. Als seine Hand in die Jackentasche glitt, fühlte er den Schlüssel des Hauses dort oben zwischen den Fingern. Erst jetzt fiel ihm der winzige Aufkleber mit dem Familiennamen ins Auge. Als er auf der Piazza Libertà die Linie wechselte, warf er ihn in den Papierkorb an der Haltestelle.

Entschlüsse

»Endlich wieder ein Kommunist tot«, sagte Antonio Gasparri zu sich selbst, als er die Zeitung zur Hand nahm.

MIT FIDEL CASTRO STIRBT DAS 20. JAHRHUNDERT, lautete der Aufmacher der Zeitung. Ein Foto des Neunzigjährigen, der für die einen ein großer Revolutionär, für die anderen ein blutrünstiger Tyrann gewesen war, prangte auf der Titelseite. Auf den nächsten drei Seiten gaben kürzere Beiträge eine Zusammenfassung des Lebens jenes Mannes, der als letztes Urgestein aus der Zeit des Kalten Krieges gelten konnte. Legendär war die Länge seiner Reden: Sieben Stunden und zehn Minuten soll die längste gedauert haben. Legendär soll auch der Besuch des polnischen Pontifex beim Líder Máximo in Havanna gewesen sein. Zwei machtbewusste Greise unter sich.

Ein Journalist erinnerte daran, dass der älteste Sohn Castros zweimal das unter UNO-Hoheit stehende International Centre for Theoretical Physics in Triest aufgesucht habe, um sich dort über modernes Wissenschaftsmanagement zu informieren. Castro selbst hatte 1986 versucht, den Standort des International Centre for Genetic Engineering and Biotechnology streitig zu machen, einer Einrichtung der Vereinten Nationen. Der Kubaner habe aber auch zusammen mit seinem jugoslawischen Kollegen Tito jenseits der Grenze auf dem nahen Schloss San Servolo, Socerb auf Slowenisch, gestanden und sich die

Stadt von dort oben zeigen lassen. »Ah, Trieste es muy linda«, soll er geäußert haben. Triest sei sehr hübsch.

Vor zehn Jahren war Gasparri mit sechs Freunden für vierzehn Tage nach Kuba gefahren, allerdings nicht aus Interesse für die Revolution oder die Landeskultur. Die Männer führten stapelweise Dollars in kleinen Scheinen mit sich, um die Mädchen zu bezahlen, über die sie nach der Heimkehr zu ihren Ehefrauen dann untereinander anzügliche Witze rissen. Die Preise für solche Dienste würden jetzt sicherlich abrupt ansteigen, dachte Gasparri, schob die Zeitung weg und nahm den letzten Schluck von seinem Caffè Latte, den er stets mit viel Zucker trank. Er musste noch am Vormittag nach *Jugo* fahren – wie viele ältere Triestiner blieb er bei dem seit einem Vierteljahrhundert überholten Begriff. Drüben in der zweisprachigen slowenischen Stadt Capodistria oder eben in Koper, wie es nun in der Sprache des Nachbarstaats hieß, hatte er vor Jahren schon eine GmbH gegründet, die auf den Namen des damals noch minderjährigen jüngsten Sohnes der Witwe des Wachmanns Olindo Bossi lief. Der Junge wusste bis heute nichts von seinem Glück, und als einziger Geschäftsführer firmierte Gasparri. Der Firmensitz des Unternehmens bestand lediglich aus dem Namensschild am Briefkasten eines Steuerberaters, dafür gab es ein eigenes Bankkonto, das den italienischen Finanzbehörden nicht bekannt war. Mit der Digitalisierung der Welt und den zwischenstaatlichen Auskunftsvereinbarungen war es zwar komplizierter, aber nicht unmöglich geworden, Gelder am Fiskus vorbeizuschieben. Vor allem wenn deren Herkunft und der Zahlungsgrund unbekannt bleiben sollten. »Follow the money« war zwar immer mehr zum Motto der Ermittler geworden, aber wieso sollte ausgerechnet er jemanden vor den Kopf stoßen, wenn der sich unbedingt für die selbstlose Unterstützung seines Fürsprechers aus der Politik erkenntlich zeigen wollte? Solche Summen bunkerte niemand mehr unter dem

Kopfkissen. Und auch Gasparri musste Wort halten und Dino schnellstmöglich die versprochenen fünfundzwanzigtausend Euro für seine Dienste ausbezahlen. Der Junge quengelte, er fühlte sich in der Stadt nicht sicher und hatte versprochen, sogleich zu verschwinden, wenn er das Geld hätte und seine Mutter Fedora wieder so weit auf den Beinen wäre, dass sie seine Hilfe nicht mehr brauchte. Dino schlief noch, er hatte die *Medusa* erst in den frühen Morgenstunden geschlossen. Aus dem Gästezimmer drang sein schweres Schnarchen herüber.

Auch gestern Abend hatten Tonino Gasparri und der Teil seiner Freunde, der noch wohlauf war, sich in der Bar eingefunden. Sie waren allerdings nicht wie sonst lautstark fröhlich gewesen, sondern hatten die Köpfe an ihrem Tisch zusammengesteckt und sich leise miteinander unterhalten. Der Tod von Elio Mazza hatte sie erschüttert, ein Beerdigungstermin war nicht abzusehen. Die Staatsanwaltschaft würde den Leichnam erst freigeben, wenn alle Zweifel am Obduktionsbefund und der Vergiftung durch Rizin ausgeräumt wären. Dino, der sich bei Melissa Fabiani oben im Quadrilatero nach dem Griechen erkundigen sollte, hatte sich eine herbe Abfuhr eingehandelt. Und dass nun auch Fedora Bertone, Renata Perego und Bruno Guidoni wegen Magen-Darm-Geschichten ausgefallen waren, musste erörtert werden. Dass sie sich einfach bei Mazza angesteckt hatten, war auszuschließen, alle versicherten, dem Poeten seit Langem nicht mehr begegnet zu sein. Und alle hatten ein fertiges, appetitlich angerichtetes Essen, doch keinerlei Spuren von Einbruch in ihren Wohnungen vorgefunden. Fedora hatte vermutet, ihr Sohn Dino habe ihr eine Überraschung bereiten wollen. Renata und Bruno hatten sich gegenseitig im Verdacht gehabt und darüber gescherzt, wer von ihnen wohl der Koch gewesen sei.

Tonino Gasparri grüßte einige Leute, die ihm auf der Via Mazzini begegneten, während er zur Privatgarage im Erdgeschoss eines neoklassizistischen Palazzo ging, in der sein Audi parkte. Als er den Wagen herausfuhr, klingelte sein Telefon. Sein Freund Edvard Bosič erklärte, dass er den Friseurtermin heute nicht wahrnehmen könne, weil auch er und seine Frau erkrankt seien. Loriana sei wegen des besorgniserregenden Flüssigkeitsverlusts sogar ins Krankenhaus eingeliefert worden. Ihm selbst gehe es etwas besser, er habe das noch lauwarme Gericht auf dem Esstisch nur probiert, während seine Frau während des Kartenspiels am Abend zuvor nichts gegessen habe und mit einem Bärenhunger nach Hause gekommen sei. Nein, das Haus sei wie immer ordentlich abgesperrt gewesen, die Fenster waren ohnehin alle vergittert und die Alarmanlage eingeschaltet. Dann sagte Bosič, er müsse schon wieder zur Toilette, und legte schlagartig auf.

Gasparri fuhr rechts ran. Wenn stimmte, was der Friseur sagte, musste ein Entschluss gefasst werden: Hier war eigentlich Anzeige zu erstatten, allerdings würde die Polizei ihn kaum ernst nehmen, wenn er lediglich das Gefühl beschrieb, das er seit Tagen hatte. Und hinter seinem Rücken würden die Bullen dann Witze über ihn reißen. Er wählte die Nummer von Staatsanwalt Scoglio, legte aber nach dem zehnten Klingeln auf. Schon neulich hatte sich der Mann wie ein Fremder verhalten und ihn abwehrend gesiezt, als er sich nach dem Griechen erkundigte. Wenn ihm überhaupt jemand zuhörte, dann würde dies trotz aller Kontroversen höchstens Laurenti sein. In der Zeitung hatte gestanden, sein Kommissariat ermittle im Fall Mazza wegen Körperverletzung und versuchten Mordes. Der Commissario würde sich also für alle Hinweise interessieren müssen, auch für die Gasparris. Gleich nach der Rückkehr von der Bank in Capodistria würde er ihn anrufen. Er fuhr auf die vierspurige Hochstraße über dem Porto Nuovo, wo drei riesige Containerschiffe gelöscht wurden, während einer der mit schweren Lkws beladenen Züge aus dem Hafengebiet hinausfuhr, um seine Fracht nach Deutschland zu bringen. Seit Monaten vermeldete die Presse den rapiden Anstieg des Frachtvolumens, was Gasparri einiges an Scherereien bereitet hatte. Zumindest im Moment hatte er die Sache nicht mehr im Griff. Wenn jetzt auch noch die Aggeliki Shipping Company in den Ausbau des Hafens investierte, bekämen einige Konkurrenten an der oberen Adria massive Probleme, und auch Gasparris Einfluss würde weiter zurückgedrängt. Unvorstellbar.

Nach wenigen Kilometern überquerte er den Grenzübergang Rabuiese, wo auf der Gegenspur ein ungewöhnlich hohes Aufkommen von Grenzpolizei und Guardia di Finanza stichprobenweise Kontrollen durchführte. Vermutlich hatten sie einen Tipp bekommen und suchten nach Illegalen, die über die Balkanroute nach Westen strömten. Oder das organisierte Verbrechen hatte irgendwo in Slowenien zugeschlagen und versuchte, Drogen oder Waffen auf dem Landweg über die offene Grenze nach Italien zu schaffen.

In Capodistria parkte Gasparri in der Cesta Zore Perello Godina am Rande des Industriegebiets vor der Bank und ging direkt zum Filialleiter, der zur italienischen Bevölkerungsgruppe der Stadt gehörte und ihn äußerst zuvorkommend begrüßte. Antonio musste die Auszahlung nicht am Schalter entgegennehmen, sondern bekam das Geld bei einem Espresso am Besuchertisch vorgezählt. Allerdings bat er um eine kleinere Stückelung, Fünfhunderter waren in Italien unpopulär.

»Geben Sie acht, Dottor Gasparri. Sie wissen doch, dass in den letzten Monaten falsche Finanzpolizisten auf der italienischen Autobahn unterwegs waren und Leute bestohlen haben, die von ihrem slowenischen Konto Geld abgehoben hatten.«

»Die sind nach dem vierten Coup schon hochgenommen worden, Direttore. Die Täter stammten aus der Lombardei. Jetzt herrscht wieder Ruhe. Ich bin in zwanzig Minuten zu Hause, da kann nichts passieren.«

»Nett haben Sie's hier, Signora Bertone, hoffentlich werden Sie bald gesund«, sagte Marietta so süß sie konnte, ohne allzu falsch zu wirken. Mit einem Blumenstrauß wäre die Inszenierung der gelebten Bürgernähe vonseiten der Polizeibeamtin perfekt gewesen.

Chefinspektorin Pina Cardareto saß verloren neben ihr auf dem überdimensionierten rosaroten Ledersofa und ließ sie reden. Seit sie in der Stadt war, hatte sie gelernt, dass zwei alleinstehende Triestinerinnen, die beide älter waren als sie, sich besser verstanden. Was vermutlich daran lag, dass sie über das gleiche Repertoire an Verlogenheiten verfügten. Pina wäre am liebsten schon bei der ersten Lüge wie ein Derwisch zwischen die beiden Frauen und ihr Geschwafel gefahren. Die blonde Wirtin saß ihnen in einem pinkfarbenen Jogginganzug gegenüber, der ihre ungeschminkte Haut noch blasser wirken ließ als gewöhnlich. Sie hatte dunkle Schatten unter den Augen, es war offensichtlich, dass sie mitgenommen war. Und sie hatte die beiden Polizistinnen nur widerstrebend eingelassen.

»Ich kann Ihnen leider nichts anbieten, außer einem Glas Pfirsichsaft.«

»Danke, gern«, sagte Marietta, während Pina abwinkte. Fedora verschwand kurz in der Küche.

»Wohnen Sie schon lange in der Via Baiamonti? Ich komme nur selten in diese Gegend.« Marietta legte geschickt das Netz ihrer Fragen aus.

»Als mein Sohn sich auf eigene Beine stellte, habe ich mir eine kleinere Wohnung genommen. Küche, Salon, Schlafzimmer und Bad genügen eigentlich. In dieser Gegend sind die Preise günstig.« Die Wirtin schenkte Marietta ein Glas Saft ein. »Ich lebe lieber allein, bei meinem Beruf brauche ich keinen Palast. Normalerweise stehe ich jeden Abend im Lokal, dafür schlafe ich dann tagsüber und will nicht auch zu Hause noch jemanden bewirten müssen.«

»Aber wenn Sie einmal krank sind, bleibt Ihre Bar geschlossen?«

»Kranksein ist etwas für Angestellte. Wer selbstständig ist, kann sich das höchstens im Urlaub erlauben. Außer es erwischt einen derart übel, wie es mir jetzt passiert ist. Jeder weiß, was eine Darmgrippe anrichtet. Mein Hausarzt hat mich sogar zur Analyse nach Cattinara ins Krankenhaus geschickt. Dass ausgerechnet mir so etwas passiert, hätte ich nie gedacht. Nur sind Sie kaum deswegen hier, nehme ich an.«

»Das wird sich herausstellen, Signora. Haben Sie schon einen Befund aus dem Labor erhalten? Sie müssen nicht antworten, falls es Ihnen unangenehm ist. Dazu bräuchte es schon einen richterlichen Beschluss. Aber die Nachrichten haben Sie vermutlich trotz Ihres Leidens gesehen. Was soll man tun außer fernsehen, wenn es einem schlecht geht?« Marietta lächelte, nahm einen großen Schluck Pfirsichsaft und sah die Blonde in ihrem rosa Dress nicht an. »Solange Mazza ein Einzelfall bleibt, ist ja alles in Ordnung.«

Fedora starrte ihrerseits vor sich hin. Ihr Kiefer kaute die Worte vor, während sie noch zu überlegen schien, ob sie überhaupt Auskunft geben sollte. »Es waren mindestens zwei Schübe. Zuerst die üblichen Effekte, von denen ich mich eigentlich rasch erholt habe. Ich habe mich schon wieder auf eine Tasse Kaffee und ein Brot mit Nutella gefreut. Es ging mir etwas besser, und ich konnte den verlorenen Schlaf nachholen, als dann plötzlich der zweite Schub kam. Und der war schlimmer als der erste. Ich kam nicht mehr von der Toilette. Von der Infusion, an die sie mich im Krankenhaus gehängt haben, bekam ich nichts mehr mit. Dazu eine Magenwäsche und weiß der Teufel welche Medikamente. Erst gegen Abend hat man mich wieder heimgeschickt. Aber niemand wollte mir etwas Genaueres sagen, bis mir einer schließlich hinter vorgehaltener Hand riet, ich möge vorsichtiger mit meinen Abführmitteln umgehen. Dabei nehme ich keine. Weiß der Teufel, was die sich alles denken. Ich halte mein Gewicht auch so. Außer Aspirin finden Sie keine Medikamente hier.«

»Und seither ist die Bar geschlossen, nehme ich an?« Jetzt mischte sich auch Pina ein. Ihre Stimme klang streng, ein Eindruck, der von ihren martialischen Wangenknochen noch untermalt wurde. »Ganz schön hart so ein Einfraubetrieb, natürlich immer noch besser, als die Angestellte eines Mannes zu sein. Seit ich in der Stadt bin, habe ich begriffen, dass die Triestinerinnen sich von niemandem etwas sagen lassen.«

Fedora lächelte verhalten. »Das stimmt schon, aber ich habe einen erwachsenen Sohn, der mir hilft, wenn er hier ist.«

»Wie alt ist er?«, zwitscherte Marietta aufgeschlossen.

»Vierundzwanzig. Ich habe ihn allein großgezogen …«

»Da müssen Sie ja noch blutjung gewesen sein, als Sie ihn bekamen.«

»Jünger als er heute. Ich wollte unbedingt ein Kind, und dem Vater war es egal. Ein Taugenichts, er wollte keine Beziehung. Zuerst das Blaue vom Himmel versprechen und dann ficken, ohne an den nächsten Tag zu denken. Bezahlen musste er dann trotzdem für den Kleinen, bis Dino sein erstes eigenes Geld verdiente. Das habe ich ihm nicht erspart.« Ein kleines gehässiges Lächeln umspielte ihren Mund. »Mir blieb gar nichts anderes übrig, als die Situation in die Hand zu nehmen. Morgens habe ich den Kleinen in den Kindergarten gebracht, bin einkaufen und zur Arbeit gegangen, und in der Zeit zwischen Mittag- und Abendessen holte ich ihn ab und brachte ihn bei meinen Eltern vorbei, bevor ich wieder zur Arbeit musste. Haben Sie Kinder?«

»Ich wollte nie einen Mann im Haus«, bekannte Marietta sogar aufrichtig. »Zumindest nicht länger als für eine Nacht. Mein kleiner Bruder hat dafür fünf Kinder. Die genügen mir. Warten Sie, ich habe ein Foto dabei.« Sie kramte in der Handtasche und zog zu Pinas Erstaunen tatsächlich ein Bild heraus. Die Chefinspektorin hatte sich Laurentis Assistentin nie als Familienmensch vorgestellt, aber nun zeigte sie mit dem Finger auf die fünf Halbwüchsigen und verlor über jeden ein paar Worte. »Das ist vielleicht eine Bande. Keiner von denen sitzt auch nur eine Minute still. Diese Phase hat Ihr Sohn hoffentlich hinter sich, Fedora?« Sie ließ sich Saft nachschenken.

»Er war Gott sei Dank immer ein braves Kind, selbst seine Trotzphase war harmlos. Vermutlich hat er gespürt, dass seine Mutter alles Menschenmögliche für ihn tat. Ich denke, mit dem Vater im Haus wäre es schwieriger gewesen. Nur von der Statur ähnelt er ihm. Warten Sie.« Die Wirtin stand auf, ging ins Schlafzimmer und kam mit zwei silbern gerahmten Fotos zurück. »Komisch, das Bild von ihm als Kleinkind kann ich gerade nicht finden. Das bin ich mit ihm beim Sonnenuntergang vor Schloss Miramare. Wer nicht weiß, dass es mein Sohn ist, denkt, er wäre mein Liebhaber. Und das da, auf dem er die Kochjacke trägt, hat er mir vor ein paar Monaten gebracht. Nur dass er sich eine Glatze schert, hat er mit seinem Vater gemein.«

»Ein Koch?«, fragte Pina und deutete auf den Hals, an dem die Tätowierung klar zu sehen war.

»Dino ist ein fleißiger Junge. Ich dachte, dass er mir eine Freude machen wollte und mir das Essen zubereitet hätte, als ich nachts nach Hause kam. Es schmeckte ausgezeichnet. Aber irgendetwas stimmte nicht damit. Ich kann mir die Übelkeit nicht anders erklären. Hätte ich gewusst, dass Sie kommen, hätte ich nichts weggeworfen. Sie hätten es im Labor analysieren können. Auch den kostbaren Bilderrahmen mit dem Kinderfoto von Dino hat der Einbrecher wohl mitgehen lassen.«

»Haben Sie mit Dino gesprochen und gefragt, ob er das Essen gekocht hat?«

»Na klar. Aber er war noch in Österreich, wo er in einer

Hotelküche arbeitet. Da verdient er mehr als hier. Er ist sofort gekommen, um mich zu pflegen. Und er führt in meiner Abwesenheit die Bar.«

»Wenigstens ist es nicht weit mit dem Auto.« Pina übernahm wieder.

»Nach Bad Kleinkirchheim sind es ein bisschen mehr als zweihundert Kilometer.«

»Kommt er denn so leicht von der Arbeit weg?«

»Er hat zweimal Urlaub im Jahr, und ich hatte das Glück, dass es mich genau zwischen der Sommer- und der Wintersaison erwischte.«

»Wie lange müssen Sie noch zu Hause bleiben?«

»Ich dachte, ich könnte heute wieder arbeiten, aber ich warte besser noch einen Tag.«

»Dann ist ja alles halb so schlimm. Gut, dass Ihnen Ihr Sohn hilft. Wir haben sonst keine weiteren Fragen, Signora.« Marietta sah der Chefinspektorin an, dass sie sich weiter nach Dino erkundigen wollte, und stand entschieden auf. »Wir haben Sie nur besucht, weil uns das Krankenhaus gemeldet hat, dass noch andere Personen an der Vergiftung leiden. Sollte Ihnen einfallen, wer das Essen zubereitet haben könnte, melden Sie sich gleich.«

»Andere Personen? Sie meinen sicher den armen Elio Mazza.« Fedora Bertone stand die Neugier ins Gesicht geschrieben. »Früher ist er einer meiner Stammgäste gewesen. Aber dann ... Stimmt es denn, dass ...?«

»Die Laborwerte sind nicht eindeutig, deswegen müssen wir jetzt jeden befragen, der unter ähnlichen Symptomen leidet, Signora. Glauben Sie mir, wegen einer Durchfallserie haben wir noch nie ermittelt. Danke für den Saft und gute Besserung.«

Fedora Bertone beobachtete vom Fenster aus, wie die beiden Ermittlerinnen zu ihrem Wagen gingen. Was für ein eigenartiges Gespann. Die sportlich gekleidete Kleinwüchsige gestikulierte aufgebracht, während die Ältere im engen Rock und mit viel zu tief dekolletiertem Top zur Beifahrerseite ging und sich an den Kopf fasste.

»Das war völlig unprofessionell. Überlass gefälligst das nächste Mal der Ranghöheren das Verhör. Man merkt einfach, dass du keine richtige Polizistin bist«, schimpfte Pina, ließ das Fenster ein Stück herab und startete wütend den Wagen. Sie fuhr viel zu schnell zur Ampel an der nächsten Kreuzung, wo sie scharf bremsen musste. »Wer zum Teufel gibt genau an dem Punkt die Befragung auf, wo klar wird, dass der Junge in der Stadt ist?«

»Ich weiß, dass du am liebsten eine Hausdurchsuchung gemacht und die Bude auf den Kopf gestellt hättest, Pina. Das Bescheuertste, was dir einfallen könnte. Dieser Dino wäre sofort vorgewarnt, dabei ist klar, wo wir ihn finden. Sobald er ins Lokal geht, können wir ihn problemlos hochnehmen. Ohne wilde Verfolgungsjagd und ohne unnötige Schießereien. Du leidest an Adrenalinüberschuss, Kleine. Mit deinen Panzerfaustmethoden verschwendest du nur Energie. Und wenn du willst, setze ich mich gern ans Steuer, wenn du zu nervös bist. So wie du fährst, kann einem wirklich schlecht werden.«

Seit vor einigen Jahren der Zustrom der Flüchtlinge über die Balkanroute wieder zugenommen hatte und der Islamische Staat mit Terrorakten Europa gezielt verunsicherte, waren viele neue Polizisten nach Triest geschickt worden. Meist junge Beamte, die zum Teil frisch von der Polizeischule kamen. Ein Aktionismus, der vorwiegend der Stimmungsmache in den nordeuropäischen Ländern zu verdanken war, die rechtzeitig vor den Wahlen Grenzzäune errichteten und mit dumpfpopulistischer Angstmacherei auf der Jagd nach Stimmen waren. Als würden sich damit die Ursachen der Brandherde bekämpfen lassen, vor denen die Menschen aus Südasien, dem Nahen Osten oder Afrika flohen, als ließe sich die Migration abstellen wie ein Wasserhahn. Nüchterne Analysen gingen längst davon aus, dass die Flüchtlingszahlen über Jahrzehnte nicht zurückgehen würden. Die Uneinigkeit der europäischen Staaten blockierte weitsichtige Lösungen, seit die Rechtsextremisten dank ihrer Heilsversprechen im Aufwind waren. Selbst Teile der großen Volksparteien versuchten inzwischen, sie nachzuahmen.

Im Zweifel wurden die Menschen von einem Land ins andere abgeschoben, obwohl es bereits bei der einheitlichen Datenerfassung klemmte. Fielen Verdächtige auf, wurden sie umgehend aus einem der Schengenstaaten hinausgeworfen, was sie nicht daran hinderte, in den nächsten wieder einzuwandern. Als wäre Sicherheit eine nationale Frage. Auch Triest und sein Umland galten als mögliches Angriffsziel für Terrorakte. Von der hier beginnenden Transalpine-Pipeline hing die gesamte Mineralölversorgung von Österreich, der Tschechei und Süddeutschlands ab. Bereits im August 1972 hatten die palästinensischen Attentäter vom Schwarzen September, die einen Monat später für das Massaker bei der Olympiade in München verantwortlich waren, Bombenanschläge auf die Rohöldepots im Rosandratal verübt, bei denen vier der zwölf Tanks in die Luft flogen und eine kilometerhohe Rauchsäule über der Stadt gestanden hatte.

Die Streifen von Carabinieri und Grenzpolizei waren auf Regierungsbeschluss durch Militärpatrouillen mit behäbigen Panzerspähwagen verstärkt worden, die von den Einheimischen belächelt wurden, weil sie kaum durch die engen, von alten Steinhäusern gesäumten Straßen in den Dörfern passten. Vor allem war dieser Teil Europas seit den Türkenkriegen die Hin- und Herbewegungen ganzer Bevölkerungsgruppen gewohnt, die nun eben auch im 21. Jahrhundert keinen Abbruch fanden. Immer wieder kam es verstärkt zu symbolischen Kontrollen der offenen Grenzen nach Slowenien. Wer das Vorgehen der Beamten von einem der Häuser unweit der Kontrollposten beobachtete, vermutete eine geheime Methodik dahinter, wie die Fahrzeuge aus dem fließenden Verkehr gefiltert und überprüft wurden. Polizisten der Guardia di Finanza setzten gut ausgebildete Hunde ein, die auf Sprengstoff, Waffen, Drogen und seit einigen Jahren auch auf das Erschnüffeln von Bargeld spezialisiert waren. Nicht selten hörten die Tiere auf Namen, die vom bitteren Humor ihrer uniformierten Herrchen zeugten.

Acab war eine vierjährige Labrador-Retrieverhündin mit glänzendem Fell und demütigem Blick, die Edelsteine, Gold und Bargeld liebte, weil sie von ihrem Hundeführer besonders hübsche Belohnungen erhielt, wenn sie fündig wurde. Sie war zu einer Zeit in Dienst genommen worden, als europaweit Pressemeldungen darüber berichteten, dass ein Hooligan freigesprochen worden sei, der im Fußballstadion ein schwarzes T-Shirt mit dem Akronym für *All Cops Are Bastards* in großen weißen Buchstaben getragen hatte: Ein eingrenzbarer Personenkreis würde damit nicht beleidigt. Dass Enrico Belvedere, ein fünfunddreißigjähriger Beamter der Guardia di Finanza, die Labradorhündin so getauft hatte, löste im Kollegenkreis Heiterkeit aus. Und dass er am späten Vormittag einen von Slowenien kommenden dunkelblauen Audi durchsuchte, dessen Fahrer mit dem Beamten stritt, der ihn aus dem Verkehr herausgewinkt hatte, war reiner Zufall. Antonio Gasparri hatte das seltene Pech, es mit Polizisten zu tun zu haben, die zu neu in der Gegend waren, um seinen Namen und seinen Einfluss zu kennen. Andere hätten ihn nach einem Blick in die Papiere vielleicht ohne Kontrolle weiterfahren lassen. Und wenn der Volksmund recht gehabt hätte und Geld nicht stinken würde, dann hätte Acabs feine Nase nur schwerlich die neuen Banknoten erschnüffeln können, die der Politiker in Capodistria im Briefumschlag mit dem Logo der Bank in die linke Innentasche seines Jacketts gesteckt hatte. Unter seinem bitteren Blick nahm Acab schwanzwedelnd die Belohnung des Hundeführers an, der seinem älteren Vorgesetzten den Fund übergeben hatte. Nun nahmen sie sich den gesamten Wagen vor, doch das Tier schlug nicht noch einmal an.

»Ab zehntausend Euro sind die Beträge beim Überschreiten der Grenze meldepflichtig. Sie führen aber fünfundzwanzigtausend im Briefumschlag einer slowenischen Bank mit sich sowie dreihundertvier Euro in Ihrem Portemonnaie«, erklärte der Leiter des Kontrollpunkts die Zwangsmaßnahme, wegen der er Gasparri in das Büro in einem grauen Container neben dem Grenzübergang führte. »Wir müssen das Geld beschlagnahmen und Ihren Wagen als Tatfahrzeug ebenfalls. Von einer Festnahme können wir in Ihrem Fall natürlich absehen.«

»Es ist doch völlig anders, als Sie es darstellen«, verteidigte sich Gasparri und fuchtelte mit den Händen. »Ich war nur zum Tanken drüben. Das Geld hatte ich die ganze Zeit dabei und bringe es nicht illegal ins Land. Ich kenne doch die Gesetze. Mal kurz über die Grenze zu fahren, ist für uns alle hier ganz normal. Wir Einheimischen sollten wegen unserer Gewohnheiten nicht diskriminiert werden.«

»Die Gesetze sind leider völlig unsentimental und von großer Klarheit. Sie werden eine Steuernachforderung sowie einen Strafbefehl erhalten, gegen den Sie natürlich Einspruch einlegen können«, erklärte der Uniformierte, der ihm ungerührt gegenübersaß. »Ich erstelle jetzt ein Protokoll, das Ihre Aussage berücksichtigt.«

»Aber so ein Umschlag mit dem Logo einer Bank ist doch nur ein Stück Papier.«

»Ganz schön viel Papier«, sagte der Finanzpolizist und

tippte auf den Stapel Bargeld. »Fangen wir mit Ihren Personalien an.«

Gasparri beantwortete störrisch die Fragen des Beamten. Natürlich war es mehr als ungeschickt gewesen, das Geld im Umschlag zu lassen, allerdings hatte ihn noch nie jemand zu kontrollieren gewagt, wenn er angehalten wurde. Deprimierend. Musste er sich eine solche Demütigung gefallen lassen?

»Nun, Dottor Gasparri, wir können auch anders«, sagte der Beamte nach einer Weile. »Es spielt für die Ermittlungen keine Rolle, ob Sie an irgendeiner Kommissionssitzung der Landesregierung teilnehmen müssen. Sie haben die Wahl, ich denke jedoch, es wäre besser, wenn Sie kooperierten. Noch haben wir von einer Leibesvisitation oder von einer Röntgenuntersuchung abgesehen. Bei begründetem Verdacht kann sogar unter ärztlicher Aufsicht ein Abführmittel verabreicht werden, um auszuschließen, dass die Zielperson illegale Ware im Magen-Darm-Trakt mit sich führt.«

»Himmel noch mal, stellen Sie sich doch nicht so stur. Sie würden wohl selbst bei Ihrer eigenen Mutter kein Auge zudrücken und sie bis auf die Unterwäsche ausziehen.«

»Sie täuschen sich, Signore. Das würde eine Kollegin übernehmen.«

Über eine Stunde lang saß Gasparri in dem ungeheizten spartanischen Container und beantwortete nur jene Fragen, bei denen der uniformierte Polizist darauf hinwies, dass der Überführte dazu verpflichtet sei. Ein Konto im Ausland zu führen, bestritt Gasparri vehement, als Politiker sei er eine Stütze der heimischen Wirtschaft. Als er mit dem Durchschlag der Anzeige wieder in den Tag hinaustrat, wartete bereits ein Taxi, das ihn zurück ins Stadtzentrum bringen sollte. Die erste Sitzung hatte er versäumt, die Anrufe, die während seiner Vernehmung eingegangen waren, beantwortete er nicht, er musste zuerst nach Hause und Dino erklären, dass er weiter auf seinen

Lohn warten musste. Und dann musste er mit seinem Anwalt sprechen. Zumindest Geld und Wagen mussten seiner Ansicht nach umgehend wieder freigegeben werden, egal, wie der Strafbefehl ausfiel.

»Greifen Sie endlich zu, Commissario«, sagte Staatsanwalt Scoglio hinter seinem aktenübersäten Schreibtisch, als wollte er Laurenti zum Essen auffordern. »Sie erklären mir, dass Sie längst wissen, wer die drei Männer sind, und Sie haben sie noch immer nicht festgenommen? Die Öffentlichkeit erwartet endlich Ergebnisse. Weshalb zögern Sie?«

»Sie waren gestern Abend nicht mehr erreichbar. Wir brauchen die Genehmigung zur Telefonüberwachung der drei Jungs.« Laurenti hatte bereits um halb acht vor dem Büro im Gerichtspalast auf Scoglio gewartet, der entgegen seiner Gewohnheit viel später auftauchte und ganz anders als sonst auch noch gut gelaunt schien. Dass er allerdings bereits Ende November ein Weihnachtslied vor sich hinpfiff, passte noch weniger. Niemand hatte den Staatsanwalt je pfeifen gehört – schimpfend und fluchend hingegen kannte ihn jeder. Und dann noch diese Melodie. Ob seine Frau ihm zur Versöhnung eine Reise über die Festtage geschenkt hatte? Oder war er etwa befördert worden?

»Jungs, Commissario? Das sind drei mutmaßliche Mörder, die vorher verschiedene Raubüberfälle begangen haben, und Sie reden von denen wie von unseren beiden Söhnen?« Scoglio fand rasch zu seiner bewährten Fassung zurück, der Christbaumblick erlosch, sein Teint nahm die gewohnten Rottöne an, während sich eine Strähne seines schütteren blonden Haares gelöst hatte und über die Stirn bis zur Nase fiel. Offensichtlich hatte ihm der Arbeitsdruck keine Zeit für den Friseurbesuch gelassen. »Greifen Sie sofort zu. Nehmen Sie sie hoch, dann brauchen Sie die Abhörmaßnahme nicht, die ohnehin unnötig Personal bindet. Wissen Sie etwa nicht, wo sich die Verdächtigen aufhalten?«

»Einer scheint zurückgekommen zu sein. Aber ihn jetzt einzulochen, würde bedeuten, die anderen zu warnen. Warum sollten wir das riskieren? Wir wissen nicht einmal, wer von den dreien bei der Engländerin war.«

»Dafür gibt es Verhörmethoden. Stellen Sie sich doch bitte nicht wie ein Anfänger an. Was ist eigentlich mit dem Griechen, Laurenti? Haben Sie sich wenigstens den vorgeknöpft?«

»Gegen den Mann liegt nichts vor. Grieche ist er übrigens so wenig wie Sie und ich.«

»Würde ich wie Sie aus dem Süden stammen, wäre ich vorsichtig mit solchen Behauptungen. Außerdem haben Sie selbst gesagt, dass Albanese zur Tatzeit vor Ort war.«

»Er hat sich kurz vorher wie vorgeschrieben bei uns gemeldet und bisher nicht gegen seine Bewährungsauflagen verstoßen. Hätten wir unsere Söhne damals nicht mit allen Tricks herausgehauen, wäre es ihnen nicht anders ergangen. Kifft Ihr Jüngster immer noch so viel?«

Scoglio holte tief Luft. In schwierigen Momenten genügte es stets, den Staatsanwalt an die eigenen Schwachpunkte zu erinnern. Auch wenn Laurenti überzeugt war, dass sich auch Marco nach wie vor seine Joints reinzog, baute er das Zeug wenigstens nicht mehr im Familiengarten oder in der direkten Nachbarschaft an. Außerdem hatte sich die Gesetzeslage deutlich entspannt, seitdem Laurenti ihn damals zusammen mit dem Sohn des Staatsanwalts aus den Fängen der übereifrigen Kollegen befreit hatte, welche die beiden offensichtlich schon länger im Visier gehabt hatten und vermutlich ihren unbequemen Vätern eins auswischen wollten. Als dann Scoglio eingetroffen war, konnte er mit seinen Drohungen nur noch Geleitschutz beim Rückzug geben.

Laurenti beugte sich über den Schreibtisch und schaute den Mann eindringlich an. »Was ist mit der Abhörgenehmigung?«

»Die Polizei ist verwöhnt. Anstatt rauszugehen, stützen Sie und Ihre Leute sich immer mehr auf die technische Überwachung, die viel dringender bei den Ermittlungen gegen das organisierte Verbrechen gebraucht wird.«

»Dann liegen wir ja richtig. Heimliche Provisionszahlungen, Kickback-Beteiligungen bei Ausschreibungen. Sie wissen selbst, dass es in der hiesigen posthabsburgischen Gesellschaft nicht so einfach ist, irgendetwas zu bewegen. Zu viele Denunzianten, zu viel Ordnungswahn. Haben Sie sich nie gefragt, wer am Stillstand verdient und wie?«

»Ach ja?« Scoglio konnte nicht widersprechen. Auch er wusste, dass es in der Stadt schwierig war, ohne Komplizenschaft mit den richtigen Politikern die großen Geschäfte mit Erfolg zu betreiben. Umgekehrt konnte gutes Geld verdienen, wer blockierte und dafür sorgte, dass sie sich ins Veneto oder ins nahe Slowenien verlagerten, über das ein dortiger konservativer Politiker verlautbart hatte, sein kleines Land sei das korrupteste in ganz Europa. Zwar gebe es alle nötigen Gesetze und Vorschriften, doch man kenne und helfe sich gegenseitig auf andere Art, eine Hand wasche die andere.

»Maggie Aggeliki wollte in den Ausbau des Hafens investieren. Wie einst die Holländer, als die Anzeige von Albanese kam und man ihn dafür zum Schweigen brachte. Wenn sich ausgerechnet diese Geschichte nun wiederholen sollte, dann tragen diesmal nur Sie und ich die Schuld. Aggelikis Manager sind im Anmarsch, sie wollen sogar eigene Ermittler mitbringen.«

»In Ordnung, Laurenti. Sie haben gewonnen. In einer Stunde können Sie die Genehmigung abholen lassen. Sonst noch etwas?« Die Halsschlagader des Staatsanwalts pochte sichtbar.

»Ich habe den Eindruck, dass einige Menschen etwas nervös sind, seit Albanese zurück ist. Ich hoffe, Sie gehören nicht dazu.«

»Warum sollte ich denn nervös sein?«

Scoglio trommelte ungeduldig mit den Fingern auf die Schreibtischplatte. Laurenti erhob sich und ging mit einem sanften Lächeln zur Tür.

»Ich war vor Kurzem in der Kneipe von Fedora Bertone. Tonino Gasparri saß mit einem Teil seiner Gefolgschaft dort. Sie unterhielten sich aufgeregt darüber, dass Mazza behauptet habe, Albanese sei bei ihm gewesen. Die Männer spekulierten, ob er die Wahrheit gesagt oder nur im Vollsuff deliriert habe. Wie üblich scherten sie sich einen feuchten Dreck um die anderen Gäste, man hätte sie noch zwei Straßen weiter hören können.«

»Vielleicht haben sie sich gefreut, dass der Grieche zurück ist. Sie waren Stammgäste in seinem Lokal.«

»Zwölf Zeugen haben einst geschlossen und wider besseres Wissen gegen ihn ausgesagt. Er ist zu zwanzig Jahren verurteilt worden, wovon er siebzehn absitzen musste. Die Anklage hat die Zeugen gewähren lassen, und auch ich habe mich nicht durchgesetzt.«

»Die Gesetze sind eindeutig. Haben Sie Angst, Commissario?«

»Keine Spur, Staatsanwalt. Aber Mazza ist inzwischen tot. Die anderen machen sich wortwörtlich in die Hosen, und ich leite das erste Kommissariat für Gastroenteritis.«

Laurenti verließ grußlos das Büro. Während er den endlosen Flur und schließlich die breite Treppe zwischen den erhabenen Marmorsäulen des Gerichtspalasts hinunterging, stimmte er den weihnachtlichen Ohrwurm an, den der Staatsanwalt vor ihrer Begegnung auf den Lippen gehabt hatte. Auf der Via Coroneo begegnete er dem Gerichtsarchivar.

»Woran arbeitet ihr gerade? Was habt ihr bei mir gesucht?«, fragte der fünfzigjährige Mann mit blitzenden Augen, als sie gemeinsam die *Bar X* gegenüber dem Largo Piave betraten. Seine Abstammung aus dem tiefsten Süden sah man ihm trotz seiner Kahlköpfigkeit von Weitem an, Telly Savalas hätte sein Onkel sein können.

»Du warst es also, der Marietta durch die Regale geschoben hat«, lachte Laurenti beim Espresso. »Sie meinte, dass du wieder einmal Junggeselle bist. Pass auf dich auf, sie ist gnadenlos.«

»Das haben wir längst hinter uns, Proteo. Du bist doch nicht etwa eifersüchtig? Immerhin behauptet sie, dass du der einzige Mann in der Stadt wärest, der ihr bisher widerstanden hat. An was seid ihr dran?«

»Wenn nicht einmal Marietta es dir verraten hat …« Laurenti grinste verschmitzt.

»Du weißt, dass ich das Gedächtnis der Stadt verwalte, und ich kenne es ziemlich gut. Marietta hat zwar mit mir geflirtet wie der Teufel, trotzdem wollte sie nicht damit raus, worum es wirklich geht.«

»Fragst du aus schierer Neugier oder aus Hilfsbereitschaft? Du weißt selbst, was Verschwiegenheitspflicht bedeutet.«

»Und jeder von uns weiß, dass die Elastizität der Dinge einen Katapulteffekt mit sich bringt, der einen ziemlich weit bringen kann«, behauptete der Herr der alten Akten.

»Wenn man vor lauter Wucht nicht gegen die Wand knallt. Hat außer uns noch jemand nach der Akte von Aristèides Albanese im Fall Olindo Bossi gefragt?«

»Nein. Aber irgendetwas stimmt nicht. In Wirklichkeit hat Marietta nach Antonio Gasparri gesucht. Das konnte ich leicht dem Blatt entnehmen, das sie dabeihatte. Sie wollte wissen, aus welcher Akte es stammte, und ausgerechnet diese stand interessanterweise nicht an ihrem Platz.«

»Und ihr habt sie trotzdem gefunden?« Laurenti legte die Münzen für die Espressi auf den Tresen.

»Relativ bald, sie war nicht falsch eingeordnet worden, sondern dilettantisch versteckt. Im Archiv kennen sich nur wenige aus. Die Richter stützen sich auf das von Anklage und Verteidigung vorgelegte Material, die Staatsanwälte lassen es sich am liebsten auf den Tisch legen. Von denen macht sich höchstens einer mit viel Erfahrung die Hände staubig. Im Archiv finden sich außer mir wenige zurecht.«

»Wer vertritt dich, wenn du nicht da bist?«

»Beim aktuellen Sparwahn wird eher ein Prozess verschoben oder eine Ermittlung verzögert, bevor sie eine zweite Person einstellen. Wenn ich nicht da bin, wird der Schlüssel im Büro der Verwaltungsdirektion verwahrt. Selten, dass ein Fall von solcher Dringlichkeit ist, dass man nicht bis zu meiner Rückkehr warten kann. Du hast mir noch immer nicht gesagt, worum es geht, welchen Fall ihr neu aufwickelt. Aufgewärmt schmeckt höchstens ein Gulasch besser.«

»Oder eine Ribollita. Hast du die Werbung für das neue Lokal gegenüber gesehen?«

»Ich komm jeden Tag dreimal dran vorbei, ein komischer Kerl mit Haaren bis zum Arsch. Aber die Ankündigung macht neugierig, ich wäre mit etwas Neuem ganz zufrieden.«

Die Fassade der Handelskammer, die ihren Sitz an der Piazza della Borsa in einer der weltweit ältesten Warenbörsen hatte, glich mit ihren dorischen Säulen einem griechischen Tempel. Je zwei allegorische Statuen zu beiden Seiten des Eingangs verkörperten seit zweihundert Jahren Asien, Afrika, Amerika und Europa, Kontinente, aus denen der Reichtum der Stadt stammte, doch die meisten Triestiner gingen wie blind an ihnen vorbei.

Die Sachbearbeiterin war ziemlich entnervt gewesen und

druckte die Bestätigung der Gewerbeanmeldung erst störrisch aus, nachdem Aristèides ihr lang und breit erklärt hatte, dass er keinen Computer und keinen Internetzugang besaß und nie einen haben würde. Ungläubig versuchte sie ihm klarzumachen, dass er mit dieser Einstellung keinen Geschäftserfolg haben könne, weil in ein paar Jahren sowieso alles nur noch digital vorliege und dann vermutlich auch ihr sicher geglaubter Arbeitsplatz abgeschafft werde. Zuwanderer aus armen Ländern machten alles billiger, schon jetzt würden Italiener benachteiligt. Ihre Tochter, die einen Universitätsabschluss habe, finde allein wegen der Schwarzen keine Arbeit. Er ging nicht weiter auf das Gerede der frustierten Dame ein und sagte nur, dass man vielleicht vieles digital erledigen könne, nicht aber gute Küche und Essen.

Als er zwischen den Säulen auf den Börsenplatz trat, hielt er inne und schaute sich nach einem Fluchtweg um. Tonino stand beim Neptunbrunnen in der Mitte der Piazza und gestikulierte wütend mit einem anderen, ihm ebenfalls bekannten Mann. Aristèides fürchtete eine erneute Auseinandersetzung in der Öffentlichkeit. Doch als der Politiker ihn sah, drehte er ihm lediglich den Rücken zu, griff den anderen am Ellbogen und geleitete ihn in Richtung Corso Italia, wo die Bank lag, in der sein Gesprächspartner Vermögensberater war.

Giammaria Gatti und Gasparri waren gleich alt. Der Bankangestellte hatte apulische Vorfahren, war klein und dünn, und sein Gesicht war so grau wie sein Anzug und seine Haare. Der Vater von drei erwachsenen Kindern war seit Ewigkeiten der Schatzmeister der Partei und fand unter seinen Kunden immer dann einen Spender, wenn ein Anliegen sein Entgegenkommen brauchte. Auch er hatte mit seiner Frau Mila Antonuzzi zu den früheren Stammgästen des *Pesce d'amare* gehört, auch sie hatten vor Gericht eiskalt gelogen. In der Via Principe di Montfort bewohnten sie die Beletage eines staatlichen alten Hauses, die für zwei Personen im Grunde viel zu groß war. Aristèides hatte sie längst ausspioniert. Ein Raum auf der Rückseite war nach jahrelangem Nachbarschaftsstreit mit dickem Schaumstoff ausgeschlagen worden, damit Gatti seinem leidenschaftlichen Violinspiel frönen konnte, ohne von den Nachbarn wegen Körperverletzung belangt werden zu können. Sein Disput mit Gasparri verlief nicht annähernd so gedämpft, der Banker wehrte offensichtlich das Ansinnen seines Parteifreunds vehement ab.

»Absolut unmöglich«, waren die ersten Worte, die Aristèides verstehen konnte. Er hatte die gleiche Richtung eingeschlagen und wartete an der Ecke vor der Einkaufspassage, die die Worte der beiden verstärkt auf die Straße hinauswarf. »Du kannst jeden beliebigen Betrag von deinem Konto abheben und damit tun, was du willst. Aber wenn es mehr als dreitausend Euro sind, dann verlangt das Geldwäschegesetz Meldung. Ich würde mich strafbar machen, wenn …«

Dann gingen sie weiter, Gasparri gab nicht nach, pochte auf seine Armbanduhr und zählte an den Fingern seiner Hand vermutlich alle Gefallen auf, die er dem anderen im Laufe ihrer Bekanntschaft schon getan hatte. Der kleine Gatti machte ein immer längeres Gesicht, schüttelte energisch den Kopf und ging schließlich grußlos davon. Wenig später verschwand er, ohne sich umzublicken, in der Sicherheitsschleuse seines Instituts.

Mit großem Abstand folgte Aristèides Albanese auf dem gegenüberliegenden Bürgersteig Gasparri bis zum Largo Barriera, wo er in einem alteingesessenen Geschäft verschwand, das im Erdgeschoss eines abgasgrauen alten Hauses lag. Und auch hier wusste der Koch Bescheid. Schon die Großeltern von Cristiano di Bella hatten sich auf wertige Herrenbekleidung spezialisiert und ein Vermögen gemacht. Der Enkel führte den Laden so lustlos weiter, wie er sich um die Instandhaltung des fünfstöckigen Hauses kümmerte. Die Fassade war von Wind und Wetter gezeichnet, und die uralten Doppelfenster hinter den verwitterten Fensterläden machten die Räume der Mietwohnungen vermutlich kaum beheizbar. Es war keine Seltenheit, dass gerade jene Bürger, denen es nicht an Wohlstand mangelte, ihre Stadt vernachlässigten und gleichzeitig jammerten, dass früher alles besser gewesen sei. Nur die Schaufenster waren wie eh und je penibel dekoriert. Die Preisschilder an den ausgestellten Anzügen machten jedem klar, dass es sich um besondere Qualität handelte, die jedem modischen Trend widerstehen würde. Wer Stangenware zum Billigpreis suchte, war hier falsch. Cristiano di Bella war zehn Jahre älter als Gasparri und führte das Geschäft mit seiner Frau Elisa weiter, obwohl beide bereits das Rentenalter erreicht hatten. Sie waren kinderlos und würden sich erst in den Ruhestand verabschieden, wenn die Altersbeschwerden zu groß würden oder ihre Kundschaft ausstarb. Die Abende verbrachte das Ehepaar oft im Segelklub an den Rive, vor dem ihre stattliche Jacht festgemacht war. Und obgleich sie sich schon lange nichts mehr zu sagen hatten, fuhren sie im Sommer auf den Golf hinaus und warfen spätestens nach einer Stunde Fahrt den Anker unter der Steilküste, wo allmählich andere Bootsbesitzer sich zu ihnen gesellten und die Männer und Frauen nach dem Essen jeweils für sich den Nachmittag Karten spielend verbrachten.

Aristèides genügte es, Gasparri aus der Ferne den Laden betreten zu sehen. Die Kundschaft mancher Geschäfte war seit Jahrzehnten daran gewöhnt, gegen ein entsprechendes preisliches Entgegenkommen die Scheine ohne Kassenbeleg auf den Tresen zu legen. Mindestens die Mehrwertsteuer ersparten sie sich. Und wenn Aristèides den Disput auf dem Corso Italia richtig interpretierte, dann brauchte Tonino Gasparri erstaunlicherweise dringend Bargeld. Kaum denkbar, dass er plötzlich dem Glücksspiel verfallen war oder bei Börsenspekulationen sein Vermögen verloren hatte, etwas anderes musste vorgefallen sein. Vermutlich versuchte er jetzt sein Glück beim Inhaber des Herrenbekleidungsgeschäfts, der ihm mit einem Griff in den Wandsafe aushelfen sollte. Was war passiert? Wollte der Politiker ihm etwa Bares als Wiedergutmachung anbieten, damit er die Stadt verließ? Aristèides' Fantasie überschlug sich, der Mann würde sich noch wundern. Nur seinen Plan würde er ändern müssen.

Er bestieg den nächsten Bus, der ihn zur Comunità von Don Alfredo brachte, wo Aahrash mit dem Gemüse hätte beschäftigt sein sollen. Als er eintrat, machte der Pfarrer jedoch ein Gesicht wie sieben Tage Regenwetter und lief mit dem Telefon am Ohr nervös durch die Räume. Den Gesprächsfetzen nach zu urteilen war er mit einem Rechtsanwalt verbunden, und als er Athos sah, gab er ihm ein Zeichen, im Büro auf ihn zu warten.

»Habt ihr beide irgendwas ausgeheckt? Sie haben den Pakistaner mitgenommen«, sagte er wütend. »Vor einer Stunde. Vorsätzliche Körperverletzung. In einem Autobus in der Via Carducci. Gestern. Die Flüchtlinge sind alarmiert, weil die Bullen mit einem Rollkommando angerückt sind und Aahrash mit auf dem Rücken gefesselten Händen abgeführt haben. Was habt ihr getan? Habt ihr irgendetwas gedreht?«

»Spinnst du, Don Alfredo? Aahrash ist die sanftmütigste Person, die mir je begegnet ist. Selbst im Knast hat er sich alles ohne Gegenwehr gefallen lassen. Hat ihn jemand angezeigt?«

»Und du, Athos? Ihr habt zusammen eingesessen. Wer weiß, was ihr angestellt habt. Ich warte nur noch, dass sie auch dich abholen.«

»Mit wem hast du telefoniert?«

»Mit unserem Vertrauensanwalt. Der, der alles für die Comunità regelt. Gratis. Keiner der Haie. Er versucht, mit Aahrash zu sprechen, weiß aber noch nicht einmal, wo er ist.

Ob in der Questura, im Kommissariat von San Sabba oder in Muggia.«

»Die Polizei, sagst du? Nicht die Carabinieri?«

»Polizia di Stato, Athos. Geh in die Küche. Mach das Mittagessen, unsere Gäste müssen beruhigt werden. Zwei wollten sofort weg, ich konnte sie beschwichtigen. Sie haben Angst. Und Hunger macht die Angst nur größer.«

Aahrash hatte in der Tat noch nichts vorbereitet. Nur Knoblauchzehen, Petersilie und frische Peperoncini lagen neben dem Schneidebrett. Aristèides hatte eigentlich ein Pilau vom Lamm geplant, mit dem Fleisch, das sie gestern aus einer Ladung verfallener Tiefkühlreserven eines Großhändlers bekommen hatten. Dafür war nun die Kochzeit viel zu lang, nur einen einfachen Klassiker der italienischen Küche würde er in aller Eile anbieten können, und scharf zu essen, waren die Flüchtlinge meist aus ihren Heimatländern gewohnt. Zudem kosteten Spaghetti, Aglio, Olio, Peperoncino in großer Menge zubereitet weit unter einem Euro pro Kopf. Er setzte den größten Kochtopf mit Wasser auf und machte sich ans Werk. In einer Viertelstunde würde er servieren, anschließend konnte er sich zusammen mit dem Pfarrer um Aahrashs Schicksal kümmern. Gestern hatte der Pakistaner lediglich angedeutet, dass er einem dieser selbst ernannten Wächter im Bus begegnet war. Von einer Auseinandersetzung hatte er nichts erwähnt. Nur dass eine sympathische Rothaarige nett mit ihm geplaudert habe.

Marietta war blass wie die Wand, als ihr Chef ins Büro kam, sie steckte sich sofort eine neue Zigarette an, kaum dass die fast bis zum Filter aufgerauchte Kippe ausgedrückt war. Sie warf ihm nicht einmal den sonst üblichen ungnädigen Blick zu, weil er sich nicht bei ihr abgemeldet hatte.

»Wenn du gestattest, du siehst miserabel aus. Hast du etwas Schlechtes gegessen?«, fragte Laurenti und deutete auf den Becher mit Tee auf ihrem Schreibtisch, was er in den vielen Jahren ihrer Zusammenarbeit noch nie gesehen hatte. Eher meldete sie sich krank, als dass sie vom Kaffee abließ, insbesondere im Sommer nach einer stürmischen Nacht am Meer mit zu viel Wein von zweifelhafter Qualität und in noch fragwürdigerer Gesellschaft.

»Ich habe nur auf dich gewartet, nachher geh ich nach Hause. Sofern ich das überhaupt schaffe. Ich hab dir die Liste der Zeugen im Fall Albanese herausgesucht, sie stimmt hundertprozentig mit der in der Anzeige des Griechen gegen Gasparri überein. Außerdem waren Pina und ich bei der Mutter seines Sohns. Vielleicht habe ich mir dort etwas geholt, obwohl ich nichts angefasst habe. Es ging ihr noch immer schlecht. Dino muss in der Stadt sein. Er führt die Kneipe, solange Fedora nicht auf dem Damm ist. Sie hat uns ein paar Fotos von ihm gezeigt, es besteht kein Zweifel, dass es sich um ihn handelt. Übrigens hätte deine Chefinspektorin die Frau am liebsten gleich gefoltert und seinen Aufenthaltsort aus ihr herausgeprügelt. Ich konnte es gerade noch verhindern. Wir nehmen ihn ganz einfach heute Abend hoch, wenn er das Lokal öffnet. Je länger er nichts ahnt, umso besser, findest du nicht auch? Entschuldige, ich bin gleich zurück.« Sie erhob sich ruckartig und raste hinaus, das Geräusch ihrer Absätze verriet, dass sie den Flur hinunterrannte.

Laurenti nahm die beiden Zeugenlisten, ging in sein Büro hinüber und setzte sich an seinen Schreibtisch. Rasch überflog er die Meldungen. Die alte Frau, die das Opfer eines Motorradfahrers geworden war, lag im künstlichen Koma, und die Kommentare der Ärzte versprachen nichts Gutes. Die im Fall Aggeliki wegen Mordverdachts zur Fahndung ausgeschriebenen jungen Männer waren noch auf freiem Fuß, die kleine Wohnung des in Gorizia ansässigen Bossi-Bruders war leer gewesen, als die dortigen Kollegen ihn suchten. Nun wurde sie für den Fall seiner Rückkehr kontinuierlich observiert. Bei seinem Arbeitgeber hatte der dreiundzwanzigjährige Giulio Bossi sich krankgemeldet.

Das letzte Blatt war eine Liste der Gesundheitsbehörde und führte die behandelten Verdachtsfälle wegen Vergiftung auf. Von Epidemie konnte nun wirklich keine Rede sein. Er hörte Marietta zurückkommen, sie sah elend aus, trotzdem blieb sie in der Tür stehen, wo jetzt auch Pina Cardareto auftauchte.

»Ich wollte dir nur sagen, dass du die Zeugenliste mit der Krankenliste vergleichen solltest«, sagte seine Assistentin und hielt sich am Türrahmen fest.

»Und ich sage dir«, erwiderte die Chefinspektorin, »dass es der Pfirsichsaft war. Ich war schließlich mit dir in der Wohnung von Fedora Bertone, habe aber nichts getrunken. Und mir geht's gut.«

»Dann nehmen Sie sofort den Pfirsichsaft fest. Tätlicher Angriff auf eine Polizistin.« Laurenti warf einen Blick auf die Krankmeldungen. »Schau an, nun also auch Leonora Carlini. Ihr Mann Edvard Bosič sitzt bei Gasparri im Parteivorstand. Gut gemacht, Marietta. Die Übereinstimmungen sind eindeutig. Ich knöpfe mir den Griechen vor.«

»Ich habe Dino Bertone zur Fahndung freigegeben, Chef. Wir werden ihn noch vor dem Abend fassen«, sagte seine diensthöchste Mitarbeiterin.

»Blasen Sie die Jagd sofort ab, Pina«, fuhr Laurenti sie an, worauf sich Mariettas Züge kurz aufhellten. »Sichern Sie stattdessen diesen Pfirsichsaft, wenn Sie so sicher sind, und lassen Sie ihn im Labor analysieren. Und schicken Sie jemanden zum Büro des Staatsanwalts. Ich habe ihm die Genehmigung zum Abhören der drei Telefone herausgeleiert, sie müsste inzwischen vorliegen. Veranlassen Sie, dass die Kollegen gleich mit der Überwachung beginnen. Wir müssen versuchen, Dino und die Bossi-Brüder zusammenzubringen. Heute Abend postieren Sie sich mit Battinelli vor der *Medusa*-Bar und behalten ihn mitsamt der Kundschaft im Auge. Bleiben Sie ihm auf den Fersen, wenn er den Laden schließt, damit wir erfahren, wo er abgestiegen ist. Und du, Marietta, lässt dich schleunigst zur Notaufnahme bringen. Ich veranlasse, dass du gleich untersucht wirst und nicht Schlange stehen musst. Falls alles in Ordnung ist, gehst du nach Hause und lässt dich erst wieder hier blicken, wenn du dich erholt hast.«

»Da ist noch etwas.« Marietta schluckte und hielt sich den Magen. »Ruf die Kollegen von der Guardia di Finanza an. Es scheint, als hätten sie Gasparri dabei erwischt, wie er …« Sie machte auf dem Absatz kehrt und rannte abermals den Flur hinunter.

»Warum kümmern Sie sich nicht um die Kollegin?«, fragte er Pina, die noch immer wie angewurzelt in der Tür stand. »Marietta würde Ihnen beistehen, wenn es Ihnen schlecht ginge. Rufen Sie wenigstens einen Notarztwagen, der sie ins Krankenhaus bringt. Die sind auf so etwas vorbereitet. Und dann schicken Sie Battinelli zu mir, bevor Sie gehen.«

Die Chefinspektorin verschwand wortlos. Ihrer Ansicht nach konnte es für Kranke keinen psychischen Beistand geben, weil jede Mitleidsbekundung allen Leidenden so lästig sein musste wie ihr selbst. Auch noch bedanken musste man sich am Ende, obwohl man doch eigentlich mit sich selbst beschäftigt war. Ganz abgesehen davon, dass Laurentis Assistentin ihr ohnehin keine Form von Mitgefühl abgenommen hätte. Trotzdem rief sie den Krankenwagen und sagte Marietta durch die geschlossene Tür Bescheid, dass er gleich bereitstehen werde.

Als Inspektor Gilo Battinelli eintrat, hatte der Commissario den Telefonhörer zwischen Ohr und Schulter geklemmt und sprach mit einem Kollegen von der Guardia di Finanza, mit dem er schon vor Jahren an einem Mordfall im Milieu der Drogenschmuggler, die damals ihre Ware von Fischern übers Meer bringen ließen, erfolgreich zusammengearbeitet hatte. Seither informierten sie sich an allen bürokratischen Vorschriften vorbei stets auf kürzestem Weg. Er winkte dem Inspektor und deutete auf einen Stuhl, dann konzentrierte er sich wieder auf das Telefonat und machte sich Notizen. Tenente Colonnello Michele Carminati hatte ihn bereits über den Fall Gasparri informiert. Natürlich war es unwahrscheinlich, dass man den Lokalpolitiker wegen fünfundzwanzigtausend Euro hart angehen würde. Sein Anwalt hatte ihn schon aus ernsteren Verfahren herausgehauen. Zuletzt wegen der absurden Spesen, die er sich als Abgeordneter im Regionalparlament hatte auszahlen lassen: Winterreifen für seinen Wagen, ein Kühlschrank fürs Büro, stolze Friseurhonorare für seinen Parteifreund Bosič, Champagner und Franciacorta sowie Reisen, Hotels und Restaurants. Kosten in immenser Höhe, angefallen an Orten, die weitab seiner politischen Tätigkeit lagen. Zumindest mit einer Steuerprüfung würde er nun jedoch rechnen müssen. Und auch damit, morgen seinen Namen in der Zeitung zu lesen. Dafür genügte ein Tipp des Commissario an den Chefredakteur des größten Lokalblatts. Der Kollege von der Finanzpolizei fragte, ob es Neuigkeiten im Fall Maggie Aggeliki gebe. Laurenti fasste den Stand der Ermittlungen zusammen und staunte, als er vernahm, dass die Guardia di Finanza ein Dossier über die Reederei der Toten zusammengetragen hatte. Michele Carminati berichtete von einem staatlich organisierten Mehrwertsteuerbetrug der Briten, die über die Häfen Dover und Felixstowe ein abgekartetes Spiel mit chinesischen Textilimporten ausbaldowert hatten, bei dem der Europäischen Union mindestens zwei Milliarden Euro hinterzogen worden waren. Und das nur im Zeitraum der letzten drei Jahre. Auch wenn die Steuerung des Containerverkehrs von internationalen Spediteuren organisiert wurde, hatte die Aggeliki Shipping Company den Löwenanteil des Transportvolumens übernommen. Tenente Colonnello Carminati äußerste sich am Telefon nur vage, trotzdem fiel ein vollkommen neues Licht auf die Tote aus der Via Dante. Zu oft hatten sich Firmenbosse in den letzten Jahren damit herausgeredet, sie könnten nicht alle Details der durch ihre Manager getätigten Geschäfte kennen. Carminati fügte hinzu, dass seine Zahlen von der Europäischen Betrugsbehörde *OLAF* stammten. Die Briten hätten lediglich die Höhe des Betrags, nicht aber die Vorkommnisse selbst bestritten. Der Fall werde wohl bei den Brexit-Verhandlungen berücksichtigt werden und dann wie immer irgendwo versanden. Laurenti und Carminati verabredeten sich zum Aperitif.

»Du fährst, Battinelli«, sagte Laurenti und warf dem sonnengebräunten Inspektor den Autoschlüssel zu. »Ich erkläre dir den Weg. Schalt endlich die Scheibenwischer ein.«

Als sie auf die unter dem Nieselregen glänzende Hochstraße über dem Porto Nuovo hinauf und weiter in Richtung Grenze fuhren, lief die Albanienfähre ein. Die Personenkontrollen waren schon seit Jahren bei allen Schiffsverbindungen penibel, und auch die Stichproben bei den Lkws und im Containerverkehr waren verschärft worden. Die Sicherheitskräfte hatten sich daran gewöhnt, jede Woche Passagiere festzunehmen, die trotz allem ohne gültige Papiere einzureisen versuchten. Die meisten von ihnen wurden registriert und bald wieder in die Länder abgeschoben, in denen sie an Bord gegangen waren. Albanien, Griechenland und die Türkei waren sichere Drittländer. Diejenigen, die es bis zu Don Alfredo schafften, hatten immerhin Hoffnung, in Westeuropa bleiben und ihre Reise bald fortsetzen zu können.

Als Battinelli und Laurenti in dem dörflichen Stadtteil mit den niedrigen Häusern ankamen und schließlich in die Straße abbogen, in der Don Alfredo um die fünfzig Flüchtlinge aufgenommen hatte, sahen sie schon von Weitem einen Streifenwagen vor der hoch aufragenden Kirche stehen.

»Die Kollegen vom Kommissariat San Sabba. Sieht aus, als gäbe es Probleme mit den Illegalen«, sagte der Inspektor beim Aussteigen.

Er hatte zwischen dem Streifenwagen und einem alten Fiat geparkt, dessen Lack offensichtlich böswillig zerkratzt worden war. Auf der Kühlerhaube prangten SS-Runen. Am Gartenzaun gegenüber der Comunità hingen selbstgemalte Plakate mit groben Sprüchen gegen Illegale. Die von der Lega Nord gedruckten waren eindeutig rassistisch, niemand war dagegen eingeschritten. Die Neofaschisten forderten dazu noch die Verteidigung von Gott, Vaterland und Familie, Werte, an die sich in Wahrheit schon lange niemand mehr hielt, egal, wie er später wählte. Und auch ein paar handgemalte, allerdings spiegelverkehrte Hakenkreuze durften nicht fehlen. Der Pfarrer verfügte zweifelsohne über ein starkes Nervenkostüm.

Die Tür zum Pfarrhaus stand offen. Als Laurenti und Battinelli eintraten, blickte Don Alfredo über die zwei kleineren Uniformierten hinweg, die in seinem Büro standen. Schon seine Körpergröße musste den Gegnern aus der Nachbarschaft Respekt abverlangen, wobei der Mann Gottes wohl kaum zur Gewalt neigte. Der Commissario kannte sein Foto aus einem Artikel der Tageszeitung, die über die Spannungen berichtet hatte, und obgleich sie sich nie begegnet waren, wusste offensichtlich auch der Pfarrer, wen er vor sich hatte. Die Medien taten ihren Dienst zuverlässig.

»Kommen auch Sie wegen Aahrash Ahmad Zardari, Commissario?«, fragte er mit sanfter Stimme, während er Laurenti die Hand gab. »Dann muss es schlimm sein.«

»Wer soll das sein?«

Einer der Uniformierten sprang ein. »Einer der beiden Köche hier. Wir haben ihn heute früh festgenommen. Eine Anzeige wegen schwerer Körperverletzung.«

»Dann macht eure Arbeit.« Laurenti wandte sich an Don Alfredo. »Wie heißt der andere?«

»Aristèides Albanese, weshalb?«, antwortete der Pfarrer.

»Wir haben ein paar Fragen an ihn.«

Don Alfredo schien alarmiert zu sein. Er hob beide Hände, als wollte er sich schützen. »Sowohl Aahrash als auch Athos sind erfolgreich resozialisiert. Sie waren mir von Anfang an eine große Hilfe. Ohne sie hätte ich die Arbeit mit den Flüchtlingen nicht beginnen können.«

»Damit Schluss zu machen, täten Sie uns einen großen Gefallen«, raunzte der andere Uniformierte ruppig, schwieg aber sofort, als ihn der Blick des Commissario traf.

»Diese Leute glauben vielleicht an einen anderen Gott, aber sie sind friedlich und hilflos«, fuhr der Pfarrer fort. »Was wollen Sie von Albanese? Steht er auch unter Verdacht? Die Anzeige richtet sich doch nur gegen Aahrash.«

»Ist er hier?«, fragte Inspektor Battinelli.

»In der Küche. Aber warten Sie bitte, bis er den Leuten das Essen ausgegeben hat. Unsere Gäste sind verstört und verunsichert nach dem überfallartigen Zugriff Ihrer Kollegen heute früh.« Don Alfredo blickte die Beamten aus dem Streifenwagen streng an. »Wer die Leute so verschüchtert, bestätigt nur die Vorurteile gegen die Staatsgewalt. Aahrash hat bisher nicht die besten Erfahrungen mit unserer Demokratie gemacht. Trotzdem würde er nie jemanden angreifen, es sei denn, er müsste sich verteidigen. Er ist seit über einem Jahr bei mir, ist stets pünktlich und zuverlässig und auf dem besten Weg, sich eine eigene Existenz aufzubauen. Und da fahren Sie mit einem Rollkommando hier ein, als handelte es sich um eine Geiselnahme.«

»Sie dürfen mir glauben, dass wir unsere Arbeit ebenso

pflichtbewusst erledigen wie Sie, Parroco«, sagte der ältere der Uniformierten mit einem schrägen Grinsen und wandte sich an Laurenti. »Der Pfarrer ist nicht gerade gesprächig, Commissario. Er verweigert die Auskunft über den Pakistaner mit Verweis auf seine Verschwiegenheitspflicht.«

»Was wollt ihr wissen?«

»Ich habe alles mitgeteilt, was ich Ihnen mitteilen darf.« Don Alfredo blieb ruhig, aber bestimmt. »Diese Herrschaften wollen mir nicht einmal sagen, wo Aahrash sich jetzt befindet. Nach allem, was er erlebt hat, braucht er dringend einen vertrauenswürdigen Rechtsbeistand. Keinen von Amts wegen zugewiesenen Pflichtverteidiger.«

»Wo ist er?«, fragte Laurenti.

»Bei uns auf dem Kommissariat zur Vernehmung«, rückte der Ältere zerknirscht heraus.

»Seit wann ist er bei euch?«

»Der Zugriff ist um acht Uhr heute früh erfolgt. Wir warten auf den Haftrichter.«

»Mehr als fünf Stunden schon? Gibt es einen Grund, diesen Mann festzusetzen?«

»Einschlägig vorbestraft. Vier Jahre wegen schwerer Körperverletzung, Commissario.«

»Wie lautet die Anzeige?«

»Erneut schwere Körperverletzung beim Angriff auf einen Wehrlosen im Bus der Linie 20 an der Haltestelle Via Carducci. Laut Attest seines Hausarztes ist der Verletzte drei Wochen krankgeschrieben.«

»Zeugen?«

»Keine.«

»Und warum erfolgte die Anzeige bei euch draußen, wenn es im Zentrum passiert ist?«

»Der Erstatter der Anzeige wohnt in der Via Valmaura.«

»Und er hat sich schwer verletzt bis zu euch geschleppt?«

Die beiden nickten stumm.

»Wann hat er die Sache angezeigt?«

»Am Tag darauf.«

»Ganz so friedlich scheint Ihr Schützling nicht zu sein, Don Alfredo.«

»Aahrash ist damals schon für etwas verurteilt worden, das er nicht getan hat. Vier Jahre saß er unschuldig im Gefängnis. Die Zeugen gehörten zu einer dieser Bürgerwehren, die damals die Stadt unsicher gemacht haben. Sie erinnern sich vielleicht, *Protezione Civica* haben diese Leute sich genannt.«

»Die wurde längst aufgelöst.«

»Sehen Sie die Plakate auf der anderen Straßenseite, Commissario?« Der Pfarrer zeigte aus dem Fenster. »Die Flüchtlinge werden allesamt als Terroristen, Vergewaltiger, Diebe, Mörder und Betrüger beschimpft. Auch zur Gewalt wird aufgerufen.«

»Warum reißen Sie die Plakate nicht herunter?«, fragte Battinelli.

»Um dann eine Anzeige wegen Sachbeschädigung zu kassieren? Nein, im Gegenteil. Jeder soll die Auswüchse dieser Irregeleiteten sehen, die sich selbst mehr lieben als den Nächsten. Sehen Sie meinen Wagen dort?«

»Der zerkratzte Fiat?«, fragte Laurenti, und Don Alfredo nickte. »Ich nehme an, Sie haben die Beschädigung angezeigt?«

»Nein, Commissario. Dafür habe ich keine Zeit. Und ich denke, die Polizei hat Besseres zu tun, als sich auf die Suche nach einem Feigling zu machen, der nachts ungesehen sein Unwesen treibt. Das Auto ist alt, das schert niemanden mehr.«

»Erstatten Sie Anzeige, solange die Kollegen hier sind. Sollte es noch andere Vorfälle geben, ist jeder Hinweis wichtig für die zuständigen Ermittler. Sie wären übrigens gut beraten, eine Videokamera aufzuhängen. Das ist nicht besonders teuer.«

»Ich brauche jeden Cent für die Flüchtlinge.«

»Dann besorgen Sie wenigstens eine Attrappe.«

»Wofür, wenn sie nichts filmt?«

»Schön sichtbar angebracht ist sie zumindest ein symbolischer Schutz. Und jetzt sagen Sie, wo finden wir Albanese? Wo ist die Küche?«

»Die letzte Tür im Flur führt direkt hinüber. Erschrecken Sie unsere Gäste bitte nicht noch einmal, Commissario.«

»Nehmt die Anzeige auf«, sagte Laurenti zu den beiden Uniformierten. »Und Sie, Don Alfredo, können Ihren Anwalt davon unterrichten, wo er Aahrash findet. Lassen Sie mich wissen, wie die Sache ausgegangen ist.«

Battinelli hielt seinem Chef die Tür auf. Ein enger Flur führte zu einem einstöckigen Gebäude mit Flachdach, das vermutlich einmal eine Lagerhalle oder die Werkstatt eines Handwerksbetriebs gewesen war. Sie brauchten nur der Nase zu folgen, der Essensduft verstärkte sich mit jedem Schritt. Im provisorisch mit Second-Hand-Möbeln ausgestatteten Speisesaal waren nur wenig mehr als die Hälfte der Plätze belegt. Niemand nahm von ihnen Notiz, als sie zur Rechten die Küche betraten. Der Riese mit dem dicken Pferdeschwanz drehte ihnen den Rücken zu und hantierte an der Spüle mit Geschirr. Er fuhr herum, als Battinelli seinen Namen nannte, dann erblickte er Laurenti. Ein breites Lächeln fuhr über sein bärtiges Gesicht.

»Früher oder später musstest du ja kommen, Commissario«, sagte Aristèides Albanese und trocknete sich die Hände mit dem Papier einer dicken Küchenrolle. »Hast du Hunger? Du kommst zur rechten Zeit, die haben alle schon gegessen, und es ist noch genug übrig. Heute sind einige von den Flüchtlingen wegen der Aufenthaltsbewilligung bei euch auf der Questura, andere sind schon weitergefahren, aber am Abend wird's erfahrungsgemäß wieder voll werden. Spaghetti aus der Hand des Meisters und Salat. Erwartet bloß kein Fünf-Gänge-

Menü, mehr kann ich euch nicht anbieten, nachdem ihr meinen Gehilfen verhaftet habt. Bis du deshalb da? Und wer ist der Blasse an deiner Seite?«

»Gilo Battinelli ist seit ein paar Jahren bei uns. Inspektor. Warum hast du dich nicht zu erkennen gegeben, als ich bei dir im Lokal war?«

»Ich wollte testen, ob du mich erkennst. Du hast dich kaum verändert seit damals, abgesehen von den grauen Haaren.«

»Keine Sorge, ich wusste, wer du bist, Albanese.«

»Und weshalb hast du das für dich behalten?«

»Auch ich wollte dich testen, mein Lieber. Trotz all der Haare auf deinem Kopf und deinem Bart sind deine Züge noch zu erkennen, genau wie deine Augen. Wir hatten genug miteinander zu tun, um sie mir einzuprägen. Aber wenn du wirklich ein Lokal eröffnen willst, dann solltest du dich um ein zivileres Aussehen bemühen.« Laurenti verriet nichts von den Aufnahmen der Überwachungskameras in der Via Dante und an der Piazza della Repubblica, kurz nachdem Maggie Aggeliki zu Tode gestürzt worden war. Wäre er Aristèides unvorbereitet auf der Straße begegnet, hätte er sich zwar über den eigenartigen Mann gewundert, ihn aber vermutlich doch nicht erkannt.

»Jetzt fängst du auch noch damit an. Ich traue keinem Friseur, seit mich damals der Anstaltsscherer verunstaltet hat. Aber jetzt setzt euch endlich, nehmt den ersten Tisch, ich esse mit euch. Dann weißt du, dass ich dich nicht vergifte.« Das Lachen des Griechen schien völlig unbeschwert. Er drückte Battinelli eine Karaffe mit Leitungswasser und einige Plastikbecher in die Hand und Laurenti drei Teller und Gabeln. Er selbst folgte ihnen mit einer Schüssel Pasta und einer zweiten mit Salat und bediente seine Gäste. »Im Knast habe ich jeden Tag gekocht«, erzählte er, »nur hatte ich da bessere Zutaten. Hier sind wir auf die Gnade der gutwilligen Ladenbesitzer angewiesen, die sich nicht gleich in die Hose scheißen, wenn sie Flüchtlinge sehen, die auch noch überwiegend Muslime sind. Anders als diese Arschlöcher mit ihren Plakaten auf der anderen Straßenseite. Komm am frühen Abend, wenn du sie sehen willst. Tag für Tag rotten sie sich zwischen Aperitif und Abendessen zusammen. Zumindest wenn das Wetter nicht zu schlecht ist. Die haben ihr Urteil alle längst gefällt. Wenigstens sind sie bisher nicht tätlich geworden, aber ich würde nicht darauf wetten, dass es so bleibt. Schmeckt's euch?«

»Danke«, sagte Battinelli. »Auch wenn die Pasta nicht mehr heiß ist.«

»Dein Urteil hast du also kochend im Knast verdaut, schließe ich daraus?«

»Laurenti, spiel mir nichts vor. Was willst du über Aahrash wissen. Ich kenne ihn verdammt lange. Ich hab den armen Kerl im Gefängnis zum Koch ausgebildet. Er ist intelligent, sensibel und treu wie ein Hund. Der tut keiner Seele etwas an. Sie haben ihn wie mich in die Pfanne gehauen. Gleich zwei unschuldig Verurteilte. Hier in Triest. Das sollte dir zu denken geben.«

»Es hat mir lange genug zu denken gegeben, Aristèides. Ich konnte dich nicht raushauen. Trotz der Zweifel an den Zeugenaussagen. Keiner von ihnen ist umgefallen.«

»Im Zweifel gegen den Angeklagten. Fein gemacht. Aber ich bin dir nicht gram.« Der Riese beugte sich halb über den Tisch und deutete mit dem Finger auf Laurenti. Seine Stimme war hart. »Dir nicht, auch wenn du nicht alles getan hast, um dieses Scherbengericht gegen mich abzuwehren. Weshalb hättest du gegen die Wand laufen und deine Karriere gefährden sollen, nur um einen wie mich zu retten? Mit einem anderen habe ich aber sehr wohl noch ein Hühnchen zu rupfen: Warum hat dieser verdammte Staatsanwalt alles darangesetzt, mich aus dem Weg zu räumen?«

»Deshalb bin ich nicht hier, Grieche.«

»Na, endlich beantwortest du meine Frage, Commissario.«

»Rein zufällig sind zwei Listen auf meinem Schreibtisch gelandet, die sich teilweise mit ein paar Krankheitsfällen decken. Es sind die Namen einiger Zeugen in deinem Prozess. Besser gesagt, die Namen der Zeugen in beiden Prozessen, auch dem gegen Gasparri, den du beschuldigt hattest, der Auftraggeber des von Olindo Bossi ausgeführten Bombenanschlags im Reedereigebäude gewesen zu sein. Komische Übereinstimmung. Falls du die Zeitung liest, weißt du vom Ende Elio Mazzas. Kein besonders schöner Tod. Und ein paar andere sind im Krankenhaus gelandet wegen ganz ähnlicher Symptome.«

»Wenn du inzwischen das Kommissariat für Magen-Darm-Infekte leitest, hast du richtig Karriere gemacht. Oder ist es vielleicht das Dezernat für verdorbene Lebensmittel? Die Leute sind einfach zu faul zum Kochen und wundern sich, wenn sie leiden.«

»Niemand verwendet Rizin oder Rizinusöl als Zutat«, mischte sich der Inspektor ein.

»Weißt du, was das ist?«, setzte Laurenti sofort nach.

»D'Annunzio und seine Faschisten haben ihre Feinde gewaltsam damit abgefüllt, ihnen die Hände auf den Rücken gefesselt, die Hosen am Bund und an den Beinen zugebunden und sie dann auf die Straße gesetzt. Diese Geschichten kennen viele. Was zum Teufel hab ich damit zu tun?«

»Es sind die gleichen Leute, die zweimal gegen dich ausgesagt haben. Sechs von zwölf Personen hat es bis jetzt erwischt. Fedora Bertone, Edvard Bosič und seine Frau Loriana Carlini sowie Renata Perego und Bruno Guidoni. Und Elio Mazza, der Poet, wie sie ihn genannt haben. Bei dem war es pures Rizin. Und das ist tödlich. Eines der stärksten Gifte, die es gibt. Und du bist erst seit Kurzem entlassen worden, bist zurück nach

Triest gekommen und hättest eigentlich jeden Grund, dich zu rächen. Siebzehn Jahre sind eine ganze Menge.«

»Ich verstehe dich, Laurenti.« Aristèides lehnte sich gelassen in seinem Stuhl zurück. »Du bist ein Bulle und folgst der einfachsten Spur. Aber ich bitte dich: Dünnschiss als Rache? Das ist doch lächerlich. Ich habe ein einfaches Gegenargument: Warum sollte ich zurück in den Knast wollen, wo ich schon knapp ein Drittel meines Lebens verbringen musste?«

»Hast du ein Alibi für die letzten fünf Tage?«

»Aber sicher. Mein Bewegungsablauf ist monoton. Zweimal am Tag koche ich hier, danach kümmere ich mich um das Lokal, das ich in ein paar Tagen eröffnen will, und die Nacht verbringe ich in einem Zweizimmerappartement an der Piazza Foraggi, wo ich auch zu Abend esse.«

»Wer kann das bezeugen?«

»Der, den ihr heute morgen eingelocht habt. Aahrash Ahmad Zardari. Aber keine Sorge, Commissario, wir wohnen nur zusammen. Er ist lediglich mein Geschäftspartner.«

»Und woher hast du das Geld für das Lokal? Soweit ich mich erinnere, schiebst du einen riesigen Berg Schulden vor dir her.«

»Ich bin ein einfacher Angestellter. Eine alte Dame mit Unternehmergeist und einer sozialen Ader hatte die Idee. Sie weiß von meiner Verschuldung und profitiert davon. Aahrash und ich verdienen zwar nicht besonders viel, können aber wenigstens in unserem Beruf arbeiten. In meiner Situation hat man kaum Chancen, nicht schnell wieder im Knast zu landen. Niemand kann eine solche Summe mit ehrlicher Arbeit verdienen. Aber mit Bescheidenheit und Entschiedenheit kann man dem System entkommen.«

»Wir werden dein Alibi überprüfen, Aristèides. Und ich hoffe für dich, dass es hält. Denk daran, dass du in deinem Alter vor Gericht keine mildernden Umstände wegen einer verkorksten Kindheit mehr geltend machen könntest. Vor siebzehn Jahren ging das noch knapp durch, weil Elio Mazza während der Verhandlung deine Mutter verhöhnte.«

»Noch ein Fall, den die Polizei nie aufgeklärt hat, Laurenti. Deine Vorgänger haben sich erst gar nicht die Mühe gemacht, die Freier zu vernehmen. Die hatten Angst davor, ein paar Prominenten auf den Schlips zu treten. Aber nach fünfzig Jahren wird niemand mehr die Akte öffnen.«

»Da hast du vermutlich recht. Danke für die Pasta.«

»Kümmer dich bitte um Aahrash. Es war einer der Rassisten von dieser Bürgerwehr, der ihn angezeigt hat. Sie haben ihn schon damals in den Knast gebracht. Er ist ihm vor Kurzem im Bus begegnet und musste sich verteidigen. Er ist auf dem Weg zum Lokal gewesen und hat mir sofort die ganze Geschichte erzählt. Eine Zeugin mit feuerroten Haaren hat ihn angesprochen und sogar gelobt. Sorg dafür, dass sie ihn nicht noch ein zweites Mal wegsperren.«

»Feuerrote Haare sind leider kein Name. Wir sehen uns spätestens bei der Eröffnung deines Lokals, Grieche. Versprich mir, dass du keinen Mist baust.«

»Ihr fahrt nicht zufällig in die Stadt?«, fragte Aristèides. »Ich bin spät dran. Das Telefon soll heute Nachmittag angeschlossen werden. Bei diesem Nieselregen tätet ihr mir einen Mordsgefallen.«

Battinelli nickte, es war eine Chance, weiter mit Albanese zu sprechen. Laurenti aber schüttelte den Kopf.

»Nimm den Bus, wir haben noch zu tun.«

»Dann setzt mich bitte an der Haltestelle ab. Ich bin gleich fertig.«

Als sie auf die Straße hinaustraten, hing bereits ein weiterer Schriftzug am Gartenzaun gegenüber. *Schluss mit dem Lager!*, stand in großen handgeschriebenen Lettern auf einem Schild. *Am besten mit Gas.*

»Seit wann duzen Sie sich?«, fragte der Inspektor, nachdem sie Aristèides ein Stück weiter hatten aussteigen lassen.

»In welchem Jahr hast du das Abitur gemacht?«

»1999, warum?«

»Seit damals, Gilo. Allerdings haben wir uns zwischenzeitlich etwas aus den Augen verloren.«

»Und wohin fahren wir?«

»Zum griechisch-orthodoxen Friedhof.«

»Ich dachte schon, Sie wollten diesen Pakistaner raushauen. Finden Sie es eigentlich richtig, dass die Österreicher uns jetzt die ganzen Flüchtlinge zurückschicken und die Grenzen dichtmachen?«, fragte Gilo Battinelli und plauderte unablässig weiter. »Schengen war einmal. Selbst oben am Loiblpass sind die Schlagbäume unten, obwohl da außer den Einheimischen kaum jemand rüberfährt. Und auf der Rückfahrt erst. Deren Polizei kontrolliert vor dem Grenzübergang nach Tarvisio auch noch die Autobahnvignetten. Sogar nachts. Können Sie sich vorstellen, dass die Polizia di Stato irgendwann die Mautstellen der privaten Autobahngesellschaft kassieren muss? Wir sind jetzt schon hoffnungslos unterbesetzt.«

»In Österreich läuft manches anders. Was hast du da oben gemacht?«

»Einen Ausflug mit zwei Freunden. Die hatten eine gute Adresse.«

»Ich kann's mir schon denken. Ihr wart als verdeckte Ermittler in einem der unzähligen Kärntner Puffs. Die würden ohne Italiener nicht überleben.« Die Medien hatten berichtet, dass vor den Toren Villachs auf siebentausend Quadratmeter Fläche unlängst ein Großbetrieb mit dem unzweideutigen Namen *Wellcum* eröffnet hatte, der für Gruppen sogar einen Shuttledienst per Autobus organisierte. Offensichtlich gab es trotz der Wirtschaftskrise genügend Blödmänner, die nach dem Besuch nicht weniger großmäulig herumprahlten, als es Antonio Gasparri und seine Kumpel nach der Rückkehr aus Kuba getan hatten. Laurenti kannte die Klage seiner Kärntner Kollegen, die immer wieder Amtshilfe beantragten. Auch sie durften erst nach Überwindung der bürokratischen Hürden im Ausland ermitteln, sofern sie überhaupt die Sprachbarrieren zu überwinden wussten.

Das organisierte Verbrechen kümmerte sich hingegen wenig um Grenzen, waren sie doch ein wichtiges Instrument für erfolgreiche Geschäfte. Ob Menschenschmuggel, Drogen- und Waffenhandel, Geldtransfer oder Geldwäsche, die Kunden dieser Etablissements scherten sich nicht darum. Und auch der Inspektor vergaß offensichtlich gern einmal seinen Beruf.

»Die meisten Mädchen kommen aus Osteuropa, Afrika oder Asien«, fuhr Battinelli altklug fort, als versuchte er, seinen Ausflug zu rechtfertigen. »Die wenigsten wissen, was sie erwartet, andere entscheiden sich bewusst für den Job. Sie werden in der ganzen Schengenzone eingesetzt, von einem Ort zum anderen transportiert und am Schluss auf die Straße gesetzt, wenn sie nicht von allein den Absprung schaffen.«

»Erzähl bitte jemand anderem, dass du aus humanitären Gründen dort warst.«

»Um was geht es eigentlich bei dieser fünfzig Jahre alten Geschichte?«, versuchte der Inspektor sogleich abzulenken.

»Ich weiß, dass du gern in alten Akten wühlst, Battinelli. Deshalb habe ich dich mitgenommen. Wir schauen uns das Grab an, falls wir es finden.«

Ein Streifenwagen der Carabinieri stand auf dem kleinen Parkplatz vor dem schlichten, in weißem Stein mit angedeuteten Säulen gehaltenen Eingangstor, über dem der Name des Monumentalfriedhofs sowohl auf Griechisch als auch Italienisch stand. Die beiden Männer waren höchstens dreißig und hatten militärisch kurz geschnittene dunkle Haare. Sie trugen kugelsichere Westen, der eine saß bei halb geöffneter Tür auf dem Fahrersitz, sein Kollege ging neben dem Fahrzeug auf und ab und telefonierte offenbar mit seiner Frau. Sie hatten den Auftrag, den Eingang zum jüdischen Friedhof auf der gegenüberliegenden Straßenseite zu bewachen. Battinelli parkte den Wagen, und die beiden Männer nickten zum Gruß. Wer zu den Sicherheitskräften gehörte, erkannte die Kollegen auch in Zivilkleidung.

Der Eingang war trotz der groß angeschriebenen Öffnungszeiten versperrt. Der Inspektor drückte mehrfach die Klingel, doch es dauerte, bis der Wärter der griechischen Gemeinde, der dieser Friedhof unterstand, aus dem schmalen Häuschen mit den drei Fenstern trat. Seiner Miene nach zu schließen hatte er darauf gehofft, an diesem grauen Tag nicht gestört zu werden und im Warmen bleiben zu dürfen. Seinen platt gedrückten grauen Haaren nach hatten sie ihn aus dem Mittagsschlaf gerissen.

»Kalispera«, war das einzige Wort, das Laurenti dem unfreundlichen Gemurmel des Wärters entnehmen konnte. Häufig bedienten sich die Mitglieder der vielen verschiedenen Gemeinden Triests zuerst ihrer Muttersprache. Selbstverständlichkeit, Abgrenzung oder Arroganz? Der Commissario war sich nie sicher, womit er es in diesen Situationen zu tun hatte.

»Können Sie uns sagen, wo wir das Grab von Melaní Albanese finden?«, fragte er.

»Ich kenne alle Gräber hier. Weshalb suchen Sie es?«

»Neugier, sonst nichts. Sie soll eine berühmte Persönlichkeit gewesen sein.«

»Fünfzig Jahre lang hat niemand nach der Frau gefragt, die Grabplatte war bis vor ein paar Monaten restlos überwuchert und wurde als Abstellplatz für die Gießkannen benutzt. Und plötzlich bekommt sie fast so viel Besuch wie zu Lebzeiten.«

»So alt sehen Sie gar nicht aus. Können Sie es uns zeigen?«

»Es nieselt.«

»Haben Sie keinen Schirm?«

»Sehen Sie die Rosen dort? Rechts neben der Kapelle.« Der Mann trat einen Schritt aus dem Häuschen und zog seine Strickjacke am Hals zusammen. Das tiefe Rot der drei frischen Blumen auf der nassen Steinplatte unter einer alten Pinie leuchtete im Grau des Tages. »Das ist es.«

Spätestens seit es Schiffe gab, war Triest mit Griechenland verbunden. Experten sagten, dass lange vor der römischen Stadt auf dem Colle di San Giusto, dem Burghügel, an der Stelle des Forum Romanums eine Akropolis gestanden habe. Und bereits Virgil bezeugte in der Aeneis, dass Antenor an der Mündung des mythischen unterirdischen Flusses Timavo gelandet sei, bevor er die Stadt Patavium, Padua, gründete. Auf der Jagd nach dem Goldenen Vlies hätten von der Mündung des Flusses die Argonauten abgelegt, nachdem sie vom Schwarzen Meer zuerst die Donau hinauf und dann in die Sava gefahren waren, von wo sie ihr Boot über die Berge hinab zur Adria getragen hätten. Die griechische Gemeinde hatte Gewicht in der Stadt und tüchtige Kaufleute, Unternehmer und Wohltäter hervorgebracht, die den immensen Reichtum Triests wesentlich mitprägten. Und dem verächtlichen Spott der Nordländer zum Trotz verfügte auch die heutige Gemeinde nach wie vor über bedeutenden Grundbesitz und Unternehmen.

Laurenti zeigte dem jungen Inspektor einige der Grabmäler. Die ältesten stammten aus dem Jahr 1829, manchmal waren die Inschriften zweisprachig, und die Namen standen nicht nur im griechischen Original darauf, sondern auch in der italienischen Umformung. Bedeutende Straßen, Paläste und Museen waren nach den Verblichenen benannt.

Der Stoffhändler Demetrio Carciotti, Erbauer des größten Gebäudes und Gründungsstifter des Opernhauses, hieß ursprünglich Kartsiotis und war 1775 aus Smyrna, dem heutigen Izmir, zugewandert. Die Economo nannten sich zuvor Oikonomou, und die Vorfahren des von Franz Josef I. geadelten Baron de Ralli stammten von der Insel Chios. Häufig behielten sie auch ihre Nachnamen bei, die bis heute jeder in der Stadt kannte. Sofianopoulo, Xydias, Haggiconsta, Stavròpulos. Und einer der Gerichtsmediziner, mit denen der Commissario zu tun hatte, hieß Constantinides, bei dem wohl die Jahrhunderte ein C aus dem K gemacht hatten. Mit ihm hatte sogar der siebenunddreißigjährige Inspektor Gilo Battinelli Bekanntschaft gemacht, der die meisten anderen Namen auf den Grabmalen nur als Ortsbezeichnungen kannte.

Die Rosen waren echt und nicht wie so häufig Plastikblumen, die einmal im Jahr erneuert wurden. Länger als ein paar Tage standen sie noch nicht auf dem Grab. Die einfache Grabplatte war vor nicht allzu langer Zeit geputzt worden, die Buchstaben des Namens und die Jahreszahlen waren gut lesbar: Melaní Albanese 1944–1966. Ein kleiner silberner Bilderrahmen mit dem Foto eines Kleinkinds lehnte an der Vase.

»Ist sie das?«, fragte Battinelli.

Sein Chef nickte nur und hob den Rahmen auf.

»Die Mutter von Albanese? Den wir gerade besucht haben?«

Wieder nickte Laurenti, er betrachtete das Foto.

»Alt ist sie nicht geworden. Wie kam sie zu Tode?«

»Brutal. Über dreißig Messerstiche. Ein Blutbad.«

»Weshalb?«

»Mord im Milieu.« Der Commissario klappte den Rahmen auf. Das Bild war feucht. *Dino 1. Geburtstag, 15. Juni 1993*, stand mit Bleistift auf der Rückseite.

»Und der Täter?«, fragte der Inspektor.

»Wurde nie gefasst.«

»Ganz schön lange her. Über fünfzig Jahre. Da ist wohl

nicht mehr viel zu holen. Obwohl es erstaunlich ist, was noch an Material in den Regalen der Kriminaltechniker liegt.«

Battinelli war in der Vergangenheit einer von vier Beamten gewesen, die sich mit den unaufgeklärten Mordfällen der Nachkriegszeit befasst hatten, wann immer der dienstliche Alltag es zuließ. Viele Fälle lagen nicht in den Archiven, doch eine Sache hatten sie gemeinsam: Ihre Umstände waren mysteriös, und obwohl die ursprünglich zuständigen Kollegen zumeist großen Aufwand betrieben hatten, hegte der Inspektor den Verdacht, dass nicht selten absichtlich in die falsche Richtung ermittelt worden war. Der Tod des Sammlers Diego de Henriquez war einer dieser Fälle, ebenso der Mord an Gaetano Perusini, einem schwerreichen, aus dem Friaul stammenden Professor für Völkerkunde. Manche der Zeitzeugen, die Battinelli befragt hatte, waren der Meinung, es habe politische Motive gegeben. Sowohl für den Mord als auch für die anschließende Vertuschung.

»Albaneses Mutter war Prostituierte?«, fragte er.

»Er war vier, als er sie verlor.«

»Soll ich mir die Akte ansehen?«

»Ich habe sie gelesen. Marietta auch. Sie liegt auf meinem Schreibtisch. Was du außerhalb deiner Arbeitszeit tust, ist mir egal, Gilo.« Laurenti klappte den Rahmen zu und steckte das Bild in seine Jackentasche. »Das ist Dino Bertone. Ihr Enkel. Aristèides' Sohn.«

Der Commissario wandte sich um, doch bevor sie den Friedhof verließen, klopfte er noch einmal am Häuschen des Wärters an. Wieder dauerte es, bis er öffnete. Im Hintergrund lief in voller Lautstärke eine Talkshow im Fernsehen, bei der unglückliche Paarbeziehungen exhibitionistisch plattgewalzt wurden. Und wieder starrte der Mann sie unfreundlich an. Laurenti kam ihm zuvor, bevor er seiner schlechten Laune freien Lauf lassen konnte.

»Wer pflegt das Grab?«

»Keine Ahnung, wie der Kerl heißt. Er ist nicht besonders gesprächig.«

»Da haben Sie beide wohl etwas gemeinsam. Können Sie ihn beschreiben?«

»Nur wenn es sein muss.«

»Versuchen Sie es.«

»Er kommt einmal die Woche.« Die Hand des Wärters lag auf der Türklinke. Er konnte es kaum abwarten, sie wieder zu schließen.

»Und?«

»Groß.« Er reckte den Arm zum Himmel. »Trägt einen alten Anzug und hat einen Bart.«

»Und?«

»Lange Haare, Pferdeschwanz bis zum Hintern. Sein Alter kann ich nicht schätzen. Zu viele Haare.«

»Geben Sie sich bloß nicht zu viel Mühe, Mann«, schimpfte Battinelli.

»Lass mal. Wir wissen doch, wer es ist.«

Der Blick des Friedhofswärters blitzte plötzlich vor Neugier. »Wer denn?«

»Fragen Sie ihn, wenn er das nächste Mal kommt.«

Laurenti ließ den unfreundlichen Mann stehen und ging auf den kleinen Parkplatz hinaus, wo der martialische Carabiniere mit der geschulterten Maschinenpistole noch immer unterwürfig mit seiner Frau telefonierte. Sein Tonfall war klagend, immer wieder versicherte er, dass er sie doch liebe und irgendetwas gar nicht getan habe, niemals tun könne und auch nie wieder tun werde. Er war viel zu beschäftigt, um die ungebetenen Zuhörer wahrzunehmen. Wie er auf diese Art den Eingang des jüdischen Friedhofs bewachen wollte, war ein Rätsel.

»Warum nehmen Sie dieses Bild mit, Chef?«, fragte Battinelli und ließ den Motor an.

»Marietta und Pina berichteten, dass Fedora Bertone sich über den Verbleib eines Fotos mit wertvollem Rahmen gewundert habe. Sie ist der Meinung, der unbekannte Koch habe es mitgehen lassen.«

»Dann haben wir ihn«, rief der Inspektor. »Seine Fingerabdrücke müssten darauf sein.«

»Ich glaube nicht, dass wir sie brauchen. Jetzt fahr schon.« Laurenti sank tief in seinen Sitz und schloss die Augen zu einem winzigen Spalt. Ein Lächeln umspielte seine Mundwinkel. »Ich kenne Albanese schon lange. Wir behalten ihn im Auge.«

»Aber er ist doch nur auf Bewährung draußen.«

»Solange er lediglich ein Foto seines Sohnes klaut, interessiert uns das nicht. Familienangelegenheit.«

»Was meinte er übrigens mit D'Annunzio und dem Rizinusöl?«

»Mein Gott, es ist ja schön, wenn die Menschen die finsteren Seiten der Geschichte überwinden, dass ihr Jungen aber dann gar nichts mehr wisst und die Dinge schließlich vergessen werden, ist bedrückend. Damit kann der ganze Mist wieder von vorn beginnen, anstatt dass man endlich daraus lernt.«

»Und was war mit D'Annunzio?«

»Sag ich doch. Der hat bei seiner idiotischen Besetzung von Fiume, dem heutigen Rijeka, fast alles erfunden, was Mussolini zwei Jahre später übernahm. Vom römischen Gruß über den Fez und die Faschistentracht bis hin zu den Schlachtrufen.«

»Und das Rizinusöl?«

»Albanese hat es doch erzählt.«

»Ich dachte, der macht Witze.«

»Von wegen. *Ricino e manganelli,* Schlagstöcke und Rizinus, das blühte den politischen Gegnern. Auch das übernahmen die Faschisten später. Die alten Leute aus unserer slowenischen Gemeinde können dir bis heute davon erzählen. Die Truppe

D'Annunzios hat in Rijeka eine wilde Herrschaft geführt. Freie Liebe, Drogen, selbst geschneiderte Uniformen. Gesoffen und gekokst und dem Großdichter applaudiert. D'Annunzio war eindeutig kreativer als Mussolini, dem er den Weg bereitet hat. Es heißt, er habe sich sogar zwei Rippen entfernen lassen, um sich selbst oral befriedigen zu können.«

»Geil, wie Marilyn Manson«, raunte Gilo Battinelli.

»Wer ist das denn?«

»Egal«, winkte der Inspektor ab. Er hielt den Commissario für viel zu alt für diese Art Musik. »Aber glauben Sie, dass das funktioniert? Ohne Rippen?«

»Probier's und sag mir dann, wie es war ...« Sein Telefon erinnerte Laurenti daran, dass er noch Vorgesetzte hatte. Der Sekretär der Polizeipräsidentin wies ihn an, schnellstmöglich in die Questura zurückzukehren und umgehend vorstellig zu werden. Am Tonfall der Vorzimmerdrachen ließ sich vermutlich weltweit die Stimmung ihrer Chefs ablesen. Nur Miss Moneypenny war die Laune von M, dem Vorgesetzten der Doppelnull-Agenten, nie anzumerken. »Schalt Blaulicht und Sirene ein. Die Chefin erwartet hohen Besuch. Du fährst dann gleich zurück ins Kommissariat von San Sabba und kümmerst dich um den Pakistaner. Und knöpf dir den Zeugen vor, der angeblich vier Wochen krankgeschrieben ist, kontrollier, ob er zu Hause ist. Ich werde den Eindruck nicht los, dass er und die beiden Kollegen von heute Morgen sich ein bisschen zu gut kennen.«

Aristèides erwischte den Telefontechniker gerade noch, als dieser schon den Blinker seines roten Fiat Pandas zum Ausparken setzte. Er verfluchte den Commissario, der ihn nicht im Dienstwagen mitgenommen, dafür eine Menge Zeit mit seinen Unterstellungen gekostet hatte. Und wenn es etwas gab, wofür man auf dieser Erde wirklich dankbar sein musste, dann für einen Techniker der Telefongesellschaft, der tatsächlich zum angekündigten Termin auftauchte und seine Arbeit tat. Der Koch hätte den Mann notfalls aus dem Seitenfenster seines Fiats gezerrt, wenn er nicht freiwillig ausgestiegen und seinem Auftrag nachgekommen wäre. Es dauerte nicht lange, bis die Leitung stand und das kleine Lokal über ein einfaches Festnetztelefon verfügte. Die Feuerlöscher waren seit Tagen vorschriftsgemäß installiert, auch der Erste-Hilfe-Kasten angebracht, und hinter der Tür waren sogar ein paar Garderobenhaken an die Wand geschraubt worden. Mit Aahrash würde er vor Eröffnung noch ein paar Probeläufe durchspielen und die Vorräte aufstocken müssen, Salz und Pfeffer, Essig und Speiseöl, Spül- und Desinfektionsmittel, Papierservietten. Aristèides konnte nur hoffen, dass der Pakistaner bald freikam und nicht sofort das Weite suchte. Zweimal unschuldig hochgenommen und gedemütigt zu werden, war zweimal zu viel.

Und nach all den Bemerkungen, die er sich in letzter Zeit hatte anhören müssen, wollte sich Aristèides zumindest neu einkleiden. Er sperrte das Lokal ab und ging hinüber zu einem Kaufhaus an der Viale XX Settembre, wo er nach einigem Suchen endlich die Abteilung mit legeren Herrenklamotten fand. Ein jugendlicher Verkäufer schäkerte mit zwei Kolleginnen und machte keine Anstalten, ihm behilflich zu sein. Nur ihre misstrauischen Blicke folgten dem Hünen in seinem altmodischen, längst abgetragenen hellen Anzug. Die Auswahl der Größe XXXL war zwar nicht riesig, doch bald warf er sich einige mit Plastikchips gegen Diebstahl gesicherte Hosen, dunkle T-Shirts, Hemden und ein paar leichte Pullover über den Arm und verschwand in einer der Kabinen. Das Schild, dass nur drei Kleidungsstücke erlaubt seien, sah er nicht. Mühsam gelang es ihm in dem engen Raum, sich des Anzugs zu entledigen, den er an den einzigen Haken hängte. Erst die dritte Hose passte von der Länge, war dann aber am Bund zu weit.

Er probierte die nächstkleinere Größe, die Hosenbeine waren zu kurz. So bekleidet ging er hinaus zu den Kleiderständern und hielt sich vier weitere Hosen an den Bund. Mit zweien ging er zurück in die Kabine. Vielleicht würde es so gehen, wenn noch ein Änderungsschneider Hand anlegte. Aristèides wusste nicht, wo er all die Klamotten ablegen sollte, er faltete die aussortierten Hosen ordentlich zusammen und stapelte sie samt Bügeln am Boden. T-Shirts und Pullover waren schnell ausgesucht, auch sie verteilte er auf die beiden Stapel. Als er soeben das zweite Hemd anprobierte, ein schwarzes mit Stehkragen, hörte er draußen die Stimmen zweier Männer, und im nächsten Moment wurde rücksichtslos der Vorhang seiner Kabine aufgerissen. Ein Wachmann in dunkler Uniform stand hinter dem jugendlichen, schmächtigen Verkäufer mit dem gegelten Haar, der aufgebracht auf den Riesen zeigte.

»Da, sieh selbst. Das ganze Zeug liegt auf dem Boden, obwohl deutlich angeschrieben steht, dass nicht mehr als drei Stücke mit hineingenommen werden dürfen. Und seinen dreckigen Anzug hängt der Penner einfach an den Haken. Er ist schon fertig angezogen.«

Aristèides ging an ihm vorbei und begutachtete sich im Spiegel.

»Das wirst du alles bezahlen«, bellte das Männchen.

»Reg dich ab, Junge. Ich habe das Geschäft noch nicht verlassen.«

»Ja, aber diese Kleidungsstücke am Boden sind jetzt schmutzig.« Der Jüngling vermied in seiner bornierten Unsicherheit, ihn direkt anzureden. »Diese Ware ist unverkäuflich.«

»Dann sorgt dafür, dass es mehr Haken gibt. Und putzt gefälligst den Boden.«

»Da steht aber, dass nur drei Kleidungsstücke erlaubt sind.«

Der Wachmann hielt sich stumm zurück, er hatte offensichtlich schon Schlimmeres gesehen. Und vermutlich erkannte er einen ehemaligen Häftling von Weitem.

»Bezahlen werde ich an der Kasse und nur das, was ich ausgewählt habe.« Der Grieche schob den Vorhang zu und griff zum nächsten Hemd, doch der Verkäufer ließ sich nicht abwimmeln und öffnete die Kabine erneut. Aristèides stand mit nacktem und dicht behaartem Oberkörper vor ihm und überragte ihn um mehr als einen Kopf. Sein Arm steckte bereits im Ärmel.

»Da schau, er probiert es auch noch auf der nackten Haut«, ereiferte sich der Kleine. »Und wenn er es nicht nimmt, dann holt sich der nächste Kunde bei der Anprobe die Krätze.«

»Ja, und die Hosen hab ich natürlich ohne Unterhose anprobiert.« Der Riese hob die Stimme. »Ich wasch mir nie den Schwanz vorm Kleiderkauf.«

Drei Studentinnen mit künstlich zerschlissenen Jeans blieben kichernd in sicherem Abstand stehen, eine schoss sofort ein Foto mit ihrem Telefon.

Aristèides schloss den Vorhang und zog seinen alten Anzug an. »Weißt du überhaupt, was ein Kunde ist, Junge?«, brummte er deutlich vernehmbar hinaus. »Das sind Menschen, die man sich nicht aussuchen kann. Solche wie ich. Hat dir dein Chef das noch nicht beigebracht?«

Für einen Augenblich herrschte wohltuende Stille.

»Du hast einen Sack voll Arbeit«, sagte er, als er den Vorhang zurückzog, den Stapel der aussortierten Klamotten aufhob und dem verdutzten jungen Mann in den Arm drückte. »Die sind für dich.« Die passenden reichte er dem Wachmann. »Und die darfst du mir zur Kasse tragen, damit ich sie nicht stehle.«

Wenig später verließ Aristèides das Warenhaus mit zwei großen Tragetaschen. Er ging zielstrebig zurück zu seinem Lokal, wo er sein erstes Telefonat mit dem neuen Apparat tätigte. Bis jetzt hatten ihn nur wohlgesinnte Menschen wegen seines Aussehens angesprochen. Aahrash, Don Alfredo, Tante Milli und Simona, die nette Fischverkäuferin – selbst der Commissario hatte seinen Kommentar nicht abwertend formuliert. Doch die Erfahrung im Kaufhaus führte nun dazu, dass auch er selbst sein Aussehen überdachte. Nachdem der erste Anruf ohne Antwort blieb, drückte er die Wiederholungstaste.

»Simona?« Er räusperte sich verlegen. »Ich bin es. Wir haben seit heute einen Telefonanschluss.«

»Bist du das etwa, Athos?«

»Ja.«

»Wie schön. Es ist das erste Mal, dass du mich anrufst. Ich kannte die Nummer nicht, deswegen habe ich nicht gleich geantwortet.«

»Das Telefon funktioniert erst seit einer Stunde. Entschuldige, dass ich dich störe. Aber ich wollte dich etwas fragen.«

»Alles, was du willst, Athos.« Ihre Stimme klang fröhlich.

»Kennst du einen guten Friseur?«

»Sag bloß, du hast dich entschieden?« Simona lachte.

»Einen, der keinen Mist baut, meine ich. Keinen Modeschnösel, der alle gleich zurichtet.«

»Fragst du nach einem Zahnarzt oder nach einem Friseur? Seit ich mich erinnern kann, geh ich zu Bosič. Nicht zu Edvard, sondern zu seiner Frau Loriana. Oder gefällt dir mein Schnitt nicht?«

Er war dankbar für ihre Heiterkeit. »Nein, nein. Das wollte ich nicht sagen, Simona. Dein Haar gefällt mir außerordentlich. Braucht man da einen Termin?«

»Ruf zur Sicherheit an. Ich gebe dir die Telefonnummer. Der Salon liegt fast um die Ecke. In der oberen Via Mazzini. Im Moment haben sie geschlossen. Ich wollte heute auch schon hin. Das ist eigentlich noch nie passiert, aber es dauert sicher nicht lange. Ruf einfach an, und ein paar Tage später bist du dran. Bei deiner Mähne fragst du am besten, ob Loriana das macht. Sie hört dir zu. Ihr Mann quasselt ununterbrochen.«

»Ich will nicht so lange warten. Eigentlich dachte ich, dass ich zur Eröffnung mit etwas kürzeren Haaren antreten könnte. Und der Bart muss auch etwas kürzer werden, oder sagen wir einfach: gepflegter.«

»Wenn du's eilig hast, ich habe dir doch erzählt, dass ich meinen Söhnen fast zwanzig Jahre lang die Haar geschnitten habe. Und sie haben kein einziges Mal mit mir geschimpft.«

»Meinst du, du ...«

»Aber sicher, Athos.« Wieder lachte sie. »Die Haare schaffe ich. Genau so, wie du sie willst. Nur beim Bart habe ich keine Erfahrung. Und Eile solltest du auch keine haben. Wir gehen am besten stückweise vor, bis du zufrieden bist. Es wird ganz sicher nicht wehtun.«

Als Laurenti nach der Sitzung mit den Engländern in sein Büro zurückkam, war sein Vorzimmer verwaist. Er leerte Mariettas Aschenbecher und schaute im Stehen die Post durch. Eine Notiz von Inspektor Colasanto, dem Gewährsmann von Antonio Gasparri.

Auf der Akte Eufemo prangte ein gelber Aufkleber in der Handschrift der Chefinspektorin, dass um sechzehn Uhr ein Spitzenmanager der Aggeliki Shipping Company einen Termin bei der Polizeipräsidentin hätte, an dem Laurenti und einige leitende Kollegen der anderen Sicherheitskräfte teilnehmen sollten. Er stieß einen stillen Fluch aus, weil sie ihn nicht sofort verständigt hatte, sondern das dem Sekretär der Chefin überlassen und ihm so die Möglichkeit genommen hatte, sich ausreichend vorzubereiten.

Er war als Letzter zu der Sitzung gekommen, die Höflichkeitsfloskeln waren bereits ausgetauscht worden, als er eintrat. Um den Besuchertisch des riesigen Büros, dessen Inventarnummer für alle sichtbar an einem der Beine klebte, saßen neben der Polizeipräsidentin, dem ranghöchsten Carabinieri-Offizier und dem Kommandanten der Finanzpolizei drei Männer in teuren Maßanzügen. Der blonde Manager der Aggeliki Shipping Company war an seiner Kleidung als Engländer leicht zu erkennen, während die beiden anderen zu der Rechtsanwaltskanzlei aus Mailand gehörten, die den Konzern in Italien vertrat. Der Jüngere von ihnen war als Übersetzer behilflich. Laurentis Englischkenntnisse reichten gerade aus, um dem Briten in groben Zügen zu folgen. An den Gesichtern der anderen Kollegen war abzulesen, dass sie gar nichts verstanden, auch die oberste Chefin, die von Statur, Haarfarbe und mit ihren bis in den Keller hängenden Mundwinkeln der deutschen Kanzlerin glich, war ganz offensichtlich kein Sprachgenie. Lediglich der Vertreter der Guardia di Finanza folgte wach den Ausführungen des Managers, der auf rasche Aufklärung drang, auch weil die Medien nun täglich bei dem Unternehmen vorstellig würden, das bisher nie im Licht der Öffentlichkeit gestanden habe. Die Politik der medialen Zurückhaltung sei von der verblichenen Präsidentin Maggie Aggeliki noch selbst festgelegt worden. Der Kommandant der Guardia di Finanza blätterte in einer Akte, während der Commissario grob die bisherigen Ermittlungen zusammenfasste und eine baldige Festnahme der drei Hauptverdächtigen in Aussicht stellte, die allein aus fahndungstechnischen Gründen noch nicht stattgefunden habe. Immer noch unklar seien hingegen das Motiv und die Auftraggeber der Tat. Als er den Topmanager aufforderte, mehr über die Pläne seiner Firma zu verraten, als den Zeitungen zu entnehmen war, antwortete Renzo Roverè della Luna, der größere der beiden Anwälte, ohne die Frage seinem Mandanten zu übersetzen. Nassforsch forderte er Einblick in die Ermittlungen und den Obduktionsbericht und unterstrich dann ein wenig pathetisch, dass das von ihm vertretene Unternehmen gern beim Vorankommen behilflich sei, wenn die Behörde nur ihren Stolz überwinden und externe Ermittler zulassen würde. Die Doppelgängerin der deutschen Kanzlerin ließ ihn zwar ausreden, doch wies sie den Mann mit ruhiger Stimme in die Schranken und sprach den Manager so direkt an, dass der Adlatus übersetzen musste.

»Das von Ihrem Anwalt geäußerte Misstrauen in die Instanzen seines eigenen Landes zeugt von höchster Professionalität. Zu seinem Beruf gehört es fraglos, so viele lukrative Aufträge wie möglich zu aquirieren. Die Bitte, dass die Firma selbst ermitteln oder an den Ermittlungen beteiligt werden könnte, ist dafür nicht nur ungewöhnlich, sondern schlicht absurd. Zur Aufklärung gehören allerdings Fragen, die wir Ihnen und Ihren Mitarbeitern stellen müssen. Deshalb sind wir dankbar, dass Sie von sich aus vorstellig geworden sind und wir Sie nicht erst haben vorladen müssen.«

Anwalt Roverè della Luna protestierte umgehend. »Mein Mandant kann sich nicht zu geschäftlichen Hintergründen äußern. Der Unternehmenssitz befindet sich im Vereinigten Königreich.«

Die Polizeipräsidentin ließ sich nicht beirren, ihr Blick galt nach wie vor dem Manager. »Die Aggeliki Shipping Company will im Hafen von Triest expandieren. Allerdings taucht der Name des Unternehmens auch in einer Untersuchung der Europäischen Betrugsbehörde auf. Um bei der Ermittlung über den Tod Ihrer Präsidentin weiterzukommen, müssen wir alle Anhaltspunkte berücksichtigen.«

An diesem Punkt übernahm Tenente Colonnello Carminati nahtlos und zählte in bestem Englisch die ihm vorliegenden Ermittlungsergebnisse auf. Seinem Teint zufolge erlitt Rovère della Luna einen Adrenalinschub, während der Brite sich gelassen in seinem Stuhl zurücklehnte und das Wort nicht länger den Anwälten überließ. Er bügelte den Finanzpolizisten mit

Hinweis auf das enorme Frachtvolumen ab. Eine Regierungskommission seines Landes habe die Vorwürfe gegen die Company längst zurückgenommen.

Carminati hielt dagegen, dass die chinesische Ware, um die es bei dem Betrugsfall gehe, von Großbritannien aus über Häfen in Italien, Deutschland und Spanien weiterverteilt worden sei. Somit liege das Verfahren nicht mehr ausschließlich im Zuständigkeitsbereich der europäischen Behörde in Brüssel. Eine offizielle richterliche Vorladung könne nun nicht mehr ausgeschlossen werden. Zumindest die Mailänder Anwälte schienen durch diese Breitseite vorübergehend gezähmt zu sein. Nur Laurenti und Carminati lächelten bei der Verabschiedung der Gäste.

Kaum im Büro zurück rief der Commissario Chefinspektorin Pina Cardareto zu sich, damit sie ihn aufs Laufende brachte. Sie war schlecht gelaunt. Nie in den vergangenen Jahren hatte sie auch nur einmal ihren Stimmungen nachgegeben, hatte sich immer ihrer Position bewusst gezeigt und sich, ohne zu murren, in die Rangordnung eingereiht. Höchstens in den Comics, die sie flugs aufs Papier warf, oder in den kurzen Theaterstücken, die sie in ihrer spartanisch eingerichteten Zweizimmerwohnung an einsamen Abenden verfasste, kamen ihre Launen zum Vorschein. Keiner von Pinas Kollegen wusste viel von ihrem Privatleben. Es schien, als lebte sie völlig allein und würde nicht einmal ein Haustier in ihre Nähe lassen. Dafür kannte ihre Anwesenheit im Büro meist keine Grenzen. Gewiss gehörte sie nicht zu denen, die ihre Arbeitszeit auf die Minute und im Dauergeplauder mit den Kollegen absaßen, um anschließend blitzartig in eine andere Haut zu schlüpfen: im Sportklub, einem Chor, vielleicht im Karnevalsverein oder unter Freunden in der Kneipe. Eigentlich schien die Chefinspektorin die Idealform der Staatsdienerin zu verkörpern: rund um die Uhr im Einsatz, jederzeit abrufbar und frei von sozialen Bindungen oder gar einer störenden Familie. Kriminalbeamte wie Pina Cardareto fand man sonst höchtens im Film oder in drittklassigen Kriminalromanen.

»Wenn Sie wissen wollen, ob wir den Pfirsichsaft verhaftet haben, obwohl das die Angelegenheit der Kriminaltechniker gewesen wäre, können Sie beruhigt sein, Commissario«, schoss die Chefinspektorin sofort los und blieb steif vor seinem Schreibtisch stehen. »Er hat keine Gegenwehr geleistet, und die Analyse des Labors sollte in Kürze vorliegen. Die Bertone hat allerdings eine Szene gemacht, die ich nicht näher beschreiben will. Gibt es sonst noch was?«

»Sind Sie sich plötzlich zu fein für die Basisarbeit, Pina? Setzen Sie sich.«

»Nein. Aber drei hysterische Weiber an einem Tag am Hals zu haben, anstatt einen dringend Verdächtigen festzunehmen, bevor er weiteren Schaden anrichten oder gar entkommen kann, passt nicht zu meiner Berufsauffassung.«

»Wer war die dritte?« Laurenti wies erneut auf den Stuhl vor seinem Schreibtisch. »Und wie geht es Marietta?«

»Sie ist zu Hause und schläft sich aus. Schon morgen wird sie wieder versuchen, hier das Regime zu übernehmen.«

»Wer also war die dritte Ihrer Herzensfreundinnen?«

»Obwohl Sie offensichtlich keine Eigeninitiative wünschen, habe ich Simona Caselli befragt, die Mutter der beiden anderen Verdächtigen.«

»Die Witwe von Olindo Bossi, dem Wachmann?«

»Das Mobiltelefon ihres ältesten Sohns hat sich zwar nur kurz ins Netz eingeklinkt, bevor es wieder verschwand, aber wir wissen jetzt vermutlich, wo er sich aufhält. Es war der Funkmast bei Santa Barbara und Chiampore oberhalb von Muggia. Ich bin mir sicher, Giulio Bossi befindet sich auf der anderen Seite der Grenze, in Koper oder Izola. Ansonsten nutzt er vermutlich das slowenische Funknetz. Er hat auf jeden Fall seine

Mutter angerufen, aber nur gesagt, es gehe ihm gut. Zumindest ist interessant, dass die Gesellen sich nicht in Italien aufhalten. In Slowenien können wir allein nichts ausrichten.«

»Bereiten Sie eine Anfrage bei den Kollegen drüben vor.«

»Längst erledigt.« Sie stand noch immer stramm wie ein Soldat.

»Wie lief das mit seiner Mutter?«

»Schwierig. Ich sagte doch, dass drei hysterische Triestinerinnen zu viel sind.«

»Setzen Sie sich endlich, und erzählen Sie.«

»Ich habe sie zur Mittagszeit im Fischgeschäft am Largo Piave ausfindig gemacht, wo die Kunden Schlange standen und ihr Chef nervös wurde, als er meinen Dienstausweis sah. Diese Simona hat mich warten lassen. Und die Hausfrauen in dem Laden haben mich so blöd angeglotzt wie all diese toten Fische auf dem Eis. Simona Caselli verkündete lautstark, dass die Polizei nie lockerlassen würde und eine unbescholtene, arbeitende Bürgerin belästige, nur weil sie vor fast zwanzig Jahren zur Witwe eines Mannes geworden sei, den ein anderer erschlagen habe. Sie hatte sofort alle auf ihrer Seite, bis auf den Chef. Der machte keinen Hehl aus seinem Zorn darüber, dass ausgerechnet sein Laden in eine solche Sache hineingezogen worden ist. Auf jeden Fall hat sich keiner ihrer Söhne gemeldet. Sagt sie. Ich hatte auch gar nicht mit einer anderen Auskunft gerechnet.« Erst jetzt setzte Pina sich und legte den längst vorbereiteten Antrag für die slowenischen Kollegen auf seinen Schreibtisch, den Laurenti blind abzeichnete.

»Haben Sie für die Überwachung von Dino Bertone alles vorbereitet?«

»Ich kann nicht garantieren, dass ich ihn heute Nacht noch einmal laufen lasse, Chef.«

»Sie sind verdammt ungeduldig, Pina.« Laurenti fixierte die Kampfsportlerin, deren Bizeps sich unter ihrem T-Shirt abzeichnete, und konnte ein Lächeln nicht unterdrücken. »Rasche Genugtuung erhält man höchstens im Zweikampf, wenn der andere am Boden liegt. Das war's dann schon. Nehmen Sie Inspektor Battinelli mit.«

»Der Kollege ist schon wieder weg. Er hat sich die Akte über den Tod von Albaneses Mutter vorgenommen und wollte nach Rozzol Melara hoch, eine alte Frau anhören, die Zeugin in dem Fall gewesen sein soll. Als hätten wir ausgerechnet jetzt Zeit für fünfzig Jahre alten Kram.«

»Mord verjährt nicht, Pina. Aber rufen Sie ihn an und nehmen Sie ihn mit, für den Fall, dass Dino etwas von der Observierung bemerkt. Ich schlage Ihnen einen Deal vor, Pina: Bevor Sie zuschlagen und ihn festnehmen, rufen Sie mich an und sagen mir, wohin er gegangen ist. Egal, wie spät es ist. Und sollte er tatsächlich abzuhauen versuchen, dann dürfen Sie ihn stellen. Einverstanden?«

Gilo Battinelli hatte den Betonklotz mit den Sozialwohnungen auf dem Hügel über der Stadt stets mit Abscheu betrachtet, aber noch nie einen Fuß hineingesetzt. Dazu hatte bisher kein Anlass bestanden, weder einen Mord noch irgendeine andere ernstere Straftat hatte es dort gegeben, seit er in Triest Dienst tat. Er hatte lediglich Meldungen gelesen, dass sich aus dem nahen Stadtwald manchmal Wildschweine auf Nahrungssuche dorthin verirrten. Der uniformierte Kollege, der ihn mit dem Wagen zum vorderen der beiden Wohnsilos brachte und dort auf ihn warten musste, erklärte, welchen Eingang er nehmen sollte und wie er in die vorletzte Etage hinauffinden würde, in der die Wohnung von Melissa Fabiani lag. Es war längst dunkel, und Battinelli hoffte, dass die achtzigjährige Frau noch wach war. Alte Leute, glaubte er, gingen mit den Hühnern zu Bett. Aus der Akte über den Mordfall Melaní Albanese, die er sofort nach der Rückkehr in die Questura aus Laurentis Büro geholt hatte, war rasch ersichtlich geworden, dass sie die einzige Zeitzeugin war, die noch lebte, und mit ein bisschen Glück funktionierte vielleicht auch ihr Gedächtnis noch. An den Betonwänden hatten sich wilde Sprayer mit ihren Graffitis ausgetobt und ein bisschen Farbe ins triste Grau des Gebäudes gebracht, wobei Battinelli die Motive nicht verstehen konnte. Der Inspektor wunderte sich über sein Herzklopfen, als er an der Wohnungstür mit dem Nachnamen Fabiani klingelte. Er war mit dem Aufzug hochgefahren, hatte sich nicht angestrengt, dafür fühlte er sich, als ginge er in einem aktuellen Mordfall einer heißen Spur nach. Er klingelte noch einmal, dann hörte er eine Stimme hinter der Tür.

»Ich komm ja schon, Kiki. Hast du's aber heute eilig.«

Der Ausdruck auf dem Gesicht der übertrieben geschminkten Alten veränderte sich schlagartig, als sie Battinelli erblickte. Sofort wollte sie die Tür zuschlagen, er stellte jedoch den Fuß dazwischen und hielt ihr seine Dienstmarke hin. Sie zog eine Sauerstoffmaske über die Nase. In ihrem Blick lag Furcht.

»Inspektor Battinelli, Signora. Keine Sorge, ich habe nur ein paar Fragen«, versuchte er sie zu beruhigen.

»Ist etwas mit Kiki passiert?«, fragte Melissa nach zwei tiefen Atemzügen. »Hat er etwas angestellt?«

»Wer ist Kiki, Signora?«

»Mein Sohn. Oder mein Neffe. Egal, wie Sie ihn nennen wollen. Aristèides Albanese. Was ist mit ihm?« Sie holte tief Luft.

»Ich bin nicht wegen ihm hier, Signora. Es geht viel mehr um seine Mutter.«

»Aber die ist doch schon so lange tot. Wen interessiert das heute noch?«

»Es kann sein, dass wir den Fall wieder öffnen. Zuvor brauche ich aber einige Auskünfte von Ihnen. Darf ich reinkommen?«

Zögerlich trat die Alte beiseite und zeigte ihm den Weg in

ihr Wohnzimmer. Sie schloss sorgfältig die Wohnungstür und tippelte hinter ihm her, das Wägelchen mit dem Beatmungsgerät im Schlepptau. Auf dem Tisch, an dem sie dem Inspektor einen Stuhl anbot, stand der Bilderrahmen eines kahlköpfigen jungen Mannes mit breiten Schultern. Battinelli ließ sich nicht anmerken, dass er ihn erkannte.

»Ist das Kiki?«, fragte er.

»Für mich ist er wie mein eigener Sohn, Inspektor. Ich habe ihn nach dem Tod seiner Mutter großgezogen. Wegen seines kindlichen Lachens habe ich ihn damals Kiki genannt. Und das tu ich heute noch. Ich dachte, er käme mich besuchen, um mir etwas zu kochen. Das macht er fast jeden Abend. Was wollen Sie denn wissen?«

»Mir fiel auf, dass in der Akte über den Fall Melaní Albanese außer Ihrer Aussage keine anderen Zeugenprotokolle zu finden sind, Signora Fabiani. Erinnern Sie sich noch an die Zeit?«

»Ich bin nur körperlich gebrechlich geworden.«

Sie nestelte eine der dünnen Zigaretten aus der Packung und steckte sie an. Nach zwei tiefen Zügen hustete sie stark und stülpte die Sauerstoffmaske über. Battinelli wartete. Erst als Melissa die Maske wieder abnahm, fragte er weiter.

»Es handelte sich um einen unaufgeklärten Mord im Rotlichtmilieu, Signora. Heute würden als Erstes alle Freier befragt werden. Wie wurden damals die Ermittlungen geführt?«

»Melaní war gerade mal zweiundzwanzig. Ich habe mich von Anfang an um sie gekümmert, als sie ins Milieu einstieg. Wir hatten keine Zuhälter oder Beschützer oder wie sie die Dreckskerle nennen wollen. Wir haben gegenseitig auf uns aufgepasst. Wenn eine von uns Besuch hatte, mussten bei der anderen die Männer eben ein bisschen warten. Länger als eine halbe Stunde blieben sowieso die wenigsten. Wenn sie einen Kunden hatte, war ihr Sohn solange bei mir.«

»Und an dem Tag, als sie …«

»… als sie abgestochen wurde wie ein Schwein? Ausgerechnet da hat sie sich nicht an die Absprachen gehalten, Inspektor. Ich war beim Friseur und habe sie nach meiner Rückkehr gefunden. Haben Sie die Fotos in der Akte gesehen?«

Battinelli nickte, der Fotograf aus der Questura hatte das Blutbad schonungslos abgelichtet. »Wurden Sie damals nicht gefragt, ob Sie einen Verdacht hatten, wenn Sie so eng verbunden waren?«

Die Alte schüttelte entschieden den Kopf. »Du kannst es nicht wissen, Junge, aber Melaní war zwar zweiundzwanzig, sie sah aber noch wie ein fünfzehnjähriges Schulmädchen aus. Darauf fuhren einige Männer besonders ab, nicht nur die älteren Jahrgänge, wie du vermutlich denkst. Auch Gleichaltrige mit romantischen Hirngespinsten, die eben keinen Mut hatten, ganz normal mit Altersgenossen anzubandeln und sich mit denen zu verloben. Die gleichen Jungs hatten dann meist auch Schiss vor uns erfahrenen Kolleginnen. Gefühle gab's nicht zu kaufen. Und jetzt überleg mal, wer das Geld hatte, regelmäßig zu einer Nutte zu gehen. Hafenarbeiter oder Matrosen kamen selten öfter als ein- oder zweimal im Monat und immer gleich nach dem Zahltag.«

»Sie wollen sagen, es waren Kinder aus besseren Familien.«

»Entweder die Väter oder deren Söhne. Bei Melaní haben sie sich manchmal die Klinke in die Hand gedrückt. Ob du's glaubst oder nicht. Damals war man nicht so verklemmt.« Das Lachen der Alten klang überzeugend, endete aber in einem Hustenanfall hinter der Sauerstoffmaske. Trotzdem fummelte sie sofort wieder eine Zigarette aus der Packung.

»Sie sagen also, die Freier wurden von meinen früheren Kollegen überhaupt nicht vernommen, wenn ich Sie richtig verstehe, Signora?«

»Das habe ich nicht gesagt, das hast du dir nur zusammengereimt, Junge. Aber wenn du nichts in der Akte gefunden hast, wird es wohl so gewesen sein. Viel mehr kann ich dir nicht sagen. Der Fall ist nach ein paar Jahren geschlossen worden.« Sie duzte ihn wie jeden Mann, mit dem sie in ihrem Leben zu tun gehabt hatte.

»Aber Sie erinnern sich schon noch, wer damals die Kunden waren?«

Melissa Fabianis Augen blitzten, sie lachte erheitert.

»Nutten sind wie Pfarrer, Kleiner. Der Erfolg im Geschäft hängt am Beichtgeheimnis. Und für den Ablass sorgen Frauen wie ich erst recht.«

»Im Gerichtssaal während des Prozesses gegen Aristèides Albanese haben Sie sich nicht unbedingt an die Schweigepflicht gehalten, Signora Fabiani.«

»Um Gottes willen, was hab ich da bloß gesagt?«

»Sie haben einen Zeugen beschimpft, sein Vater und sein großer Bruder seien Stammkunden von Melaní Albanese gewesen. Sie wurden ermahnt und zu einer Ordnungsstrafe verurteilt.«

Unvermittelt hieb die Alte mit der flachen Hand auf den Tisch. »Ach, Gasparri. Immerhin habe ich nicht gelogen.« Sie ließ den Inspektor nicht aus den Augen, während sie die Atemmaske wieder aufsetzte. »Antonio Gasparris großer Bruder Carlo ist fünfzehn, wenn nicht sogar zwanzig Jahre älter. Der Kleine war doch nur ein verspäteter Ausrutscher, als deren Vater zufällig mal wieder im Ehebett geschlafen hat. Und dieser Carlo war hoffnungslos in Melaní verliebt. Manchmal hat er mehrmals täglich wie ein rolliger Kater an ihrer Tür gekratzt. Er wollte sie für sich allein haben, und sie ließ ihn trotzdem wie jeden anderen bezahlen. Wir haben oft über die Szenen gelacht, die er ihr machte. Der verblendete Sohn, der glaubte, mit dem Geld seines Vaters die Welt kaufen zu können. Verstehst du, Junge. Ihr Männer habt leider kein großes Repertoire. Sonst wärt ihr ja ganz prima.«

»Haben Sie das denn damals auch meinen Kollegen erzählt?«, fragte Battinelli mit gefurchter Stirn.

»Und ob, aber wenn du die Protokolle meiner Aussagen gelesen hast, dann sollte dir aufgefallen sein, dass kein Wort davon drinstand. Aufgeschrieben haben sie nichts von alldem, obwohl ich protestiert habe. Sie wollten sich keine Probleme einhandeln. Willst du sonst noch etwas wissen? Ich bin jetzt müde und habe auch noch nichts gegessen.«

Viel Zeit blieb nicht mehr. Es war ein erheblicher Dramaturgiefehler gewesen, nicht gleich zu Anfang so viele Fälle wie möglich durchzuziehen. Der Aufwand, ungesehen einzudringen, zu kochen, anzurichten, zu spülen und unentdeckt zu verschwinden, war zu groß gewesen. Wie immer liefen Theorie und Praxis auseinander, aber einen anderen Weg hatte er nicht gesehen, um die feine Gesellschaft der falschen Zeugen zu verunsichern. Aristèides haderte mit sich. Dass der Commissario heute unvermittelt aufgetaucht war und ihn offen verdächtig hatte, war kein gutes Zeichen. Wenn er seine Methode beibehielt, könnte er kaum alle zwölf Zeugen abarbeiten. Ihm lief die Zeit davon. Nur wenn er an diesem Abend mindestens doppelt zuschlug, käme er seinem Ziel beträchtlich näher. Länger durfte er auf keinen Fall warten, und alle anderen müssten sich gedulden. Erst wenn Gras über die bisherigen Manöver gewachsen war und seine Gegner sich wieder sicher fühlten, würden sich die noch offenen Rechnungen begleichen lassen. Der Staatsanwalt stand ohnehin auf einem anderen Blatt, für ihn würde er sich etwas ganz anderes einfallen lassen müssen.

Klar, dass der Anlageberater und Musikliebhaber Giammaria Gatti mit seiner Frau Mila Antonuzzi, die am großen Verrat zwar unbeteiligt gewesen war, aber ihren Mann auch nicht abgehalten hatte, an diesem Abend wie der Rest der High Society zur Premiere im Teatro Verdi liefen. Vom Bürgermeister abwärts präsentierten die Herren sich dort noch immer im Habit Noir, obwohl in Städten wie Mailand sich nur noch wenige um die Etikette kümmerten und Schlips oder Fliege schon lange nicht mehr zum Dresscode gehörten. Mila Antonuzzi hingegen zwängte sich in ein Kleid, das ihr vor zwanzig Jahren schon zu eng gewesen wäre, und ein Dekolleté hatte, das selbst für Sophia Loren zu gewagt gewesen wäre. Der eifersüchtige Ehemann war damit nur bei besonderen Anlässen einverstanden, zu denen die Premiere des *Rigoletto* von Giuseppe Verdi ohne Zweifel gehörte. Erst recht, weil an diesem Abend die Opernsaison eröffnet wurde, wofür das Ehepaar seit Jahrzehnten ein Abonnement mit hervorragenden Sitzplätzen hatte.

Die Vorstellung begann um halb neun, natürlich fand man sich vorher ein, um gesehen zu werden, Small Talk zu führen, sich für alte wie neue Geschäfte bereit zu halten und in die Kameras des Lokalfernsehens zu grinsen. Aristèides wusste aus dem Programmheft, dass inklusive der Pause vor dem zweiten und dritten Akt die Vorstellung über zweieinhalb Stunden dauern würde. Bis zur Heimkehr von Giammaria Gatti und seiner Frau musste er nicht hetzen.

Auch bei Antonio Gasparri lag er theoretisch auf der sicheren Seite. In der Zeitung hatte gestanden, dass das Parlament der autonomen Region Friaul-Julisch Venetien heute über die Zulassung einer Patientenverfügung zur Verweigerung lebensverlängernder Maßnahmen stritt. In den meisten Regionen des Landes hatte der Vatikan seinen Einfluss behalten. Im äußersten Nordosten des Landes schloss das spezielle Statut in vielen Belangen die Hauptstadt aus, und auch der Einfluss der Kirche blieb begrenzt. Umso erbitterter würden also Antonio Gasparri und seine Kameraden für die restaurative Lösung kämpfen, denn die katholischen Tentakel griffen weit und gewährten niemandem Ablass, der nicht linientreu war. Gasparri würde nach der Debatte sicher noch ein Glas mit seinen Parteigängern trinken, bis sich der Adrenalinspiegel gesenkt hatte, und käme also spät nach Hause. Für gewöhnlich ließ er sich nach den Premieren auch noch im Operncafé blicken.

Am kompliziertesten verhielt sich die Sache mit Claudia Nemec und ihrem Ehemann Raoul Castagna. Aristèides hatte erfahren, dass sie zweimal im Jahr zusammen einen Exklusivurlaub verbrachten, Südsee, teure Ressorts auf Saint Martin in der Karibik, den Seychellen und so weiter. Den Rest des Jahres verbrachten die beiden Funktionäre der Landesregierung bei lächerlichen Arbeitszeiten in ihren Leitungspostitionen und waren resistent gegen jeden politischen Richtungswechsel. Zusammen konnten sie die Beschlüsse der Politik blockieren oder deren Umsetzung zumindest hinauszögern. Claudia Nemec entschied über die Mittelvergaben an kulturelle Institutionen, ihr Mann Raoul war der oberste Rechnungsprüfer des Landeshaushalts. Ihre Parkplätze direkt am Regierungsgebäude waren Tag und Nacht reserviert, von dort waren es nur ein paar Schritte zu ihrer Wohnung, die hinter dem Sitz des Bischofs gelegen war. Sie gaben nach außen ein solides, gut verdienendes Ehepaar ab, nach Feierabend gingen die beiden jedoch eigene Wege. Beide verließen allabendlich fast gleichzeitig ihr gemeinsames Domizil zum Stelldichein mit den wechselnden Geliebten. Wann einer von ihnen heimkehrte, wusste man nie.

Aahrash war gegen achtzehn Uhr wieder aufgetaucht, als der Grieche gerade die Rollläden ihres Lokals herunterließ, nachdem er den ganzen Nachmittag Staub gewischt und die Fliesen und den Boden geputzt hatte. Der Pakistaner war niedergeschlagen und wütend gewesen, und ohne einen Blick in ihr Restaurant hätte er wohl alle Hoffnung verloren, sich jemals eine Zukunft in Triest erkämpfen zu können. Außerdem hatte er den ganzen Tag gehungert. Nur eine halbe Flasche Wasser war ihm gehässig zugestanden worden, und erst als der Anwalt von Don Alfredos Comunità kam, veränderte sich die Lage. Als dann auch noch ein Inspektor aus der Questura auftauchte und sich von den uniformierten Kollegen die Anzeige vorlegen ließ, ging alles ganz schnell. Zwar blieb der Vorwurf gegen Aahrash bestehen, doch da er einen regulären Wohnsitz und eine Stelle vorweisen konnte, wurde er entlassen. Inspektor Battinelli behauptete gegenüber den Kollegen, der Fall stehe mit anderen in Zusammenhang, in denen die Questura ermittelte, und lud ihn für den nächsten Morgen vor. Alles war besser, als noch eine Minute länger bei diesen Bullen zu verbringen, die ihre Abneigung gegen Ausländer gar nicht erst zu verbergen versuchten.

Athos lud seinen Kompagnon in ein kleines türkisches Restaurant ein, das nur ein paar Straßen entfernt lag. Schnell stellten sie fest, dass sie selbst besser kochen konnten, und Aahrashs Augen begannen wieder zu funkeln, seine Laune besserte sich schlagartig. Schließlich begleitete der Riese ihn zur Bushaltestelle und schickte ihn nach Hause in die kleine Wohnung an der Piazza Foraggi. Der Pakistaner möge nicht auf ihn warten, weil er sich an diesem Abend noch um ihre Geldgeberin kümmern müsse. Tatsächlich fuhr er aber nicht zu Tante Milli in den Betonklotz auf dem Hügel, sondern durchkreuzte zu Fuß das Stadtzentrum.

Aristèides stand in einem schwach beleuchteten Eingang und beobachtete die schwere Eichentür gegenüber. Die Straße war wenig frequentiert, nur einmal huschte ein schwarz berockter, dicker Mann vorbei und verschwand in einem Gebäude der Kurie. Raoul Castagna war bereits vor zehn Minuten auf die Straße getreten und zu Fuß über die Piazza Hortis gegangen, wo Aristèides ihn bald aus den Augen verloren hatte. Er wusste jedoch, dass er nur bis zu dem Hochhaus am Campo Marzio gehen würde, wo seine Sekretärin in einem der obersten Stockwerke mit Blick auf den Molo VII und das Türkei-Terminal wohnte.

Mit Claudia Nemec hatte der Grieche noch eine ganz andere Rechnung offen. Nachdem Fedora ihm einst den Laufpass gegeben und trotzdem auf ihrer Stelle im *Pesce d'amare* beharrt hatte, bahnte sich bald die Affäre mit Claudia an, die stets bis zuletzt auf ihn wartete und ihn dann zu sich nach Hause mitnahm. Nicht ganz ein halbes Jahr dauerte ihre Beziehung, dann machte auch Raoul Castagna ihr den Hof. Er saß damals schon oben auf dem Treppchen der Landesangestellten und versprach Claudia, dass er sie beruflich unterstützen könnte. Als Aristèides dahinterkam, explodierte er fast und machte ihr eine Szene nach der anderen. Mit ihrem falschen Zeugnis hatte sich Claudia Nemec letztlich nicht nur das Leben vereinfacht, sondern auch ihre Karriere befördert.

Endlich verließ auch sie das Haus an der Piazza Santa Lucia. Aristèides folgte ihr mit großem Abstand. Wie all die Abende ging sie in Richtung Rive, wo die schöne Jacht ihres deutlich jüngeren Liebhabers am Anleger des Segelklubs sanft auf den Wellen schaukelte. Das Schiff war beheizbar und geräumig. Er hatte sie schon oft dort beobachtet und machte kehrt, um wenig später im dritten Stock die Tür zur Wohnung des feinen Ehepaars zu knacken.

In einer solchen Küche hatte er noch nie gestanden. Bestenfalls hatte er so etwas als Werbung in einer Lifestyle-Zeitschrift gesehen, deren Leser vielleicht eine überteuerte Inneneinrichtung, aber niemals die dazu passenden Kochkünste kaufen konnten. Glänzende Oberflächen, alle Schränkchen und Schubladen öffneten oder schlossen sich bei sanftem Druck wie von selbst. Vom ausladenden Salon wurde die Küche nur durch eine nicht weniger edle Barzeile abgetrennt, an der man auf beiden Seiten sitzen konnte. Dazu war sie von einer seltenen Geräumigkeit, wie es sie selbst in der besten

Restaurantküche nicht gab. Alles schien soeben erst eingerichtet, oft wurde hier ganz offensichtlich nicht gekocht. Aristèides schüttelte leicht angewidert den Kopf, für ihn war eine Küche, was die Werkstatt für einen Mechaniker war.

Er schaltete alle Lichter in der riesigen Wohnung ein, und eine dezente Helligkeit durchflutete die Räume, wobei er kaum Lampen sah. Dann streifte er sich die Latexhandschuhe über und prüfte, ob in den Kühl- und Vorratsschränken brauchbare Lebensmittel zu finden waren. Auch das teure Kochgeschirr schien neu zu sein, nur neben der Espressomaschine zeugten ein paar Kaffeespritzer davon, dass hier jemand lebte. Und in einem der drei Spülbecken standen sogar zwei benutzte Weißweingläser. Die wenigen Vorräte waren teuer und verrieten, dass Raoul Castagna und Claudia Nemec viel reisten. Schnell traf er seine Wahl und warf eine Packung tiefgefrorener Garnelen ungeöffnet in eine Schüssel mit warmem Wasser, dann setzte er einen Topf auf die Induktionsfläche, in dem er die Sojaspaghetti wenige Minuten weich werden ließ, und rührte solange einen Dip aus Honig, Ingwer, Peperoncino und Sojasoße an. Kaum waren die Nudeln so weit, breitete er sie auf der Arbeitsfläche aus, nahm die aufgetauten Garnelenschwänze aus der Packung und schob sie auf einen langen Holzspieß, um sie schließlich mit den Nudeln einzuwickeln. Während das Öl im Topf erhitzte, spülte er fast ehrfürchtig das benutzte Geschirr und trocknete es penibel ab. Schließlich frittierte er die Spieße, nahm sie heraus und ließ das Fett abtropfen. Er fand ein weißes Schüsselchen für die Soße und eine dunkle Platte für die Garnelen, die er darauf anrichtete. Kaum mehr als eine Viertelstunde hatte er bis jetzt verloren. Der enorme, von Carlo Scarpa designte Esstisch mit der dicken Glasplatte schien ihm so wenig benutzt zu werden, dass er sich dazu entschloss, das Essen auf der Bar zu servieren. Dort würden sie gewiss beide vorbeigehen, wenn sie nach Hause kamen. Die Leichtigkeit und die Frische, die das Gericht versprach, kannten sie sicher vom Buffet der Luxusabsteigen, wo sie ihre Urlaube verbrachten. Als Letztes gab er genug Rizinusöl aus dem Flachmann in den Dip und streute die fein gehackte Schale eines einzigen Samens darüber. Umbringen wollte er die beiden schließlich nicht. Er löschte die Lichter nicht, als er die Wohnung verließ. Wer zuerst von ihnen heimkehrte, sollte den Eindruck bekommen, der andere wäre am Werk gewesen.

Dreihundert Meter waren es in die Via Principe di Montfort. Die Türen an diesem Palazzo waren schlechter gesichert als bei den Vorgängern. Und Aristèides hatte schon einmal in der Wohnung gestanden, bevor er Opfer des Scherbengerichts geworden war. An einem seiner seltenen freien Tage hatten Giammaria Gatti und Gemahlin damals zu einem kleinen Hauskonzert des Anlageberaters geladen, das fast in einem Desaster endete, weil die etwa zwanzig Gäste sich mehr oder weniger deutlich die Ohren zuhielten. Sein Violinspiel war so miserabel gewesen wie der billige Prosecco, den die Gastgeber danach ausschenkten. Schon damals war das Hinterzimmer mit Dämmmaterial ausgeschlagen gewesen, was Aristèides zufällig entdeckte, als er die Toilette suchte, um den hohen Künsten des Hausherrn zu entkommen.

Der Kühlschrank des Ehepaars war so reich bestückt, als lebten ihre drei erwachsenen Kinder noch bei den Eltern. Wenn die beiden gegen eins nach Hause kämen – sofern sie nach der Premiere des *Rigoletto* zum Ausklang noch ein Glas mit Freunden im Operncafé tranken –, hätten sie wohl keinen großen Hunger mehr. Er entschied sich für eine Tempura aus dem vielen Gemüse, das sie im Kühlschrank aufbewahrten, stückelte einige Blätter Fenchel in dünne Streifen, ebenso Zwiebeln, Brokkoli, Lauch und Karotten. Kaltes Mineralwasser vermischte er mit der halben Menge Mehl und etwas Salz, schlug zwei Eiweiß zu Schaum und zog ihn unter, gab Eiswürfel hinein und rührte die Masse durch, während das Öl im Topf siedete. Er nahm die Stäbchen aus seiner Brusttasche und zog das Gemüse durch den Teig, warf es ins heiße Öl und legte bald darauf die zart goldfarbenen Leckerbissen auf Küchenpapier, wo das Frittierfett abtropfte. Drei Stückchen probierte er selbst und war mit dem Ergebnis zufrieden. Wieder richtete er alles auf einer Platte an und ließ sie auf der Küchenablage stehen. Rizinusöl gab er nur wenig darüber, dafür hackte er dieses Mal die Haut von zwei Samen und vermischte die schon lauwarme Tempura damit. Sie würde Wirkung zeigen, auch wenn die Herrschaften vielleicht erst anderntags danach griffen.

Auf dem Opernplatz herrschte andächtige Stille, am Teatro Verdi waren die schweren Eingangstüren noch geschlossen. Nur zwei Männer im Frack standen wie verirrte Pinguine am Tresen des Operncafés, das erst viel später den besten Umsatz dieses Monats machen würde. Sie zogen den Tresen dem Kunstgenuss vor. In der Via Mazzini war der Asphalt nassschwarz, ein Wagen der Stadtreinigung musste vorbeigekommen sein. Im unteren Straßenabschnitt nahe der Rive herrschte endgültig Grabesstille, hier gab es trotz der zentralen Lage weder Kneipen noch Hotels. Die Tür des Gebäudes, in dem Gasparri den vierten Stock bewohnte, war die bestgesicherte bisher. Aristèides war schon vor Langem durch die leer stehenden Geschäftsräume im Erdgeschoss in den Hinterhof vorgedrungen, wo irgendein Vorbewohner beim Auszug seine alten Möbel losgeworden war, über die er sich zum Treppenhausfenster im ersten Stock hangeln konnte, das längst hätte ausgewechselt werden müssen. Gasparris Wohnung stand so voller Biedermeiermöbeln, dass es schien, als hätte der Mann Angst vor der Weitläufigkeit seiner Wohnung. Einige Schiffsmodelle standen auf den Kommoden, die Tische waren mit Papieren bedeckt, die er vermutlich vom Büro mit nach Hause genommen hatte. In einem Zimmer stutzte Aristèides. Ein Sturzhelm und eine lederne Motorradfahrerkluft in Übergröße hingen an der Garderobe, das Gästebett war ungemacht. Er hatte nicht damit gerechnet, dass der Politiker Besuch haben könnte. Er würde sich beeilen müssen, es bestand die Gefahr, dass er überrascht wurde. Die Küche ging zum Hinterhof. Eine Schale mit frischem Gemüse stand auf der Ablage, und an den Vorräten im Kühlschrank war ersichtlich, dass Gasparri seine Einkäufe in den kleinen Geschäften der Umgebung tätigte. Potenzielle Wähler. Die Entscheidung war rasch gefallen, eine Schüssel mit kaltem Wasser bereitgestellt, in das er den Saft einer Zitrone ausdrückte. Die Schalen warf er dazu. Von zwei Artischocken entfernte er die äußeren Blätter, schälte den Stiel, schnitt großzügig die harten Spitzen der anderen Blätter weg, und als gerade noch etwa die Hälfte des Gemüses übrig war, zerteilte er den Kopf längs und kratzte mit einem Löffel sorgfältig die bärtigen Samen heraus. Dann schnitt er alles flugs in feine Streifen und gab sie ins Zitronenwasser. Er hobelte einige Späne Parmesan, rührte eine Zitronette an, tropfte die Artischocken ab und übergoss sie in einer Schüssel mit der Soße und dem Käse, der den Geschmack der Rizinsamen gut überdecken würde, die er diesmal großzügig verwendete. Die Latexhandschuhe nahm er erst auf der Straße wieder ab und warf sie in einen Papierkorb an den Rive. Ein Streifenwagen fuhr vorbei und verlangsamte kurz, als er zum Canal Grande abbog und unbekümmert weiterging.

Behutsam betrat er um Mitternacht die Wohnung an der Piazza Foraggi. Aahrash schlief sich bereits den Stress mit den Bullen von der Seele. Der Grieche setzte sich in seinem Zimmer aufs Bett und schaltete den Fernseher an. Die Lokalnachrichten zeigten Bilder von der Eröffnung der Opernsaison, alles, was Rang und Namen in der Stadt hatte, ließ sich vor der

Kamera sehen. Die Damen mit tiefem Ausschnitt über faltiger Haut, die Herren mit stolzgeschwellter Brust in geschäftigem Small Talk. Den Geruch, den die Gesellschaft im Atrium verströmte, wollte er sich nicht vorstellen. James Joyce, der elf Jahre in Triest gelebt hatte, schilderte ihn im einzigen Text, in dem die Stadt deutlich wurde. Das Buch hatte Aristèides eigenartigerweise in der Gefängnisbibliothek gefunden und konnte seither die sarkastische Beschreibung fast auswendig: ... *saurer Dunst aus Achselhöhlen, geschrumpelte Pomeranzen, schmelzende Brustöle, Mastixwasser, der Atem von Abendmahlzeiten mit schwefeligem Knoblauch, faule phosphoreszierende Fürze, Opoponax, der franke Schweiß der heiratsfähigen und verheirateten Weiblichkeit, der seifige Gestank der Männer ...*

Gerechtigkeit und Macht

La Medusa hatte an diesem Abend nur wenige Gäste, und Dino Bertone schloss bereits kurz nach dreiundzwanzig Uhr, obwohl die Bar seiner Mutter sich oft erst um Mitternacht füllte. Er konnte kaum erwarten, Tonino Gasparri zu sehen, endlich sein Geld zu kassieren und dann für längere Zeit zu verschwinden. Er wollte am Morgen in aller Herrgottsfrühe sein Motorrad aus dem Hof des Lokals holen, wo Giulio Bossi, der ältere seiner beiden Kumpane, Punkt fünf Uhr auf ihn warten sollte. Ohne Umwege würde es dann über die Grenze gehen, zwei Stunden später wollten sie in Dinos Bleibe in Bad Kleinkirchheim eintreffen, von wo er die Tickets nach Thailand buchen würde. Fedora hatte angekündigt, ab morgen wieder selbst hinter dem Tresen zu stehen. Am Telefon hatte sie erzählt, dass sie alle Lebensmittelvorräte auf den Müll geworfen habe, weil eine der beiden Polizistinnen erneut vorstellig geworden sei und den Pfirsichsaft beschlagnahmt habe, da ihre Kollegin an ähnlichen Symptomen litt, nachdem sie davon getrunken hatte.

Tonino Gasparri beantwortete seine Anrufe nicht und war vermutlich noch immer mit der Politik zugange. Dino schickte ihm die dritte Nachricht aufs Mobiltelefon und machte auf dem Fußweg vom Lokal bis zur Wohnung in der Via Mazzini einen kleinen Umweg durch die Via Torino, wo die Lokale wie Badezimmerfliesen nebeneinanderlagen und sich zum Leidwesen mancher Anwohner die Gäste nicht selten bis in die frühen Morgenstunden vor den Eingängen drängelten. Auch hier war es an diesem Abend ruhiger als sonst. Dass ihm zwei andere Personen folgten, bemerkte er nicht.

Pina Cardareto und Gilo Battinelli, die vom Auto auf der anderen Straßenseite die Bar beobachteten, waren einerseits erleichtert, als die Lichter der *Medusa* weit früher als sonst erloschen und damit die Nachtschicht möglicherweise kürzer ausfiel als befürchtet. Dass der Mann aber zu Fuß unterwegs war und auch sie den Wagen stehen lassen mussten, um ihm zu folgen, ließ die Chefinspektorin zu einem derben Fluch im Dialekt ihres kalabresischen Heimatdorfes ansetzen, den ihr Kollege sich dreimal wiederholen und erklären ließ, bevor er ihn selbst beherrschte.

Dino schwenkte in die Cavana ein, den Teil der Altstadt, dessen enge Gassen früher das Paradies für liebeshungrige Seeleute gewesen waren und der heute fein restauriert von sittsamen Bürgern bewohnt wurde. Er kannte die Barkeeperin einer kleinen Spelunke, von der er sich einen rauchigen Whisky servieren ließ. Zu seinem Leidwesen ließ die Frau sich aber von einem anderen Gast beflirten und war nicht zum Plaudern mit dem hochgewachsenen Kahlkopf aufgelegt. Er bezahlte und nahm endlich Kurs zur Via Mazzini, wo er an einem der üblichen neoklassizistischen Gebäude die schwere Eichentür öffnete. Kurz nach Mitternacht sperrte er die Wohnung Gasparris auf und wunderte sich, dass die Tür nur ins Schloss gezogen war, obgleich der Politiker ihm mehrmals erklärt hatte, dass es inzwischen auch in Triest angeraten sei, den Schlüssel zweimal umzudrehen. Seit die Ausländer wie eine Sturmflut ins Land schwappten, sei man auch hier nicht mehr sicher. Dino knipste das Licht an, warf seine Jacke über die Garderobe und ging in die Küche, um eine Flasche Weißwein aus dem Kühlschrank zu nehmen. Er staunte, als er eine Platte mit adrett angerichtetem

Artischockensalat auf dem Tisch vorfand, der auch noch frisch zu sein schien. Gasparris Kochkünste waren begrenzt, vermutlich hatte er ihn fertig zubereitet in einem Feinkostgeschäft um die Ecke gekauft und war dann zu einem Termin gerufen worden, bevor er selbst davon kosten konnte. Dino war zufrieden, er häufte drei große Löffel auf einen Teller und entkorkte den Wein. Das Zeug war gut, er wusste, dass die Artischockensaison soeben erst begonnen hatte. Er nahm sich vor, im Internet nach dem Rezept zu suchen, schließlich war das Gericht nicht Teil der österreichischen Küche, die er mit geschlossenen Augen zubereiten konnte.

Als in der vierten Etage die Lichter angingen, fragte Chefinspektorin Pina Cardareto telefonisch die Namen der Bewohner des Palazzos ab und machte, in der Dunkelheit am nächsten Hauseck harrend, unbeholfen Notizen auf einem Kassenbon aus ihrer Jackentasche. Den Vor- und Nachnamen Gasparris ließ sie sich inklusive Geburtsdatum mehrfach wiederholen, bis sie sicher war, dass keine Verwechslung vorlag. Klar, dass Dino Bertone das Haus an diesem Abend nicht mehr verlassen würde. Sie forderte eine Streife an, die den Kollegen Battinelli zurück zu ihrem Wagen am Campo Marzio bringen sollte.

Dass ihr der Commissario am Nachmittag vorgeschlagen hatte, sie solle ihn auch in der Nacht noch anrufen, hatte sie tatsächlich besänftigt. Sie wählte Laurentis Nummer, es dauerte, bis er endlich antwortete. Ihr Chef entschuldigte sich, dass sie warten musste, und das hatte tatsächlich Seltenheitswert.

»Tut mir leid, dass Sie es zweimal versuchen mussten, Pina, aber ich stecke in einer Diskussion mit meinem Sohn. Wenn Sie Kinder hätten, wüssten Sie, was das bedeutet.«

»Können wir zugreifen, Commissario? Wir kennen jetzt seinen Unterschlupf. Sie werden kaum glauben, wer ihn beherbergt.«

Nachdem die Chefinspektorin den Namen genannt hatte, schwieg Laurenti eine Weile, als wollte er sich die Nachricht auf der Zunge zergehen lassen. »Ist er auch da, Gasparri?«, fragte er schließlich.

»Nein, Chef. Das Licht in der Wohnung ging erst an, nachdem Dino eingetroffen ist.«

Entgegen ihrer Hoffnung, dass der Commissario endlich die Verhaftung des Kochs anordnen oder zumindest ein paar Kollegen zur Wachablösung schicken würde, wies er an, dass sie und Battinelli die Eingangstür weiter im Auge behalten sollten. Er werde sich wieder melden. Die Chefinspektorin stampfte wütend mit dem Fuß auf und zog sich tiefer in den Hauseingang zurück, in dessen Schatten sie wartete, bis ihr Kollege endlich mit dem geheizten Dienstwagen vorfuhr. Sie würden sich bei der Observierung abwechseln, der eine würde wach bleiben, während der andere die Rückenlehne seines Sitzes flacher stellte. Pina würde sich niemals damit abfinden, dass das Warten ein fester Bestandteil ihres Berufslebens war.

Dino hatte die Flasche Weißwein bis auf ein letztes Glas geleert und den Artischockensalat verdrückt, als endlich auch Tonino Gasparri nach Hause kam. Sein Gesicht war grau und müde, tiefe Sorgenfalten standen auf seiner Stirn, und auch die Drinks an der Bar des Operncafés im Anschluss an die erbitterte Debatte über die Einführung der Patientenverfügung hatten ihm nicht auf die Beine geholfen. Niedergeschlagen begrüßte er Dino, der irgendetwas von Artischockensalat faselte und ihm den Rest Wein einschenkte. Gasparri lockerte den Krawattenknoten und ließ sich auf den anderen Stuhl am Küchentisch sinken, während der junge Koch das leergeputzte Geschirr wegstellte und sich ihm gegenüber niederließ.

»Fedora ist wieder gesund«, sagte Dino ernst. »Sie wird morgen wieder arbeiten. Ich soll dich grüßen. Sie hat dich den ganzen Tag anzurufen versucht. Ich auch. Hast du endlich das Geld?«

»Wenn du wüsstest, welche Probleme ich wegen dir hatte. Aber am Ende hab ich es geschafft«, sagte Gasparri matt und erhob sich, wobei er sich am Tisch abstützte. Wenig später kam er zurück und warf Dino einen prallen Briefumschlag zu. Geld, mit dem ihm der Herrenausstatter Cristiano di Bella ausgeholfen hatte. »Was hast du vor?«

»Mama ist gesund, also verschwinde ich morgen.« Der Glatzkopf blätterte oberflächlich die Scheine durch. »Ich brauch wohl nicht nachzuzählen, Tonino?«

»Und wo willst du hin?«

»Ich hole meine Sachen aus Österreich und fliege nach Thailand. Entweder von Wien oder von München aus.«

»Hast du schon gebucht?«

»Das mach ich morgen. Ich nehme den erstmöglichen Flug.«

»Und wie lange willst du bleiben?«

»Ach, weißt du, ich habe es nicht eilig. Das Geld wird für eine Weile reichen. Vielleicht finde ich in Thailand jemanden, der einen Koch braucht. Oder ich mach gleich mein eigenes Lokal auf. Wiener Küche. Für die Touristen. Sonst hilfst du mir, wenn ich zurückkomme, und wir eröffnen hier eines. Man darf die Dinge nicht komplizierter nehmen, als sie sind. Wenn du morgen aufwachst, bin ich längst weg. Ich melde mich dann, vielleicht hast du irgendwann Lust, mich zu besuchen. In Thailand ist es warm, und die Mädchen sind jung und billig.«

»Melde dich bei deiner Mutter, Dino, nicht direkt bei mir. Du weißt, weshalb.«

»Acab, der Sherlock-Holmes-Hund der Guardia di Finanza, hat heute am Grenzübergang Rabuiese den Beweis für seine feine Nase geliefert.« Der Fernseher lief so laut, dass auch Laurentis Schwiegermutter die Meldungen verfolgen konnte. »Bei einer Routinekontrolle am Grenzübergang fand die Hündin mindestens fünfundzwanzigtausend Euro, die ein Mann in seinem Wagen mitführte und illegal ins Land zu bringen versuchte. Das Gesetz zur Eindämmung der Geldwäsche verlangt, dass alle Beträge von zehntausend Euro aufwärts angemeldet werden müssen. Labrador-Retriever sind für ihren besonders feinen Geruchssinn berühmt und werden seit vielen Jahren von den Sicherheitskräften ausgebildet, um Sprengstoff, Drogen, Geld und Edelsteine oder Edelmetalle aufzuspüren. Aus Ermittlungsgründen sind keine Einzelheiten über die Person bekannt, die das Geld einzuführen versuchte. Es soll sich aber um einen italienischen Staatsbürger handeln. Der Mann wird auf jeden Fall mit weiteren Prüfungen der Finanzpolizei rechnen müssen.«

Nach der Wettervorhersage schaltete Patrizia das Gerät ab und rief zum Abendessen.

Auch an diesem Abend war ihr Bruder Marco ohne Kundschaft geblieben. Zur Freude der Familie hatte er sich dafür zu Hause ins Zeug gelegt. Selbst Großmutter Camilla verschlang anstandslos zuerst den Artischockensalat und danach die Suppe aus Artischocken. Sie forderte sogar Nachschlag, sodass Marco schließlich grinsend am Tisch saß und den Saisonauftakt des Gemüses verkündete, das er ab jetzt all seinen Kunden in unzähligen Varianten vorschlagen würde. Seine Schwester Patrizia war stolz auf ihn und fütterte ihre zweijährige Tochter Barbara, die deutlich weniger begeistert schien und die Lippen aufeinanderpresste. Laura und Proteo tauschten fragende Blicke ob der Euphorie ihres Sohns. Dass die Großmutter ihm als Einzigem förmlich aus der Hand fraß, war die eine Seite; dass er plötzlich vor Zuversicht strahlte, war nach seinen Klagen der letzten Zeit wenig glaubwürdig. Hatte er sich schon am Nachmittag vollgekifft und war deshalb so guter Laune?

»Ich geb's ja zu«, platzte er heraus. »Ich habe euch nur als Versuchskaninchen benutzt. Ich habe selbst kaum Erfahrung mit dem Zeug, und an irgendjemandem muss ich's ja ausprobieren. Ich weiß inzwischen, dass man ein komplettes Menü aus Artischocken kochen kann. Als Nächstes bekommt ihr die gratinierten, dann die gegrillten, anschließend die marinierten Artischocken, nachher die frittierten, und dann gibt es sie noch gedämpft. Und zum Schluss ...«

»... will ich eine Flasche Cynar für die Verdauung, du Spinner.« Patrizia stand auf und schob der kleinen Barbara einen Keks in den Mund. »Mir soll's recht sein, aber für ein Kleinkind ist das zu bitter.«

»Bitter ist gesund«, mischte sich die Urgroßmutter ein. »Wenn ich an den Krieg denke ... Das waren bittere Zeiten, davon habt ihr alle keine Ahnung. Marco hätte damals sogar aus Kartoffelschalen etwas Gutes gemacht.« Sie tätschelte stolz die Hand ihres Enkels. »Wenn du wüsstest, was wir damals essen mussten. Wenn wir überhaupt etwas bekommen haben.«

»Lass mal, Mama«, besänftigte sie Laura, bevor wieder die alten Kriegsgeschichten ausgegraben wurden. Die Erzählungen der alten Dame veränderten sich von Jahr zu Jahr, irgendwann würde sie noch behaupten, sie selbst habe die Partisanen der Resistenza angeführt und die Deutschen im Alleingang besiegt. Laura gab ihrer Mutter den letzten Löffel Suppe auf den Teller. »Der Krieg ist vorbei. Heute haben wir genug zu essen.« Dann wandte sie sich ihrem Sohn zu. »Hast du doch noch neue Kunden aufgetan? Neulich hast du noch behauptet, hier wären die Leute zu ignorant für deine Künste.«

»Ein stinkreiches Ehepaar, das hinter dem Bischofspalais wohnt. So macht das Spaß. Die haben vielleicht eine Küche, sag ich euch. Alles nur vom Feinsten. Das glänzt nur so. Ganz anders als hier bei uns. Wir bräuchten wirklich mal neues Geschirr. Und von unseren Töpfen, Pfannen und Messern will ich erst gar nicht reden.«

»Das Leben trägt einiges zusammen, Marco. Man wirft nicht immer gleich alles weg. Ich weiß nur, dass du gern kochst und ungern abwäschst«, sagte Laura streng und warf ihrem Ehemann einen besorgten Blick zu. Sie wusste, wenn auch er sich in die Debatte einmischte, würde es Streit geben. »Proteo, hol doch bitte noch eine Flasche Wein«, sagte sie und dann, an ihren Jüngsten gewandt, nachdem ihr Gemahl grinsend ihrer Aufforderung nachgekommen und in der Küche verschwunden war: »Diese Leute wollen also dein Artischockenmenü?«

»Nur einen Nachtisch mit Artischocken muss ich noch erfinden.« Marco machte sich daran, den nächsten Gang zuzubereiten, wobei er das schmutzige Geschirr immer höher an einer Ecke der langen Arbeitsplatte aufhäufte. In den vielen Jahren, die er in Restaurantküchen verbracht hatte, war die Arroganz der älteren Köche auf ihn übergegangen, die grundsätzlich niemals abwuschen. Solch niedere Tätigkeiten waren Künstlern wie ihnen doch nicht abzuverlangen. Dafür gab es schließlich Hilfskräfte.

»Also erzähl schon, wer sind diese Leute?«, fragte Laurenti, der mit der entkorkten Flasche zurückkam.

»Ein Ehepaar«, rief Marco aus der Küche. »Funktionäre aus der Landesregierung. Sie feiern irgendeinen Geburtstag. Und sie sind meine ersten Kunden, denen es nicht auf die Kohle ankommt. Ihr habt keine Ahnung, wie lange ich auf eine solche Gelegenheit gewartet habe. Dabei gibt's genug Reiche in der Gegend.«

Proteo Laurentis Telefon klingelte erneut, wieder sah er die Nummer der Chefinspektorin auf dem Display. Er ging mit dem Apparat auf die Terrasse hinaus, erste Regentropfen fielen.

»Können wir jetzt endlich zugreifen? Gasparri ist nach Hause gekommen.«

»Bleiben Sie dort, Pina. Ich melde mich.« Er legte auf, ohne die Antwort abzuwarten, und war im Begriff, die Nummer des Staatsanwalts zu wählen, als ihn die Telefonüberwachung informierte, dass Giulio Bossi sich abermals bei seiner Mutter gemeldet hatte. Auch dieses Mal war der Anruf über die letzte italienische Funkzelle vor der slowenischen Grenze erfolgt. Giulio hatte angekündigt, er habe seine Stelle als Kurierfahrer in Gorizia aufgegeben und wolle zu ihr zurückkommen. Simona Caselli hoffte, dass alles in Ordnung war, nachdem sich ausgerechnet zur Mittagszeit eine nassforsche Polizistin nach ihm und seinem kleinen Bruder Piero erkundigt hatte. Giulio sagte ferner, er brauche seine Badehose und noch ein paar Klamotten. Und seinen Reisepass.«

Laurenti bedankte sich und wählte umgehend die Nummer seines Büros. Der stärker werdende Regen störte ihn nicht, die Tropfen perlten von seinem Pullover ab, nur sein Haar war bereits nass. Ein verschlafener jüngerer Beamter, der Nachtdienst schob, meldete sich erst nach längerem Klingeln. Der Commissario gab Anweisung, die Fotos der beiden gesuchten Brüder an zwei Zivilstreifen zu übermitteln und sie in der Via Giacinti im überwiegend proletarisch geprägten Stadtviertel Roiano zu postieren, wo Simona Caselli wohnte. Sie sollten ihn sofort verständigen, wenn einer der beiden jungen Männer auftauchte, eine Festnahme sollte jedoch nur bei Fluchtgefahr erfolgen und nicht, wenn der erste Bruder ins Haus der Mutter ging. Es war nicht auszuschließen, dass der andere noch hinzustieß.

»Kennst du eigentlich einen Dino Bertone, Marco?«, fragte er seinen Sohn und streifte den Pullover ab, um damit sein Haar zu trocknen, als er wieder hereinkam. »Ihr müsstet in etwa gleich alt sein.«

Auf dem Tisch stand ein leerer Topf, die gedämpften Artischocken waren von der weiblichen Mehrheit der Familie inzwischen verdrückt worden. Das Abendessen hatte sich bis nach Mitternacht hingezogen, selbst die Urgroßmutter saß noch am Tisch und spielte jetzt mit Laura und Patrizia Karten.

»Ach, der. Ein Schnitzelkoch. Er hat mal ein Praktikum in dem Restaurant absolviert, in dem ich die Lehre gemacht habe. Meine Chefin hatte Mitleid mit ihm, sonst hätte sie ihn schon nach einer Woche rausgesetzt. Der ist fast zwei Meter groß. Mit seinem breiten Hintern hat er hinter sich immer alles umgeschmissen. Vor zwei Jahren ist er von der Bildfläche verschwunden. Einer der Kollegen meinte, er sei irgendwo im Ausland. Bayern, Südtirol, Schweiz oder Österreich. Als Saisonkraft. Warum?«

»Ich dachte, er könnte dir beibringen, wie viel man für eine große Familie kochen muss, damit alle etwas abbekommen. Ich habe auch noch Hunger. Südtirol ist übrigens kein Ausland.«

»Dabei sprechen die dort eine Sprache, die kein normaler Mensch versteht. Aber wenn du nach dem Kerl fragst, hat er wohl was ausgefressen, Papa. Etwas Schlimmes?«

»Schau dir morgen die Nachrichten an. Ich muss noch mal los.« Laurenti ging in die Küche und nahm seine Waffe samt Magazin aus dem untersten Gefrierfach, wo er sie inzwischen unter den Eiswürfelpackungen versteckte. Er trug sie nur selten und hatte sie früher im Nachttischchen aufbewahrt, inzwischen traute er jedoch seiner Schwiegermutter nicht mehr. Im Sommer des vergangenen Jahres hatte sie gegen alle Verbote die Waffe aus seiner Schublade genommen. Angeblich, um sie ihm zuliebe zu polieren. Unerklärlicherweise hatte sie die Pistole zusammensetzen und durchladen können und anschließend eine Kugel im Parkett des Schlafzimmers versenkt.

Niemand in der Familie zeigte Mitleid, weil er zu später

Stunde noch einmal in den Regen hinausmusste. Aus dem Wagen informierte er Pina Cardareto und Gilo Battinelli, dass er zu ihnen stoßen würde, dann rief er den Staatsanwalt an, der seiner Stimme nach bereits geschlafen hatte. Im Hintergrund zeterte seine Frau, ihr Geschimpfe wurde rasch leiser, als der Mann aus dem Schlafzimmer eilte.

Scoglio war aufgebracht und machte keinen Hehl daraus. Laurenti rätselte, ob es an der gestörten Nachtruhe lag oder daran, dass Dino Bertone ausgerechnet bei Antonio Gasparri untergeschlüpft war. Laurenti hegte noch immer den Verdacht, dass auch der Staatsanwalt sich im Prozess gegen den Griechen damals hatte schmieren lassen. Die Vergangenheit wurde niemand los. Nicht einmal mit einem Mord.

Dino erwachte sofort, als es an der Wohnungstür klingelte. Er zog in Windeseile seine Lederkluft über, setzte den Sturzhelm auf und durchquerte die Küche, von der ein kleiner Balkon in den Hinterhof ragte. Gasparri hatte ihn einst ohne Genehmigung anbringen lassen, als er die Wohnung übernahm und umbauen ließ. Nicht einmal ihm hätte die Superintendenz für Denkmalschutz die Verunstaltung der Fassade erlaubt. Der Regen wehte vom Scirocco getrieben gegen die Fenster. Als er von außen die Balkontür schloss, klingelte es noch immer an der Tür. Und er vernahm die Stimme Gasparris, der wegen der ungewohnten Störung laut schimpfend durch den Flur eilte.

Dino hatte sich vorbereitet, ohne seinen Gastgeber zu unterrichten. Vom Balkongeländer schaffte er es mit einem gewagten Sprung auf das einen Stock tiefer liegende Dach des Nachbarhauses. Er rutschte auf den nassen Ziegeln ab, bekam gerade noch ein Antennenkabel zu fassen. Seine Beine hingen schon über die Dachrinne hinaus in der Luft. Der kräftige Mann zog sich ein Stück weit empor und kroch auf allen vieren zu einem Dachlukenfenster, das außer ihm vermutlich nur der

Schornsteinfeger benutzte, der es unverriegelt gelassen hatte. Dino atmete auf, als seine Beine trockenen Boden berührten. Er zog die Luke zu und versperrte sie, dann kramte er sein Telefon aus der Jackentasche und leuchtete den Raum aus. Ein Speicher voll staubiger Kartons und alter Möbel mit einer simplen Tür aus Holzlatten, die er mit zwei Fußtritten aufbrach. Er schaltete das Licht im muffig riechenden Treppenhaus nicht an, im Schein der Lampe seines Telefons sah er, dass die Wände schon lange einen Anstrich nötig gehabt hätten, und je tiefer er die alte Steintreppe hinabstieg, umso klarer wurde ihm, dass in diesem Haus keine reichen Leute wohnten. Von irgendwo war der Lärm eines Fernsehers zu hören, und hinter einer dünnen Wohnungstür vernahm er Streit in einer ihm unbekannten Sprache. Eine Treppe tiefer roch es nach Knoblauch und Kohl, und im Erdgeschoss stapelten sich Gratiszeitungen und Werbebroschüren, die irgendein Bewohner wohl am nächsten Tag als Hauswurfsendungen austragen sollte. Dino wunderte sich, dass es im Zentrum der Stadt noch ein solches Haus gab – die ärmeren Bewohner waren eigentlich längst in die Außenbezirke vertrieben worden. Ob es Flüchtlinge oder Italiener waren, ließ sich an den unbeschrifteten Briefkastenschildern nicht erkennen. Er öffnete die Haustür einen schmalen Spalt weit und sah, dass sie auf eine Querstraße hinausführte und nicht zur Via Mazzini, wo inzwischen die Blaulichter der Polizeiwagen von den Wänden zurückgeworfen wurden. Doch auch hier war die Lage nicht viel aussichtsreicher, die Gegend war zu aufgeräumt und zu bürgerlich, die Leute gingen viel zu früh ins Bett, als dass er sich wie zur Feierabendzeit hätte unter sie mischen können. Nur die regenschwarze Nacht gab ein bisschen Schutz. Er rannte hinüber zur Via Genova, in deren unterem Teil die Gebäude überwiegend mit Büros belegt waren, und näherte sich langsam den Rive. Das Echo eines Schusses hallte durch die Nacht, durchschnitt Wind und Wetter und ließ ihn kurz innehalten. Zu weit entfernt, noch war ihm niemand auf den Fersen. Die Uferstraße war in ihrer Übersichtlichkeit das größte Problem, es war geradezu unmöglich, sie zu überqueren und dann zu Fuß bis zur Via Ottaviano Augusto und der Bar *Medusa* zu gelangen, ohne sofort entdeckt zu werden. Er nahm den schwarzen Sturzhelm ab, bestellte telefonisch ein Taxi zum ehemaligen Hotel de la Ville, in dem das größte europäische Schiffsbauunternehmen seinen Sitz hatte, und suchte dann unter dem Rundbogen des Haupteingangs Schutz vor dem Regen. Der Wagen kam rasch. Dino bat den Fahrer, ihn bis zum Hochhaus am Campo Marzio zu fahren, und gab für die kurze Strecke ein üppiges Trinkgeld. Als er zusah, wie die Rücklichter des Taxis verschwanden, öffnete sich hinter ihm die Haustür des Hochhauses. Erschrocken trat er einen Schritt zur Seite.

»Was machst du denn hier, Dino?«, fragte der etwa sechzigjährige Mann im Regencape, der heraustrat und ihn neugierig anstarrte.

»Und du, Raoul?«, fragte der Junge schlagfertig.

Raoul Castagna gehörte zu Antonio Gasparris Verbündeten und seit Menschengedenken zu den Stammgästen der Bar seiner Mutter. Dino wusste auch, dass die Sekretärin des Landesbeamten in einem der oberen Stockwerke wohnte. Der Koch erklärte verlegen, dass er auf einen Kumpel warte, mit dem er nach Feierabend noch einen Drink nehmen wolle. Man werde sich dann morgen Abend in der *Medusa* wiedersehen, murmelte Castagna und ging eiligen Schrittes davon.

Es war kurz nach zwei, als Dino Bertone die Bar betrat, ohne die Lichter anzuschalten. Er sperrte sorgfältig von innen ab, dann trat er auf der Rückseite in den kleinen Hinterhof, wo er das Regenwasser vom Sattel seines Motorrads wischte. Seinem Freund Giulio Bossi würde er später Bescheid geben, dass er im Internet ein Ticket für den Fernbus nach Wien buchen sollte.

Entweder in Ljubljana, Maribor oder Graz würde er ihn dann abholen. Jetzt musste er die eigene Haut retten. Er schob das Motorrad auf die Straße, mit einem einzigen Druck auf den Anlasser sprang die Maschine an. Dino schloss das Visier seines Helms und nahm Kurs auf die Hochstraße, die um den neuen Hafen herum direkt in Richtung Grenze führte. Allerdings fuhr er schon an der ersten Ausfahrt wieder ab. Er würde sich über kleinere Seitenstraßen durch die äußeren Stadtviertel kämpfen und so den Hauptgrenzübergängen nach Slowenien ausweichen, die von der Polizei gewiss informiert worden waren. Die meisten Einheimischen kannten noch aus der Zeit vor Schengen die kleinen Übergänge. Auch Dino, der als Kind damals oft von Freunden seiner Mutter zu Ausflügen nach Istrien mitgenommen worden war. Sein Magen grummelte böse, als ihm auf der Höhe des Supermarkts in der Via Valmaura die alte Frau in den Sinn kam, die ausgerechnet auf dem Zebrastreifen in sein Motorrad gelaufen war und ihn selbst um ein Haar zu Fall gebracht hätte.

Antonio Gasparri stand barfuß in Sweatshirt und geblümten Boxershorts vor ihnen, als er endlich die Tür einen Spalt weit öffnete. Die Chefinspektorin half mit einem so heftigen Fußtritt nach, dass der Mann vom Schwung fast gegen die Wand geworfen wurde. Pina raste an ihm vorbei, ohne auf seinen Protest zu hören, darum sollte sich ihr Vorgesetzter kümmern, der viel zu lang gewartet hatte, um ihr grünes Licht zu geben. Sie hätte Dino Bertone längst eingelocht gehabt, wenn Laurenti nicht gezögert hätte. Mit der Waffe in der Hand trat sie eine Zimmertür nach der anderen auf, ihren Kollegen Battinelli im Schlepptau, der in die Räume hineinstürmte und sich umsah. In der Küche standen zwei ungespülte Gläser auf dem Tisch, ein wenig Geschirr im Spülbecken. Sie liefen weiter zur nächsten Tür. Abgesehen von Gasparris Schlafzimmer gab es nur in einem kleinen Zimmer zur Hofseite ein ungemachtes Bett, dessen Decke am Boden lag. Die Matratze war körperwarm. Eine halb ausgetrunkene Mineralwasserflasche stand daneben. Die Hose eines großen Mannes sowie ein Jackett hingen über einem Stuhl. An der Garderobe der Nierengurt eines Motorradfahrers. Aus dem Wohnungsflur vernahmen die beiden Polizisten lautstarken Streit. Ihr Chef stand, die Hände hinter dem Rücken verschränkt, wie ein Fels sehr nahe vor dem Politiker und stellte ruhig seine Fragen nach Dino Bertone, worauf der andere wüste Drohungen ausstieß und üble Folgen prophezeite. Der Commissario ließ ihn ausreden, zitierte gelassen einige Paragraphen und wiederholte den Grund der Durchsuchung: Gefahr im Verzug, Fluchtgefahr eines schwerkriminellen Straftäters.

Noch immer stand die Wohnungstür offen, ein Windstoß blies plötzlich durch den Flur. Pina fuhr herum wie ein Blitz und rannte zur Küche. Wind und Regen hatten die Balkontür aufgestoßen, erst jetzt sah sie den illegalen Vorbau. Hastiger Rundumblick. Nach unten gähnte schwarze Tiefe, oben war die Dachtraufe selbst für einen Riesen zu weit entfernt. Auf dem niedrigeren Dach des Nebenhauses hing ein Antennenkabel lose über die Dachrinne, einige Ziegel waren verrutscht oder gesplittert. Als Kollege Battinelli heraustrat, unterbrach er sich mitten im Satz und folgte mit offenem Mund dem Flug der Chefinspektorin, die filmreif mit ausgestreckten Armen und Beinen flach auf dem Nachbardach landete und sich sofort aufrappelte. Ob sie auch das in ihrem Kampfsporttraining gelernt hatte? Sie drehte sich ihm nur kurz zu und zeigte nach unten, dann kroch sie zur Dachluke, löste einen Ziegel und schlug mit harten Schlägen auf das Drahtglasfenster, das nicht nachgab. Kurz entschlossen zog Pina ihre Waffe. Ein gezielter Schuss, ein Knall zerteilte die Nacht. Chefinspektorin Cardareto stemmte die Luke auf und verschwand.

Battinelli zwängte sich zwischen den beiden Streithähnen hindurch zur Wohnungstür. »Pina ist ihm auf den Fersen. Sie braucht Beistand, der Kerl ist zu groß. Mit dem hier werden Sie wohl allein fertig, Commissario«, rief er und rannte hinaus. Der Hall seiner Schritte verklang im Treppenhaus.

Trotz der heftigen Regenböen standen ein paar wenige Schaulustige auf der Via Mazzini gegenüber dem Hauseingang, aus dem Battinelli herausjagte. Er lief bis zur Ecke und fand in der Seitenstraße den Eingang zum Nachbargebäude. Von Pina war nichts zu sehen. Unter den Augen der Gaffer sprang der Inspektor in den Wagen und raste Richtung Rive. Er schaltete weder die Scheinwerfer noch das Blaulicht oder die Sirene ein, bog auf die Uferstraße ab und entdeckte neben dem Canal Grande endlich seine von Sturmböen durchnässte Kollegin.

»Wohin würdest du flüchten, wenn wir dir auf den Fersen wären?«, fragte sie, als sie sich auf den Beifahrersitz fallen ließ und mit dem Handrücken den Regen aus dem Gesicht wischte. Ihre Haare glichen einem Nagelbrett. Sträflingsschnitt.

»An Dinos Stelle zu seiner Mutter oder ins Meer. Es ist noch warm genug.«

»Der doch nicht. Irgendwo steht sein Motorrad.«

»Bei dem Regen?«

»Wenn mir jemand das Fell über die Ohren ziehen wollte, wäre mir das bisschen Wasser egal. Im Gegenteil, ich würde mir die Sintflut herbeiwünschen. Fahr zum Lokal. Und lass das Blaulicht aus.«

Battinelli riss den Wagen um eine Verkehrsinsel und drückte auf der Uferstraße das Gaspedal durch. Keine zwei Kilometer weiter fuhr er in verkehrter Richtung durch die Einbahnstraße, zog zur *Medusa* hinüber und stoppte vor dem Eingang. Pina war bereits draußen, rüttelte vergebens an der Tür. Battinelli zeigte zur Einfahrt an der Seite. Das Tor war nur angelehnt, mit gezogenen Waffen drangen sie ein. Abgesehen von einigen Getränkekisten und einer Menge Unrat war der überdachte Hof leer, die Hintertür des Lokals abgeschlossen. Falls Dino sich drinnen verschanzt hatte, brauchten sie Verstärkung. Die Chefinspektorin rief telefonisch zwei Streifenwagen herbei.

»Sobald die da sind, fahren wir los, Gilo«, wies sie ihn an. »Da drin sollen die anderen nachsehen, ich mache jede Wette, er ist längst weg.«

»Zur Grenze ist es nicht weit, Pina.«

»Und er müsste bescheuert sein, wenn er einen der beiden Hauptübergänge nähme. Ich würde über Nebenstraßen zu einem der abgelegenen kleineren fahren oder mit dem Motorrad irgendwo durch die Wälder zur anderen Seite.«

»Das ginge höchstens mit einer Enduro und nur, wenn man die Wald- und Schotterwege auf dem Karst kennt, aber nicht mit einer Rennmaschine, wie Bertone sie fährt.«

Der erste Wagen preschte mit Blaulicht heran, die Chefinspektorin gab Anweisung, die beiden Eingänge zu überwachen und erst einzudringen, wenn weitere Verstärkung eintraf. Dann fuhren sie los. Battinelli hielt sich in Richtung Hochstraße.

»Warum fährst du da lang?«, fragte Pina misstrauisch.

»Erstens um so rasch wie möglich in die Außenbezirke zu kommen, zweitens um nachzusehen, ob er nicht doch in der Via Baiamonti bei seiner Mutter ist.«

Pina wählte die Nummer der Einsatzzentrale und gab Anweisungen, dass die Grenzpolizei verständigt würde und alle, die im Streifenwagen unterwegs waren, nach einem Motorradfahrer mit österreichischem Kennzeichen suchen sollten.

Rechtsanwalt Carlo Gasparri war zweiundsiebzig Jahre alt und praktizierte nur noch für alte Freunde und einige Mandanten, die seine Dienste seit Jahrzehnten in Anspruch nahmen. Zu ihnen gehörte auch sein sechzehn Jahre jüngerer Bruder Antonio, dem er als Strafverteidiger bereits mehrfach aus der Patsche geholfen hatte, wobei nicht nur seine soliden Kenntnisse der Gesetzbücher, sondern auch seine persönlichen Verbundenheiten innerhalb des Justizapparats von Nutzen gewesen waren. Zuletzt hatte er belegt, dass sich in den Landesgesetzen keinerlei Regelung zur Limitierung der Spesenabrechnungen der Abgeordneten fand, und nach dem so erwirkten Freispruch hatten sich die Brüder lachend mit teuersten Weinen betrunken, deren Kosten sich der Jüngere selbstverständlich hatte erstatten lassen.

Dass Tonino am selben Tag den Beistand des Anwalts gleich ein zweites Mal beanspruchen musste, war allerdings ein Novum. Und dass er diesen Beistand gar in den frühen Morgenstunden brauchte, war nun wirklich ein Grund zur Sorge.

Carlos Gemahlin Elvira, mit der er seit der Schulzeit zusammen war und die aus einer der alten Spediteursdynastien Triests stammte, war als Erste vom Telefonklingeln erwacht. Sie hatte den Anruf entgegengenommen und den Apparat zu ihrem Mann ans Bett gebracht. Sie bereitete ihm einen Tee, während er sich ankleidete und nur andeutete, dass sein Bruder Probleme habe und in der Questura vernommen werde. Carlo habe ihn angewiesen, lediglich die nötigsten Angaben zu seiner Person zu machen, und versprochen, schnellstmöglich dort zu sein. Von ihrem Haus in der Via Romagna ging er normalerweise zu Fuß zu seinem Büro gegenüber dem Gerichtspalast und fuhr abends mit der Standseilbahn wieder hinauf, doch jetzt bestellte er ein Taxi. Nicht nur weil es in Strömen regnete, sondern auch weil er Tonino gut genug kannte, um zu wissen, dass sein Temperament viel zu schnell überschäumte und er Gefahr lief, Dinge zu sagen, die später nicht zu seinem Vorteil ausgelegt würden.

Als Carlo Gasparri aus dem Taxi stieg, brannten in der Questura zur Seite des römischen Amphitheaters wider Erwarten die Lichter auf der gesamten Länge des dritten Stocks des mächtigen Monumentalbaus. Carlo Gasparri war wie immer in einen grauen Dreiteiler gekleidet, schon in seiner Jugend hatte er Wert auf formale Kleidung gelegt und war nur dann in sportliche Klamotten geschlüpft, wenn er seinem Vater mit großem Abstand in die Cittavecchia folgte, wo der nach einer halben Stunde, sich den Krawattenknoten noch im Gehen richtend, wieder aus einem der verrufenen Häuser trat. Einige Jahre später ging dann auch Carlo hinein, nachdem er dem Alten das Geld abgeschwatzt und versprochen hatte, im Gegenzug weder der Mutter noch sonst jemandem je davon zu erzählen. Und schon bald hatte er sich in eine blutjunge Griechin namens Melaní verliebt. Vor seinen Besuchen legte er stets seinen besten Anzug an und parfümierte sich ausgiebig mit Papas Rasierwasser, ohne von dem durchtriebenen Stück dafür in seinen Liebesschwüren ernst genommen zu werden. Ganz im Gegenteil erniedrigte sie ihn mit ihren Kommentaren und mit ihrem Gelächter, wenn er unbeholfen an ihr herumfummelte und sie endlich auch küssen wollte.

Carlo Gasparri betrat die Questura durch den Seiteneingang, der als einziger nachts besetzt war, wies sich aus und wurde von einem graugesichtigen, wortkargen Uniformierten in den dritten Stock geführt. Er gab dem Commissario ausdruckslos die Hand, zwinkerte seinem Bruder zu und fragte nach dem Grund für dessen Festnahme.

»Die Liste wird immer länger: Widerstand gegen die Staatsgewalt, Beamtenbeleidigung, Beihilfe zur Flucht eines wegen Mordverdachts mit internationalem Haftbefehl gesuchten Mannes, Vernichtung von Beweismaterial, Anstiftung zum Mord. Abgesehen von der illegalen Einfuhr von Devisen gestern.« Laurentis Tonfall wirkte fast gleichgültig. Im Hintergrund klapperte die Tastatur der Protokoll führenden Beamtin, die die Daten des Anwalts eingab.

»Letzteres liegt im Zuständigkeitsbereich der Guardia di Finanza, Commissario. Wir haben Widerspruch eingelegt.« Carlo wandte sich an seinen Bruder. »Hast du dich dazu geäußert?«

Tonino schüttelte zuerst den Kopf, dann knurrte er unvermittelt los. »Amtsanmaßung ist das. Machtmissbrauch. Und nächtliche Ruhestörung samt Hausfriedensbruch. Du musst sofort ein Disziplinarverfahren beantragen, Carlo. Ich werde mir das nicht gefallen lassen.«

Eine Handbewegung des Anwalts ließ ihn verstummen. Der Commissario lächelte wie eine Sphynx. Er hatte nichts anderes erwartet. Die Tastatur der Polizistin am Nebentisch verstummte ebenfalls.

»Nun, ich höre.« Der Anwalt lehnte sich demonstrativ in seinem Stuhl zurück.

»Antonio Gasparri hat in seiner Wohnung einen Mann namens Dino Bertone beherbergt, der wegen dringenden Mordverdachts mit internationalem Haftbefehl gesucht wird.«

»Davon wusste mein Mandant nichts. Gastfreundschaft ist laut Strafgesetzbuch nicht untersagt. Haben Sie den Verdächtigen denn dort gefunden?«

Tonino grinste, als hätte er bei der Ziehung der Lottozahlen den richtigen Schein in der Hand gehabt. Sein Gesicht verfinsterte sich rasch wieder, als der Commissario fortfuhr.

»Ihr Mandant hat sich viel Zeit zum Öffnen gelassen. Der Mann konnte bei unserem Eintreffen fliehen, sein Bett war noch warm. Er ist vom Balkon auf das Dach des Nachbarhauses gesprungen. Die von ihm zurückgelassenen Kleidungsstücke und seine Fingerabdrücke befinden sich im Labor.«

»Dann reden wir weiter, wenn sie ausgewertet wurden. Antonio Gasparri verfügt über einen festen Wohnsitz und ist eine im öffentlichen Leben stehende Person. Eine konkrete Verdunkelungsgefahr besteht nicht. Hatten Sie einen richterlichen Durchsuchungsbefehl?«

»Gefahr im Verzug. Ihr Bruder bleibt hier, Avvocato. Dies ist eine nicht verzögerbare Zeugenbefragung, der flüchtende Dino Bertone steht unter konkretem Mordverdacht. Und Sie wissen selbst, dass es nur ein Katzensprung ins Ausland ist.«

»Haben Sie denn Ihre Kollegen in Slowenien nicht verständigt?«

»Rhetorische Frage. Wir fahren jetzt mit der Befragung fort. Dass Sie in der Funktion als Anwalt von Antonio Gasparri hier sind, zeigt, dass Ihnen die Tragweite der Vorwürfe klar ist. Die Formalien kennen wir beide gut genug, und die Uhrzeit ändert nichts an der Legitimität.« Laurenti gab der Frau am Nebentisch ein Zeichen, dass er die Vernehmung fortsetzte. »Seit wann kennen Sie Dino Bertone?«

»Mein Mandant macht keine Angaben über die zu seiner Person hinaus, Commissario.«

»In welchem persönlichen Verhältnis stehen Sie zu Bertone?«

»Idem, Commissario.«

»Sind Sie mit Dino Bertone verwandt oder verschwägert?«

»Antworte, Tonino.«

»Nein.« Vier Anschläge auf der Tastatur.

»Haben Sie Bertone in Ihrer Wohnung beherbergt?«

»Antworte mit Ja oder Nein.«

»Ja«, presste Tonino widerwillig heraus. Zwei Anschläge auf der Tastatur.

»Seit wann haben Sie Bertone beherbergt?«

Carlo schaute seinen Bruder an.

»Verdacht auf Verstoß gegen das Meldegesetz.« Der Commissario nickte gelangweilt der Frau am Computer zu.

»Nur heute Nacht«, gab kleinlaut Tonino an. Er kämpfte sichtbar mit seiner Wut.

»Das lässt sich überprüfen. Haben Sie mit Dino Bertone telefoniert?«

»Nein. Er kam einfach vorbei und fragte, ob er bei mir schlafen könnte. Bei diesem Wetter jagt man nicht einmal einen Hund auf die Straße.«

Laurenti lächelte, er musste diesen Punkt nicht weiter vertiefen. Die Analyse der Telefondaten würde ohnehin die Wahrheit ans Licht bringen. »Wann haben Sie Bertone vor seinem Besuch zuletzt gesehen?«

Antonio Gasparri wartete nicht auf ein Kommando seines Bruders. »Seit Monaten nicht.«

»Wann?«

»Er arbeitet in einem Restaurant in Österreich.«

»Wann haben Sie ihn zuletzt gesehen?«

Laurenti wurde von einem kurzen Anruf unterbrochen. Sein Blick ruhte auf Gasparri, während er zuhörte, und als er nach wenigen Sekunden auflegte, ohne ein Wort gesagt zu haben, wanderten seine Augen zu dessen Bruder Carlo.

»Für fast alles, was wir tun, gibt es Zeugen. Problematisch, wenn die sich melden oder gar gefasst werden. Nicht wahr, Avvocato? Dann stehen unsere Aussagen urplötzlich nicht mehr allein in der Welt. Und wie leicht man sich untereinander in Widersprüche verhaspeln kann, wissen Sie selbst. Aber kehren wir zurück zu den Fragen. In welchem Verhältnis standen Sie zu Maggie Aggeliki, der Präsidentin der gleichnamigen Reederei?«

»Schweig«, fuhr der Anwalt dazwischen. »Was bezwecken Sie mit dieser Frage?«

Laurenti wusste sehr genau, dass er Gasparri irgendwann laufen lassen musste, es ging nur darum, diesen Moment so lange wie möglich hinauszuzögern und zu hoffen, dass die Müdigkeit den Politiker zu einer Unbesonnenheit verleitete. Seit Jahrzehnten schon setzte der Commissario seine Verhörmarathons gezielt ein. Wer die Regie führte, hatte es leichter und wurde nicht so schnell müde. Staatsanwalt Scoglio war unterrichtet und würde früh im Dienst sein und ihn zum Rapport rufen. Vielleicht würde inzwischen sogar die Fahndung nach den drei Mordverdächtigen etwas Neues ergeben. Pina war wie ein geölter Blitz verschwunden. Er kannte sie gut genug. Wenn sie einmal Blut geleckt hatte, verbiss sie sich wie ein Kampfhund, dessen Kiefer nur mit einer Brechstange wieder geöffnet werden konnten. Wenigstens war der besonnenere Gilo Battinelli an ihrer Seite und würde hoffentlich das Schlimmste zu verhindern wissen.

Und dann lief ja auch noch das Amtshilfebegehren der Finanzpolizei, die ihre slowenischen Kollegen um die Offenlegung der Bankverbindungen des Politikers gebeten hatte. Dass das Geld aus einer Filiale der UniCredit stammte, war aufgrund des Briefumschlags anzunehmen, in dem das Geld sich befunden hatte. Nicht unwahrscheinlich war, dass es sich um die Geschäftsstelle in Capodistria handelte – in Koper, wie das Nachbarstädtchen auf Slowenisch hieß.

»Auftraggeber eines Mordes zu sein, wiegt schwer, Avvocato. Dazu kommen wir gleich.« Die Zeiger seiner Uhr standen auf kurz vor sechs. Der Commissario ging zur Tür seines Büros, bevor Carlo Gasparri widersprechen konnte. »Nehmen Sie den Kaffee mit oder ohne Zucker?«

Die Schreibkraft schien nicht minder dankbar für eine Unterbrechung zu sein, sie erhob sich sofort, folgte ihm in sein Vorzimmer und half ihm, die vier Espressi zuzubereiten. Die Tür blieb geöffnet, sie sprachen nicht miteinander, hörten aber die beiden Brüder über das Geräusch der Kaffeemaschine hinweg aufgebracht miteinander flüstern.

»Worauf stützen Sie sich?«, fragte der Anwalt, als sie alle wieder an ihren Plätzen saßen.

»Sie wissen selbst, dass die Welt transparenter geworden

ist. Niemand kann heute seine Kontakte noch im Verborgenen halten. Wer nichts zu befürchten hat, fühlt sich sicher. Der Ermittlungsbefehl wird Ihrem Mandanten wie immer von der Staatsanwaltschaft zugestellt werden, Dottor Gasparri.« Der Commissario erhob sich.

»Bei welchem Staatsanwalt liegt der Fall?«

»Scoglio. Carlo Scoglio, Avvocato. Ihr Namensvetter.«

Laurenti zuckte mit keiner Miene und sah über die beiden hinweg. Das Leuchten in Tonino Gasparris Blick entging ihm nicht. Es schien, als gäbe ihm die Nachricht ein bisschen Zuversicht.

Don Alfredo hatte ohnehin einen leichten Schlaf, seit die braven Bürger die Umgebung der Pfarrei und des Flüchtlingsheims zur völkischen Kampfzone erklärt hatten. Er erwachte von dem infernalischen Lärm eines schweren Motorrads, das mit hoher Geschwindigkeit durch enge und kurze Straßen jagte und dessen Fahrer vor den Kurven zurückschaltete, um danach wieder in höchste Drehzahlen zu beschleunigen. Ein Lärm wie der Alarm einer Sirene aus dem Zweiten Weltkrieg, von denen die letzte des Landes in Teramo in den Abruzzen auf dem Campanile des Doms installiert war, wo er einige Jahre als junger Pfarrer gearbeitet hatte. Der Gottesmann drehte sich auf den Rücken und zog die Decke bis zum Hals, doch anstatt sich zu entfernen, näherte sich das Motorengeheul stetig, und erst als es direkt vor der Comunità erstarb, stand er auf und trat ans Fenster, ohne das Licht anzumachen. Ein großer schwarzer Schatten verschwand neben seinem Auto. Alfredo warf rasch den Talar über den Schlafanzug und schlüpfte in die Schuhe, hastete durch den Flur, riss die Haustür auf und knipste das Außenlicht an. Er traute seinen Augen nicht. Unter dem mattschwarzen Sturzhelm und der ebenso dunklen Lederjacke blickte er auf den nackten weißen Hintern eines Riesen, der sich neben seinem Fiat geräuschvoll entleerte und dabei kehlig grunzte. Die rechte Hand des Kerls lag auf der Motorhaube mit den eingeritzten SS-Runen. Vom Licht der Außenlampe ließ er sich so wenig stören wie vom lautstarken Protest Don Alfredos.

»Jetzt reicht's«, rief der Pfarrer entrüstet. »Du da, verschwinde. Ich rufe die Polizei.«

Entweder der Kerl konnte ihn durch seinen Sturzhelm nicht hören, oder er zählte auf die Sanftmütigkeit des Gottesdieners, der in der Tür verharrte.

Wütend klappte Don Alfredo sein Mobiltelefon auf und wählte die Notrufnummer der Polizia di Stato. Nie hatte sich Don Alfredo bisher an die Behörden gewandt und nur gestern zur Mittagszeit auf Geheiß des Commissarios die Beschädigung seines alten Autos bei den störrischen Uniformierten angezeigt, die Stunden vorher den Pakistaner abgeführt hatten. Der Beamte in der Telefonzentrale nahm zwar seinen Namen und die Adresse auf, war aber von der Meldung, dass jemand auf der Straße sein Geschäft verrichtete, wenig beeindruckt. Erst als der Pfarrer das höllenschwarze Motorrad samt Fahrer beschrieb, befahl ihm der Mann in der Leitstelle, umgehend ins Haus zurückzukehren und die Türen gut zu verriegeln. Er werde sofort eine Streife vorbeischicken.

Pina Cardareto und Gilo Battinelli hörten den Funkspruch, als sie von der Hochstraße abbogen und mit hohem Tempo die regennasse und menschenleere Via Baiamonti hinauffuhren. Sie hatten sich während der Fahrt geeinigt, die Nebenstraßen bis zum kleinen Grenzübergang von Prebenico abzusuchen und standen in Funkverbindung mit der Zentrale und den Kollegen in den Einsatzfahrzeugen. Pina schaltete sich direkt ein und wiederholte die Adresse der Comunità, worauf Battinelli das Steuer herumriss und mit Vollgas die breite Via Flavia hinabdonnerte, über die sie am schnellsten zu Don Alfredo kommen würden. Zu dieser Stunde brauchten sie weder Blaulicht noch Sirene, sie überholten nur ein paar wenige Lieferwagen. Ganz falsch hatten sie also nicht gelegen, als sie in die Außenbezirke hinausgefahren waren. Die Straßen des Industriegebiets waren verwinkelt und voller abgestellter Schwerlastwagen, hinter denen ein Zweiradfahrer Deckung suchen könnte. Und von dort führte der Weg in dörfliche Außenbezirke, deren Bewohner vom Leben im Stadtzentrum wenig wissen wollten. Vier enge Straßen waren es noch bis zur Pfarrei, als Pina ihren Kollegen bat, die Scheinwerfer des Wagens auszuschalten. Durch das halb geöffnete Fenster lauschte sie in die Nacht. Der Regen fiel ihr ins Gesicht, was sie nicht zu kümmern schien. Sie glaubte, das Aufheulen eines Motorrads zu vernehmen, dann blendete sie hinter der nächsten Kurve ein Scheinwerfer, der ihnen mit hohem Tempo entgegenraste. Gilo schaltete das Blaulicht ein und stellte den Wagen quer, Pina sprang auf die Straße und zog die Waffe. Das Motorrad bremste kurz ab, stellte sich quer und wich auf den Gehweg aus. Mit einem gewaltigen Sprung landete Pina auf der Kühlerhaube eines geparkten Autos, als der Motorradfahrer an ihr vorbeischoss. Sie warf sich ins Leere, streifte den Helm des Kerls mit einem Flying Kick und landete hinter dem Gartenzaun des angrenzenden Grundstücks. Das Motorrad riss die Rückspiegel zweier geparkter Autos ab und kam zum Stehen. Der Lärm des Anlassers lief einen Augenblick ins Leere. Battinelli rannte mit der Waffe in der Hand in seine Richtung, die Chefinspektorin war sofort wieder auf seiner Höhe. Wieder heulte der Motor der schwarzen Monster auf, der Fahrer lenkte sie auf die Straße zurück, wo er in fünfzehn Metern Entfernung der Polizistin gegenüberstand. Er drehte den Gashahn auf, Battinelli sah Pina fast waagerecht durch die Luft fliegen, ihr ausgestrecktes Bein landete direkt auf dem Visier des Kerls, dessen Hände sich vom Lenker lösten und dessen Oberkörper nach hinten fiel, während die Maschine ein Stück weiter in die Flanke eines geparkten Wagens krachte. In den angrenzenden Häusern wurden die Lichter eingeschaltet, die ersten Köpfe erschienen in den Fenstern. Kein Schlaf ist tief genug, um die Neugier zu besiegen.

»Verhaften kannst *du* ihn«, sagte die Chefinspektorin und streifte trotz des Regens ihre Jacke ab. Selbst sie kam offensichtlich einmal ins Schwitzen. »Das Schwein stinkt gottserbärmlich.«

Der kurze Ärmel ihres T-Shirts gab den prallen Bizeps frei, doch anders als Popeye oder die Kaiserin Sisi trug sie keinen Anker am linken Oberarm, sondern ein mit dicken schwarzen Balken durchgestrichenes blutrotes Herz, unter dem der Schriftzug *Basta Amore* zu lesen war. Sie war bereit, den gut zwei Kopf größeren Mann gleich noch einmal zu Boden zu schicken, sollte er dem Kollegen Probleme bereiten. Dino Bertone schien noch immer nicht zu begreifen, wie ihm geschah. Er saß benommen auf dem nassen Asphalt und klapperte trotz der schweren Lederkluft mit den Zähnen. Der Sturzhelm lag neben ihm. Dem Mann rann das Regenwasser über die Glatze, sein Blick verlor sich irgendwo in der Nacht. Gilo legte ihm Handschellen an und verzog angewidert die Nase.

Ein Streifenwagen näherte sich mit eingeschaltetem Blaulicht, und auch Don Alfredo lief mit einem Schirm herbei. Am Gartenzaun standen die Bewohner des Nachbarhauses und tuschelten. Einer schoss mit dem Telefon Fotos von der Szene.

»Was hat der Mann getan?«, fragte eine Frau, die sich einen Mantel über das Nachthemd gezogen hatte. Auf den Spitzen ihrer rosafarbenen Hausschuhe tanzten zwei Plüschkätzchen.

»Er muss zur Toilette«, sagte Pina und drehte ihr den Rücken zu. Sie winkte die beiden Uniformierten herbei. »Das ist der Gesuchte. Ruft eine Ambulanz, und bleibt bei ihm. Lasst den Mann keine Sekunde aus den Augen, und seid auf der Hut.

Mordverdacht. Akute Fluchtgefahr. Nach diesem Sturz muss er ins Krankenhaus, auch wenn ich kaum annehme, dass er außer seinem Darmproblem noch andere Leiden hat.« Sie wandte sich an den Pfarrer, unter dessen Talar die Beine seiner Schlafanzughose zu sehen waren, er stand barfuß in seinen Sandalen. »Ist das der Mann?«

»Das Motorrad, ja. Und von der Statur her ist er es auch. Er hatte seinen Sturzhelm auf dem Kopf, als er neben meinem Fiat in die Hocke gegangen ist. Sein Gesicht konnte ich nicht sehen.«

»Dann gehen Sie jetzt zurück. Wir melden uns morgen bei Ihnen.«

Sie lief zum Dienstwagen und ließ sich auf den Beifahrersitz fallen. »Den Kerl auch noch im Auto mitzunehmen, hätte ich nicht gepackt«, sagte sie zu Battinelli, der den Gang einlegte.

»Kann es eigentlich sein, dass du dich nicht wohlfühlst, wenn du nicht mindestens einmal pro Monat jemanden vermöbeln kannst, Pina?«, fragte Battinelli.

»Was hättest du gemacht?«, fragte sie. »Mit der Pistole in deiner Hand? Wenn du überhaupt getroffen hättest.« Das Blaulicht des herbeifahrenden Krankenwagens flackerte über ihr Gesicht. Sie wählte die Nummer Laurentis, zwei kurze Sätze genügten, um ihn aufs Laufende zu bringen.

Eine Kehrmaschine mit orangefarbenem Blinklicht reinigte im Kriechgang die Via Teatro Romano vor der Questura, als sie direkt vor dem Seiteneingang parkten. Pina hielt den Inspektor am Arm, um ihn am Aussteigen zu hindern. Sie sahen den beiden Männern nach, die auf die Straße hinaustraten und sich schweigend entfernten. Einer von ihnen war Antonio Gasparri.

»Ich habe Ihnen die Zeitung mitgebracht, Staatsanwalt. Oder haben Sie sie schon gelesen? Heute sind gleich zwei Artikel drin, die Sie interessieren werden.«

Scoglio war als militanter Frühaufsteher berüchtigt, hatte aber ausgerechnet heute auf sich warten lassen und den Commissario erst kurz vor neun zum Rapport bestellt. Musste er etwa den Schlaf nachholen, den ihm Laurentis nächtlicher Anruf geraubt hatte?

»Die Zeitungen werden immer schlechter. Was soll schon Interessantes drinstehen? Die Journalisten haben ohnehin alles von uns.« Der Staatsanwalt starrte den Commissario kampfeslustig an und spielte nervös mit seinem Montegrappa-Federhalter.

»Dass Ihr alter Bekannter Antonio Gasparri jetzt schon Devisen aus dem Ausland einschleppt, überrascht letztlich niemanden.« Laurentis Mundwinkel zuckten nicht unmerklich. »Sie kennen sich lange genug. Dass er sich dabei allerdings erwischen lässt, ist ein Armutszeugnis. Er hat denselben Weg genommen wie jeder kleine Haschischschmuggler, wahrscheinlich hatte er es zu eilig, um sich etwas Besseres einfallen zu lassen. Oder er ging davon aus, dass die Gesetze für ihn nicht ausgelegt würden wie für alle anderen. Aber das ist es gar nicht, was so besonders ist. Viel bemerkenswerter finde ich, dass ich ihn die ganze Nacht vor mir hatte und Sie nicht mehr auf meine Anrufe geantwortet haben, Dottor Scoglio.« Laurenti gab sich verlogen formal.

Nachdem die Gasparri-Brüder gegangen waren, hatte er die Zeitung in aller Seelenruhe in der Bar gelesen und versucht, sich mit drei weiteren Espressi munter zu machen. Pina Cardareto und Gilo Battinelli verfassten das Protokoll – beginnend mit der Hausdurchsuchung in der Via Mazzini bis hin zur Festnahme von Dino Bertone. Plötzlich stand Augusto Colasanto neben ihm am Tresen, Gasparris Vertrauter in der Questura. Er hatte das Kommando vor dem Wohnblock in der Via Giacinti geleitet, wo ihnen Giulio Bossi in die Falle gegangen war.

»Wir haben ihn, Commissario.« Der Uniformierte rührte

zwei Tütchen Zucker in seinen Cappuccino. Er versuchte offensichtlich, Punkte gut zu machen. »Er hat nicht damit gerechnet, dass wir ihn erwarten. Einen so jungen Mann mit so grauen Haaren habe ich noch nie gesehen. Er hat in der Dunkelheit herumgestanden, bis seine Mutter das Haus verließ, dann passte er sie auf dem Weg zur Bushaltestelle ab. Sie hatte seinen Reisepass und eine Badehose in der Tasche, die sie ihm während der Fahrt im Bus übergab. Wir sind an der Haltestelle auf der Piazza della Libertà zugestiegen, er hatte nicht die geringste Chance zu entkommen. Im Gegenteil, er schien mir sogar erleichtert zu sein, dass die Sache ein Ende hat.«

»Wo ist er jetzt?«, fragte der Commissario.

»Bei Inspektor Battinelli.«

»Das ist gut.« Er lobte den Uniformierten nicht weiter, akzeptierte aber, dass Colasanto seinen letzten Espresso mitbezahlte. Dann ging er zurück ins Büro, um sich Notizen für den Staatsanwalt zu machen. Die Zeitung aus der Bar hatte er mitgenommen.

»Das wirklich Überraschende steht hinten im Lokalteil, Dottor Scoglio.« Laurenti lächelte dünn. »Wir bekommen ein wenig Abwechslung in den Speiseplan. Fast direkt vor Ihrem Büro macht ein neues Lokal auf. Der Lokalreporter hat sich vor Begeisterung fast überschlagen.« Laurenti blätterte in der Zeitung und schlug die entspechende Seite auf. »Ganz abgesehen davon, dass er einen Schnellkurs in Englisch absolviert oder im Internet abgekupfert haben muss. Hören Sie nur: *Fast-Casual-Restaurants bieten frische Produkte, die im Front Cooking mit der Geschwindigkeit eines Quick-Service-Restaurants zubereitet werden. Die täglich wechselnde Angebotspalette ist klein, aber frisch, man kann auch Take-away bestellen, das Niveau liegt zwischen Fast Food und Casual Dining. Bezahlt wird cash oder mit Credit Card am Counter, der Service erfolgt easy und aufmerksam. Athos und Aahrash heißen die beiden Frontcooks, und wir geben ihnen schon vorab das Rating AA+*. Das ist doch eine gute Nachricht. Und nur zwei Straßen weiter.«

»Was soll der Zirkus, Laurenti? Lesen Sie jetzt Gourmetführer statt Akten und Protokolle?«

»Jetzt warten Sie doch, bis ich fertig bin. Das Lokal hat einen tollen Namen, er wird Ihnen gefallen. *Avviso di Garanzia* heißt es und eröffnet morgen oder übermorgen.«

»Können wir endlich zur Sache kommen, nachdem Sie mich schon in der Nacht aus dem Schlaf gerissen haben?« Der Staatsanwalt kniff die Lippen zusammen. »Wer ist der Spinner, Commissario?«

»Ein alter Bekannter. Und ich halte ihn nicht für einen Spinner, Dottore.« Der Commissario hatte im Gegensatz zu ihm keine Sekunde geschlafen und konnte wie immer, wenn er die Müdigkeit bis in die Knochen spürte, seinen Sarkasmus nicht im Zaum halten. »Ich weiß schon seit einiger Zeit, dass der Grieche sich eine neue Zukunft schaffen will. Zusammen mit einem Pakistaner, der vier Jahre lang sein Zellengenosse war.«

»Welcher Grieche?« Die Augen Scoglios blitzten böse.

»Kein anderer als Aristèides Albanese, Staatsanwalt. Fast vor den Türen des Justizpalasts, gleich an der Ecke zum Largo Piave. Ich muss schon zugeben, er imponiert mir ein bisschen. Wir könnten zusammen zur Eröffnung gehen. Ich habe ihn übrigens gestern vernommen. Aber ihm ist nicht beizukommen. Es sieht so aus, als wäre er clean.« Laurenti war vom Gegenteil überzeugt, doch als Vater dreier Kinder hatte er gelernt, dass man anderen manchmal unbemerkt ihren Triumph gönnen musste. Scoglio würde schon noch draufkommen.

»Haben Sie nicht selbst gesagt dass er gar kein Grieche ist? Der und sauber? Erzählen Sie das, wem Sie wollen. Er hat so hohe Schulden, dass er nie wieder einen Fuß auf den Boden bringen wird.«

»Kommen Sie nun mit? Der Artikel strotzt vor Vorschusslorbeeren.«

»Als Zeichen der Freundschaft? Mich bringen Sie gewiss nicht in ein Lokal, das von Albanese geführt wird. Gehen Sie allein hin. Weshalb haben Sie ihn überhaupt vernommen?«

»Ich fragte mich, ob es einen Zusammenhang zwischen den Zeugenlisten in seinen Prozessen und den plötzlichen Verdauungsproblemen gewisser Herrschaften gibt. Lauter Namen, die ihn damals belastet haben. Vielleicht gibt es auch einen Zusammenhang zum Tod von Elio Mazza, den sie alle den Poeten genannt haben.«

»Sie dramatisieren, Commissario.«

»Ganz im Gegenteil. Es sind ausschließlich die ehemaligen Zeugen betroffen.« Laurentis Ton verlor alle Heiterkeit, sein Blick lastete auf seinem Gegenüber. »Ich rechne damit, dass es weitere Meldungen über Rizinvergiftungen geben wird. Und dann halte ich vor allem Sie persönlich für extrem gefährdet.«

»Sind Sie komplett durchgeknallt, Commissario? Durchfall als Rache? Sie wollen ernsthaft behaupten, dass der Grieche auf eine solche Idee gekommen ist? Warum lassen Sie sich nicht pensionieren?«

»Und wer beschützt Sie dann? Sie waren es, der damals wider besseres Wissen den Prozess gegen Aristèides Albanese durchgepaukt hat. Sie waren es, der sich erst mit seiner Verurteilung zufriedengegeben hat. Mich würde es nicht im Geringsten wundern, wenn er sich für Sie einen Extraplan zurechtgelegt hätte.«

»Vergessen Sie zwei Dinge nicht.« Scoglio erhob sich wütend, stützte die Linke auf den Schreibtisch und pikte mit dem Zeigefinger in Laurentis Richtung. »Erstens habe ich mich auch damals an das Strafgesetzbuch gehalten. Eine Unverschämtheit, mir etwas anderes unterstellen zu wollen. Und zweitens haben Sie mit Ihrer Aussage die Gerichtsverhandlung selbst mitgetragen. Vergessen Sie Ihre Hirngespinste, und kommen Sie endlich zur Sache.«

»Antonio Gasparri hat einen der Mordverdächtigen im Fall Maggie Aggeliki beherbergt. Gegen ihn liegt Folgendes vor: Beihilfe zur Flucht, Anstiftung zum Mord, ferner ist er bereits des Devisenschmuggels überführt. Von Widerstand gegen die Staatsgewalt, Beleidigung und Bedrohung will ich gar nicht reden. Das sind wir gewohnt. Seinen Handlanger Dino Bertone konnten wir am Ende einer wilden Verfolgungsjagd direkt vor der Comunità von Don Alfredo festnehmen, nachdem er uns bei der Durchsuchung von Gasparris Wohnung durch einen Sprung aus dem vierten Stock entwischt war. Er befindet sich auf der Intensivstation ...«

»Warum müsst Ihr immer gleich schießen? Das provoziert nur wieder negative Schlagzeilen gegen die Rechtsorgane des Staats.«

»Niemand hat geschossen, Staatsanwalt. Er hat sich vergiftet.« Scoglio riss die Augen so weit auf, als stünde der Fürst der Finsternis vor ihm. Laurenti genoss still den Überraschungseffekt und fuhr fort. »Aber er hat gute Chancen, durchzukommen. In den letzten Tagen haben die Ärzte viel über Rizin gelernt. Außerdem ist er so groß und schwer, dass er die Dosis vermutlich überleben wird. Die Portion war nicht für ihn bestimmt, sondern ...«

»Für wen, Commissario? Rücken Sie raus damit.«

»Für Antonio Gasparri, nehme ich an.«

»Nehmen Sie an? Ich bitte Sie, das ist doch eine Räuberpistole. Viel zu abenteuerlich. Ich habe Sie bisher als gründlichen Ermittler gekannt, der jede Form von Spekulationen ablehnt. Und jetzt wollen Sie mir weismachen, der Grieche wäre in Gasparris Wohnung eingedrungen und hätte ihm vergiftetes Essen auf den Tisch gestellt? Warum hätte der es überhaupt essen sollen?«

»Gasparri streitet vehement ab, Artischockensalat zubereitet oder gekauft zu haben. Dino Bertone hat den Ärzten gesagt, er habe das Gericht auf dem Küchentisch vorgefunden und gegessen. Die Dosis war auf jeden Fall hoch genug, um schnell zu wirken. Wir haben ihn überhaupt nur wegen seiner Verdauungsprobleme gefasst, bevor er über die Grenze fliehen konnte.«

»Hören Sie auf, Laurenti. Ich seh schon die Schlagzeilen: Festnahme wegen Dünnschiss. Das ganze Land wird über uns lachen.«

»Elio Mazza hat die Vergiftung vermutlich das Leben gekostet. Daran kann ich nichts komisch finden.«

»Ach, hören Sie doch auf. Wo sonst laufen so viele Irre rum wie in Triest? Und Sie gehören jetzt offensichtlich auch dazu.«

»Selbst meine Assistentin hat es erwischt. Sie hat bei einer der Zeuginnen einen Saft serviert bekommen, der inzwischen im Labor analysiert wird.«

»Ihre Marietta ist doch dafür bekannt, dass sie alles in den Mund nimmt.« Scoglio lachte allein über seinen schlechten Witz.

»Antonio Gasparri hat das Geld, das die Kollegen der Guardia di Finanza beschlagnahmt haben, von einem ausländischen Konto abgehoben. Es liegt auf der Hand, dass er damit Bertone für den Mord an der griechisch-britischen Reederin auszahlen wollte. Dessen Statur entspricht dem Befund des Gerichtsmediziners, der davon überzeugt ist, dass die Frau von einer kräftigen, deutlich größeren Person über die Balkonbrüstung gestoßen wurde. Die Druckstellen an Schlüsselbein, Schultern und Oberarmen sind eindeutig.«

»Hüten Sie sich vor zu schnellen Schlüssen, selbst wenn sie zu stimmen scheinen, Commissario. Sollten die Aggeliki Shipping Company und ihre Präsidentin in den Mehrwertsteuerbetrug der britischen Regierung an der Europäischen Union so maßgeblich verwickelt sein, wie es den Anschein hat, könnte auch ein Engländer Interesse an ihrem Tod gehabt haben.«

Laurenti hatte den Eindruck, dass Scoglio einen Ausweg aus seinen früheren Verstrickungen suchte. Sollte Antonio Gasparri verzweifelt auf jedes Mittel angewiesen sein, um den Kopf aus der Schlinge zu ziehen, käme auch der Staatsanwalt ins Wanken. Er wäre nicht der Erste, der von einem Angeklagten gegen das Versprechen einer empfindlichen Strafminderung ans Messer geliefert wurde.

»Um halb fünf haben wir einen von Dino Bertones Kumpanen gefasst. Giulio Bossi hat in der Nacht seine Mutter angerufen und angekündigt, er werde seinen Reisepass abholen. Der dritte Tatverdächtige ist noch flüchtig. Es handelt sich um seinen Bruder Piero Bossi. Er wurde wegen Drogendelikten in der Lombardei zu zwei Jahren verknackt, aber nach ein paar Monaten in die Obhut einer Comunità für junge Straftäter überwiesen. Dort ist er ausgebüchst.«

»Es ist immer das Gleiche. Wir arbeiten uns bei den Ermittlungen krumm, und bevor man sich's versieht, schickt irgendein verantwortungsloser Richter die Leute wieder aus dem Gefängnis.«

Laurenti ließ sich nicht ablenken. »Gasparri wird von seinem Bruder Carlo vertreten. Wie sagt man doch gleich? Glücklich ist, wer einen Arzt und einen Anwalt in der Familie hat. Auch ein Politiker bietet so manchen Vorteil.«

»Wer sind diese Brüder?«

»Erinnern Sie sich wirklich nicht? Die Mutter ist Simona Caselli, der Vater Olindo Bossi.

»Der, den Albanese erschlagen hat?«

»Der Jüngere ist wie gesagt vorbestraft, der andere hat bis zur Tat bei einem Kurierdienst in Gorizia gearbeitet. Seither ist er dort nicht mehr gesehen worden. Er ist noch jung, hat aber auffällig graue Haare. In der Wohnung der Reederin haben die

Kriminaltechniker ein solches Haar gefunden. Das Labor analysiert es noch. Und raten Sie mal, um wen es sich bei diesem Dino Bertone handelt, Dottore.«

»Bertone heißt doch die Kellnerin im *La Medusa*?«

»Kellnerin war sie bei Aristèides Albanese im *Pesce d'amare*, später wurde sie die Wirtin von *La Medusa*, nachdem ihr jemand mit dem nötigen Geld kräftig unter die Arme gegriffen hat. Und wer ist der Vater ihres Sohnes?« Laurenti gähnte anhaltend. Er war inzwischen fast dreißig Stunden auf den Beinen und spürte eine kristallene Müdigkeit in den Knochen. In seinem eigenen Büro würde er zumindest für eine Weile die Tür schließen und eine Viertelstunde wegsacken können, was ihn schnell wieder auf die Beine brächte. Jetzt aber ging es darum, dass sein Gesprächspartner, dessen Blick sich plötzlich aufhellte, nicht die Oberhand gewann.

»Der Grieche natürlich.« Scoglios Stimme war trügerisch gelassen. »In welcher Verbindung stehen die drei Jungs?«

»Kommen Sie immer noch nicht darauf, Staatsanwalt? Sie sind fast gleich alt und kennen sich von klein auf. Fragen Sie lieber, in welcher Verbindung Bertone zu Antonio Gasparri steht.«

»Spielen Sie sich doch nicht so auf, Commissario. Selbst ich weiß, dass er seit Langem ein Verhältnis mit Fedora hat.«

»Finden Sie nicht, dass es Zeit ist, Gasparri einen Haftbefehl unter die Nase zu halten?« Wieder konnte er sein Gähnen nicht unterdrücken.

Scoglio atmete tief durch, dann schlug er barsch mit der Hand auf den Tisch. »Erst wenn Sie über stichfeste Beweise verfügen und die Ergebnisse schriftlich vorliegen. Selbst wenn Sie recht haben sollten, dürfen wir nichts dem Zufall überlassen. Die Beweiskette muss vor Gericht bestehen können.«

»Ich dachte, Sie würden bei prominenten Fällen wie üblich die Verhöre leiten wollen, Dottor Scoglio. Erst recht in diesem.« Laurenti erhob sich. »Sie fürchten sich doch sonst vor niemandem.«

»Verschwinden Sie, und lassen Sie sich erst wieder blicken, wenn Sie alle Unterlagen beisammenhaben, Commissario. Inklusive Laborbefunde und Telefonauswertungen.«

»Das kann dauern.«

»Wegen Ihnen hole ich mir gewiss keine blutige Nase.«

»Wer sollte es darauf abgesehen haben?«

»An die Arbeit, Laurenti. Wir haben genug geredet.«

Trotz des Regens ging der Commissario zu Fuß zurück zur Questura. Nur wenn er in Eile war, rief Laurenti einen Dienstwagen. Von einem der schwarzen Krimskrams-Verkäufer erstand er für wenig Geld einen Schirm. Sobald es zu regnen begann, wechselte in Windeseile das Sortiment der Senegalesen von Armbändern, Sonnenbrillen und Feuerzeugen zum Regenschutz. Laurenti zog den Fußweg durch die Stadt dem Auto vor. Die Bewegung und die kühle Luft erfrischten ihn, zudem bekam er etwas vom städtischen Alltag mit. Manchmal waren schon Kleinigkeiten entscheidend: Welche alt eingesessenen Geschäfte schlossen für immer und welche eröffneten neu, wer sprach mit wem, wer war neuerdings verfeindet? Beizeiten erfuhr er im Small Talk mit einem bekannten Gesicht auch Dinge, die ihm zu fragen nie eingefallen wären. An der Piazza San Giovanni machte Laurenti einen Augenblick halt, um in der *Malabar* den x-ten Espresso dieses Morgens zu trinken. Auch hier herrschte wegen des Regenwetters Flaute. Walter, einer der beiden Inhaber, hatte sich am Tresen über die Tagespresse gebeugt und las einen Artikel, in dem es um das Verfassungsreferendum ging, das der Premier angesetzt hatte. »Du wirst sehen, wir werden das erste demokratische Land sein, das in einer Legislaturperiode drei Regierungschefs hat, zwei Präsidenten und zwei gescheiterte Wahlrechtsreformen, ohne dass es je zu Neuwahlen kam. Aber das ändert nichts, der

Staat macht, was er will, und funktioniert trotzdem. Nicht besser und nicht schlechter als zuvor. Das Einzige, was man nicht versteht, ist, dass die Politiker weiterhin predigen, es werde sich alles zum Besseren wenden, und dass die Leute ihnen immer noch glauben. Erinnerst du dich an den *Leopard* von Giuseppe Tomasi di Lampedusa: *Wir waren die Servale, die Löwen; die uns ersetzen, werden die Schakälchen sein, die Hyänen; und wir allesamt, Servale, Schakale und Schafe, werden uns weiterhin für das Salz der Erde halten.*«

Als Laurenti im dritten Stock der Questura den Flur zu seinem Büro hinunterging, bemerkte er den Zigarettengeruch schon von Weitem. Marietta saß allein in seinem Vorzimmer und lackierte sich die Nägel, was sie immer tat, wenn sie sich langweilte.

»Bist du schon wieder gesund?«, fragte er.

»Eine solche Kur kann ich nur empfehlen. Man fühlt sich ganz leicht danach.« Sie reckte den Rücken, streckte den Busen vor und umfasste ihre Taille mit beiden Händen, als hätte sie eine monatelange Diät hinter sich. Dann enstpannte sie sich wieder. »Was ist passiert, dass keiner hier ist?«

»Ich nehme an, Pina und Battinelli sitzen im Vernehmungsraum und quetschen einen der drei Mörder der Reederin aus. Den ältesten Sohn von Olindo Rossi.«

»Habt ihr ihn gefasst?«

»Den und Dino Bertone. Während du dich schlank geschlafen hast, haben wir die ganze Nacht kein Auge zugetan.«

»Das Krankenhaus hat übrigens drei weitere Rizinfälle gemeldet. Sie sind aber nicht besonders ernst. Soll ich dir die Namen vorlesen?«

»Gleich drei? Alle Achtung, der Grieche war fleißig. Wer fehlt noch auf der Liste?«

Als Athos gegen zehn Uhr in der Comunità eintraf und sich bei Don Alfredo meldete, sah dieser müder und besorgter aus als sonst. Dem guten Hirten fehlten einige Stunden Schlaf. Aristéides hingegen war bester Dinge. Jetzt standen nur noch der Herrenbekleider Cristiano di Bella auf der Liste, außerdem der Rechtsanwalt Francesco Giuseppe Manara, den alle Franz Josef nannten, sowie der städtische Standesamtsangestellte Guido Sillich. Auch sie waren bis vor siebzehn Jahren seine Stammgäste im *Pesce d'amare* gewesen. Falls die Sache aber zu heiß wurde, würde er sie vielleicht sogar verschonen. Das schlimmste Los der Mitläufer war, davonzukommen und später von nichts gewusst zu haben, jedoch von der Angst besessen zu bleiben, dass ihre Vergangenheit sie irgendwann einholen könnte. Nur Staatsanwalt Carlo Scoglio würde ihm nicht entwischen, und auch wenn der Mann sich noch gedulden musste: Sicher fühlen konnte er sich gewiss nicht.

»Wurde etwas Besonderes angeliefert?«, fragte Athos. »Sonst gibt's wieder Hühnercurry mit Reis. Aahrash müsste die Viecher inzwischen entbeint und enthäutet haben. Aus den Knochen bereiten wir bis zum Abend eine kräftige Brühe und binden sie wie die Griechen mit Eigelb und Zitrone. Die stärkt bei diesem Sauwetter, und die Haut braten wir zu Chips. Hast du irgendwelche speziellen Wünsche, Don Alfredo?«

»Ist schon in Ordnung, was du vorschlägst, Athos. Wir haben neue Gäste bekommen, es ist keine Liege mehr frei. Sechsundfünfzig haben wir heute.«

»Das ist doch nicht das erste Mal, dass wir fast aus den Nähten platzen. Ist sonst noch etwas vorgefallen?«

»Mir ist die vergangene Nacht auf den Magen geschlagen. Ein wild gewordener Motorradfahrer ist im strömenden Regen hier mit seiner schwarzen Maschine vorgefahren und hat mir neben den Wagen gekackt. Dass es so weit kommen würde, hätte ich nicht gedacht. Die gehässigen Plakate und Spruchbänder gegenüber sind dagegen geradezu harmlos. Ich bete dafür, dass es nicht zu körperlichen Angriffen kommt oder irgendein Fanatiker auch noch Feuer legt.«

»Hast du die Bullen gerufen?«

»Ja, die sind sogar gekommen und haben ihn nach einer ziemlich wilden Verfolgungsjagd ein paar Straßen weiter festgenommen. Und heute früh waren schon wieder zwei von ihnen hier, um meine Aussage aufzunehmen.«

»Wer war der Kerl?«

»Vierundzwanzig. So groß wie du. Kahlköpfig. Er liegt im Krankenhaus, sagen sie. Ein Koch, der im Ausland arbeitet. Seinen Namen habe ich nicht erfahren. Mach dich jetzt an die Arbeit, ich brauche ein bisschen Ruhe.«

Athos fragte nicht weiter, er hoffte lediglich, dass er sich täuschte.

Aahrash saß auf einem Schemel in der Küche und las die Tageszeitung, als Athos eintrat. »So spät wie gestern bist du noch nie nach Hause gekommen«, begrüßte er ihn unwirsch.

»Na und«, sagte Athos. »Wir sind doch nicht verheiratet. Du führst dich auf wie eine zickiges Weib. Hast du alles vorbereitet?«

»Ich hoffe nur, dass du keinen Mist baust, der unsere Pläne in Gefahr bringt. Mein Fluch wäre dir sicher, verlass dich drauf. Hast du die Zeitung gesehen?«, fragte der Pakistaner und hielt das Blatt hoch. »Ein toller Artikel zur Eröffnung. Schade, dass keine Fotos von uns drin sind. Nur das Lokal von außen.«

»Gott sei Dank, das ist die Werbung, die wir brauchen. Ich habe dem Reporter gesagt, dass er uns nicht abbilden soll. Womöglich noch mit den Fotos, die sie bei der Verhaftung gemacht haben. Die Leute sollen sich lieber für unser Essen interessieren. Zeig her.«

Obwohl er mit einigen Modebegriffen nichts anfangen konnte, grinste Athos bis über beide Ohren. »Hat Alfredo das gelesen?«

»Ich glaube nicht«, antwortete Aahrash. »Sonst hätte er sicher etwas gesagt. Ich hab die Seite auch nur im Bus gesehen, weil der Mann in der Reihe vor mir sie gelesen hat. Ich bin extra unterwegs ausgestiegen, um die Zeitung zu kaufen.«

Der Grieche trennte die Seite aus dem Blatt und brachte sie dem Pfarrer, der trotz seines Kummers lobende Worte für die beiden Männer fand. Seiner Meinung nach würden sie sich morgen bei der Eröffnung vor Gästen nicht retten können. Er riet ihnen, für alle Fälle das Doppelte an Begrüßungsdrinks und Häppchen vorzubereiten, den Triestinern müsse man ganz bestimmt nicht zweimal sagen, dass es etwas gratis gab. Er versprach, selbst vorbeizukommen und das Lokal zu segnen, wenn sie offiziell die Blechrollläden vor dem Eingang öffneten.

Wie immer bei asiatischen Gerichten übernahm Aahrash die Regie in der Küche, und Athos hielt ihm den Rücken frei, brachte auf Zuruf das Gemüse und die anderen Zutaten und wusch parallel zur Zubereitung das gebrauchte Geschirr ab. Auch der Pilawreis gelang dem Pakistaner trotz der enormen Menge perfekt, die es für so viele Mittagsgäste brauchte. Der Grieche bereitete die Essensausgabe vor, stellte Geschirr und Wasser in Karaffen bereit und öffnete den Speisesaal. Viele Gesichter sah er in der Tat zum ersten Mal. Die Leute waren noch von den Strapazen ihrer langen Reise gezeichnet. Wieder stammte die Mehrzahl der Flüchtlinge aus Südasien, Afghanistan, Pakistan, und auch der Zustrom aus Syrien hatte sich wieder verstärkt. Afrikaner waren in der Minderheit. Die Neuankömmlinge orientierten sich unsicher, musterten die Tische und folgten den Erfahreneren zum Tresen, wo Athos sie bediente. Hungrig waren alle, ihre Worte verstand er meist nicht,

Englisch hatte er im Knast nicht gelernt. Manche kamen rasch ein zweites Mal, doch war genug für alle da, auch für die beiden Köche, die sich am Ende ihrer Schicht zwei Teller voll-luden.

»Was machen wir heute Nachmittag?«, fragte Aahrash und goss den Tee ein, den er für sie zubereitet hatte. Leicht gesüßter Masala Chai nach dem Rezept seiner Familie mit Kardamom, Zimt und Ingwer.

»Heute geht's um die Wurst.« Aristèides richtete sich auf. »Sobald wir hier fertig sind, fahren wir rüber und klappern die Geschäfte ab, die uns ihre abgelaufene oder unverkaufte Ware versprochen haben. Ich bin gestern die Runde noch einmal abgelaufen. Sie wissen, dass wir kommen. Aber wir müssen uns beeilen, die meisten schließen um halb zwei. Sobald wir alles haben, machen wir einen Probelauf zu jedem Gericht. Erst dann werden wir sehen, ob wir ein gutes Team sind. Wir dürfen uns morgen keine Pleite erlauben. Sollte uns das Essen ausgehen, können wir sofort dicht machen. Das spricht sich rum.«

»Ich schlage vor, dass du dir neue Klamotten kaufst. Du kannst nicht in dem alten Anzug kochen.«

»Du klingst schon wieder, als wären wir verheiratet, Aahrash. Ich weiß schon, was ich mache. Lass dich überraschen. Nachher werden noch die letzten Getränke geliefert. Ich hoffe, die Anlage für den Weinausschank funktioniert. Und am Nachmittag hab ich noch etwas zu tun, bevor ich zu Tante Milli fahre. Sie soll unsere Gerichte als Erste probieren. Ihr gehört schließlich das Lokal, und wir sind ihre Angestellten.«

»Kann ich mitkommen, Athos?« Aahrashs Blick war unsicher. »Ich würde sie gern kennenlernen.«

»Ich denk drüber nach, alter Taliban. Ich will sie nicht erschrecken.«

»Wenn sie bei deinem Anblick nicht erschrocken ist, wird

sie auch mich überleben. Und nenn mich bitte nicht Taliban. Vor allem nicht, wenn andere Leute dabei sind. Du weißt selbst, wie schnell man einen Stempel aufgedrückt bekommt.«

»Ich dachte schon, du lässt mich entgegen aller Versprechen drauf sitzen«, sagte der Fischhändler und holte eine große Styroporbox aus dem Kühlraum.

»Keine Sorge, ab morgen sind wir ständig hier, dann komm ich früher. Zuverlässig, Tag für Tag, außer montags, wenn du geschlossen hast.« Aristèides war erst gegen vierzehn Uhr aufgetaucht. Die Edelstahlwannen der Auslage waren bereits gründlich gereinigt und glänzten wie neu. »Ist Simona nicht da?«

»Sie hat sich kurzfristig krankgemeldet. Schau, ich habe dir alles zurückgelegt, was übrig bleibt, wenn die Kunden nur das Filet wollen.« Er zog die Karkasse eines großen Wolfsbarschs am Schwanz aus der Kiste, sie war über einen halben Meter lang. Zwischen den Gräten befand sich noch Fleisch, das dem Filetiermesser entgangen war. »Dann ist da noch das Schwarze vom Tintenfisch. Und die Fischeier der Weibchen für die Bottarga. Weißt du überhaupt, wie man sie trocknet?« Er zog einen dicken Plastikbeutel heraus. »Und das da sind kleine Fische, die übrig geblieben sind, dabei sind sie geschmacklich viel besser. Die Leute haben das Kochen verlernt, sie wollen nur noch Seezungen, Doraden oder Wolfsbarsch und Ähnliches. Alles andere können sie nicht zubereiten.«

Aristèides lief das Wasser im Mund zusammen. Der Fischhändler war zwar kein Ausbund an Freundlichkeit, dafür aber zuverlässig, und seine Ware war gut und frisch. Eine kräftige Fischsuppe würde hundertprozentig auf dem Menü stehen. Er handelte einen Preis aus, der hoch genug war, um den Mann für zukünftige Geschäfte zu motivieren, und trotzdem lächerlich niedrig. Hätte Arstéides ihm die die Reste nicht abgenommen, hätte er sie entsorgen müssen.

»Hat Simona gesagt, was ihr fehlt?«

»Das nicht. Ich hoffe, sie ist morgen wieder auf den Beinen. Aber ich seh schon, ihr seid euch sympathisch. Spann sie mir bloß nicht aus. Sie ist mir und meiner Frau eine große Hilfe.«

»Kommt ihr morgen um elf zur Eröffnung?«

»Du weißt, dass ich da den Laden voll habe. Andererseits weiß man bei dem Sauwetter nie, wie der Fang ausfällt. Vielleicht kommen wir später. Bin mal gespannt, was du aus dem da machst.« Er klopfte auf den Deckel der Styroporkiste. »Die Box musst du gut reinigen und mir steril zurückbringen.«

Auch der Pakistaner schleppte eine reichliche Ausbeute an Gemüse und Brot herbei. Am Abend würden sie vor dem Besuch bei Tante Milli die Supermärkte abklappern und die Produkte abholen müssen, deren Verfallsdatum ablief. Konfektionierte Schinken-, Salami- und Käsepackungen, alle möglichen Milchprodukte, Tiefkühlkost und so weiter. Morgen früh würden die beiden Köche dann um sechs Uhr in der Küche stehen, um das Tagesmenü vorzubereiten und die Speisekarte aufs Papier zu bringen. Sorgen bereiteten nur der Restposten an Take-away-Verpackungen, die der Grieche aufgetrieben hatte. So billig sie waren, so wenig versprachen sie zu halten, bis die Kunden zu Hause oder zurück im Büro waren. Nachdem die beiden Kompagnons den Arbeitsplan für Aahrash festgelegt hatten, ging Athos zu seiner Verabredung. Er wollte pünktlich um sechzehn Uhr dort sein. Der Pakistaner beobachtete ihn skeptisch, als er eine Flasche Prosecco aus dem Kühlfach nahm und einsteckte. Während der Jahre, die sie sich kannten, hatte Athos so viel Alkohol getrunken wie der gläubige Muslim: keinen.

Vier Haltestellen nach der Piazza Dalmazia stieg Athos im Stadtteil Roiano vor einem Wohnblock aus den frühen Siebzigerjahren und neben der ehemaligen Zentrale der Straßenpolizei aus dem Bus. Zu Fuß hatte er es nicht mehr weit bis zur Via Giacinti, wo er wie abgemacht um sechzehn Uhr an der angegebenen Adresse klingelte, ohne zu wissen, was hier am frühen Morgen vorgefallen war. Es dauerte, bis er Simonas Stimme aus der Gegensprechanlage vernahm, und er wunderte sich über ihr Schweigen, nachdem er seinen Namen genannt hatte. Er hatte mit einer euphorischen Begrüßung gerechnet, schließlich hatte sie sich jedes Mal überschwänglich gefreut, wenn sie sich auf der Straße begegnet waren. Nach weiteren langen Sekunden summte der Türöffner. Er wusste nicht, in welcher Etage sie wohnte und nahm das schmucklos nüchterne Treppenhaus. Die Wohnungen hier mussten billig sein. Erst im dritten Stock stand eine weiß laminierte Wohnungstür einen Spalt weit offen. Er klopfte behutsam und rief ihren Namen.

»Komm rein«, antwortete sie matt. »Ich bin im Wohnzimmer.«

Er zog die Proseccoflasche aus der Tasche und machte ein paar Schritte auf der Auslegeware im Flur. Zwei Türen links, zwei rechts, die letzte stand offen. Der Raum war nicht groß und simpel, aber freundlich eingerichtet. Eine kleine Vase mit drei Blümchen und ein Stapel broschierter Fantasy-Romane auf dem Couchtisch. Simona saß in der Ecke eines beigefarbenen Stoffsofas. Ihre Haare waren nicht gemacht, Wimpern, Lider und Mund ungeschminkt. Sie trug Jeans und Sweatshirt. Als sie aufschaute, waren ihre Augen gerötet.

»Athos, du bist es. Ich hatte vergessen, dass wir verabredet waren.« Ihre Stimme war fast tonlos.

»Ich will dich nicht stören. Ich komme ein anderes Mal wieder, Simona. Ich habe gehört, du hättest dich krankgemeldet. Kann ich irgendetwas für dich tun?«

»Für wen ist die Flasche?«

»Für dich. Du magst Prosecco, wie ich weiß.«

»Dann mach sie auf. Drüben sind Gläser. Ein Schluck baut mich vielleicht wieder auf.«

Auch die Küche war einfach eingerichtet, doch fehlte es an nichts, um vier Personen zu bekochen. Er konnte sich einen Blick in den Kühlschrank nicht verkneifen. Frisches Gemüse, frische Papardelle, Zwiebeln, Knoblauch, Zitronen, eingelegter Thunfisch, ein Gläschen mit Kapern, Parmesan, Radieschen, grüner Salat und Frischkäse sowie ein Fläschchen einer besonderen Flüssigkeit, die man nur sparsam verwendete: Colatura di Alici di Cetara. Die kostbare süditalienische Variante der vietnamesischen Fischsoße oder des Garum der alten Römer. Spaghetti mit zwei Esslöffeln Colatura und Olivenöl, frischen Peperoncini, Koblauch und fein gehackter Petersilie waren ein blitzschnell zubereiteter Leckerbissen. Für das neue Lokal war die Vergärungsbrühe der zur Konservierung monatelang unter Meersalz eingelegten Sardellen leider viel zu teuer. Simona wusste augenscheinlich gut zu kochen. Er nahm zwei Gläser aus dem Schrank und ging in den Salon zurück.

»Ein Koch kann wohl an keinem Kühlschrank vorbeigehen, ohne hineinzuschauen. Ich habe die Tür gehört. Bist du zufrieden?«

»Ich habe nur gesehen, dass du weißt, was gut ist. Eines Tages werde ich ein Feinschmeckermenü nur für dich zubereiten. Warum geht es dir nicht gut? Krank siehst du nicht aus.« Er entkorkte die Flasche und schenkte Simonas Glas gut ein, für sich aber nur zwei Finger breit.

»Das gilt nicht«, protestierte Simona. »Schenk dir richtig ein. Wir müssen uns ohnehin Mut antrinken.« Sie prostete ihm zu, ihr Lächeln war so matt wie ihre Stimme.

»Ist etwas passiert?« Er setzte sich in den Sessel gegenüber.

»Ich bin wie jeden Morgen kurz vor fünf aus dem Haus gegangen, um den Bus zur Arbeit zu nehmen. Mein Chef kommt da bereits mit der tagesfrischen Ware vom Fischmarkt, die ich auf Eis drapieren muss, während er mit Pinsel und nasser Kalkfarbe das Tagesangebot aufs Schaufenster schreibt. Aber ich bin nicht weit gekommen. Mein ältester Sohn hat mich im Dunkeln abgepasst und mir gleich zu verstehen gegeben, dass ich mich von ihm fernhalten soll. Ich glaube, dass Giulio geahnt hat, was passieren könnte, nur verstehe ich nicht, weshalb er dann überhaupt gekommen ist. Im Bus hat er sich vor mich gesetzt und die Hand nach hinten gestreckt. Ich gab ihm seinen Reisepass und eine kleine Tasche mit seinem Badezeug. Am Bahnhof stiegen vier Männer zu, zwei vorn und zwei hinten. Kaum fuhr der Bus wieder an, hatten sie ihn schon umzingelt, zu Boden geworfen und ihm Handschellen angelegt. Der Bus hielt, und sie haben ihn in ein Polizeiauto verfrachtet. Es ging alles rasend schnell. Ich konnte nichts machen. Auf meine Anrufe in der Questura hat mir niemand Auskunft gegeben, also fuhr ich hin, aber auch da bin ich auf eine Wand des Schweigens geprallt. Ich rufe im Stundenrhythmus an, nichts. Der Mann in der Telefonzentrale verbindet jedes Mal freundlich weiter, und dann klingelt es ins Leere. Ich habe mich beklagt, und er meinte, er werde mich an jemand anderes durchstellen, doch dann wieder das Gleiche. Ich weiß einfach nicht, an wen ich mich wenden soll. Wenn ich wenigstens einen Anwalt kennen würde. Giulio ist doch erst dreiundzwanzig. Sicher hat er keinen einfachen Charakter, aber eigentlich ist er ein guter Junge. Wenn er und sein Bruder einen Vater gehabt hätten, wäre ihnen so viel erspart geblieben.«

»Ich kenne nur einen in der Questura«, log Aristèides, der sich am nächsten Tag wieder dort würde melden müssen, um seine wöchentliche Unterschrift zu leisten. »Aber ich kann ihn unmöglich anrufen. Höchstens, wenn ich ihm zufällig begegne, könnte ich ihn nach deinem Jungen fragen.«

»Die können ihn doch nicht ewig festhalten.« Sie schniefte, dann schaute sie ihn an und versuchte ein Lächeln. »Entschuldige bitte, Athos, über all das habe ich gar nicht mehr an unsere Verabredung gedacht.«

»Wir machen das ein anderes Mal, Simona. Wenn ich dir nur helfen könnte.«

»Es hilft mir schon, dass du da bist. Schenk uns noch ein Glas ein. Auch das, wofür du eigentlich gekommen bist, verlangt viel Mut.« Sie prostete ihm zu. »Das Bad ist zwei Türen weiter. Deine Haare müssen patschnass sein, wenn ich dir einen ordentlichen Schnitt verpassen soll.«

Als er mit nacktem Oberkörper und einem zum riesigen Turban gewickelten Badetuch um seinen Kopf vor ihr stand, lachte Simona hell.

»Athos, dein Bart trieft auf den Teppich. Trockne ihn, der kommt erst später dran. Und sag mir, ob du die alten Haare als Erinnerung behalten willst.«

Sie drückte ihn an den nackten Schultern auf den Sessel und nahm das Badetuch von seinem Kopf. Sie entflocht das mehrfach gefaltete lange Haar und trat einen Schritt zurück, um es in seiner vollen Pracht anzusehen. Aristèides hatte seine Mähne all die Jahre zusammengelegt, damit der Pferdeschwanz nicht über die Hüfte hing.

»Mein Gott, so lang«, seufzte Simona und griff zur Schere. »Schließ die Augen, Athos. Bitte.«

»Bei Allah, wie siehst du denn aus«, rief Aahrash. Das Messer, mit dem er gerade die kleinen Fische zerlegte und penibel entgrätete, wie Athos es ihn gelehrt hatte, fiel zu Boden, er schlug sich vor Lachen auf die Schenkel. »Wehe, du nennst mich noch einmal Taliban. Fehlt nur noch das Stirnband vom Islamischen Staat und ein langes Messer in deiner Hand. Ich hoffe, du lässt dir aus der Wolle einen Pullover stricken. Hat's wehgetan?«

Athos war länger als geplant bei Simona geblieben und spät dran. Er war noch in die Wohnung gefahren und hatte zum ersten Mal seine neuen Klamotten angezogen. In schwarzen Jeans und schwarzem Hemd mit Stehkragen präsentierte sich der breitschultrige Riese stolz dem Pakistaner, der sich nicht beruhigen konnte. Die Haare seines Kompagnons berührten gerade noch die Schultern, der Bart, der ihm zuvor bis zum Bauchnabel fiel, war auf gepflegte fünf Zentimeter gestutzt. Dass der Pakistaner so reagierte, raubte Aristéides rückwirkend fast wieder die Courage, die er zu diesem Schritt gebraucht hatte. Er zog eine Flasche Prosecco aus dem Kühlfach.

»Den Stehkragen hast du vermutlich bei Don Alfredo abgeschaut«, spottete der Pakistaner weiter.

»Weißt du was, du Schwuchtel, zwei Dinge standen für heute auf meinem privaten Programm.« Der große Mann baute sich mit gesenktem Kopf vor Aahrash auf. »Das Erste ist erledigt, das Zweite ist, dass ich mir heute einen ansaufe.«

»Du wolltest doch Tante Milli besuchen.«

»Dann nehmen wir die Flasche eben mit. Ist das Essen fertig? Worauf wartest du?«

Aahrash versuchte so gut es ging, sein Lachen zu unterdrücken, und deutete auf zwei Taschen mit den Take-away-Boxen.

So viele Haltestellen waren es gar nicht bis zu dem grauen Wohnsilo über der Stadt. Aristèides saß am Fenster neben seinem Freund, der die Tragetaschen mit dem Essen auf dem Schoß hielt. Er sprach die ganze Fahrt kein Wort, betrachtete sein Spiegelbild im Fenster und rätselte, ob ihm sein neues Outfit gefiel oder nicht. Wann immer er an Simona dachte, verschwand der Zweifel, sobald die Erinnerung an die letzten siebzehn Jahre zurückkam, schauderte er.

Inzwischen kannte er den kürzesten Weg durch den Betonblock und klingelte bald an Tante Millis Tür, die schneller geöffnet wurde, als er erwartet hatte. Bei seinem Anblick drückte die alte Dame sie sogleich wieder ins Schloss. Sie hörten, wie sie eilig die Sicherungskette anbrachte.

Aristèides klingelte abermals und hoffte, dass sie ihn durch die geschlossene Tür hören konnte. »Tante Milli, erschrick doch nicht. Ich bin's, Kiki. Ich war beim Friseur. Tante Milli, hörst du mich. Ich bin's.«

Endlich vernahmen sie wieder das Geräusch der Kette und dann das Türschloss. Die Alte linste zuerst misstrauisch durch den Türspalt, bevor sie sich besann und öffnete.

»Was ist bloß mit dir passiert, Kiki?«, fragte sie und setzte sogleich ihre Atemmaske auf. Sie sah ihn mit großen Augen an. »Ich hab mir solche Sorgen gemacht.«

»Aber Tante Milli, du hast mir doch die ganze Zeit gesagt, ich soll mir die Haare schneiden lassen, bevor wir eröffnen. Morgen ist es so weit, und wir beide wollen, dass du die Erste bist, die unser Essen probiert. Lässt du uns endlich rein?«

»Vorher sahst du jedenfalls besser aus.« Sie trat einen Schritt zurück und gab den Weg frei. »Und wer ist der da?«, fragte sie beim Anblick Aahrashs, der mit seinem Dreitagebart und mit blitzenden blauen Augen vor ihr stand und ihr die Hand gab.

»Was glaubst du wohl, wer das ist, Tante Milli?«, lachte Aristèides. »Die Taliban haben Triest übernommen. Das ist die letzte Flasche Alkohol, die ich retten konnte. Und Schweinefleisch gibt's ab morgen auch nicht mehr. Schluss ist's mit Prager Schinken, Kaiserfleisch oder Pancetta con Senape e Cren. Und erst recht gibt's kein Stinco oder Bratwürste mehr. Vergiss nicht, ein Kopftuch aufzusetzen, wenn du aus der Wohnung gehst. Alle Falschgläubigen werden auf der Piazza dell'Unità d'Italia hingerichtet oder im Meer versenkt wie San Giusto. Nur mit mehr Steinen an den Beinen, damit keiner wieder auftaucht und später zum Märtyrer wird. Und jeder Mann darf vier Frauen heiraten. Auch wenn ich nicht glaube, dass man mit vier Triestinerinnen ein glückliches Leben führen kann. Weshalb, glaubst du, Tante Milli, sind fast alle über Hundertjährigen in dieser Stadt Frauen?«

»Bist du betrunken, Kiki? So hab ich dich noch nie erlebt.« Weil die Alte nicht wusste, ob sie lachen oder weinen sollte, setzte sie wieder die Atemmaske auf. Dann fragte sie zaghaft: »Ist das dein Freund Aahrash, von dem du mir so oft erzählt hast? Allerhöchste Zeit, dass du ihn mir vorstellst.« Sie lächelte über ihren Ziehsohn und ließ sich von den beiden Männern bewirten. »Warum nennt er dich eigentlich Athos, Kiki?«

»Und weshalb nennst du mich Kiki, Tante Milli?« Er schenkte ihr und sich Prosecco ein.

»Das weißt du doch. Als kleines Kind hast du so gelacht, wenn ich dich gekitzelt habe: kikikiki. Aber ich habe mir große Sorgen gemacht, weil du gestern nicht gekommen bist.«

»Ich habe dir doch gesagt, dass ich nicht jeden Tag nach dir sehen kann.«

»Ein Polizist war hier. Ein flotter junger Mann, schlank, mit blonden Haaren. Er hat mich über die Vergangenheit ausgefragt. Über den Tod deiner Mutter, Kiki. Es tut mir leid, aber ich muss es dir sagen. Ich dachte, es wäre längst vorbei, aber er hat sich alles beschreiben lassen, wollte wissen, wer meine Kunden waren und wer bei Melaní war. Offensichtlich hatte er die alte Akte vorgekramt und ziemlich gründlich gelesen. Er kam auch auf deinen Prozess zu sprechen und auf die Zwischenrufe im Gerichtssaal. Er hat mich daran erinnert, dass ich Gasparri zugerufen habe, dass sein Vater und auch sein großer Bruder in Melaní verliebt waren. Erinnerst du dich, die Stimmung war ziemlich explosiv. Elio Mazza musste den Gerichtssaal verlassen, und mir brummte der Richter eine Ordnungsstrafe auf. Aber kannst du mir sagen, weshalb die Bullen sich mit einer Sache befassen, die über fünfzig Jahre zurückliegt? Hast du etwas damit zu tun? Bemühst du dich etwa darum, dass der Fall wieder aufgenommen wird? Glaubst du, dass es einer der Gasparris war? Dass die über Leichen gehen, weiß jeder. Aber ob die auch zu einem Mord imstande sind?«

»So wahr ich Aristèides Albanese heiße, ich schwöre dir, nichts damit zu tun zu haben. Und aus der Familie kenne ich nur Tonino, dem ich einiges zutraue, wenn es um seine Macht geht. Die Szene im Gerichtssaal habe ich damals gar nicht richtig mitbekommen, erst jetzt, wo du das sagst, erinnere ich mich so halb. Damals ist alles wie im Nebel an mir vorbeigezogen.«

Melissa Fabiani schüttelte den Kopf, ließ Aristéides jedoch nicht aus den Augen, während sie die Sauerstoffmaske aufsetzte und ein paar lange, ruhige Atemzüge tat.

»Wie schmeckt Ihnen eigentlich unser Essen, Signora?«, fragte der Pakistaner, als er die zweite Portion in der Mikrowelle erhitzte. Vor der Alten stand ein Teller mit in kleine Quadrate geschnittener Pasta an einer Tomatensoße aus einer abgelaufenen Konserve, die sie mit Thymian und anderen Gewürzen verfeinert hatten.

»Signora hat mich so gut wie nie jemand genannt, Junge. Und siezen brauchst du mich auch nicht.« Sie lachte hell. »Auch wenn ich in meinem Beruf manchmal unterwürfige Schleimscheißer als Kunden hatte, die ausgepeitscht und gedemütigt werden wollten und mich Maestra nannten. Von denen hab ich es ausnahmsweise akzeptiert, gesiezt zu werden. Ich hab sie sogar dazu gezwungen.«

»Aahrash hat dich doch nur nach dem Essen gefragt. Man könnte fast glauben, dir fehlt dein Job.«

»Manche Erinnerungen sind schön, Kiki.« Wieder wandte sie sich an den Pakistaner. »Du kannst es nicht wissen, aber Kiki war schon immer ein besonders guter Koch, mein Junge. Ich hoffe, du gehst ihm ein bisschen zur Hand. Die Brühe mit den Kichererbsen war köstlich.«

»Die hab aber ich gemacht, Signora«, protestierte Aahrash.

»Jetzt hör endlich mit dem Sie auf. Nenn mich Milli. Aber ohne Tante, das darf nur Kiki sagen. Er hat mir erzählt, dass du eine Lehre bei ihm absolviert hast. Was habt ihr noch mitgebracht?«

Auf der Rückfahrt in die Stadt waren beide zufrieden. Tante Milli hatte sie überschwänglich gelobt und versprochen, morgen zur Einweihung zu kommen, wenn Don Alfredo den Segen sprechen wollte. Es wäre seit Jahren das erste Mal, dass sie ihren Wohnblock verließ. Kiki hatte vorgeschlagen, ihr auf seine Kosten ein Taxi zu bestellen, das sie direkt zu ihnen bringen würde, doch Melissa Fabiani hatte darauf beharrt, mit dem Bus in die Stadt zu fahren. Die Wettervorhersage im Fernsehen kündigte an, dass sich in der Nacht die Bora erheben würde, die den Himmel leer fegen und gutes Wetter bringen sollte.

»Ich muss dich etwas fragen, Athos«, druckste Aahrash herum, als sie an der Piazza Foraggi ausstiegen. »Wie heißt du eigentlich wirklich? Athos, Kiki oder Aristèides, wie du vorhin bei Tante Milli behauptet hast?«

»Sie hat dir doch gesagt, du sollst sie Milli nennen. Tante darf nur ich sagen.«

Zum letzten Gericht

»Gütiger Herr, du hast die Gastfreundschaft der Menschen gern angenommen und sie dafür reich belohnt. Wir bitten dich um deinen Segen für diesen Ort, der im Dienst der Gäste, der Freunde, aber auch der Fremden steht. Gib, dass die hier Tätigen mit Freude ihrer Gastfreundschaft nachkommen, und lass uns alle begreifen, dass wir auf Erden nur Gäste sind, und führe uns dereinst alle zum Gastmahl im Haus des ewigen Vaters. Wir danken dir für deine Gnade und dafür, dass du unseren beiden Freunden Athos und Aahrash zu diesem Tag das Licht der Sonne geschenkt hast, das auch in ihren Herzen leuchten mag. Amen.«

Der kristallklare Himmel schien nach dem Grau der letzten Tage wie das fragile Verprechen eines Neuanfangs. Kurz nach elf umarmte Don Alfredo die beiden Köche und dann Tante Milli. Sie hatte sich geweigert, sich auf den für sie bereitgestellten Stuhl zu setzen. Tränen der Rührung zogen Spuren über ihre gepuderten Wangen und liefen am Rand der Sauerstoffmaske entlang, unter der sie vor Aufregung hektisch atmete. In ihrer linken Hand verglühte eine Zigarette. Mit der anderen hatte sie sich bei Simona eingehängt, die Kiki ihr als Erste vorgestellt hatte und die gerührt lächelte. Eine Windböe fegte durch ihr kastanienfarbenes Haar. Für einen Augenblick vergaß sie ihren Kummer. Am Abend hatte Simona endlich den Grund für die Inhaftierung ihres ältesten Sohns erfahren, der jetzt wenigstens nicht mehr auf sich allein gestellt war. Rechtsanwalt Carlo Gasparri hatte ihr versprochen, ihn gleich im Gefängnis zu besuchen. Allerdings wusste Simona Caselli nicht, dass auch nach ihrem anderen Sohn gefahndet wurde.

Der Grieche war schon um acht in der Questura vorstellig geworden, um seine wöchentliche Unterschrift zu leisten. Der Umgang mit dem diensttuenden Beamten war über die Zeit fast freundschaftlich geworden, man kannte sich, einer brauchte den anderen. Der Polizist machte Scherze über den neuen Haarschnitt und die neuen Kleider, meinte aber schießlich, dass es ein deutlicher Schritt in Richtung einer stabileren Zukunft sei, wenn ein ehemaliger Häftling sich sichtbar wieder in die Gesellschaftsordnung einzureihen versuche. Als Aristèides nach dem Commissario fragte, rief der Polizist sogar in dessen Büro an, erfuhr aber von Marietta, dass Laurenti noch nicht eingetroffen war. Auf die Frage, worum es gehe, sprach der Grieche von alter Bekanntschaft, verabschiedete sich per Handschlag und eilte zum Largo Piave, wo der Pakistaner längst am Werk war.

Unter dem Beifall der Gäste schoben Athos und Aahrash nach dem Segen Don Alfredos den Blechvorhang vor dem Lokal gemeinsam empor, verschwanden im *Avviso di Garanzia* und legten ihre Schürzen an. Während der Riese Prosecco einschenkte, reichte der Pakistaner die ersten Kostproben über den Tresen vor der Küchenzeile. Zur Eröffnung hatten sich einige Inhaber der Lebensmittelgeschäfte eingefunden sowie die Leser des Lokalblatts und natürlich Schaulustige aus den umliegenden Bars oder Kunden aus der Apotheke schräg gegenüber. Der kahlköpfige, für die kulinarischen Aspekte zuständige Reporter der Tageszeitung, aus dessen Feder die Vorschusslorbeeren stammten, war so groß wie Athos, aber doppelt so dick. Er hielt eine Extraportion in seinen Pranken, mit denen er trotzdem noch ein Glas umfassen konnte. Auch der Archivar des Justizpalasts ließ sich am Tresen bedienen, und weiterer Zulauf kam rasch, als die ersten Gäste mit einem Glas und den kleinen Kostproben der Küche aus dem jetzt schon überfüllten Lokal auf den breiten Gehweg traten. Sobald die Büros dann Mittagspause machten, würde der kleine Laden vermutlich aus den Nähten platzen. Zwei der ehemaligen Knackis, die Athos und Aahrash beim Ausbau des Lokals geholfen hatten, gingen ihnen auch jetzt zur Hand und sammelten leere Gläser und Teller ein.

»Und du willst ernsthaft in dieses komische Lokal gehen, auf das die Zeitung schon vor der Eröffnung eine Hymne gesungen hat? *Fast Casual*, haben die geschrieben, ein informeller Quickie, oder was das sein soll.« Marietta war in voller Fahrt, sie musste wie immer aus Prinzip protestieren und würde natürlich den Commissario begleiten, den sie als ihren Schutzbefohlenen ansah. »Dabei gibt es das hier seit Jahrhunderten. Denk bloß an die vielen Buffets mit Kutteln, gekochtem Bauchspeck, Schweinskopf oder Haxe, Würstchen und all das andere Zeug, das Pina die ganze Zeit in sich reinstopft, ohne einen Millimeter zu wachsen. Frag sie doch, ob sie mitkommt.«

Laurenti rauchte zwei ihrer Zigaretten und starrte vom Fenster zum Teatro Romano hinüber, wo wie üblich die Flüchtlinge darauf warteten, dass die Schlange vor dem Eingang vorrückte und sie den Schaltern für die Aufenthaltsgenehmigungen näher kämen. Er ließ Marietta pöbeln, ohne ihren Worten viel Aufmerksamkeit zu schenken.

Gestern Nachmittag war er zeitig nach Hause gegangen, um bis zum Abendessen durchzuschlafen. Marco hatte einem Fischer frische Calamari und Sardellen abgeluchst, die er nur sehr leicht panierte und behutsam frittierte, damit sie nichts von ihrem Geschmack verloren und so zart blieben, dass auch seine Großmutter sie beißen konnte. Auf der größten Servierplatte hatte er einen riesigen Berg der Köstlichkeit auf den Tisch gestellt, dazu einen typisch Triestiner Salat: schnittfrischer Radicchio mit Zwiebeln und dicken Bohnen. So rasend die Familie den Berg verschlang, so zügig musste Proteo frischen Weißwein vom Karst aus dem Kühlschrank holen. Bei diesem üppigen Mahl brauchte es weder Vorspeisen noch Dessert. Während seine Frau Laura und ihre Tochter Patrizia schon wieder mit der Großmutter beim Kartenspiel waren, half er seinem Sohn, den Tisch abzutragen, und übernahm es sogar, die Küche aufzuräumen. Eine handfeste Tätigkeit nach den geschwätzigen Turbulenzen der letzten Tage kam ihm gelegen. Marco hatte ihm, lässig an den Türrahmen gelehnt, Gesellschaft geleistet und erzählt, dass seine neuen Auftraggeber, bei denen er hätte aufkochen sollen, den Termin ihrer Einladung verschieben mussten. Claudia Nemec und Raoul Castagna litten an Verdauungsproblemen.

Die anderen Vergiftungsfälle waren bereits heute wieder entlassen worden, der Zustand von Dino Bertone blieb jedoch bedenklich. Nach Auskunft der Ärzte hatte das glatzköpfige Riesenbaby dank seiner Konstitution den kritischen Punkt überschritten. Sterben würde er kaum mehr. Sobald sein Zustand stabil wäre, könne man ihn in die direkt an den Justizpalast angrenzende Haftanstalt verlegen. Bis dahin standen zwei Polizisten vor der Tür des Krankenzimmers, in dem Dino mit dem linken Handgelenk an den Rohrrahmen seines Bettes gefesselt war.

In der Haftanstalt würde das Verhör beginnen. Die meisten hielten nur so lange durch, bis sie die Ausweglosigkeit der eigenen Lage begriffen und zu hoffen begannen, dass sie glimpflicher davonkamen, wenn sie auspackten. Man konnte darauf warten, dass ein Anwalt einen Kuhhandel vorschlug, wenn der Vorstoß nicht vom Staatsanwalt unterbreitet wurde. Und wer zum ersten Mal einfuhr, war ohnehin meist schnell weichgekocht. Laurenti war sich sicher, wenn Dino Bertone auspackte, dann war endlich auch Antonio Gasparri an der Reihe.

Marietta stopfte die Zigaretten in ihre Handtasche und schlüpfte in ihre Jacke. »Soll ich einen Wagen bestellen?«, fragte sie.

»Wir gehen zu Fuß«, sagte ihr Chef. »Die paar Schritte wirst du überleben. Wir gehen da privat hin. Gegen Albanese liegt schließlich nichts vor. Er wird sich freuen, uns zu sehen.«

»Manchmal verwunderst du mich immer noch. Wie kommst du darauf, dass nichts gegen ihn vorliegt?«, fragte Marietta, als sie zusammen die Treppe hinabstiegen, weil der Aufzug wieder einmal nicht kam. Entweder er war außer Betrieb, oder in einem der anderen Stockwerke blockierte eine der Schwatzbasen die Tür. »Die Parallele zwischen der Liste der Vergifteten und den Zeugen in seinen Prozessen ist doch eindeutig.«

»Das hängt von der Perspektive ab. Ein paar ernste Worte werde ich schon mit ihm wechseln, aber Beweise haben wir keine.«

Marietta hatte darauf bestanden, bei ihrer Friseurin in der Via Spiro Tibaldo Xydias vorbeizugehen und einen Termin zu vereinbaren, wenn sie schon in der Ecke waren. Am *Avviso di Garanzia* war der größte Ansturm überstanden, als der Commissario mit seiner Assistentin endlich gegen halb zwei eintraf. Viele Neugierige eilten zurück zur Arbeit. Der als Genießer bekannte Gerichtsarchivar stand etwas abseits auf dem Gehweg und unterhielt sich mit Staatsanwalt Scoglio, dessen Neugier offenbar über seine Prinzipien gesiegt hatte. Allerdings hielt er weder Glas noch Teller in der Hand und schielte immer wieder misstrauisch zum breiten Schaufenster des Lokals hinüber. Er kam nicht umhin, Laurenti wenigstens zuzunicken, der sofort von Linda Barbagallo umarmt und geküsst wurde, die Marietta dafür links liegen ließ. Die beiden Frauen waren nie Freundinnen geworden, seine Assistentin betrachtete die gertenschlanke Inhaberin des Haar- und Beautysalons eifersüchtig als Konkurrentin. Einmal kam Aristèides aus dem Lokal und führte eine gebrechliche, aber überschminkte alte Frau mit einem Beatmungsgerät zu einem Taxi und half ihr auf den Rücksitz. Dann sprach er mit dem Fahrer und drückte ihm Geld in die Hand. Er winkte der Alten nach, als der Wagen anfuhr.

Laurenti ging zu ihm. »Wie siehst du denn aus, Grieche? Was hast du mit der Wolle gemacht?«, fragte er lachend. »Du willst dich doch nicht etwa wieder in die Zivilisation eingliedern, nachdem du siebzehn Jahre draußen warst?«

»Du täuschst dich, Commissario. Ihr wart draußen, ich war drin. Sag bitte dem Staatsanwalt dort drüben, dass er gern eintreten darf, ich vergifte ihn schon nicht. Zumindest nicht in aller Öffentlichkeit und vor Zeugen.«

»Pass auf, dass dich nicht irgendwann jemand beim Wort nimmt. Es ist schon erstaunlich genug, dass er dir überhaupt die Ehre erweist.«

»Was heißt hier Ehre. Seit einer halben Stunde steht er dort und äugt so auffällig herüber, dass meine Gehilfen schon schlechte Witze machen. Wenn sie jetzt auch noch dich sehen, deuten sie das vermutlich als schlechtes Omen und laufen davon. Komm mit und probier unser Essen. Heute ist alles gratis. Es waren ganz schön viele Leute da, aber wir sind vorbereitet. Es ist genug da.«

»Und das, obwohl du nicht wenige ausgeschaltet hast.«

»Du wirst dein Misstrauen nie ablegen, Commissario. Aber versau mir wenigstens nicht den ersten Tag.«

»Wir sind noch nicht ganz miteinander fertig, Aristèides. Besuch mich im Büro, wenn du hier Schluss machst.«

»Ob du's glaubst oder nicht, aber ich habe schon heute Morgen um acht in der Questura nach dir gefragt.«

»Ich kann mir nur schlecht vorstellen, dass du ein Geständnis ablegen wolltest.«

»Ganz im Gegenteil. Hast du die alte Dame gesehen, die gerade mit dem Taxi weggefahren ist? Das ist meine Tante Milli. Melissa Fabiani, so heißt sie richtig, sie wohnt oben im Quadrilatero von Rozzol Melara. Sie war die engste Vertraute meiner Mutter und hat mich großgezogen. Ein jüngerer Polizist hat sie besucht, und nun ist sie beunruhigt. Er hat sie zu Melanís Tod befragt. Was läuft da? Ich glaube, ich habe ein Recht darauf, das zu erfahren.«

»Das war Inspektor Battinelli, er beschäftigt sich schon länger mit alten, unaufgeklärten Fällen. Der technische Fortschritt lässt inzwischen Analysen zu, die früher nicht denkbar waren. Entscheidend ist, ob die Kollegen damals genügend Material gesammelt haben und unter welchen Bedingungen es aufbewahrt worden ist. Ich kann dir nicht sagen, wie das im Fall deiner Mutter aussieht. Wenn du willst, fragen wir ihn, wenn du zu mir ins Büro kommst. Er wird uns die Lage erklären.«

»Wen sollte der Mord heute noch interessieren, wenn schon damals alles getan wurde, um die Sache zu vertuschen?« Athos versuchte sich durch den Bart zu streichen, wie er es früher getan hatte, wenn er nachdachte. Erstaunt blickte er auf seine Brust.

»Mich vielleicht, Inspektor Battinelli sowieso, der ist ganz verrückt auf alte Fälle. Die Gesetze sind eindeutig, Aristèides: Mord verjährt nicht. Der Staat hat die Pflicht, die Gerechtigkeit durch die Verurteilung des Täters wiederherzustellen.«

»Schöne Worte, Commissario. Selbst wenn ihr etwas finden solltet, müssten dann noch ein Staatsanwalt und ein Richter zustimmen, dass der Fall wieder aufgenommen wird. Und von euch hat niemand ein Interesse, einem Kollegen an die Karre zu fahren. Nicht einmal, wenn der längst tot ist.«

»Wenn es so weit ist, erkläre ich dir, wie du vorgehen

musst, um eine Wiederaufnahme zu erreichen. Ohne Anwalt brauchst du es gar nicht erst versuchen. Nicht alle wollen bis zur Wahrheit vordringen, es gibt Leute, die haben sich arrangiert und wollen das nicht gefährden.«

»Das ist das Letzte, wovor ich mich fürchte. Mein Leben ist bereits zweimal zerstört worden, nur die Wahrheit heilt.« Die Kiefer des Kochs mahlten sichtbar, sein Blick war hart und wanderte zu einer Frau in einem sandfarbenen Kostüm, die ihn und Laurenti beobachtete. Sie schien aufgeregt zu sein, entfernte sich ein paar Schritte und kramte in ihrer Handtasche nervös nach dem Telefon. Während des Gesprächs schaute sie immer wieder zu ihnen herüber.

»Kennst du die?«, fragte der Commissario, dem Aristéides' Blick nicht entgangen war.

»Allerdings. Sieht so aus, als hätte sie mich erkannt.«

»Das ist kein Grund, nervös zu werden, du hast deine Strafe abgesessen. Wer ist sie?«

»Sie arbeitet im Notariat an der Ecke. Entschuldige mich, aber ich muss jetzt wieder in die Küche.«

»Und wie gut kennst du sie, Aristèides?«

»Selbst wenn du es dir kaum vorstellen kannst: Sie trägt grelle Tangastrings, zitronengelb, türkis oder pink. Je nach Tag.«

Laurenti schaute ihm veblüfft nach. Marietta trat mit zwei Gläsern Prosecco zu ihrem Chef.

»Sieht aus, als hättest du ihm Angst eingejagt.«

»Das war die Frau dort an der Ecke. Es scheint, als warte sie auf jemanden. Kennst du sie?«

»Allerdings. Renata Perego. Sie gehört zum Geschwader Gasparris. Auch ihr Name steht auf der Liste, und du hast auch sie damals verhört. Es geht ihr anscheinend wieder gut.«

»Warten wir ab, wer kommt. Sie hat gerade telefoniert. Ich werde mir erst einmal den Staatsanwalt schnappen und mit ihm zusammen den Laden besichtigen.«

Wenige Minuten später bereute Scoglio, sich nicht gleich wieder verdrückt zu haben. Kaum traten der Commissario und er an die Theke, reichte der Grieche ihm breit lächelnd die Hand und stellte ihm Aahrash vor. Es blieb dem Staatsanwalt nichts anderes übrig, als mitzuspielen. Und ehe er sich versah, standen ein Glas Prosecco vor ihm und ein Schälchen mit breiter Pasta an einem verführerisch duftenden Pesto vom Thymian. Als dann auch noch Laurentis Gemahlin Laura mit Marco und Patrizia hereinstürmte, Scoglio aufs Herzlichste begrüßte und sogleich nach seinem Sohn fragte, gab er seinen Widerstand auf und brachte sogar ein Lächeln zustande. Marco begrüßte den Vater seines Kumpels eher zögerlich, er wollte sich keinem Verhör über ihren gemeinsamen Drogenkonsum aussetzen.

»Was macht ihr überhaupt zu dritt in der Stadt?«, fragte Laurenti.

Normalerweise ging jeder seiner eigenen Wege, und Laura saß am Nachmittag im Büro der Kunstabteilung ihres Versteigerungshauses und bereitete Auktionen vor oder begutachtete Stücke, die irgendwelche Erben in der Hoffnung vorbeibrachten, damit ein Vermögen machen zu können. Laura lächelte ihn so sonnig an, dass ihm klar wurde, er hätte mit einer Überraschung zu rechnen.

»Wir haben zwei Immobilien angesehen, die mir eine befreundete Maklerin vorgeschlagen hat. Ladenräume. Ganz nett, aber entweder zu abgelegen oder zu teuer, weil man den Raum aufwändig umbauen müsste.«

»Wozu?«

»Für Marcos Idee natürlich. Weißt du, Proteo«, sie zog ihren Mann ein Stück zur Seite. »Meine Mutter beharrt doch starrsinig darauf, ihrem Enkel mit Geld unter die Arme zu greifen, wenn er ein eigenes Lokal eröffnet, da dachte ich, es könnte helfen, wenn wir ein bisschen konkreter an die Sache herangehen, damit er begreift, was ein solches Projekt überhaupt bedeutet. Wenn ich nur abstrakt von Businessplänen, nötigen Investitionen, Renovierungskosten, Krediten und Rückzahlungen rede, dann tut er das nur als übertrieben kompliziertes Hirngespinst von uns Alten ab, die kein Verständnis dafür aufbringen, dass man heutzutage alles anders machen muss. Aber wenn er sich wirklich Mühe gibt und konkreter wird, dann bist du doch auch dafür, dass er sich auf eigene Beine stellt, anstatt für andere zu arbeiten? Und schau, Talent hat er wirklich. Das hast du selbst gesagt. Wir müssen …«

»Laura«, unterbrach Proteo ihren Redefluss. »Du hast doch neulich selbst festgestellt, dass er noch viel mehr Erfahrungen sammeln muss. In London, Paris, Barcelona, Rom und Mailand und im Rest der Welt.«

»Ja, schon. Aber, Proteo, schau, selbst die beiden hier haben jetzt ihr eigenes Lokal. Und es sieht sogar ganz hübsch aus. Schmecken tut es auch nicht schlecht. Also, ich kann Marco schon verstehen.«

Sie verstummte schlagartig, als Laurenti ihr ein Zeichen gab. Er zog sie noch ein Stück zur Seite. Die Frau im sandfarbenen Kostüm war ziemlich entschieden ins *Avviso di Garanzia* eingetreten und drängte sich jetzt neben dem Staatsanwalt an den Tresen, der sich mit Patrizia und Marco unterhielt und ihr den Rücken zuwandte. Lautstark redete die Frau auf einen Mann in ihrem Schlepptau ein und zeigte mit dem Finger auf Athos.

»Er ist es. Ich schwöre es.«

»Natürlich bin ich es. Wen hast du sonst erwartet, Renata?« Der Grieche lächelte, aber seine Körperhaltung zeigte, dass er angespannt war. »Und sogar Antonio Gasparri hast du mitgebracht. Wie geht's? Fein, dass ihr unser Lokal sehen wollt. Ihr seid nicht die ersten meiner früheren Stammgäste.« Bevor sie

Ausflüchte fanden, drückte er ihnen zwei Gläser Prosecco in die Hand und tischte drei Kostproben auf. »Jede Kritik ist willkommen. Das ist unser erster Tag, und wir wollen ständig besser werden.« Er wandte sich hastig den Töpfen zu, als wäre er allzu beschäftigt, rührte aber sehr langsam um. Dass ausgerechnet Gasparri völlig gesund hier hereinspazierte, konnte nur eines bedeuten: Er hatte den Artischockensalat nicht angerührt. Dabei hatte Aristéides ausreichend Schalen von den Rizinsamen untergemischt, um den Mann mindestens in Gefahr zu bringen. Aahrash schielte heimlich zu Athos herüber. Sie hatten sich alle möglichen Situationen ausgemalt, dass es zu einer lautstarken Auseinandersetzung kommen würde, hatte nicht dazu gezählt.

»Er war bei uns in der Wohnung, Tonino. Ich schwöre es. Wir sind früher als sonst nach Hause gekommen, und er verließ gerade das Haus. Jetzt hat er zwar die Haare geschnitten, aber es gibt keinen Zweifel. Mach was. Der Grieche hat uns alle vergiftet. Er gehört dahin, wo er herkommt. Ins Gefängnis.«

Athos gab sich alle Mühe, ruhig zu bleiben. Etwas weiter hinten stand Laurenti und wartete gespannt darauf, was passieren würde. Staatsanwalt Scoglio hatte sich ihnen ebenfalls zugewandt. Gasparri und Renata Perego standen in der Mitte des Raums und er selbst hinter dem Tresen. Einer von ihnen würde handeln müssen.

»Schmeckt's euch nicht?«, mischte sich der Pakistaner völlig unerwartet und eine Spur zu aggressiv ein. Ganz offensichtlich hatte er die Situation genau erfasst. »Aber ihr habt ja gar nichts angerührt. Dürfen wir euch etwas anderes anbieten? Gemüse in Tempura vielleicht? Es ist ganz leicht.«

»Halt's Maul, Taliban«, fuhr ihn Antonio Gasparri an und riss die Hand hoch, um auf den Griechen zu zeigen, dabei erwischte er eines der Tellerchen, das am Boden zerschellte.

»Wer bist du?«, fragte er aufgebracht. »Du bist mir die letzten Tage oft genug über den Weg gelaufen. Und ich habe dir gesagt, dass wir dich in dieser Stadt nicht wollen.«

Einer der Ex-Häftlinge drängte sich mit Kehrschaufel und Besen zwischen den Politiker und den Tresen und fegte die Scherben auf.

»Iss«, sagte der Grieche, füllte ein weiteres Schälchen und trat ihm gegenüber. »Iss das, wenn du dich traust. Vor meinen Augen, vor denen des Staatsanwalts und des Commissarios. Es sind alle hier.«

»Wer bist du?«

»Renata hat ganz recht, Tonino. Sie hatte schon immer ein gutes Auge. Auch als sie die Wohnung meiner Mutter ausfindig machte, die du dir dann für ein paar Lire unter den Nagel gerissen hast. Die Wohnung war das Letzte, was ihr mir noch nehmen konntet. Jetzt hab ich überhaupt nichts mehr. Dafür scheißt du dir in die Hosen. Also, iss endlich. Aahrash, bring bitte dem Staatsanwalt noch die Gnocchi Arcobaleno. Und die Sardoni col becco.« Er selbst schenkte Scoglio umgehend Prosecco nach, damit er jetzt nicht davonlief.

Laurenti hatte sich aus dem Hintergrund gelöst. »Bitte auch für meine Frau und mich, Grieche.« Dann stellte er sich neben den Politiker. »Warum haben Sie den anderen Mann eigentlich Taliban genannt, Dottor Gasparri? Sind Sie überreizt? Sie wollten ihn doch nicht beleidigen? Schlagen Sie nicht so plump die Gastfreundschaft aus, die Ihnen hier erwiesen wird. Das bringt Unheil. Es sieht ohnehin so aus, als hätten Sie zurzeit keine Glückssträhne.«

Der Staatsanwalt lächelte plötzlich, als hätte Laurenti ihm ein Stichwort gegeben. »Der Commissario hat völlig recht, Tonino. Ein leerer Magen macht nervös. Iss jetzt, es wird dich hier doch niemand vergiften«, sagte er und schob eine Gabel mit den bunten Gnocchi in den Mund, um kauend weiterzureden. »Schon gar nicht in einem Restaurant mit diesem Namen.«

Selbst Laurenti staunte über diesen Schachzug. Gasparri wandte sich ab und lief hinaus. Renata Perego zögerte noch ein paar Sekunden, nippte an ihrem Glas, dann stolzierte auch sie davon.

»Fast wie Pistoleros beim Mexican Standoff«, kicherte Patrizia viel zu laut ins Ohr ihrer Mutter. »Die schießen auch alle gleichzeitig, aber da bleibt normalerweise nur einer übrig.«

Proteo und Laura machten sich über die Schüsselchen der beiden Geflüchteten her, während der Staatsanwalt Marco auf die Schulter klopfte und versprach, ihn beim nächsten Familienfest als Home Cook zu engagieren, damit seine Frau einmal nicht kochen müsste.

»Wir sehen uns nachher, Aristèides. Komm vor sechs, ich warte auf dich«, sagte Laurenti. Es war Zeit zum Aufbruch. Pina hatte angerufen und gemeldet, dass sich Dino Bertones Zustand drastisch verschlechtert habe.

Der Commissario verabschiedete sich nur flüchtig, als draußen die Sirene des Dienstwagens aufheulte, dessen Blaulicht von den weißen Wänden im Lokal reflektiert wurde. Athos, Aahrash und ihre Gehilfen beruhigten sich erst, als er hastig das Lokal verließ. Marietta ging zu Fuß zurück in die Questura, sie musste die Abteilung wie immer in seiner Abwesenheit koordinieren.

Der Fahrer hatte seine Freude daran, sich endlich wie ein Irrer den Weg durch den dichten Verkehr hinauf zur Universitätsklinik auf dem Nachbarhügel des Quadrilatero zu bahnen, während er sonst zu gesitteter Fahrweise angehalten war, wenn ein Vorgesetzter im Wagen saß.

Die Chefinspektorin erwartete Laurenti vor dem Krankenzimmer. Sie befand sich im Gespräch mit den beiden Uniformierten und versuchte, deren Erinnerungen auf die Sprünge zu helfen. Natürlich war es ein undankbarer Job, im von Ärzten, Patienten und Krankenhauspersonal stark frequentierten Flur still auf einem Stuhl zu sitzen und nichts anderes zu tun zu haben, als nur Befugte vorzulassen, ansonsten aber auf der Hut zu sein. Die beiden Beamten behaupteten, niemanden Unbefugtes gesehen zu haben, und beharrten auch noch darauf, als Pina mit dem Fegefeuer drohte.

Dino Bertones Zimmer war jedenfalls leer. Die Ärzte hatten umgehend den Rettungshubschrauber bestellt, als sich sein Zustand verschlechterte. Bei schweren Vergiftungen könne es durchaus zu unvorhersehbaren Rückschlägen kommen, beschied der Chefarzt, der menschliche Organismus sei ein komplexes Ding. Der Patient befinde sich inzwischen in der Obhut der Spezialisten des Toxikologischen Instituts in Padua.

»War nun ein falscher Arzt bei Dino oder nicht, Pina?«, fragte Laurenti auf der Rückfahrt in die Questura. Es war zumindest denkbar, dass Dino Bertone keinen Rückfall erlitten, sondern eine zweite Dosis verabreicht bekommen hatte.

»Wer sollte etwas davon haben, Bertone aus dem Weg zu räumen, Commissario?«

»Antonio Gasparri auf jeden Fall. Wenn Dino aussagt, er habe die Reederin in seinem Auftrag vom Balkon gestoßen, fährt er ein. Und zwar verdammt lang.«

Aristèides Albanese meldete sich pünktlich um achtzehn Uhr. Er musste warten, da Pina Cardareto noch immer im Büro ihres Chefs saß und vom zweiten Verhör Giulio Bossis berichtete. Diesmal war der junge Mann mit dem vorzeitig ergrauten Haar von einem betagten Strafverteidiger namens Carlo Gasparri assistiert worden, der trotz seines Alters ein harter Hund war. Battinelli führte das Protokoll. Die Chefinspektorin hatte ihr Verhör methodisch aufgebaut, weil sie zu Recht damit gerechnet hatte, dass der Anwalt seinem Mandanten raten würde, keine ihrer Fragen außer denen zu seiner Person zu beantworten. Schon als sie nach seinem Vater Olindo Bossi fragte, dem Wachmann, für dessen Tod der Grieche eingesessen hatte, blockte er ab. Ebenso ihre Fragen zu seiner Jugend und seinen Bekanntschaften. Nicht einmal über das Verhältnis zu Mutter und Bruder äußerte sich der Dreiundzwanzigjährige. Die Situation änderte sich erst, als sie sehr kurze, minutiös vorbereitete Sequenzen der Videoaufnahmen vorführte, die Giulio sowohl in Triest in der Via Dante zeigten, als er in den gestohlenen Schweizer Wagen stieg, als auch später am Flughafen und in Gorizia, wo er und seine Kumpane ohne Sturzhelme zu erkennen waren.

»Ich war es nicht. Ich habe doch lediglich einem Freund einen Gefallen getan«, platzte es aus ihm heraus, bevor sein Verteidiger ihn bremsen konnte. Giulio war rot wie ein ertappter Schüler.

Carlo Gasparri verlangte entschieden die Unterbrechung des Verhörs und Einsichtnahme in die Beweislage. Und er verweigerte, das Protokoll zu unterzeichnen. Die Lage war aussichtslos, das wusste er. Der Junge würde nicht lange durchhalten. Wenn erst sein Bruder gefasst wäre, würde einer den anderen verraten, Giulio und Piero Bossi und Dino Bertone, falls er überlebte.

»Setz dich«, sagte Laurenti schließlich, als Aristèides Albanese eintrat. »Lief doch gut, oder? Bist du zufrieden mit deinem Erfolg?«

»Leute waren genug da, ob es ein Erfolg wird, werden wir erst sehen, wenn der Laden läuft, wenn er nicht mehr als Neuheit gilt. Frag mich in drei Monaten wieder. Deswegen hast du mich sowieso nicht einbestellt.«

»Du hast gefragt, was Battinelli über den Fall deiner Mutter herausgefunden hat.« Laurenti rief den Inspektor zu sich, der neben seinem Schreibtisch stehen blieb und berichtete, dass die Asservatenkammer der wissenschaftlichen Abteilung noch immer über erstaunlich viel Material aus der Vergangenheit verfügte. Auch im Fall von Melaní Albanese hätten die Kollegen von der Spurensicherung damals fleißig gearbeitet. Die mutmaßliche Mordwaffe, ein langes Filetiermesser, befinde sich in einem brüchigen Papiersack. Gilo Battinelli gab sich zuversichtlich, an neue Informationen zu gelangen, sofern die finanziellen Mittel zur Analyse des Materials bereitgestellt würden. Ferner gebe es Laborgläschen mit dem Schmutz unter den Fingernägeln der Toten sowie Streifen mit Fingerabdrücken, die sich allerdings in fragwürdigem Zustand befänden. Wie lange eine erneute wissenschaftliche Untersuchung dauern werde, könne er nicht sagen. Das Speziallabor befasse sich erst mit derart altem Material, wenn die aktuellen Fälle abgearbeitet seien.

»Um den Fall wieder zu eröffnen, rate ich dir zu einem Anwalt.« Laurenti überlegte einen Augenblick. »Denk drüber nach, ob du das willst. Den richtigen Kontakt nenne ich dir dann. Es ist nicht unbedingt eine Frage des Geldes.«

»Sondern?«

»Es geht darum, ob du dein Leben ändern willst, Aristèides. Die Wahrheit über den Tod deiner Mutter könnte dich nachhaltig aus der Bahn werfen. Immerhin hast du dich fünfzig Jahre lang damit zu arrangieren gewusst.«

»Wieso würde das mein Leben verändern?«

»Du müsstest lernen, Vertrauen in die Justiz zu haben, und sie ihre Arbeit machen lassen. Und vor allem müsstest du lernen, nicht selbst zu richten. Das meine ich.« Laurenti öffnete seine Schreibtischschublade. »Weißt du eigentlich, dass Gasparri vergangene Nacht Besuch hatte?«

Aristèides schaute ihn mit großen Augen an und schwieg. Laurenti nahm den kleinen silbernen Bilderrahmen mit dem

Foto des einjährigen Dino heraus, den er auf dem griechisch-orthodoxen Friedhof eingesteckt hatte, und stellte ihn stumm auf den Schreibtisch.

»Wer ist das?«, fragte der Grieche, als er begriff, dass sein Gegenüber den Mund nicht von allein öffnen würde.

»Es steht auf der Rückseite des Fotos. Aber du brauchst nicht nachzusehen, du weißt es auch so.«

Wieder suchte die Hand des Griechen vergebens nach seinem langen Bart und strich schließlich durch den verbliebenen Rest. Seine Augen röteten sich leicht, seine Mimik veränderte sich nicht. »Spann mich nicht auf die Folter, Commissario«, sagte er nach einem leichten Räuspern.

»Deine Fingerabdrücke sind drauf. Das Bild stand bis vor ein paar Tagen noch in Fedoras Wohnung auf dem Nachtkästchen neben ihrem Bett. Und jetzt hör mir genau zu.« Laurentis Stimme wurde scharf. »Ein Mord an Elio Mazza, dem sogenannten Poeten, ist wegen seines ohnehin geschwächten Organismus nicht nachweisbar. Elio Mazza wäre vielleicht auch von einer hartnäckigen Grippe dahingerafft worden. Aber er hatte Spuren von Rizin im Blut, man könnte zumindest Mordversuch oder schwere Körperverletzung unterstellen. Fest steht aber, dass es für den Tod eines Erwachsenen von durchschnittlicher Statur eine höhere Dosis gebraucht hätte. Andererseits kannte der Täter womöglich seinen Gesundheitszustand und konnte davon ausgehen, dass die geringere Menge tödlich wirken würde. Die Ärzte trifft keine Schuld wegen ihres anfänglichen Zögerns und der Fehldiagnose. Damit würde sich vor Gericht niemand herausreden können. Kannst du mir folgen?«

Albaneses Blick hielt dem Commissario stand.

»Die Liste der Vergiftungsfälle ist lang. Das Krankenhaus unterscheidet zwischen Vergiftungen mit Rizin und solchen mit Rizinusöl. Das Erste wäre Mordversuch, das Zweite immerhin Körperverletzung. Strafbar ist beides. Fingerabdrücke wurden übrigens in keinem der Haushalte gefunden. Und fast alle außer Mazza sind inzwischen wieder auf den Beinen.«

Laurenti erhob sich, ging hinaus und ließ den Griechen allein. Marietta reichte ihm schweigend ihre Zigaretten. Die Glut spiegelte sich im Fenster, hinter dem das Teatro Romano im Dunkeln nur schemenhaft zu erkennen war. Nach fünf Zügen drückte Laurenti die Kippe Marietta zwischen die Finger, und ging in sein Büro zurück. Aristèides hielt das Foto seines einjährigen Sohns in den Händen.

»Was ist mit Dino?«, fragte er, ohne den Commissario anzusehen.

»Davon hängt es ab, ob du entkommst oder nicht. Sein Zustand hat sich am Nachmittag verschlimmert. Er wird in einer Spezialklinik behandelt. Wenn er nicht überlebt, dann bist du dran.«

Der Grieche fuhr erschrocken auf. Er stellte den Bilderrahmen wie ein heißes Eisen auf den Schreibtisch. Als er sprechen wollte, schnitt ihm Laurenti mit einer schnellen Geste das Wort ab.

»Wir haben von einem Wiederaufnahmeverfahren wegen des Mordes an deiner Mutter gesprochen. Ich rate dir, dasselbe für deinen eigenen Fall zu beantragen. Die Zeiten ändern sich. Damals waren alle Zeugen gekauft. Du kannst nur hoffen, dass Dino überlebt. Wenn er auspackt, fährt Gasparri ein. Du wirst dich wundern, aber für deinen Sohn war er so etwas wie eine Vaterfigur. Er hätte alles für Gasparri getan. Und er hat alles für ihn getan. Gasparri kann sich glücklich schätzen, wenn er im Knast landet. Da kannst du ihn zumindest nicht vergiften. Die Dosis, mit der Dino kämpft, hätte der viel schmächtigere Gasparri nicht überlebt. Aber wenn er erst mal drin ist, kannst du in einem neuen Prozess wegen des Mords an Wachmann Bossi nur gewinnen. Die Falschaussagen sind längst verjährt.

Die damaligen Zeugen werden einer nach dem anderen umfallen, wenn ihr Schutzpatron nicht mehr frei herumläuft. Und du kannst möglicherweise hohen Schadensersatz fordern. Sowohl von ihnen als auch vom Staat. Vergiss eines nicht, deine Rache ist es in jedem Fall. Ob du sie nun persönlich ausführst oder intelligenterweise die Verurteilung des Täters abwartest. Und jetzt, Aristèides, verschwinde. Und bete für Dino, sonst dauert es wieder zwanzig Jahre, bis du dich das nächste Mal um das Grab deiner Mutter kümmern kannst.«

Der Grieche erhob sich matt. Er starrte den Commissario einen langen Moment an, dann ging er zur Tür.

»Verzeih mir, bitte«, sagte er mit der Klinke in der Hand.

»Was sollte ich dir verzeihen? Ich müsste dir dankbar sein. Leute wie du erhalten meinen Arbeitsplatz. Nimm das Foto mit.«

Im Fernsehen lief der Dokumentarfilm eines Phyikers über den pakistanischen Nobelpreisträger Abdus Salam, der 1964 in Triest das International Centre for Theoretical Physics gegründet hatte. Das ICTP stand unter UNO-Hoheit und war ein führendes Forschungsinstitut mit Wissenschaftlern von allen Kontinenten. Auch die Internationale Atomenergiebehörde hatte dort eine Niederlassung. Für Triest war es ein besonderes Glück, dass der Pakistaner sein Institut, dem viele andere folgten, hier aufgebaut hatte. Der Film über sein Leben lief anlässlich seines zwanzigsten Todestags und gab spärliche Einblicke in sein Privatleben.

»Ab einem gewissen Alter hat man das Recht, Witwe zu sein«, sagte Urgroßmutter Camilla plötzlich viel zu laut, die mit dem Nutellaglas auf ihrem Schoß vor dem Fernseher saß, während der Rest der Familie beim Abendessen war.

Laura fiel die Gabel aus der Hand, Proteo Laurenti riss die Augen auf, und Marco und Patrizia brachen in so schrilles Gejohle aus, dass die nächsten Worte der Alten nicht zu verstehen waren.

»Was hast du da gesagt, Mama?«, fragte Laura besorgt. »Du willst doch nicht etwa behaupten, du hättest Papa umgebracht? Und schlag dir den Magen bitte nicht mit dem Zeug voll.«

»Er war ein guter Mann, und er ist viel zu früh gegangen.« Camilla schob sich noch einen Esslöffel voll Nuss-Nougat-Creme in den Mund. Sie hatte sich geweigert, an den Tisch zu kommen, weil ihre Tochter das Abendessen zubereitet hatte.

Proteo verbarg das Gesicht in seinen Händen, als wäre er sterbensmüde. Wenn die Alte ihn lachen sah, wäre sie die nächsten Tage wieder beleidigt. Und auch Laura musste geschont werden, ihr Kalbsbraten in Kräuterkruste war köstlich und zart, sie hatte ihn den halben Tag bei sanfter Temperatur im Ofen geschmort. Die Rosmarinkartoffeln waren eine sonst von ihrer Mutter bevorzugte Beilage, die ihr nun wirklich keine Probleme beim Kauen bereitet hätte. Laura richtete sich bei ihren Rezepten ohnehin immer, wenn auch immer erfolgloser, nach Camillas Geschmack, die aus Marcos Hand vermutlich auch ein verwesendes Krokodil gepriesen hätte.

»Sie rächt sich, weil ihr sie den ganzen Tag allein gelassen habt«, murmelte Laurenti nicht leise genug.

»Eine normale Frau kann euch Männer einfach nicht ein Leben lang ertragen«, schimpfte Camilla. »Was glaubst du wohl, weshalb wir Frauen neunzig Prozent der über Hundertjährigen ausmachen? Allein in Triest sind es fast zweihundert, stand in der Zeitung.«

»Die Statistik ändert sich täglich, Schwiegermutter. Fühl dich nicht zu sicher.«

»So alt kann man nur als Witwe werden, sonst stirbt man vor Kummer. Ich finde, mit siebzig seid ihr Männer an der Zeit.«

»Dann bleiben mir ja noch einige Jahre«, feixte Laurenti. »Wie wirst du mich umbringen, Laura?«

Seine Frau stand auf und entrang ihrer Mutter das Nutellaglas. »Ich denk drüber nach, Lieber.«

»Ich helf ihr schon«, rief Marco. »Täglich eine Prise Gift ins Essen und viel Geduld. Nur wenn man's schnell macht, fliegt es auf.«

Laurenti schüttelte entschieden den Kopf. »Du machst es dir zu einfach. Spätestens bei der Obduktion kommen sie dir auf die Schliche.«

»Aber nicht, wenn der Arzt eine normale Todesursache attestiert«, sagte sein Sohn.

»Ich würde das ganz anders machen«, mischte Patrizia sich ein. »Es gibt zwei Möglichkeiten: Man geht dem Liebsten so sehr auf den Geist, dass er einen Infarkt bekommt, oder man löst die Radmuttern an seinem Auto, bevor er zu seiner Geliebten fährt. Keine Fingerabdrücke, nichts.«

»Seid bloß froh, dass es keine Präventivhaft gibt. Ich müsste euch umgehend einlochen.«

»Ach, Papa, du verstehst auch gar keinen Spaß.« Patrizia funkelte ihn an.

»Dass sich jetzt schon Marco mit euch solidarisiert, sollte mir zu denken geben.«

Die Greisin drehte beleidigt den Fernseher auf, während Laura das Glas in der Küche versteckte. Als sie danach den Ton wieder leiser stellte, tippelte Camilla davon.

»Wir können nur von Glück reden, dass sie selbst nicht mehr kocht, weil sie alle Rezepte vergessen hat«, sagte Proteo und wandte sich an seinen Sohn. »Wie haben dir eigentlich die Häppchen des Griechen geschmeckt?«

»Ging so«, sagte Marco. »Man merkt an den Gewürzen, dass da ein Pakistaner mitkocht. Insofern schmecken sie ein wenig anders, aber eigentlich kann das jeder. Ich hab übrigens darüber nachgedacht, wie ich mein eigenes Restaurant aufziehen würde.«

»Ach ja?« Lauras Blick hellte sich auf. Zeigte ihre nachmittägliche Besichtigung der Geschäftsräume bereits erste Erfolge? War ihr Sohn in der Realität angekommen?

»Ich werde völlig anders einkaufen. Nur noch Sonderangebote und Zeug, dessen Verfallsdatum bereits abgelaufen ist. Wenn die Leute kein Geld ausgeben wollen, dann bekommen sie eben die entsprechenden Zutaten serviert. Das merkt doch keiner. Und besser zubereiten kann ich es allemal.«

Commissario Proteo Laurenti jagt einen Toten

*Cover- und Preisänderungen vorbehalten

Veit Heinichen

Die Zeitungsfrau

Commissario Laurenti
in schlechter Gesellschaft

Piper Taschenbuch, 352 Seiten
€ 10,00 [D], € 10,30 [A]*
ISBN 978-3-492-31194-6

Der kapitale Raubzug im Freihafen von Porto Vecchio trägt die Handschrift seines alten Feindes Diego Colombo. Commissario Proteo Laurenti ist entschlossen, Diego, an dessen angeblichen Selbstmord er nie geglaubt hat, endlich die Handschellen anzulegen. Was für einen Grund aber könnte Diego haben, nach so vielen Jahren seine Tarnung unnötig aufs Spiel zu setzen? Um das herauszufinden, taucht Laurenti in die feineren Kreise Triests ab, zu denen Diegos Komplizen von einst längst gehören …

PIPER

Leseproben, E-Books und mehr unter **www.piper.de**